慾望寫作課

法蘭馨・普羅斯 著
謝明學 譯

國家圖書館出版品預行編目資料

慾望寫作課/法蘭馨・普羅斯(Francine Prose)著；謝明學 譯. -- 初版. -- 台北縣新店市 ： 高談文化, 2003【民92】

面； 公分

譯自：Blue Angel

ISBN 986-7542-09-6（平裝）

慾望寫作課

作 者：法蘭馨・普羅斯
譯 者：謝明學
發行人：賴任辰
總編輯：許麗雯
主 編：劉綺文
編 輯：呂婉君
行 政：楊伯江
出 版：宜高文化
地址：台北市信義路六段29號4樓
電話：（02）2726-0677
傳真：（02）2759-4681
製版：菘展製版 印刷：松霖印刷
http://www.cultuspeak.com.tw
E-Mail：cultuspeak@cultuspeak.com.tw
郵撥帳號：19282592高談文化事業有限公司
圖書總經銷：成信文化事業股份公司
電話：（02）2249-6108 傳真：（02）2249-6103
行政院新聞局出版事業登記證局版臺省業字第890號

2003年11月出版
定價：新台幣350元整

目錄 *Index*

第一章

史威生教授等著學生脫下外套、帽子、放好筆和筆記本，他們像是一群煩躁的芭蕾舞者，因為某種社會壓力，每個禮拜都得在此固定演出，乖乖地每週花一個小時坐在教室裡，不能吃大餐、不能看電視。他的目光掃過會議桌，數著出席人數。有九個人，很好，全部到齊。他接著翻了翻待會兒要討論的作文，頓了一下，然後說：「是我胡思亂想，還是什麼原因，最近同學寫的故事似乎都跟獸交有關。」

學生們驚訝地瞪大眼睛看著他。他也不敢相信自己真的說出了口。事實上，他在走來教室的路上，便有這樣的計畫；當他經過校園內歌德式的灰石長廊、創校者教堂、以及那片有兩百年之久的美麗楓樹林，橘色的楓葉已開始片片飛落，他便在心中打稿，預演該如何表達自己這無聊的笑話。一路上他對四周景物視若無睹，專心想著等會兒上課的安排，如何引導課堂上的討論——今天要討論一位學生的作品，故事的主角是一位青年，他在與女友分手之後，喝個酩酊大醉，然後打開家裡的冰箱，拿出裡面還沒煮的雞，在冰箱微弱的燈光下，用雞來發洩性慾。

該講些什麼來當這堂課的開場白？他原本想的要說的是：「這故事是不是刻意寫來折

磨我？整個故事有兩頁的篇幅，描寫主角如何扳開那隻雞的胸腔，好套在自己亢奮的老二上，哪個虐待狂會寫出這種文章，看到我這麼辛苦地修改評閱，這篇故事的作者應該會覺得很有趣吧？」不過，這故事的作者丹尼・李伯門，並不是真正要折磨教授，他只是想安排些有趣的情節而已。

學生個個無精打采地坐著，有些幾乎快從座椅上滑下來了，目光則往會議桌的這一端集中，看著史威生。他們的眼睛黯淡無神，就像故事裡那隻雞的眼珠子一樣，主角那晚在廚房一面用雞自瀆時，還將雞頭轉過來和自己四目相對。不過，在一般家庭裡，放在冰箱的雞通常都會先去頭不是嗎？這一點待會兒可以提出來，史威生告訴自己。

卡羅斯・歐斯貝克說：「我不懂，我們還有哪些有關獸交的故事？」卡羅斯永遠是第一位發言的學生。他曾加入海軍，也曾進出感化院，是個大哥型的人物，到過許多地方，有豐富的社會經驗，但沒受過良好教育。他和丹尼是班上僅有的兩位男同學。

還有哪些有關獸交的故事？史威生一時也想不起來。也許他所記的是其他年級、班級的課。他最近常常這樣，只要一離開教室，就將課堂上的事忘得一乾二淨。這是老年痴呆症早期的症狀嗎？他現在才四十七歲而已！四十七歲而已？他再也不像學生那樣有著飛揚的年輕神采。

也許這一切的問題都出在悶熱的氣候上，現在已經九月底，如此的氣溫實在反常，聖嬰現象帶來的熱浪籠罩著整個佛蒙特州北部；而這間教室位於學校的鐘塔上，是全校最酷熱的地方，再加上今年夏天油漆時，還將教室的窗戶封死，更是令人難熬。史威生曾向庶務組抱怨，不過他們忙著修補校園內的坑洞，以免有人因跌倒受傷而控告學校。

「你還好嗎，史威生教授？」克萊麗斯・威廉斯問著，她一頭染成橘色的秀髮這個星期梳成髮捲。班上每個人，包含史威生自己，都對她又愛又怕，因為她聰明慧黠，又美豔動人，像是一位變成超級模特兒的非洲公主。

「妳為什麼這麼問？」史威生反問。

「你剛才發出呻吟聲」，她回答，「兩聲。」

「我沒事。」在課堂上呻吟，不就證明一切都很正常嗎？他接著說：「如果妳再叫我教授，我這學期就把妳當掉。」

克萊麗斯嚇得全身緊繃。放輕鬆！這只是開玩笑！優世頓的學生稱呼老師都是直接叫名字，這就是為什麼每年的學費高達二萬八千美元的原因。不過，就是有些學生不習慣這麼做，像領獎學金的卡羅斯就是不肯稱史威生為泰德，改稱他為教練，像這樣的學生還有出身當地農村的喬奈兒，像克萊麗斯這樣的黑人學生，以及那些不會受他半開玩笑威脅的學生。這種學生在優世頓是少數，不過這個學期，不知道什麼原因，他們都出現在史威生的課堂上。

上個星期，他們討論了克萊麗斯的故事，內容是有個女孩陪媽媽去打掃一位貴婦的家，故事內容從一開始戲謔的描述打掃每間房間之後，弄得慘不忍睹、雞飛狗跳的景象，後來轉為恐怖的結局，描述女孩看著自己媽媽從樓梯上跌了下去。

在討論她的故事時，全班鴉雀無聲，每個人都顯得有些尷尬，因為包含史威生在內，大家都認為雖然這故事並非全然真實，但也八九不離十。最後，班上的另一位黑人學生瑪奇莎・戴維斯，打破了僵局，表示她討厭看到故事中黑人女性角色最後不是染上毒癮、酗酒，就是出賣靈肉，或者以死亡收場。

史威生還為克萊麗斯辯護，引用了柴可夫的例子，告訴同學作者不需要描繪出理想的世界，而是不帶任何訓道教條與價值判斷，來刻劃真實的世界。自己把這作古的俄國人搬出來，還以為學生真的聽得進去。不過，引用柴可夫讓史威生感到較不孤單，彷彿這些作古的聖人，對於自己還能這麼假惺惺地對這些朽木不可雕也的學生上課授業，默默地不予置評，守護著自己。柴可夫可以看到他內心深處，知道他其實真的希望能完成學生的願望，給予他們想要的才能、名聲、金錢與工作。

在那次下課後，克萊麗斯留了下來跟老師討論。史威生心裡想著該如何表達，讓她知道寫出自傳性的文章並讓人信以為真的經驗他自己也有過，就像他第二部小說……雖然聽起來令人難以相信，但直到他第出版二本小說時，他才從書評中發現原來自己的童年過得如此悲慘。不過，就在他還沒來得及以親身經歷來安慰克萊麗斯時，她講出了真相——她媽媽其實是位中學校長，並不是酗酒的家庭主婦。她成功地矇騙了史威生以及全班同學；在全班激烈的討論時，她一點也不鬆口，由於討論過於激烈，接下來討論卡羅斯的故事時，大家顯得輕鬆許多。卡羅斯的故事是描述一位在紐約布隆克斯區的少年暗戀他的鄰居，但這段純純之戀卻被主角的朋友給破壞——這位朋友是他夢中情人的鄰居，曾從她家窗戶偷看到她為所養的德國狼犬口交。

這是另一個關於獸交的故事。史威生並不是憑空捏造，他還記得這之前還有另一個獸交的故事，喬奈兒寫的，描述佛蒙特某處農莊中，某位農婦發現丈夫在睡夢時一直叫著他最心愛的母牛名字……。這學期才開學不久，就已經有三個獸交的故事了。

「你的故事就是一個，卡羅斯。不然那關於德國狼犬的故事是我自己想出來的嗎？」

「喔……我自己都忘了。」他說完後，全班揶揄地放聲大笑。大家都知道卡羅斯為何不願提起這件事，因為上次討論他的作品時，全班最後變成批鬥大會，譴責故事中對女性變態的淫思。

這一班已經上課五個星期，同學間已經會講些班上的笑話，討論時也相當積極投入。事實上，這一班相當不錯，同學彼此能激發靈感。討論關於獸交的故事畢竟有趣多了，一些無聊小說的內容不是遇人不淑，就是父母離異又吸毒，無法善盡照顧孩子的責任。對這樣有活力的學生，史威生應該要心存感謝，何苦帶著偏見，與他們年輕無邪的心靈相抵觸，又為何視這樣的教學如通過地雷區般，如此戰戰兢兢？

為什麼？因為他們真的如地雷般危險。讓那些覺得這門課很簡單的老師來教看看。這門課的確沒有厚厚的教科書，老師不用一直講課，也不需要改考卷，而且教室可以鳥瞰整個校園景色——不少老師因此對他眼紅。好，換他們來試看看，讓他們在學生熱昏前打開那些該死的窗戶，讓他們瞭解自己的飯碗原來是花一節課的時間，跟學生委婉地探討他們的作品，而且盡量不要傷害他們的自尊。並非是以用死雞來自慰的青年為主角就寫不出好故事，但是天才就是天才，舉例來說柴可夫就能寫出經典名作，但丹尼則永遠不可能。如果全班與老師都假裝丹尼這篇死雞的故事是藝術之作，這樣跟詐欺沒什麼兩樣。

全班安靜了下來。有同學問問題嗎？看起來是史威生突然失神，坐在那裡不發一語，全班都看著他，等著下文。史威生剛開始教書時立志要讓所有的學生都為他傾倒，現在只要下課時能全身而退，他就心滿意足了。

「嗯，」史威生微笑地說，「我們講到哪裡？我剛剛不小心打了個盹。」

全班發出體諒的笑聲，史威生也笑起來。史威生帶著微笑，快速地環顧著教室內的學生，接著丹尼說：「嗯……是不是該開始討論我的故事了？」

「喔，當然，不好意思，」史威生說著，「其他同學有沒有意見或建議？」大家安靜了一會兒。他接著問：「有誰想先發言？」

先發言？拜託，大家根本不想待在這裡。史威生不怪學生。

最後，梅格•弗格森說：「我認為這故事真實地反映出男性的無知，連用雞自慰或與女人做愛都分不清楚。」

「嗯！好的，這起碼是討論的開始，謝謝妳，梅格，感謝妳第一個發言。」

學生永遠會讓史威生出乎意料。他原本猜想梅格會將這故事貶得一文不值，認為那隻可憐的死雞只是男性陽具崇拜的受害者。

男生從來不會直接回應梅格的發言，他們會先等態度較溫和的女同學發過言，然後才反擊。害羞的南茜一直暗戀著丹尼，為他辯護：「這不是故事的重點。主角一直相當在意女友，而她真的傷透他的心，所以他用雞來宣洩情緒。」

卡羅斯話題一轉：「喂，梅格。相信我，所有男人都分得出女人與死雞的不同。」

瑪奇莎反擊：「最好如此，不然大家麻煩可大了。」

史威生接著說：「對不起，各位同學，可不可以把重點移回討論丹尼的故事上？」

柯特妮說：「我覺得這故事很噁心。」她噘著那精心描摹的雙唇——先用深棕色的唇筆勾勒出唇線，然後再用淡粉紅色的唇膏塗滿。柯特妮出身於波士頓名門，典型的花瓶美人，史威生心裡想著。她濃妝豔抹，打扮入時，彷彿在嘲笑像瑪奇莎與克萊麗斯那樣的女學生，她們經常素著一張臉，且熱愛戶外活動，她們對柯特妮也是很反感。

史威生慢慢地說道：「噁心……嗯，可不可以更具體些？」

柯特妮：「就是丹尼對那隻雞做的事。」

全班都清楚聽見她說的是丹尼，而不是主角的名字——雷恩。

「是雷恩，」史威生更正她，「主角名叫……。」

「隨便啦！」柯特妮說著。

「不能隨便！」史威生回答，「這相當重要，我想丹尼不希望我們認為他曾用雞做出這樣的事。」

梅格接口：「至少他應該有過這樣的念頭，不然怎會寫出這故事。」

「想並不代表實際行動，」史威生發現自己講起課來了，「推理小說的作者不會真的去殺人；如果將故事角色認為是主角的化身，是受到誤導。」

什麼時候發生過類似的情形？全班都想起來了，就是討論克萊麗斯的故事時，所以目光都往她集中，但她又四兩撥千金地將重點轉到丹尼的故事上。

「我……對這故事的感覺？」她說著，「最後這部分是不是有點出人意料之外，我是說，廚房的那一幕有點突兀。」

一如往常，底下響起同意的耳語，只要克萊麗斯一開口，就有這樣的反應。她頭腦好，說話有份量，天生就有說服人的才能，史威生應該回家，換她來上課才對。

史威生問道：「若是如此，該如何修改最後一幕？畢竟，這結局本來就該讓人意想不到，不過應該要合情合理，而不要像克萊麗斯所說的……」，只要有機會，史威生便會引用學生的話，讓全班感覺有參與感，「……顯得有點突兀，事實上，的確這結局……有些不自然。」

除了幾個令人作嘔的細節外，史威生突然不記得整個故事的內容。有時候，他會針對某個故事的結局提出建議，結果看到全班一臉茫然，最後幾位學生才好心地提醒他故事的結局早就是如此，他這才恍然瞭解自己為什麼如此建議……。

「我不知道這樣對不對，」南茜，「如果我們改變主角的性格，讓他比較像會做出這種事的人，這樣就不會怪怪的。」

大家應該會贊成這作法，認為這是必須的動作，才能將強姦死雞的怪胎與看似正常的青年兩者聯想在一起——故事中，他還帶女朋友出去吃披薩；吃飯時，她說自己認識了一位年紀比她大的男士，他在曼哈頓一家義大利餐廳工作；他還邀請她到他工作的餐廳，好讓他請她吃招牌名菜：香菇玉蜀黍粥以及燒烤牛排。（「可是妳討厭吃香菇呀！」主角說著，這是整個故事最棒的一句台詞。）

梅格也提建議：「讓主角更……具暴力傾向。故事中披薩店不是有個女服務生嗎？把他寫成騷擾那位女服務生，然後等他回到家……。」

史威生看著丹尼，他一臉的驚慌失措——其他學生在作品被討論時，也都是同樣的表情，再加上不能發言，更是覺得煎熬折磨。故事的主角就是丹尼的化身，而他不可能會騷擾女服務生。

「這是我們對主角的認知嗎？」史威生說著，試著拯救陷於水深火熱的丹尼，「認為他是有暴力傾向的人？還是……。」

南茜插嘴說：「有了！還是……安排他女朋友吃披薩時，點了一道雞肉？不然……把那個新歡要招待她的招牌菜改成雞肉，這樣也不錯！之後等主角回到家裡，才會對死雞做這樣的事情，因為他是在報復女友與她的新男友……。」

「好耶！」卡羅斯稱讚著。

「不錯喔！」瑪奇莎大聲叫好。

「非常有趣的論點。」克萊麗斯也認同，全班響起一片歡呼聲，丹尼開心地笑著，對南茜報以一笑，而她亦以微笑相待。丹尼還認為自己的故事只需要一點點修改，就可以脫胎換骨成為曠世巨作。他等不及要趕回宿舍，在電腦上好好修改一番。

史威生則認為南茜的建議相當糟糕，因為這流於矯揉造作，像是高中生的蹩腳手法。披薩店根本不會供應雞肉，也不可能有人因為情敵工作的餐廳招牌菜是雞肉，就會強姦一隻死雞。不過當全班通過一個對原文根本有益無害的建議時，若表示反對則會引起眾怒；史威生大可保持沈默，或是對此感到輕蔑不屑。老師的身份又怎樣？學生會信服他的意見嗎？史威生問道：「大家都同意這樣的作法？」拜託，難道就沒有人反對嗎？

「我覺得這樣很爛。」一個尖銳的聲音說著，全班目光轉到安琪拉・阿爾革身上。

自從學期開始，全班自我介紹之後，安琪拉在課堂上便不曾再發言。她臉色蒼白，身材相當瘦，一頭紅髮上還染著亮橘與黃綠的條紋，一張五官明顯的細緻臉蛋卻穿了五六個孔環；即使天氣炎熱，她還是穿著黑色夾克，掛著一條條的鍊子及狗環，手上則是一圈圈的手環。

安靜的學生總是會讓史威生跌破眼鏡。天曉得這些學生腦袋在想什麼，不過這重金屬風味的安琪拉特別讓人頭痛。

因為她從不發言，不是故意在座椅上蠢動不安，就是刻意嘆氣，干擾全班的注意力來表達她的意見。她在班上是顆點燃的炸藥。史威生對她臉上的穿孔不敢恭維，所以刻意避免去看她。現在她用手上帶著尖刺的指環敲著桌子邊緣。

「安琪拉，妳是說這樣重寫整個故事……很爛？」史威生問著，不自覺地帶著一點高興又有一點可惜的語氣。如果安琪拉認為他在故意模仿自己，便永遠不在班上發言，這該怎麼辦？

「非常非常爛。」安琪拉說著。

就在同時，大家感受到中耳內壓力正在改變，接著便是屋頂傳出震動，知道上方的鐘就要響起。優世頓上下課的響鐘就在教室中央上方的圓頂塔內。每次上下課鐘響時，整間教室就會隨著鐘聲震動不已，接著全班會靜下來等下課——在遠處會覺得鐘聲悠揚悅耳，但在這教室聽可就全然不同，讓那些喜歡這教室的教授親身體驗，看他們如何忍受這問題。

學生不由自主地看手錶，然後膽怯地看著史威生，等待他的指示——身為老師的些微權威就維繫在這兩座銅鐘上。平時，史威生會微笑，或聳聳肩，或把手假裝是手槍，作勢要把鐘給打下來；不過，今天他則看著安琪拉，彷彿告訴她不要離席。一等鐘聲安靜下來後，他希望她能繼續講完意見，好幫助丹尼不要繼續糟蹋這故事——這一點史威生自己也無能為力。不過，她接下來要說什麼，實在難以預料，因為史威生還沒看過她的作品，而她在課堂上也從來不發言。也許，她會建議丹尼從雞的角度來寫故事，但至少她不苟同全班的蠢見，說出些創見，而史威生便可藉機發揮，點醒丹尼不要破壞了原有僅剩的優點。史威生只是不想一個人扛起責任，不想用一副自以為是的口吻，破壞了英雄所見略同的興奮情緒……畢竟，他自己又懂些什麼？他只不過出版了兩本小說，因為第二本大受好評，到現在雖然已經十年了，還是有人請他寫書評或上些閱讀課程（雖然這種邀請越來越少了）。

鐘聲每個小時都會響兩次，學生每一次聽到鐘聲都會皺著眉頭。

史威生盯著安琪拉，而她也睜大眼睛回敬著，不帶任何的好奇或挑釁，也不是在向他宣戰或勾引，這就是為何史威生在眾目睽睽下繼續看著她。其實他並不是盯著她，只是用眼角的餘光看著她，直到他發現鐘聲已經停止，全班已經迫不及待要下課。

「安琪拉，妳想說的是……？」

安琪拉盯著自己的手，把玩著手指上的戒指，然後換手玩另一個戒指，十根手指頭不停地動來動去，看得令人眼花撩亂。

「我不曉得這樣說對不對，我想這故事的優點就是結局相當詭異，相當出乎意料。每個人都可能做出這樣瘋狂的事，這不是很有道理嗎？不是腦筋秀逗，也不是因為女友為了義大利餐廳服務生而失戀。他只是因為被勢利的女朋友給甩了，回家後心情覺得很糟，看到冰箱有隻雞，然後就做了這件事。男人常做出些自己都想不到的蠢事。」

卡羅斯回應：「對不起喔，安琪拉，大多數男人是不會上一隻雞的。」

「卡羅斯，」安琪拉冷冷地說著，「相信我，我知道大多數男人會做出什麼事。」

安琪拉有何資格說這種話？她是在誇耀自己性經驗豐富？對於學生從暗喻所傳達的訊息，史威生通常不會去加以解析。

「你們在說什麼？我不知道你們在講什麼？」史威生覺得學生團結在一起，故意讓他摸不著頭緒。他是老師，他們是學生；他們不時想模糊這種分界，但在必要時，又乖乖地扮演起學生的角色。

「好吧，我想安琪拉說的沒錯。丹尼的故事不應該只……探討為何有人回家會……嗯，大家都知道做了什麼事。奇怪的故事結局會讓我們想到自己是否會成為像主角那樣，想像主角是如何看待這世界。就像安琪拉說的，他做了那件事並不是因為女友點了雞來吃，或是她新歡工作的餐廳以雞肉做為招牌菜，而是他在家裡，看到那隻雞，就這樣子，時間地點都如命運所安排一樣。他跟我們一樣是正常人，我們從他身上看到自己的影子，而他也跟我們一樣。」

現在學生都清醒了過來。他拯救了全班，讓他們免於做出不智之舉。他承諾會讓他們的寫作有所長進，現在則是教導他們其中竅門。即使是頑劣不馴的學生，也會覺得繳的學費有價值。他們從史威生身上獲得啟發，學習到有用的寫作技巧。就算他們日後不會成為作家，也能用不同角度來看世界，瞭解及接受人類之間的異同——大家都可能做出強姦雞的瘋狂事，像杜斯妥也夫斯基筆下的罪人。

「好的，」史威生慢慢說著，在這短暫的一刻，覺得一切已經圓滿結束，不過在這愉悅的氣氛中，他發現克萊麗斯憤怒的目光。

她有什麼問題？難道她看不出來史威生已經提升了整個故事的層次？喔，對了，克萊麗斯原本建議將故事結局修改成正常一點，如今史威生的建議不僅讓她下不了台，而且也超乎大家平常所能接受的程度。

「嗯，」史威生又改口說，「誰也無法左右作者，丹尼必須自己決定怎麼做才最合適。」一切終於要結束了，他很高興，至於他的意見能不能被接受，無關緊要。他把丹尼的作品放到一旁，全班也跟著這麼做。在大家推開椅子發出的一片吱嘎聲中，史威生大聲問道：「等一下，接下來要討論誰的故事？」出乎史威生意料之外，安琪拉舉起手來。學生個個聰明伶俐，在討論自己故事的前一個星期，通常會避免樹敵才是。

「妳帶作品來了嗎？」史威生問道，「我們必須先影印，然後發給同學⋯⋯。」

「沒有，」安琪拉低聲講著，「我還沒寫完。明天，我可不可以在你約談學生的時間先跟你討論一下。」

「當然可以！」史威生回答，但心想「什麼約談時間？」每個學期他都安排與每個學生約談兩次，但事實上，他根本不想來學校，寧可待在家裡寫作，或者應該說，試著寫出些什麼。如果他必須待在辦公室裡，他可能會胡思亂想，甚至打手槍，不然就是利用機會打長途電話。

當然，他不能跟學生講這些。他要自己在學生眼中是個好老師，慷慨仁慈，永遠為學生設想。這是他想要的，在剛開始教書的時候，他曾經是個好老師。不論如何，看在安琪拉幫忙逆轉剛才的情勢，他的確欠她個人情。

史威生說道：「我的約談時間有哪些時段？麻煩誰告訴我一下。」

「明天早上就有了，」南茜回答。

「我有在早上的約談時間？」史威生問道，「真的嗎？」

「你辦公室門口的時間表就是這麼寫的。」丹尼講著，因為要下課而顯得相當開心。

史威生顯然毫無選擇餘地。「好吧，安琪拉，明天九點見。」

「明天見！」安琪拉一隻腳已經踏出教室，回過頭說著。

在史威生走出教室時，卡羅斯用拳頭輕輕打了他的手臂，說著：「嘿，教練，謝啦，不錯的一堂課喔！」南茜與丹尼走在一起，就像諾亞方舟上異性動物都會湊成一對。克萊麗斯與瑪奇莎一同離開教室，顯然自從上次瑪奇莎批評克萊麗斯的故事後，兩個人已經和好了。坐過牢的卡羅斯與女性主義的瑪格湊成一對，出身名家的柯特妮則配上農家子弟的喬奈兒。大家都相當開心。

史威生走出門後，覺得相當滿足充實，走下樓梯時腳步輕盈如飛。直到走到學校中庭的一半，他才發現忘了跟學生講關於那雞頭的細節——雞應該是無頭才對。

第二章

一如往常，當史威生上完課時，覺得就像個受冤獄的囚犯，在服完刑期後，享受著重獲自由的喜悅。他獲得拯救，保住一命，重獲自由之身……，一直到下星期上課為止。史威生快步走過中庭，碰上一群參觀校園的高中生與家長，擋住了他的去路。原本他大可從泥濘的草地繞過去，但為了不要弄髒鞋子，他跟在人群的後面等著。這群高中生顯得心不甘情不願，覺得還要父母陪同來參觀相當丟臉。

優世頓位於佛蒙特州東北區之內部，離首府蒙皮立約一小時車程，離柏林敦六十哩，離加拿大的蒙特婁則是一百五十哩，但若想進加拿大，還得在邊境耐心等待通行，看著加拿大的騎警一一檢查車輛，以免加拿大人非法越境到美國大賣場血拼。在這樣的條件下，優世頓絕對不會是學生的第一志願。即使學生願意長途跋涉，來到偏僻之地就學，大多會選擇貝茲大學或波多恩大學等著名學府。優世頓大學位於優世頓鎮的中央，當地交通相當便利——全鎮也只有兩個街區，外面則是一片常見麋鹿奔跑的原野，這是創校者伊利亞·優世頓當初的最愛。

最近有間公關公司建議優世頓大學利用其偏僻位置，做為宣傳的重點。所以可以聽到引導參觀團的學生，凱莉・史坦賽爾斯（她上學期修過史威生的小說導讀）強調學校生活如何地單純樸實，可以專心唸書。家長聽了點頭稱讚，而學生則是不斷皺眉。這就是他們要的大學生活？四年的寒窗苦讀？

這群人初次到優世頓，史威生無法想像他們對這間學校印象為何。他們來的時機真是再好不過。今天整個校園看起來美侖美奐，雄偉的建築物漫著薄霧，挺拔的紅楓配上依然青翠的綠地，他們應該想不到這片綠地將被白雪覆蓋，成為一片冰凍的荒原——史威生已經習慣這種轉變。

「借過一下，」史威生說著，沒有人理會他，大家都忙著聽介紹，家長聽得津津有味，而學生則顯得興味索然。史威生困在人群中，順道聽凱莉介紹伊利亞・優世頓的創校願景——在遠離文明社會的地方，設立此間人文教育的學校，目的在培育優秀的領導人才，待他們回去後能發揮一己之力，改變整個世界。看到家長們聽得肅然起敬，一副巴結討好的模樣，彷彿凱莉是掌管入學的註冊組組長。其中有位母親害羞地問：「妳會不會覺得這間學校有點……太小了？」

凱莉回答：「一點也不會，這裡是個大家庭，每個學生都是其中的一份子。這不是校園小，而是大家會比較親近……比較親密。」

當初上史威生的課時，凱莉花了一整個學期寫一篇故事，內容描寫一位脾氣古怪的老女人，名叫瑪貝爾，她認為兒女不孝，忘記她八十歲的大壽。最後鄰居安吉斯邀請她到當地餐廳共進晚餐，原本以為是頓冷清的兩人晚餐，結果是為瑪貝爾精心準備的驚喜派對，所有親朋好友都來為她祝壽。

凱莉這故事重寫了十幾次，每寫一次，史威生就越不能接受，現在想起來，用死雞自慰的故事還好些。如果說她寫的太濫情，她可能會認為史威生希望學生不要有任何感情。若要說她再怎麼改寫也沒用，史威生實在說不出口。不過，凱莉並不笨，一切都了然於心，最後問史威生為何不能寫個有快樂結局的故事，而一定要寫些他喜歡的東西，如關於人生不如意然後自我了斷的俄國故事，無聊又讓人意志消沈。

凱莉解釋伊利亞如何建立優世頓學院，教育自己六個兒子與七個女兒（有個父親聽了之後忍不住吹聲口哨），不過她刻意遺漏關於優世頓一家的悲慘故事，他有三個女兒死於痢疾，二女兒自殺身亡。凱莉一一描述著學校的傳統，不過對流傳已久的傳說卻隻字不提——據傳優世頓女兒的靈魂還遊盪在校園內，專門以女學生為目標，奪走她們的生命。

凱莉也沒提到女學生的休學率高得驚人，所以每個春季學期有個奇特的傳統，即將畢業的大四女同學會敲響學校的鐘，慶祝自己熬過四年。優世頓的女性師生聯會長久以來對女同學的休學率相當重視，想知道為何對女性而言，優世頓是個「危險」的學校，為何許多女學生在畢業前便離開學校。其實，這跟危不危險毫無關係，而是女性智慧比較高，能及早發現待在這窮鄉僻壤，只是浪費父母的血汗錢而已。

「借過一下！借過一下！」史威生叫著，大家讓了條路來。

「喔，你好，史威生教授！」凱莉打著招呼，「這位是史威生教授，在本校任職的作家，也許大家讀過他的作品，書名是……。」

史威生禮貌性地點頭後轉身就走，沒有停下來聽聽她是否記得作品的名稱。他走過馬瑟堂，他的辦公室就在這間有角樓的建築物內。馬瑟堂原本座落於湖畔，但在女兒投湖自盡後，優世頓便將湖水抽乾，如今只剩一片光禿禿的窪地。史威生繼續走著，最後抵達醫務室，一棟屋瓦鱗次，設計簡單的組合式小平房，離教室與宿舍相當遙遠。

史威生一推開門，門鈴順勢作響。他走進空蕩蕩的候診室，坐在塑膠製的凹背椅上，頭上貼著一張防治愛滋的宣傳海報，海報上金髮的啦啦隊隊長，年輕有勁，熱情洋溢，但從沒想過自己有天也會成了愛滋病帶原者。醫務室的櫃臺空無一人。雪莉正忙著在裡面照顧病人嗎？史威生想著，還是在休息？如果他肯花點時間翻翻架上的女性雜誌，就能瞭解耐心等待的重要性。不過，他還是採取比較快速的方法，咳嗽清清喉嚨，用指甲刮著椅腳……。

「救命！」他大聲喊著，「護士，救命啊！」

雪莉從後面衝出來，一邊梳攏著她那烏黑的捲髮。兩人結婚到現在，史威生一直為太太渾然天成的美麗所傾倒，她就像第二次大戰後義大利電影裡的女星一樣，散發著一股生命活力。他愛她眉間隨歲月老化而產生的皺紋，愛她會說話的五官表情，就像現在看到史威生時，能在一瞬間，從緊張匆忙，轉變成疑惑不解，然後再變成寬心放鬆，發出有點假假的笑聲。

「我的天啊，泰德，」她說著，「我聽到有人在外面喊救命，便衝了出來，過了幾秒鐘才認出來是你。」

「妳又怎麼知道我不需要急救?」

「做太太的直覺,」雪莉回答,「二十年的經驗。」

「二十一年了。」他提醒著。

「我才要喊救命!」雪莉,「你就怕人家不注意你,嫁給你這種混蛋,居然還撐了這麼久?拜託,泰德,不要用那種噁心的眼神看我。」

這就是夫妻親密關係的樂趣,盯著太太看,要多久就可以多久。在現在的社會環境下,連在取得配偶同意履行夫婦義務之前,最好也不要盯著對方看。雪莉現在穿著黑色的T恤與牛仔褲,外面罩著一件白色袍子。對一般男性而言,這樣的穿著難以引起遐想,但在史威生的眼中,則有不同的效果。

「護士小姐,我覺得不太對勁,」他說著。

在他們初次見面時,這就是他說的第一句話。當時是紐約的某個早晨,他一起床就跌倒,一邊穿衣服還跌倒兩次;出外吃早餐時,走在人行道上又跌倒一次。應該是腦瘤,他想著。過了一會兒,他開始往聖文生醫院出發,途中又跌了一次。

醫院急診室人並不多,當時的護士小姐,也就是現在的老婆,帶著他看醫生。前一個看診的病人是大明星莎拉•佛恩,所以醫生顯得相當興奮,一直談論著莎拉的喉嚨發炎,對史威生的問題則是隻字未提。經診斷後,史威生原來是中耳發炎,他向醫生道謝後就又昏倒在地。轉醒時,他發現雪莉的手搭在他手上量脈搏,這一刻彷彿是永恆。每次講到兩人如何相遇時,他總是會提到這一段。所有朋友對此早已耳熟能詳,再加上又沒有認識新的朋友，所以他最近極少提起這段往事。每次他提起這段，雪莉總是會說：「我當初真不該愛上一個昏迷不醒的男人。」

在優世頓教職員晚宴，只要她講出這句話，眾人便會尷尬地沈默起來。拜託，她只是在開玩笑而已，大家都不懂其中的幽默。在這種時候，史威生特別樂在其中——因為這顯示出他們夫婦倆依然是危險的外地人，完全不同於這群老學究和他們唯唯諾諾的太太。使女兒露比出生後，他和雪莉骨子裡依然離經叛俗，但在女兒學校的餐會或是家長會議上，夫婦倆則會連成一氣，裝出道貌岸然的學者風範。但史威生覺得最近兩人的關係有點……不如以往。因為女兒一年前離家就讀大學，直至今年九月都沒跟他們聯絡，雪莉將這一切怪罪到他身上。

雪莉往窗外看了看是否有人過來。然後她說：「我來好好檢查一下。你跟我過來，嗯？」

史威生跟著她走過走廊，走進治療室。她轉身把門關上，接著便坐在病床的邊緣。史威生站在她兩腿間，彎身吻著她。雪莉接著往下一滑，順勢站了起來。史威生下半身一挺，兩人緊緊廝磨著。雪莉用一隻手攬著他的肩膀，稍微往下壓，壓得他往後退了一點。

雪莉說道：「如果被人撞見我們在這裡做愛，不知道對我們的飯碗會有什麼影響？」

他們不會真的付諸行動。這只是本能，重逢後親密的招呼，並不是出自性愛的慾望，而是度過無聊的一天後，想在生活中加點刺激而已。

史威生回答：「我們可以說妳在為我治療，這純粹出於醫療行為。而且我們在這裡可以盡情地做，不用擔心有人會聽到。」

「喔，真的嗎？仔細聽吧！」

隔壁有人正在大吐特吐，每次如火山爆發的嘔吐後，便接著一聲呻吟。等到嘔吐聲漸漸平息時，史威生聽到沖水的聲音，接著又是一陣嘔吐聲，然後又是沖水聲。這種聲音令人聽了興致全無。史威生從雪莉身上起身。

他說著：「太好了，感激您提醒我注意這聲音！」

「腸胃炎，非常嚴重。聽起來還不到實際程度的一半。泰德，你能想像嗎？現在的小孩會跑到這裡來吐。當我們還是他們的歲數時，我們還知道要躲起來，挖個洞偷偷地吐。除非是嗑藥磕過頭，或是看到有蛇爬到腳上，不然沒有人會跑到醫務室來。」

「今天不好過吧？」史威生小心地問道。一定發生了什麼事情。雪莉不是一個缺乏同情心的人，至少對學生不會如此。曾經有位新生因為過於緊張，以為是心臟病發作，他在凌晨四點開車載她來學校處理；有時候是為了學生狂歡作樂而惹出的麻煩，她也得晚上趕來學校。她對每個人都很有耐心，除了那些患有憂鬱症且脾氣古怪的教職員，他們把她當奴隸一樣使喚，還指責她無照開立抗憂鬱症的藥方。這一切她聽在耳裡，依然不動一絲肝火。但從這學期開始以來，雪莉越來越不能忍受那些利用看病來躲避考試的曲棍球隊員，還有打球扭傷指頭卻要求用石膏固定手肘的白癡學生。對付這種學生，她一律公事公辦，不給任何好臉色。

史威生說道：「我們把這裡炸了，然後回家鑽進床單裡。」

「拜託，泰德，」雪莉回答，「我們還不能回去。今天下午有個會議，你應該記得的！」

他完全不記得。還是他其實記得，然後忘記了。他希望雪莉不要用這種譴責的口吻，彷彿他是個無助、沒有責任感的……小男孩；他希望雪莉能多體諒他有短暫失憶的毛病。優世頓要求全體教職員（事實上是強逼）出席下午的會議，檢討學校對性騷擾處理的作法。忘記這樣的會議又怎能責怪史威生？

整個學期以來，優世頓校方便密切注意佛蒙特州立大學一件性騷擾案的發展——起因是一位藝術史教授在課堂上播放投影片，當螢幕上出現一座古代希臘裸女雕像時，他脫口說了一個「讚」字。這麼一個字為他帶來接連的風波——學生控告他言詞帶性暗示，他則認為自己是純粹對藝術的欣賞。他辯稱「讚」一字是稱讚整個雕像所展現的美感，而不是單指雕像的生殖器。但學生認為老師的言詞讓他們覺得不舒服，這一點則毫無反駁餘地。這位老師不應該用生殖器這字眼，至少在答辯的時候要刻意避免。他受到校方留職停薪的處分，目前案子還在法庭中進行。

門口傳來膽怯的敲門聲，兩人猜想應該是那位嘔吐的學生。「進來吧！」雪莉講著。門一打開，結果是阿爾妮・薛莉，她穿著潔白的襯衫與褲子。她是佛蒙特州當地人，丈夫已經過世，兒女都已成家立業，講起話來聲音顫抖，彷彿訴說著一生的滄桑與不安，眼中不時還會泛著淚光。當她值勤時，有時會在深夜打電話聯絡雪莉，從話筒傳來的聲音會讓夫婦倆心驚膽跳，以為有誰去世了！

「天啊！外面真是美！」阿爾妮語帶哀淒地說著，「又有誰知道這五顏六色的美景即將消失，而冬天會多麼漫長……。」

事實上，當史威生在校園遇上參觀團時，他心裡就是這樣的想法，但聽到從阿爾妮口中說出來，他卻覺得相當刺耳。

「如果是這樣，」史威生說著，「妳應該趁現在盡情狂歡享樂才對。」

阿爾妮聽了嬌羞地一笑。史威生到底是在嘲諷還是在打情罵俏，連他自己也搞不清楚了。他剛才真的是脫口而出，彷彿中了邪完全不能自主。「我需要找驅魔師看看，護士小姐。」史威生心裡想著。

雪莉挽著阿爾妮的手臂，扶著她蒼白的手肘關節，說著：「我們開會要遲到了。如果有事情，妳就打電話給我，別客氣。」

雪莉與史威生走到停車場，鑽進他已經開了五年的轎車。雖然知道在這段短距離的路程，開車實在不環保，不過為了會議結束後能盡快閃人，倆人還是決定開車去開會。雪莉的喜美因為電腦晶片有些問題，車子會不時熄火，還停在優世頓的車廠裡，不過若請技術人員來修理，一切毛病都消失無蹤。

「車子怎麼樣了？」史威生問道。

她回答：「他們說這輛車很難搞定，如果不先找出問題所在，根本無法修理。剛剛是怎麼回事？你為什麼跟阿爾妮抬槓？」

「沒什麼。只是今天討論學生作品有些煩，故事的結局是主角跟一隻雞做愛。」

「那隻雞樂在其中嗎?」

「那是隻死雞,」史威生說著。

「那隻雞實在太可憐了,」雪莉說著,「或許之後的下場會比較好些。課上得還好吧?」

「跟平常一樣。整堂課下來,我應該沒有說錯什麼會讓女性師生聯盟今晚到家門口示威抗議的話。我應該保住了飯碗。」

車子漸漸接近教堂,他們可以想像,文學院院長法蘭西斯・班森在裡面告知所有教職員,若上課討論關於與雞性交的故事,會遭到解聘的處分。

看得出來,他們並沒有遲到。幾個老煙槍的老師還在門口吞雲吐霧。史威生靠邊停車的同時,他們猛抽最後一大口煙,然後把煙蒂往地面一彈,煙頭都還冒著煙。史威生夫婦兩人手牽著手,跟著這群老師進到教堂,坐在最後一排的座位。原本才靜下來的教室,在他們一進來,又造成一股小小的騷動。

「妳的太陽眼鏡可不可以借我?」史威生低聲道。

「放輕鬆!」雪莉說著。

史威生整個人癱在椅子上,雙腳往前伸幾乎都快碰到坐在前排女士的腳跟,不過這並沒有擋住視線。全文學院的老師都出席了——有神情緊張、臉色蒼白的菜鳥講師,還有像他這樣髮色灰白的老鳥,甚至連退休的榮譽教授都在場。大家乖乖地坐在這布置樸素的教堂裡。數百年前,強納生・愛德華牧師便在此佈道,講述上帝如何處罰罪人,將他們丟進烈焰中，燒得皮開肉焦，最後灰飛煙滅，讓信眾聽得膽顫心驚。為了紀念強納生，教堂正中央牆壁上還掛了一張他的畫像。班森院長起身要走到佈道壇上時，往後看了畫像一眼，然後假裝有些嚇得發抖，再小心翼翼地走向前。教職員響起了一片奉承的笑聲。

「這混蛋！」史威生喝著倒采。

前排的女士轉過身來看他們。

「沒事！」雪莉說著。

正如史威生所猜測的，從那頭像倒蓋碗的灰髮，以及僵硬的肩膀來看，這位女士果然是英文系的同事羅蘭・西爾利，她是位以女性主義來穿鑿附會詮釋文學作品的專家，也是女性師生聯盟的主席。史威生與她表面上維持著和諧的同事關係，但出自於某些無法解釋的理由——史威生猜想或許是男性的本能，他知道羅蘭恨不得將他碎屍萬段。

「嗨，羅蘭！」史威生說道。

「嗨！泰德！」羅蘭輕聲地說，示意要他們注意前方的發言。

班森院長站在前方，穿著灰綠色外套，燙得平整的條紋襯衫，戴著顯眼的紅棕色領結，在他金框眼鏡下，一雙淡藍色的眼睛閃著精光。他就像是一位遠從英國請來的小學老師，要來嚴格管教這群沒有教養的美國學生。大約在六年前，校方當局或許故意與自己過不去，聘請了班森擔任院長；而對這群無知到令人同情的殖民地笨蛋，班森也從不隱藏自己出身牛津的優越感。

班森雙手抓著講台，身體往前傾，彷彿要彎身親吻講台，然後又起身，拿起一疊紙在頭上方搖晃著，紙發出啪啪的響聲。「各位親愛的同事，我手裡拿的是優世頓大學對性騷擾案處理的規定。」他頓了一下，對學校還像舊時清教徒一樣保守感到莞爾，彷彿只要有人稍微觸犯禁忌，就會有位變態的校長出來施以鞭刑。「我們每年九月都會在信箱裡發現這本手冊……還有些教職員醫療規定和餐廳開放時間表等等。大家一拿到這些東西都會直接丟到垃圾桶裡。」

教堂裡響起了一片認罪的笑聲。這位大家長真是瞭解每個老師。

「我自己也是這麼做，看都沒看。雖然說制訂這些規定是我的責任，即使不情願也是要做。不過，從現在的情勢來看——大家應該都知道州立大學發生的事情，在此就不要多言，我們必須瞭解時代趨勢已經不同。所以我想應該花些時間，跟大家解釋這些關於性騷擾的規定。」

底下傳出一陣陣低聲的呻吟，溫吞地表達不滿之情。院長讓大家發洩完情緒，然後就開始進入正題。

雪莉對史威生低聲耳語：「這樣以後如果有人控告學校，校方就可以說早已警告過我們。」

沒錯，雪莉總是能一針見血，不浪費口舌，講些英國優越的文化，或是清教徒道德觀等無意義的言詞。雪莉知道事情其實很簡單，重點在於訴訟後的賠償金。優世頓校方擔心惹上官司，就像強納森・愛德華信眾擔心死後會下地獄遭火刑一樣。優世頓財政已經不甚優渥，昂貴的訴訟費與高額賠償金只會雪上加霜。

班森用那充滿譏諷的男中音唸著：「第一條，優世頓所有教職員工不得與現在就讀於本校之學生，或是已離開本校之學生發生性關係，亦不得以學業成績做為性行為交換之條件。」

只要不溯既往，大家都能同意這一條的規定。在過去，能跟女學生有染是老師這份工作最大的福利。但是現在班森就像要求大家遵守十誡一樣，要徹底杜絕師生不正當關係，將大家弄得緊張兮兮。

整個學校清教徒色彩相當濃厚，強調清心寡欲。怎麼沒有人挺身而出，講出大家的心裡話，講出其實教學本身便帶著強烈的性暗示，知識的傳遞就像是……體液的交換一樣？在創世紀裡，不就是以禁果來暗喻性愛，而禁果不就是來自於智慧之樹嗎？

師生間彼此的致命吸引力是一種職場危機。過去幾年以來，有不少女學生對史威生一見鍾情，這可不是他在自賣自誇。事實上，學生總是會對老師帶有幻想。對於來自學生的愛慕，史威生也會覺得受寵若驚，也會以委婉的方式來回報，例如先看她們的報告，或是上課特別注意她們懂不懂自己講的笑話。在這種方式下，通常這些學生會更加用功，吸收的東西也會多。但一切也僅止於此，絕無任何逾矩。應該將史威生封為聖人，他是優世頓的柳下惠。

或許說出來沒有人相信（連史威生自己也是），在優世頓教書的二十年間，從來沒有跟學生有過任何不正當行為。他深愛著雪莉，想要維持兩人的婚姻關係。在其他女性面前，他總是覺得……不自在。不需要院長的耳提面命，史威生也知道老師與學生之間存有一種權力不平等關係，需要高超的道德感才能維持此差異。史威生自己的作法是一切公事公辦——面對有吸引力的女學生，史威生雖然態度和善，但僅限於談論關於課業上的話題，嚴守師生之間的分際，以免雙方有錯誤的聯想。否則一失足成千古恨，就太划不來了。

史威生已經記不得那些女學生的名字。一切已成過往雲煙，他犯不著為她們丟掉飯碗，坐在這裡心裡七上八下，擔心有學生出來指控曾與他上床換取好成績。不過從班森的說法看來，目前為止還沒有什麼事發生。他嘮嘮叨叨說了一堆，如星星之火足以燎原；平時最好不要跟學生有眼神接觸，或是身體上的接觸，連握手都要小心。講得好像每間教室都像龍潭虎穴，而老師則是前去送死，像史威生在每個星期二下午，得跟全校最敏感與精神失常的學生討論他們的故事，故事內容無奇不有，如家庭亂倫、青少年初嚐禁果、第一次口交經驗等；此外，有些學生不知道為什麼特別鄙視他，或許是因為他身為老師，不然就是他看起來像那位學生的父親，這些是史威生所能想到的原因。

大家都沈默不語。班森院長慢慢地回頭看了愛德華畫像一眼，然後轉頭向底下露齒而笑：「我不像這位令人敬畏的先人一樣，我不想嚇唬各位。但在座諸位必須瞭解現在性騷擾案有如戰火一般，我們可不要中了流彈。性騷擾案就像當初獵殺女巫，只要言行舉動稍微出錯，像那教授為了雕像說錯話一樣，就要被活活處死。好吧！我的訓誡就到此結束。最後，我想告訴各位，本人有信心這種事不會發生在優世頓。」

教堂裡瀰漫著一股沈重的氣氛，彷彿班森剛宣布校園內肆虐著一種致命的流行病，任何人都可能成為下一個目標；又彷彿他轉達了上帝的旨意，表示教堂內這群如螻蟻卑賤的眾生都將到煉獄受罰。然後莫名其妙地，每個人都舉手鼓掌。

等一切一結束，史威生與雪莉便起身往外走，以免被同事纏著寒暄聊天。等他們走到車子前時，一大群教授還聚在教堂前閒話家常。現在唯一該做的事就是把車開出停車場，然後對著這些教授，用後輪濺起路上的碎石子打過去。不過，雪莉一上車，第一件事就是對著後照鏡猛看自己的臉。

「天呀！」她說著，「我額頭中間有顆大痘痘。每次班森開口，我就覺得這痘子越長越大。你看，泰德。在這裡，看到沒？」

「沒看到。」史威生說著。

「你連看都沒看。」

史威生把車開出停車場，慢慢地穿過校園，來到學校大門，再經過優世頓僅有的兩條街。然後他便一腳將油門踩到底。喔耶！他們自由了！這就是開車回家的喜悅！

看著雪莉安穩地坐在一旁，此刻史威生覺得自己是如此安全，是何等不可一世，掌握車外呼嘯而過的世界。好吧，這一段路只是這世界的一小部分，那又怎樣，他也欣然接受。就算是這秋日下午將稍縱即逝，大自然在黑色的簾幕後正準備用冰雪來覆蓋一切，那又如何？就算是他每天都開車經過同一條道路，對一切景色都再熟悉不過——等第二個轉彎後，便會看見一大片藍天，看到遠方黑色的山頭，這些曾讓他心動的景色如今看來卻令人膽戰心驚，那又如何？為何當初看到自己日後墳地所在的山頭，心裡會有股悸動，其中原因他實在無法想像。

地面上飄起了一層薄霧，剛好遮住路上的雜貨店，以前他常帶露比在放學後來這裡吃冰淇淋，邊吃還得邊趕蒼蠅。雖然起了薄霧，史威生卻感到慶幸，因為可以不用看到路旁農場堆積的垃圾、生鏽的卡車，以及丟棄的冰箱，冰箱門還開著——這是違法的行為，因為可能會有小孩子因好奇而鑽進去，最後悶死在冰箱裡。天色漸漸暗了下來，車廂裡也暗成一團，史威生對此也感到慶幸，因為可以利用這黑暗中暫時獨處的片刻，想想自己為何如此痛恨這次會議，真正的原因並不在於班森或同事，也不是因為討厭那間教堂，或是厭惡學校清高的規定，更不是因為發現自己原來浪費了這麼多年的時間，耗在這清教徒新英格蘭地區的不毛之地。

一切都不是。如果不是這趟摸黑的車程，他壓根不會想到真正讓他如此心煩的原因，一個他從來都不願意承認的原因，那就是自己實在太愚蠢太膽小，即使有機會也從來不跟女學生亂來。他到底想證明什麼？想證明自己堅守原則？想闡述道德觀念？他的確深愛著雪莉，一直是如此，從來不願意讓她受傷害。而現在，長久以來當一個好丈夫，一個好好先生，他的獎勵是什麼？帶著這種自命清高的榮耀踏進墳墓？現在一切都結束了。他年紀已經太大，不能跟學生及時享樂了。

他從未做出不該做的事，他在黑暗中摸索，握住雪莉的手，兩人的十指緊扣著。

「剛才為什麼嘆氣？」雪莉問道。

「我有嘆氣嗎？」史威生回答，「我在想要拔掉這顆臼齒。」說完就轉身過去，打開嘴巴，用舌頭指指那顆臼齒。

「要不要我幫你打電話給牙醫？」

「謝了，不用，我自己會處理。」

婚姻是他的一切——史威生常幻想若是瀕臨最後一道防線，他一定會對投懷送抱的學生講這句話。不過，這種情況從來沒發生過。

雪莉說：「這樣我可輕鬆多了。」

史威生現在心情好多了，享受夫妻兩人親密的時刻，任由太太天南地北地聊著，一會講到以前的話題，接著毫無解釋與轉折，就跳到完全不同的話題。這點讓史威生有點煩心。即使他能瞭解她言下之意，但為什麼她總是東扯西扯，不直接講出心裡的話？為學生做心理諮詢也是她的工作之一，如果能徹底杜絕校園內的性騷擾，就會有較少的學生受到教職員的摧殘，這樣她的工作量也會減少。雪莉因為工作關係，接觸許多學生，得知不少師生性騷擾的內幕，多的足夠讓學校吃不了兜著走，不過她一直相當小心謹慎，對這些醜聞睜一隻眼閉一隻眼。不過，如果抓到史威生跟女學生上床，相信她就不會這麼沈得住氣。她時常誇耀從父母親那遺傳的西西里人血統——在西西里島的村落，若是丈夫有婚外情，太太的兄弟舅親會把他從山頂丟下去。雪莉常說如果他敢偷腥，就會跟他離婚，然後追殺他到天涯海角。最近幾年她都沒有提到這一點，這讓史威生覺得不太自在。

「妳很幸運。」史威生說著，感覺黑暗中雪莉突然嚇了一跳。

「為什麼這麼說？」她說著，「我做錯了什麼？」

「沒有啦，我的神經繃得緊緊的。」史威生喃喃地說著。

「喔，對呀，我也是。」她回答，「對了，你絕對不會相信今天醫務室發生了什麼災難。」

史威生應該順口問下去——什麼災難？不過，他並不想這麼做。

「唉喔，你不用擔心，放輕鬆，你不會因為教學生一些猥褻的故事而遭到解聘的。」

她怎麼能這樣輕忽丈夫每天都得面對的恐懼？他真想請她親身上課，讓她走進教室，然後睜眼說瞎話，說些自己最喜歡的的東西是什麼等謊話，接著以老師的身份，忍受學生寫的故事。就當他考慮要不要跟她講些會引起兩人爭論的事情時，霧越來越濃，讓他必須將注意力集中在開車上。

雪莉拿起一卷錄音帶，放進車子的錄音座。「叫醒我，搖醒我，不要讓我睡太久。」這是德克西蜂鳥合唱團的歌。真是太好了，安靜的時刻已經結束了。雪莉最近喜歡上福音音樂，史威生平常也是如此，像今年夏天駕車奔馳在鄉間道路時，他喜歡在車上大聲播放福音音樂，讓車內充滿著那如天使般的天籟美聲。

但是現在他則說：「我討厭這首歌，聽了會讓我想停在路邊，跪在排水溝旁，祈求上帝拯救。還有，這會讓我羨慕那些相信這套狗屁的笨蛋。」

「拜託，」雪莉舉起雙手，「不要這麼兇，我只是放些音樂來聽而已。」

叫醒我？搖醒我？這蜂鳥合唱團的人是不是擔心審判日來的時候會睡過頭？車子繼續開著，兩人從剛才像地獄烈火般的對罵，變成贖罪般的安靜不語，最後達到救贖的和解。

第三章

史威生夢見女兒露比打電話回家，說她想念著他，且願意原諒當初一切的不快。

他掙扎地醒來，發現已經是日上三竿，而一早起來便有三件討厭的事要處理，幾乎是同時發生。

第一件事，電話鈴響。

第二件事，這不是露比打來的電話。事實上，自從她上大學以來，就從沒打電話回家過。雖然史威生打電話到她宿舍，她還是願意跟他講話，但也是態度冷淡，用嗯嗯啊啊來帶過，強烈顯示出對父親的怨恨——因為當她還是高中生時，愛上優世頓史上最低劣的學生，而史威生愚蠢地將這對小情侶硬生生地拆散。

第三件事，看來他似乎昨晚睡在客廳的沙發上。

為什麼沒有人接電話？雪莉跑到哪兒去了？可能是她打電話來解釋為什麼他昨晚睡在沙發上，提醒他昨晚兩人是否大吵了一架。事實上，平常即使兩人在睡前有所爭執，也會床頭吵床尾和，至少會假裝已經和解，等到明早再重新點燃戰火。雪莉為什麼不叫醒他，叫他改睡在床上？還好鈴聲在他起身砸電話前停了下來。如果是雪莉打來的，可要好好問問為什麼她要把他留在沙發上。鈴聲一停下來，他在沙發上伸了個懶腰，想著待會再打個電話給雪莉。不過再想想，她應該在家裡才對，車子還停在家中。

「雪莉？」他大聲叫著。感覺真的不太對勁。也許雪莉發生了什麼事，所以沒有把他從沙發上叫醒。「雪莉！」他不能失去她！

他本能地衝進日照充足的廚房。在桌上那片燦爛的陽光中，有一張白紙，顯然是雪莉留的字條。

上面寫著：「你看起來很累，所以讓你繼續睡在沙發上。我搭阿爾妮的便車。愛你的雪莉留」

可憐的雪莉！嫁給這樣一個瘋子，還以為她遠走高飛，原來她只是想讓他多睡一些。雪莉愛他，她在字條上不就這麼寫著？

史威生拿著這張字條，往窗戶旁慢慢走去。當初在廚房加裝這窗戶，是他們倆第二次，也是最後一次整修這間佛蒙特州的老農舍，不僅是為了滿足生活上需求，也是想讓這間房子知道誰才是主人。不過，整間房屋大部分還維持原貌，他們並沒有做太大的修改。當初在加裝窗戶時，他們明明告訴木匠不要做的像一般住宅的小窗戶那樣，結果看來就像一般住宅的小窗戶。無所謂，只要能讓他們從廚房看到雪莉的花園就好。

這花園是之前屋主留下來的，她是一位老太太，要求他們要好好照顧她的花園與菜圃，否則房子就不賣了。只要能逃離優世頓的宿舍，雪莉什麼事情都會答應。住在宿舍裡，一點隱私都沒有，若是要履行夫妻義務，還不能盡興行事，還好在兩人謹慎小心下，終於「做人」成功。雪莉遵守諾言，不過已經換掉大部份的花花草草，畢竟在佛蒙特州北部，多年生植物也活不了太久，雪莉不是從盆栽店裡買新的植株，就是從種子栽培出新的植物。整個花園生意盎然，這可能是雪莉從祖父母那兒遺傳的園藝天賦。她之前還在市政府工作，接著才到醫院急診室。

現在這季節，花園看起來像正在進行挖掘的古蹟陵墓——雪莉的花床修剪得整整齊齊，覆蓋著一束束的稻草，在植物濕潤的葉子下又塞著穀殼，彷佛保證等春天來時，一切都將起死回生。這正好點出她與史威生之間的不同。雪莉總是相信春天會降臨，而史威生看到雪融化，或是看到第一朵報春花時，總是覺得不敢相信。他羨慕雪莉的樂觀開朗，總不能全世界的人都像他一樣悲觀。

他打開冰箱，並不是因為肚子餓，而是想看看昨晚吃了些什麼——還剩下些義大利寬麵，上面滿是黏答答的奶油與起士。史威生一直想注意飲食健康，不過他也瞭解有時候就是需要高熱量的食物才能滿足口慾。他們的晚餐應該是在客廳的沙發上，一邊吃一邊看著夜間新聞解決的。兩人並用沒有交談來緩和一下車上緊張的氣氛，而將注意力轉移到滿足本能的需求上。

史威生伸手拿起電話，想著要告訴雪莉他有多愛她，並珍惜兩人共有的點滴。然後電話突然響起，雪莉跟他真是心有靈犀！

「親愛的！」他對著話筒叫著。

「嗯……這，」一個女性的聲音傳過來。

糟糕。顯然是學生打電話來，她不知道該怎麼稱呼史威生先生，還是叫泰德教授，不過她一定不會叫他為「親愛的」。雖然史威生每個學期初都會把家裡電話留給學生，但從來沒有學生膽敢打電話來。他每次都會用開玩笑的口吻，告訴學生在生命垂危的關頭，不妨可以打電話過來。在生命垂危關頭的學生……會在早上九點二十分打電話過來嗎？

「我是安琪拉，」對方說道，「我們原本約好九點要討論。我在你辦公室等了一陣子。我以為是我記錯日期……還是記錯時間。不過我們昨天才約好……。」

史威生記起來了。下課時實在太興高采烈，不論學生有什麼要求他都會答應。

「沒錯，」史威生說道，「真是對不起。」

「我早醒了。」

「不，我才要說對不起。我沒有吵醒你吧？真的非常不好意思。」

「喔，我的天呀，你不會剛好在寫作吧？我打擾你寫書了嗎？」

「不會，我並沒有在寫東西。」史威生急忙講著。

「真的很抱歉。」

「不要再道歉了。妳再等一下。我大概十五分鐘後到。」

「這樣會不會太趕？」

「不會。」

放下電話後，他還楞在原地一會兒。他應該提早退休才對。當初學校為了應付吃緊的財務問題，老師若肯提早退休，還有整整一年的薪水可拿，不過這作法成效不彰，最後便無疾而終。如果當初他肯點頭，現在就可以待在家裡看電視、寫作或是讀書，而不用在學校浪費生命。

現在他只剩下十五分鐘的時間，要先梳洗著裝，然後再開車到學校——這根本是不可能的任務。梳妝打扮就先省了。這個小女生對寫作這麼有興趣？就讓她看看一個作家在早上九點半的德行。

史威生往客廳走去，在上下樓梯與經過每個房間時，總會不經意地慢下腳步。由於這棟房屋原本是農舍，每間房間都是為了實用目的而建，例如在豐收時建來儲存穀物用。整個房子經過數次的擴建，便成了現在的格局——客廳對著沒什麼車子的馬路，隔著幾間空著的房間，然後才是臥房與廚房，再過去一點原是間加蓋的農倉，現在已經改建成史威生的書房。

這間書房是史威生的私人聖殿，也是當初對整間房子做的另一項改變。這間書房屋頂挑高還設有天窗，但並沒有加裝暖氣，當初動用了寫小說的預付稿費，改建這間書房好讓他專心寫作。現在史威生不時擔心出版社會不會將這筆錢收回，也常擔心好像都沒有人在意他的進度。他新書預定的標題是「黑與黑」，不過還不確定是否就此定案。當初他的構想（現在已經想不起來）是參考斯當達爾書中的志利安・索勒爾，還將主角命名為志利爾斯・索利，設定他是一位年輕的雕刻家，他父親是為理想喪命的黑豹黨黨員，母親是位激進的社會主義者。他風趣迷人，但道德觀念薄弱，為了在藝術世界不斷往上爬，無所不用其極，利用身邊的每個人。種族、藝術與野心，胡扯的故事主題。史威生不知道自己是否能寫完這本書。現在他腦中充滿了怠惰與懷疑，想當初還自以為能專心寫作，真是天大的錯誤。

能有這份教職工作，他應該慶幸，因為這工作不僅帶來固定的經濟收入，更讓他眼不見為淨，不用一直盯著書桌上那疊在偌大的書桌上顯得單薄且毫無增加的文稿，。這張橡木大書桌是二十年前向一家關門的律師事務所買的，當時優世頓還主動負擔高額的運費，將這書桌從紐約船運過來。這張書桌是當年史威生受學校器重的唯一證據。

他的公事包在哪裡？他一定是將它丟在什麼地方。事實上，公事包裡的東西一點都不重要，通常是學生的手稿等雜物，整理起來既花時間又麻煩。找不到公事包讓史威生很心急，開始四處翻翻報紙與書堆，脾氣也越來越暴躁，最後才發現原來公事包被壓在昨天看過的郵件下。這疊郵件不是很厚，其中兩封是訂閱雜誌的宣傳文件，一封是綠色和平組織的文宣，最後一封是推銷飛機旅遊平安保險的廣告，看起來像張邀請函，史威生昨晚在打開之前還信以為真，以為真的要參加宴會。事實上，除了雪莉住在紐約的姊姊之外，根本沒有人會邀請他們……。他把這些廣告信件丟到垃圾桶裡。為什麼他需要旅遊平安險？他根本不會搭飛機，根本不會有人寄邀請函。他已經掉落在地球邊緣之外。

他驚覺若是要趕著跟學生見面，最好不要再為了這種事浪費時間。再加上離開家門前，他總是會拖拖拉拉的，仔細檢查是否已將所有電燈關掉，甚至連露比的房間也不例外。自從露比上大學後，她的房間已經空了很久，她連暑假也不回家，情願在外面打工當女服務生。

他站在露比房間門口，努力回想這裡當初如何改建，從育嬰房變成十幾歲小女孩的閨房，不過一切的記憶已經模糊。自從露比離家就學後，這房間就沒變過，牆上貼滿演員、歌星與運動員的照片，這些人如今可能風光不再。過去這房間裡有股瀰漫不散的味道，牛奶與爽身粉的味道，混雜了帆布鞋、指甲油與焚香的氣味，如今取而代之的是灰塵與霉朽味。

從牆上掛勾拿下燈蕊絨夾克，史威生不經意地往旁邊大鏡子一瞧，看到自己邋遢到嚇人的模樣，臉上有皺紋鬍渣，一頭雜亂的灰髮，看起來一點都不像令人敬重仰慕的作家，身兼教師、好父親與丈夫的完美角色，反而像電視影集中離了婚的警察。他眼鏡上還有白色的污痕，眼袋也相當明顯。史威生用手指摳掉黏在門牙上不知道是什麼東西的殘渣，然後再張口看看那顆臼齒。

喔，沒時間再想這顆牙齒的事，要趕緊動身到學校。

一口氣跑了四段樓梯，已經足夠史威生一整天的運動量。不過，在趕時間的壓力下，整個運動的功效也大打折扣。跑到三樓時，他已經氣喘如牛、胸腔疼痛。難道命中註定他要斷氣倒在眼前這穿著皮夾克，骨瘦如柴的女學生腳跟前？安琪拉正坐在地上，背靠著牆壁，從牛仔褲的破洞露出蒼白的雙膝，上面擺著一本打開的書。

史威生距離她還有幾個階梯，不過可以看到她書上的書名，出乎他意料之外，這本書並不是什麼暢銷的現代作品，而是經典名著「簡愛」。安琪拉的雙手戴著嵌有金屬環的賽車用皮手套，露出像雞爪的十指，指甲塗上亮紫色的指甲油。她的雙手非常小，差不多跟手裡的小說一樣大小，戴上皮手套依然顯得秀氣小巧。不過她今天整體裝扮相當帥氣中性，染著橘色與綠色條紋的頭髮在頭部中央綁成馬尾，任由髮絲四散，看起來像個俗麗的宴會裝飾品。

「早啊！」史威生開口打招呼。

安琪拉雙眼從書上移開，抬頭看著他，一臉驚訝，彷彿兩人在此相遇是完全出於巧合。

「喔，早！」她回答，一臉不確定的表情。

「我遲到了，對不起，」史威生說著，「我忘了這件事。」

「沒關係，還好啦。」

史威生抓著欄杆，一方面是調整呼吸，另一方面是要克制用雙手掐死她的衝動。這不知禮貌的小鬼，打電話把他從床上吵醒，喔，不，從沙發上吵醒，特別是這麼一大早，讓他十萬火急地跑到這裡，冒著心臟病發的危險……。「還好啦！」一點都不好。看來史威生只有兩個選擇，一個是板起臉，好好教訓她做人要常心存感激，起碼要說聲「謝謝你」，另外一個是忍氣吞聲，熬過跟她討論的十五分鐘，聊聊她的作品，或是聊聊她為什麼寫不出東西的原因，然後他再隨便講一講，這樣大家都皆大歡喜。

調整好呼吸後，史威生說：「還是我們改天再討論？」

「喔，不用，真的不用，我需要現在跟你討論一下，真的。其實我還蠻喜歡的。不上課，坐在這裡，一邊等你一邊看書，好像小時候蹺課，然後躲到陽台下看書一樣。」

「妳喜歡看書?不錯!」

「應該吧。」她用一隻手撐著牆壁，從地上起身。史威生上前想扶她一把。她以為他是要看看手中那一本書，便將書往前遞過去。等她站直身，史威生順勢接過書，裝作這尷尬的誤會沒有發生。當安琪拉彎身拿背包時，他翻了翻裡面的內容，有部分還有畫線做記號。原來如此，這本書是上課用的書。

「妳覺得這本小說如何?」

「這是我最喜歡的小說。我讀了十七遍了。」

真是看不出來。原來在那硬梆梆的皮衣下，有著渴望真愛的溫柔少女心。

「我最喜歡的部分是簡愛的憤怒。在整本小說，她永遠忿怒不平。而憤怒的結果是她嫁給了把太太活活燒死在閣樓裡的瞎子。」

「進來吧」，史威生說著，「坐著談。」

在史威生開鎖進辦公室的同時，安琪拉還一直講個不停。「這本書是上課討論的讀物，是羅蘭・西爾利的課，『兩性戰爭讀本研究』。不過，我對這堂課有點不認同，那就是我們讀的書內容都是講父系社會握有權力，對女性進行迫害。我想這點是沒有錯，不過就像你曾說的，凡事都不應該以偏概全。」

忙著用鑰匙開鎖，讓史威生免於這進退兩難的危機——當學生批評同事的課時，該不該認同學生的意見。此外，這位上課悶不吭聲，幾乎接近啞巴的女同學原來可以如此聒噪多話，讓史威生覺得不知所措。他當初打算這次討論大概跟平常一樣，學生緊張地咬著指甲，然後講些言不及義的對話，大概十分鐘就可以打發。

史威生的辦公室有股像毛衣擺在櫃子裡太久的味道。他多久沒來這裡了？他真的記不起來。史威生打開窗戶，一股冷風吹了進來，他把窗戶關小一點。

「這樣妳會不會覺得冷，」他問道，「昨天還熱得跟夏天一樣，現在是冷得令人發抖。這地球真的出問題了。」

安琪拉沒有答話。她全神貫注地走進史威生的辦公室。不過，她走在地毯上時卻絆了一下，然後為了拉平地毯，還差點摔倒。看到這景象，史威生不禁在心中禱告，神啊，她不會嗑藥吧！

「喔，真是的，我常會跌個狗吃屎。」她說著。

「小心點可別受傷，」史威生像個慈父般建議。

「我會盡量小心點的，謝謝。」她這話中帶刺嗎？

「也許妳坐下來會比較安全些。」

「我可不可以先站著？」她不斷地跳來晃去。

「隨妳高興。」

「高興。哈，希望如此喔。」

喔，拜託，史威生心想。

坐在椅子上，史威生開始整理以前的郵件，擺出像醫生一樣的專業——好了，下一位病人。

「這個學期過得還好嗎？」他開始問診。

「爛到不行。」安琪拉看著窗外。

「這答案真是令人遺憾。」史威生的回答其實相當真誠。事實上，對這樣的問題，一般學生都會回答：「還不錯。」學生不會對他講心裡的話，而他也不希望如此。學生的生活或許有很多困擾，但就是不會告訴他。上英詩的瑪格達·摩伊那漢，會有學生找她聊心事。不過上他課的學生則不會。這樣的情形持續多年後，他已經習以為常，現在即使有學生想找他談心，他也不想。他自己也有一大堆問題，不需要再知道學生的問題，不過有時候他的確會覺得有點……與大家格格不入，擔心自己是不是對周遭的事情太漠不關心。難怪他寫不出東西來。

安琪拉說：「我現在想坐下了。」

「沒問題，請。」

安琪拉一屁股坐在他桌子對面的椅子上。她坐定後先是收起一腳，壓在另一隻腳的大腿下，然後又改變主意，把雙腳放到椅子上，把雙膝抱在胸前，最後又把腳放在地上，開始用戒指敲著椅子的扶手。史威生從沒看過有人連選擇坐姿都這麼麻煩。她是吃了什麼？該不是嗑藥吧？這正值青春年華的少女。她的皮夾克一動就會發出聽起來像扯斷繃帶的聲音。

她再次試著像做瑜珈一樣，將雙腿交叉在椅子上，最後又坐得筆直，盯著他看，像隻做龐克風打扮的吉娃娃。她拿掉一些臉上穿的孔環，只剩下耳緣上一隻蛇形的銀環，以及鼻翕上一個細環，環上還嵌了一個綠色小星星，在鼻孔下方閃閃發光，看起來像綠色的鼻涕。拿掉眉頭與上唇的環後，她那略呈三角形的臉孔不像以前那麼怵目驚心。她的瞳孔沒有任何顏色，或應該說，像新生兒那種暗灰色。

「學業有什麼問題嗎？」他問道。

「我上的課都爛透了。」

「所有的課嗎？」他用保持中立的語氣問著。

「除了你的之外。」當她罵所有的課都很爛的時候，史威生並不認為自己的課也包含在內，不過現在想知道原因為何。安琪拉繼續說著：「你的課是我唯一不蹺的，我唯一喜歡的。」

為什麼是我，老天爺？史威生心想，我怎麼這麼走運？

「有什麼好笑的嗎？」安琪拉問。

「沒事，為什麼這樣問？」

「你臉上帶著微笑。」

「喔，我只是覺得受寵若驚而已，」他撒謊打圓場，「聽到妳這麼喜歡我的課。」

「寫作是我在這世上唯一喜歡的事情。」

「很高興聽到妳這麼說，」史威生再次撒謊，「上課就是要讓學生能樂在其中。不過，妳不要再蹺其它的課了。即使妳是托爾斯泰大文豪轉世，上課不是缺席就是打瞌睡，優世頓還是會他媽的給妳退學。」為什麼他要講粗話？講著他們青少年的語言？有時候跟學生在一起，久了就會受到感染。

安琪拉皺了皺眉頭，原來在那一身酷裝下，是一朵嬌弱的溫室花朵。通常像她這種學生，染了一頭綠髮，身上戴著穿孔刺環等，其實內心都相當敏感脆弱。優世頓大多數學生都喜歡陽光整潔的正常打扮，彷彿日後每個人都是體面的經理總裁。而安琪拉一身特立獨行的打扮，表明了堅持當一個邊緣人的決心。

「我可不可以抽煙？」她問道。

「最好不要，不然等妳離開之後，我還得忍受一屋子的煙味。聽著，我以前也會抽煙，所以知道……。」

「沒關係！其實我也不是很常抽。」她雙手往上一擺。「隨便啦。我可沒有上課打瞌睡。我是很認真地坐在電腦前寫作的。」

「嗯，很好，這太好了，這樣下星期上課就可以討論妳的作品了？」

「我寫的是一本小說。」安琪拉說著。

「小說！」史威生倒吸一口氣。

他應該想像的到小說的內容，或者他實在無法想像。學生的作品通常會讓他意想不到，像他曾經教的曲棍球校隊隊長，就寫了一篇關於歌德時代的浪漫愛情作品。去年有個男同學，頭髮染成藍色，指甲也擦成藍色，花了整個學期寫一本小說，標題是「大王蟹」，前面十頁全用打字，用不同字體印著「大王蟹」。還有一年，有一對分不清誰是誰的女學生，史威生原本以為她們是雙胞胎，結果只是朋友關係，兩人共同寫了一本兩個機械人的科幻小說，一個叫吉波，另一個叫柴波，一個女生負責吉波的部分，另一個負責柴波。幾年之後，史威生看了一部電影，內容是有兩個情如姊妹的女孩子，計畫著如何謀殺其中一人的母親，兩個角色詭異的程度讓他馬上聯想到這一對女學生。

「這小說的標題是什麼？」史威生問道。

「我可不可以先看一下你的藏書，這樣會讓我不那麼緊張。」她顧左右而言他。

史威生要她不要抽煙，但總不能禁止她站起來，看一下他書架上的書吧？他其實很想告訴她——這是討論的時間，我們越早結束越好。

「沒關係，請便吧！」他昧著良心說著。

「我們可以一邊討論，這樣我才不會覺得那麼奇怪。」

安琪拉沿著牆壁走著，仔細地看著牆上的明信片與照片，不時停下來盯著柴可夫、托爾斯泰、維吉尼亞・渥夫等人的照片。

「天呀，我真不敢相信，」她叫著，「我房間牆上也貼了一模一樣的明信片！」

已經很久沒有人（包含他自己）會去注意他辦公室裡的裝潢擺設。幾年前，不時有女學生到他家拜訪，她們也會對他的藏書與擺設東摸西看的，事實上對史威生而言，什麼事都不做，就坐在那裡欣賞她們美麗的背影與臀部，也是相當賞心悅目的事情；不過，現在情況不同了，因為他真的能看到安琪拉的臀部——兩團對稱的半月形白肉，從她牛仔褲的破洞中露出來。

安琪拉像是捕捉獵物一樣，仔細看著書架上的書，接著突然撲了上去，拿下了一本給史威生看。她拿的是斯當達爾的「紅與黑」。他是否曾經一時不察，在課堂上講過自己正在參考斯當達爾的作品寫一本小說，他現在一點印象都沒有。可是他認為應該沒有才對。這難道是巧合，還是安琪拉有心電感應的能力。她還說：「我除了簡愛之外，也很喜歡這本。」

「為什麼呢？」

「我喜歡斯當達爾的寫作方法，你知道的，能夠進出主角志利爾斯的內心世界，讓我們瞭解他的行為，但同時也知道自己不會這麼做。」

這就是史威生目前創作的問題癥結，他無法進入主角志利爾斯・索利的內心世界。連這名字都不適合主角個性。史威生一直不能進入他的內心世界，只能從外面觀察著。

安琪拉回到椅子上。「你還好吧？你剛才看起來有點不舒服。」

「我很好。」

「我也覺得不錯，還不錯啦，我現在沒有那麼緊張了。」她深吸了一口氣。「我的小說名稱是『蛋』。」

「不錯的標題。」史威生聳聳肩，腦海中浮現了一本三百多頁，仿效作家安娜伊絲・寧（Anais Nin）的意識流小說。「內容是關於什麼？」

「我先不講，我已經把第一章帶過來。等你看完之後，我們再來討論。另外在你發現之前，我先自己招了，我寫的很糟糕，慘不忍睹。」

「我想沒有這麼糟的。可不可以下星期的課就討論這一章?」

「你可不可先看一下?然後我會一章一章給你。我已經寫好一半了，從去年夏天就開始寫了。」

一章一章給你?這幾個字讓史威生心驚膽跳。

他最後說：「好吧，我先讀第一章，然後再看看，也許在課堂上討論會有所幫助，我們看看再做決定。」

「你來做決定。」安琪拉從背包裡想拉出什麼卡在裡面的東西，最後大力地抽出一個信封，封面因為拉扯而有點皺皺的。顯然這橘黃色的信封也是經過精心挑選的。

「可惡，弄成這樣子。」她說完便從椅子上起身，還刻意把作品翻過來，才交給史威生。

「謝啦!謝謝你寶貴的時間，還有真的很抱歉把你吵醒，或者是打擾你的寫作什麼的。」

「沒關係!」史威生滿臉微笑。一切就要結束了。

還沒有!安琪拉先是遲疑了一下，接著講：「我們下星期可不可以討論這一章?我不是在催你，不過如果你在下星期前看完，可以打電話給我，不然也可以寄電子郵件。還沒有人看過這篇作品，我真的很緊張。」

「我下星期一定會看。」拜託，討論已經結束了。這個小妮子還不懂暗示嗎?

「那就再見啦!」安琪拉說著，「謝啦!」她打開門後，轉身跟他揮揮手，然後再轉過去往門外走，又轉過來說：「喔，對了，還有一件事，這裡面有四到五個錯字，我本來想訂正……。」

「不用擔心。」

「好吧！對不起喔，拜拜！」

「再見！」

他等到她下樓梯聲音完全消失後，便將她的信封塞到公文袋裡。他一定會看這份東西的，不過不是現在，先眼不見為淨吧。他應該回家寫自己的小說才對。不過在與學生討論後，他所有的創造動力早已消耗殆盡，看來今天又是無法動筆，接下來就是面對無法寫作的另一項問題——如何消磨這一整天的時間。

史威生可以打電話聊天，不過兩個星期前他才打電話給編輯，連・柯利先生——連所隸屬的出版社跟史威生簽訂合約，購買下一本小說的版權，然而期限已經過了兩年，史威生的書都還沒完成，對方也似乎不以為意。史威生固定半年打電話聯絡連先生，對方每次接到電話態度都相當熱絡，然後聊上一陣子，抱怨著工作繁忙等事情。

不然史威生還可以像上星期一樣，開車到蒙皮立，到布萊德街書店裡消磨一個小時，喝喝咖啡，看些自己永遠不會買的高水準文藝雜誌，雖然他知道自己身為作家，應該買這樣的雜誌以示對文藝界的支持。對文藝界的支持？能常來光顧布萊德街書店的生意就不錯了，史威生心想，不然他大可開往不同方向，花一樣的時間到咖啡廳裡享受更棒的咖啡。

身為作家，常會為了這種瑣碎的事在心中困擾不已。選擇到書店去，還是到咖啡廳。

第四章

布萊德街書店老闆亞當・畢刻意將咖啡機的馬力增加，這樣打完咖啡後，所噴出的蒸氣會比較多一些。嘟嘟……，咖啡機發出著聲響，彷彿在向史威生打招呼。史威生向這咖啡機舉手敬禮，心中暗暗期望這家大型連鎖書店生意不要太好，不然這台經過改造又不斷使用的咖啡機，一定會提早壽終正寢，史威生不禁心生憐憫。亞當在一九七〇年代早期搬來這裡，開了這家書店，之後所做的重大改變就是這架咖啡機；據傳他涉入了一件爆炸案，所以才潛逃到這裡來。

「你好呀！」亞當大聲地打招呼，上了年紀的他看起來像土地公一樣，挺著大大的肚子，一把灰色的鬍子垂在胸前。

「嘿，老兄，」史威生說著，「最近還好吧？」

「我想還過的去，」亞當回答，「老樣子？」

這是在酒吧裡會發生的對話，只是場景改成書店裡。史威生倒希望自己真的是在酒吧。

「老樣子。」他講著。

亞當為史威生打咖啡時，咖啡機發出苟延殘喘的聲音。亞當問道：「現在書寫的怎樣？」

你去死吧！史威生心裡想著。他知道亞當只是在聊天而已，像問太太孩子好不好那樣的話題，不是故意要折磨他。史威生是亞當多年的忠實顧客，而亞當也目睹多次讓史威生難堪的場面，像上一次史威生與瑪格達在他書店舉辦的朗讀會。

當初在亞當不斷的懇求下，他與瑪格達終於點頭出席，還將這場活動命名為「優世頓作家聚會」。不過，活動當天正好碰上大風雪，當然也就沒有什麼觀眾上門。會場只有一排又一排的空座椅，只有亞當、瑪格達與史威生，以及亞當請來的兩位陰陽怪氣的員工，這一等人來享用事先準備好的酒與點心。

嚴格說來，還有一位讀者出席，一位坐在最後一排的老婆婆。即使只有一人，他們覺得還是有必要繼續進行整個活動，畢竟這位老婆婆可是冒著風雪前來。史威生開始朗讀自己的小說《浴火重生》的第一章，許多書評均稱讚此章刻畫細膩，中肯詳實地描述當女主角十幾歲的時候，她的父親為了抗議越戰而引火自焚。在朗讀了十幾分鐘後，那位老婆婆舉起手，要求史威生大聲點。史威生客氣地請她往前坐，但她卻表示待會兒就會先離開。

天曉得亞當還記不記得？也許只有史威生才會像受到詛咒一樣，每次一踏進這裡，這一切就歷歷在目。史威生拿到咖啡便往離亞當最遠的角落座位走去，繞過兩位家庭主婦用嬰兒推車霸佔住的地區。他嘗了一口又苦又稀的咖啡——好了，已經喝了咖啡，現在該讀些什麼呢？

如果他去逛逛小說那一區，他一定會避免將目光放在「S」開頭的書架，因為就算心中已經明白，但還是不願意發現自己的小說早已絕版，不在架上。當然他家中還有幾箱存書，可以帶來托亞當賣，不過這樣做實在相當丟臉。他只好假裝一切都毫不在乎。而且起身選書會花相當時間，等他選定後咖啡都冷了。

他拿了一本雜誌，「今日小說」，看看最近小說界有什麼新作。打開雜誌看到的第一個作家，名字史威生不太有印象，作品描述某個父親冷血地手刃家裡的貴賓犬。史威生跳過這篇，改看另一篇作品，作者是位女性，對她名字也是印象模糊。當故事進展到主角的母親倒車要壓死主角的貓時，史威生便打住不看。這是最近流行的故事主題嗎？還是雜誌編輯沒有做好工作？自己的學生是不是有讀過這本雜誌？如果有，便可以解釋一切了——因為學生年紀還小，心地還很軟，沒有辦法像故事那樣殺掉自己的寵物，所以改寫成跟動物發生性關係。不過，他倒希望學生真的會看這種雜誌。史威生把雜誌放回架上，拿起另一本，「詩人與作家」，翻翻裡面暑期文藝研討會的廣告（他完全沒有受邀），也看看小說選集的宣傳（完全沒有人向他邀稿），對於那篇略有名氣的小說家專訪，則是跳過不看——拜託，她在文章裡滔滔不絕地講到自己警告學生不要在故事裡形容食物。

他還是來看看安琪拉的作品吧！畢竟這是一定要做的工作；與其一事無成，不如至少有這點完成工作的虛假成就感。他伸手要拿公事包。嗯，他又把公事包放在哪裡？希望不會留在辦公室。還是他在走動之間，把公事包隨手放著，再也找不回了？

他在車子的前座找到他。回到書店座位後，先喝一口咖啡提神，打開那橘黃色的信封，上面寫著：「蛋　作者：安琪拉・阿爾革」。史威生坐定身子，開始讀第一行，然後一口氣讀下去，毫無中斷。

每天晚餐後，我都會跑到外面去看我的蛋。

通常我都會等媽媽洗好碗、爸爸看醫學期刊看到開始打瞌睡之後，再從廚房的後門溜出去，穿過冷颼颼的後院，那裡黑漆漆的一片，空氣瀰漫著一股樹葉的怪味，顯得古怪詭異；樹葉開始在變顏色，在這一片黑夜中，不時傳來樹葉變顏色時發出的颯颯吵雜聲。我回過頭看著在夜色中的家，在洗碗機的嗡嗡聲中，整個家彷彿跟著震動搖晃著。然後，我溜進工具間，這裡空氣比較暖和，裡面唯一的照明是孵蛋器的燈泡所發出的紅色光芒，一切安靜無聲，彷彿可以聽到蛋裡小雞的心跳。

雞蛋孵化需要二十一天的時間。我想我運氣不夠好。這一切都應該怪我。我想這是上天的處罰，因為我心中有不該有的壞念頭，我時常在溫暖但黑暗的工具間裡，閉著眼想像蛋殼裡那些胚胎浮在蛋液中的模樣。

我檢查了孵蛋器上的溫度計，在記錄表上做了符號。我又重新檢查一次溫度計，如果溫度有所改變的話，雞蛋就不會孵化，或者會孵出畸形的小雞。

表面上，這些蛋是我高中二年級的生物課研究計畫。在這些記錄表、筆記與一排排雞蛋的表面下，我心中真正想做的是黑魔術實驗，施展魔咒以實現我不該得到、期望已久最後終於能成真的願望。

戴維斯太太是我爸爸的病人，她在自家的雞舍裡中風，昏厥了過去，醒來之後發現身陷在一片騷動不已的雞群中。從此之後，她開始討厭雞，然後問我爸爸可不可以用孵蛋器來抵醫療費用。有那個醫生會想要孵蛋器呀？因為我研究計畫上的需要，我爸爸才點頭。

戴維斯太太在醫院裡吩咐兒子殺死家裡所有的雞。她的孫子是我在學校認識的朋友，拿了二十四隻拔光毛的死雞，用塑膠袋裝著到我們家裡，塑膠袋還沾著斑斑的血跡。他兩隻手各拿三個塑膠袋，每個袋子裡裝著四隻死雞。

我媽媽用這些雞煮了雞肉義大利麵、咖哩雞。這些雞肉很瘦又不結實，味道也很不入口。不過媽媽說應該要吃完所有的雞肉，畢竟那位可憐的老太婆為了報答爸爸，才殺光了她所有的雞。

爸爸說：「這些雞又不是為了我才被殺的，拜託，妳應該知道，牠們是眼睜睜地看著戴維斯太太中風倒地才會被宰的。」

媽媽說：「也許這些雞希望她死去。」

爸爸說：「這老太太冠狀動脈繞道管中的血拴，才不會管這些雞要什麼。」

爸爸和我打算等幾個星期後，等戴維斯太太身體好些，再到她家拿孵蛋器，順便請她教我怎麼用孵蛋器。我另外還跟農業部要了幾本關於孵蛋的小冊子，因為爸爸不太相信這個沒有牙齒的老太太真的能教我些什麼。但是不管我看了多少次，我還是不懂這些冊子裡的內容。因為我都邊看邊想其它的事情。

等我們到她家裡，看到戴維斯拿著枴杖走來，右手固定在皮帶上，她一隻眼睛不能動，也不能眨眼，嘴角的其中一邊下垂。她用還可以動的那隻手數著照顧雞蛋的基本事項，像注意溫度與濕度、一天得翻動雞蛋多少次等。

她用那隻不會動的眼睛一直盯著我爸爸，並且用那張垂了一角的嘴巴說：「等到一個星期後，醫生您就拿著蛋對著光，看看裡面有沒有小雞，如果是空蛋，就得趕快丟了，不然會壞了其它的雞蛋。」

我爸爸請她將那眼歪嘴斜的尊容對向我。

「是我的女兒要的，這是她自然課的研究計畫。」

「研究計畫？」她轉身朝向我，不過那隻壞掉的眼睛還猛盯著我爸爸。看的出來，她認為我會把一切都搞砸。她一邊噴著口水，一邊講如果我溫度調得太高或太低，會孵出畸形的小雞，不是雙腿細的跟火柴棒一樣，就是皮還黏在蛋殼上。還有雞啄破蛋殼後，可能會馬上夭折在殼裡，或是會孵出單眼的怪物來。

我用一半的心思聽她講話，另一半則幻想著如果明天樂團練習完，我把今天早上的一切告訴雷諾德老師，不知道他會說些什麼？我一直都好喜歡這位音樂老師，每次下課後，我總是分分秒秒地想著他。

史威生把作品放到一旁。他聽到孵蛋器的嗡嗡聲了嗎？不，這是咖啡機的聲音。他再拿起安琪拉的故事，快速地讀了一遍，彷彿想找出裡面有何證據，可以證明這是安琪拉親筆寫的。她從哪裡學來像「繞道手術」這樣的專業術語？

一個人若是對作家認識越深，就越能瞭解作家與作品之間不能劃上等號。史威生可能上輩子認識許多位作家，所以瞭解這種道理。但是安琪拉與她的作品之間差距實在太大了……嗯，史威生開始猜想這是不是……抄襲別人的作品。一年前，瑪格達有個學生向她舉發，說另一個學生寫的詩其實抄襲了「慶祝柯林頓總統就職頌」。瑪格達自己沒有發現嗎？她自己坦承——沒有。接著有好幾個月的時間，不時得跟這位學生的家長、院長與學生的心理醫生見面討論。

不過，又是怎樣的瘋子會抄襲別人的作品，又不斷請老師看，會跑到老師的辦公室，講著寫作是她生命的全部？

會抄襲的學生通常作業都會遲交，要他們交個作業都得東催西討個十次左右。另外，再考慮安琪拉對「簡愛」與斯當達爾的熱愛。嗯，也許這女孩是天生的作家。最後還有一件奇怪的事，在這份作業上不時有更改的地方，有時是直接劃掉，或是加上新的字，所做的更改的確都優於原來的版本。

亞當突然從後方放了一杯咖啡到桌上，史威生嚇得跳起來。

「別緊張，」亞當說著，「放輕鬆點，這杯咖啡是店裡請的。你看起來壓力很大，老兄，是寫作的瓶頸？家庭問題？有什麼我可以幫得上忙？」

「我沒事，真的沒事，」史威生回答，「只是在看學生作業。」他翻翻白眼，做出不耐煩的表情。

「我想你還寧可把時間放在寫自己的書上吧！」

「沒錯！」史威生講著。

亞當用手抓抓頸後，把那用黑髮圈綁住的灰色馬尾往上拉，說著：「我想我們都一樣，工作跟自己喜歡的事情不同，你以為我願意站在那咖啡機後面……。」

「那你想做些什麼？」史威生問道，心想如果他不喜歡書店，那為什麼還在這裡？現在想想，的確亞當從來沒聊過關於書的事情。

「我想做些什麼？」亞當若有所思地重複這句話。

等一下，史威生其實不想知道答案。他跟亞當交情還沒這麼熟稔。

「我想種些『藥草』。」

「那就放手去做吧！很多人因此而發大財。如果你最後被抓到的話，我們就當作我沒講過這些話。」

「你誤會了，我不是指大麻那種東西，因為肺氣腫我早就不能抽煙了，我想種些自己用的藥草，一些真的有療效的藥草，像麥芽、人參。這可是潛力無窮的行業，想想開發治療愛滋與癌症的藥。可是我的膝蓋已經不行了，我這隻老狗已經變不出什麼新把戲……。」

當亞當彎身跟史威生講話時，整個場面——一個人殷勤地站著服務，另一個人則冷漠地坐著，讓史威生覺得自己像柴可夫或屠格涅夫筆下的憂鬱小生，而亞當像是在一旁服侍的老僕人，這老僕人心中有自己願望，想要日後能買得起一間小茅屋和一匹白馬，但這些願望是如此遙不可及。史威生不忍看到亞當不能一圓他想種藥草的美夢。

「就去做吧！」史威生說，「請些人來照顧這書店。」他語調十分中肯，打從心裡講著。他注視著亞當常發炎的眼睛。亞當年紀比他還要輕！

「咖啡不要撒出來了，」亞當說著，「不然很難跟寫這篇作業的學生解釋作業上的咖啡漬。」

學生？史威生盯著這篇作業，彷彿第一次看到這作品。接著他有股莫名其妙的衝動，想告訴亞當這是他讀過最有趣的第一章。真的是很棒的作品。他腦中突然閃過一個念頭，也許他這麼同情亞當的處境，是跟讀了安琪拉作品有關。他不是昨天才告訴學生——好的文章會讓人更瞭解四周的人？好的文章不會讓人變成聖人，而是讓人有點……耳目一新，像張開身上所有的毛細孔一樣。

「學生應該會瞭解其中原因，」史威生說著，「沒有咖啡，他們自己就像死人一樣。」

「天呀！」亞當說著，「死人一樣？沒這麼嚴重。」

亞當一臉奇怪地看著他，史威生一點都不在乎。願上帝保佑亞當，保佑布萊德街書店。史威生決定回家去。

第五章

史威生雀躍地走上往鐘塔的樓梯，心情相當興奮，不像平常那樣排斥、不耐與不安。教室裡只要有一個學生能瞭解他上課的內容，並且從中受益，那麼對史威生而言，教書可就有趣多了。

在讀完安琪拉作品第一章的兩天後，他在晚上打了通電話給她。他花了相當多時間考慮該在什麼時候打電話給她，在電話裡該講些什麼，甚至猶豫該不該打這通電話。他想打電話給安琪拉的衝動其實是出自於善意，給她一些老師仁慈且無私的鼓勵。不過，他又不希望讓安琪拉因為他的鼓勵而自滿，然後畫地自限，不再進一步創作實驗，不再從錯誤中學習。

在不斷掙扎後，他終於在某天晚上，從家裡打電話給她。話筒傳來安琪拉答錄機的聲音，讓他出乎意料之外的先是一段羅伯特‧強生優美的歌聲，「妳最好進來我的廚房，在外面下雨之前……。」然後才是安琪拉的聲音，「請待嗶聲後留……。」史威生耳中突然傳來「嗶」一聲，他完全忘記自己原本計畫該講些什麼，差點就掛上電話，然後結結巴巴地講著自己多喜歡她的第一章，他希望她繼續寫下去，他們還可以再找時間討論。「嗶，嗶」答錄機發著聲響，還好錄音時間結束，不然他還會繼續講下去，講著聽班上同學建議如何修改她的作品是一項折磨。

史威生一掛上電話，立刻明白自己為自己惹了多大的麻煩。現在他得到處打電話，找到一位學生先交文章，還得將文章影印，發給其他同學。還好像聖人般仁慈的系助教露斯・摩羅，看到他在辦公室急得跟熱鍋上的螞蟻，便像天使下凡般自願幫忙他打電話聯絡。

所以今天，除非史威生自己搞錯，課堂上應該要討論那花瓶美人寫的故事，喔，應該要叫她柯特妮・阿爾卡特，這樣比較禮貌。當史威生問她跟寫「小婦人」的露易莎・阿爾卡特（Louisa May Alcott）是否是親戚關係時，她還搞不清楚他是什麼意思。

這個星期換柯特妮來接受酷刑，看著心血作品被大家批評地一無是處，卻只能坐在那裡束手無策，無法開口辯護。史威生通常對受刑的學生寄予相當的同情，不時會對他們點頭或皺眉表示鼓勵；今天也不例外，當他的目光找尋著柯特妮的身影之前，不經意地看到安琪拉正大力地翻找她背包裡的東西。這樣粗魯的暴力女怎麼可能寫出那種作品？史威生檢查一下公事包，確定她的作品還在裡面。這女孩看起來不可能會寫出那些複雜的句子，不可能描繪出那樣的場景。

等全班學生都坐定後，史威生開口說：「我想大家都已經先看過柯特妮的故事了吧？」不知道為什麼，講這樣的話讓史威生很想大笑。

「我們都沒拿到，」卡羅斯說，「是柯特妮的問題。」

柯特妮一隻手掩著嘴唇，另一隻手則把玩著她的飾物——粗厚的銀鍊子繫著一隻正在咆哮的銀製鬥牛犬。「我把作品帶來了，」從那閃著珍珠光澤指甲的指縫中，傳出她像卡通裡老鼠的聲音，「我放在袋子裡，可是我好像忘了發給大家。」

仁慈寬大的南茜說著：「我想柯特妮不太希望我們討論她的故事。」

「應該將東西拿給克萊麗斯的，」瑪奇莎用一種令人無法反駁的口吻講著，「這樣早就沒問題了。」

柯特妮說：「我已經把東西印好帶過來了，我們可以現在看，很短的。」

梅格建議：「柯特妮可以大聲唸出來，我們可以一邊讀。」

史威生該說些什麼？讓柯特妮大聲唸出她該死的故事，讓每個人坐在這裡受苦？他能堅決反對嗎？

「柯特妮，妳的意見？」

「我沒問題！」即使柯特妮嘴巴裡沒東西，看起來也好像一直嚼著口香糖。

只好這樣了。史威生拿了一份——嗯，故事真的很短，開始傳給學生。「謝謝妳，柯特妮，謝謝妳的及時幫忙，讓我們今天有作品可以討論。」

柯特妮深吸了一口氣，講道：「我真的很喜歡這篇，這是我第一次寫出自己覺得很棒的東西。」

「我想大家也都會這麼想的。」喔，我的老天爺，史威生暗暗禱告著，這一切看來將慘不忍睹。

「這篇標題叫『初吻──都會悲劇愛戀』」她大聲講著。

瑪奇莎指出：「這樣會有兩個標題耶！」

柯特妮裝作沒聽到，開始唸起故事：「炎熱的太陽照在這條街上，讓人熱得無法呼吸，莉迪雅·珊奇斯特別覺得如此。莉迪雅坐在家門前滿是垃圾的階梯上，身後那棟褐砂石廉價公寓便是她的家。她看著一群孩子在消防栓噴出的水柱中玩耍嬉戲。昨天她還是他們當中的一份子，而現在已經人事全非。」

「莉迪雅今天心情很糟。今天早上她跟媽媽吵架，打了弟弟一拳，現在心情更是低落。她已經習慣這滿是罪犯毒品的貧民區，不會再為此感到心煩，但是這次情況不同。」

柯特妮為了這開場一定花了相當多心血。從這兩段之後，文法與句型品質開始下降，讓人越來越看不懂。整個故事簡單來說，就是莉迪雅深深地愛上了一位名叫關的帥哥，但他加入了一個名叫「拉丁魔鬼」的幫派組織，這票人行事一向惡毒兇狠，裡面也有女性成員，她們被稱為「拉丁女魔」。關要她也加入幫派。今天她坐在家門前的階梯時，身旁跟著一群混混與毒蟲的關突然出現，並親吻了她。這是莉迪雅的初吻，意義非常重大。

就在莉迪雅決定要聽關的話，成為拉丁女魔的成員時，她媽媽告訴她一個消息，住在隔壁街的一位可愛的小女孩（莉迪雅還曾當過她褓姆），在一場歹徒開車掃射的意外中中彈身亡，而兇手就是拉丁魔鬼的成員。

柯特妮因為快講完故事，顯得如釋重負，雀躍地講著故事的結局。「就在這一刻，莉迪雅深深明白自己不可能融入關的世界。她不能愛一位出身於這種背景的男人。她需要向關表明自己的心意。但她真能這麼做嗎？她能嗎？莉迪雅自己也不確定。至少目前還不行。」

這就是故事的結尾。這就是她寫的故事。全班大多數人都還在讀著作品，這段時間足夠讓史威生想想自己等一下該說什麼，想想該如何修改這令人看了痛心的狗屎愛情故事——為什麼會令人痛心，因為就史威生所知，這篇文章充分地反映出柯特妮的人格。

他不願意接受這樣的作品，可惜他根據教室裡的禮儀，他不能講出自己的想法，上帝不容許他告訴柯特妮以及其他學生——把作品收回去重寫！事實上，真正的作家本來就是這樣，像他自己寫的小說與故事也都是一改再改。

全班現在都盯著他看，臉上驚慌失措。史威生心想恐怕在學生的眼中，自己臉上也帶了這樣的神情。也許學生很喜歡這篇故事，深深受到感動。當然，史威生的猜測也曾出錯……。他先停了一下，試探地說：「至少，這篇故事跟獸交沒關係。」

「比起這篇，」瑪奇莎說：「那篇死雞的故事好太多了。這只是一篇有關白人種族歧視的狗屁東西，好像我們黑人在街上的兄弟姊妹都是幫派混混，只會槍殺小孩子或嗑藥。她在文章裡取的是什麼爛幫派名稱？人渣幫嗎？」

「等一下，瑪奇莎，」史威生說著。「等一下再來發表這些意見。按照慣例，我們先說說這篇文章有什麼優點。」

史威生原本不抱任何希望，但安琪拉舉起手來講道：「我倒挺喜歡這幫派名稱，拉丁魔鬼，還有拉丁女魔，聽起來挺像一回事。這是不錯的幫派名稱。」

安琪拉臉上散發著從未有過的自信與權威感。彷彿她的新陳代謝不再那麼瘋狂快速，讓她能靜下心來，不再用戒指敲打桌面或發出奇怪的聲響。難不成是史威生在電話裡的留言讓她有如此大的改變？

克萊麗斯說：「魔鬼這個字是不是西班牙文？有女性的魔鬼嗎？」

史威生常常想克萊麗斯在優世頓到底學些什麼。

瑪格說：「我想應該沒有。上天才不會讓女性擁有這麼大的權力。即使是魔鬼，也要有老二才當的成。」

史威生搖了搖頭。底下的學生不停地咯咯笑著。

卡羅斯說著：「各位，我有一半的多明尼加血統。不過我從來沒聽過魔鬼這個字。應該是巫師（Bruja）才對，不過這跟魔鬼有一點點不同。」

安琪拉興奮地說：「那可以改成拉丁巫師，還有拉丁女巫，這樣也蠻不錯的。」

瑪奇莎不耐煩地插嘴：「已經講完優點的部分了沒？我有很多事情要罵。」

「各位同學，已經討論完優點部分了嗎？」史威生講著，「還有人有其它意見嗎？」柯特妮轉頭將眼睛盯著牆壁。「我自己認為這篇帶有社會議題的意涵。有人想就此發言嗎？」

大家都沈默以對，沒有人想舉手發言。這些學生可不是白癡。

史威生嘆口氣：「好吧，請發言，瑪奇莎。」

瑪奇莎開始大肆批評：「我認為她是在對完全不懂的東西裝懂。妳，柯特妮，妳在哪裡長大的？在波士頓的高級豪宅裡吧？妳裝得好像完全瞭解這女孩在想些什麼。」

瑪奇莎又是在哪裡長大的？好像是達特茅斯，史威生依稀記得。她不斷地以中產階級女性角色自居，好讓自己的發言更具說服力。

史威生說：「瑪奇莎，妳是說除非真的親身經歷，否則一個人無法運用想像力來寫小說嗎？」

她回答：「我不是這意思，我只是說有些事不能只靠想像，有些事情光是靠想像……。」

安琪拉打斷她的發言：「妳講的不對，瑪奇莎。如果真的全心投入，一切還是可以靠想像來瞭解。我是說，像福樓拜，他並不是女人，但只要讀他的《包法利夫人》，就可以看出他非常瞭解女人。卡夫卡也不曾變成蟑螂，但他也寫出《蛻變》，還有像歷史小說家的作品都是在寫他們出生前發生的事……。」

卡羅斯接口：「寫科幻小說也不是作者真的要看過外太空生物，是吧？」

史威生表示意見：「安琪拉與卡羅斯講的都沒錯，如果真的用心觀察與想像，便可以融入任何人的內心世界，而不用在乎種族上的差異。」他自己真的相信這番道理？他選擇暫時如此。

「對呀，我也是這麼想的，」柯特妮講著，「只要我想的話，我為什麼不能寫關於普通女孩的故事？」

等一下，先暫停一下。如果柯特妮將他這番話當作是對她作品的稱讚，她可是犯了天大的錯誤，而且她這樣也會破壞了全班所共同遵守的紀律。

「好吧……，」史威生緩緩吐出最後一個字，彷彿在做吐納般，讓柯特妮先舒緩亢奮的情緒。他繼續講：「然而問題是——柯特妮真的發揮想像力了嗎？各位同學你們的意見？」

克萊麗斯先發言：「我認為沒有。莉迪雅與她的男朋友似乎有些……太普通了。他們可能是任何一對男孩與女孩，可以住在隨便一條街道上。」

史威生評論：「很好，克萊麗斯，妳再次找出問題的癥結所在。那柯特妮該怎麼修改？她該怎樣讓我們覺得莉迪雅與男朋友是真有此人，他們真的住在某一條街道上，而不是這麼抽象模糊，像是路上的行人那樣？」

瑪奇莎說：「像路上行人，對，這就是問題所在。我們完全不知道這對男女主角長相如何。」

「那該怎麼做？」史威生問道。

丹尼發言：「形容他們的長相。」

南茜鼓起勇氣：「講出城市的名稱。」

史威生同意地講著：「這樣應該會有所幫助。」

卡羅斯說：「也許我們該設定一下他們的出身背景。他們是墨西哥人嗎？還是波多黎各人？還是有一半波蘭血統的多明尼加人？這樣是有所差別的。」

史威生：「沒錯，這樣有何不可？還有其它意見嗎？」

瑪奇莎建議：「讓這男女主角有些對話，讓他們聽起來比較像真人，比較有自己的想法與個性。」

「現在講到重點了，」史威生講著，「那妳會怎麼做呢?瑪奇莎?」

在瑪奇莎回答之前，梅格便搶著建議：「也許在故事結尾的時候，讓她變得比較清醒……我是說讓她更能體會身為有色人種女性所受到的壓迫?」

她提議後，全班沈默不語，沒有人想碰觸這樣的議題。

「深入地描述。」安琪拉終於開口。

願上天保佑她，史威生心裡想著。

「好呀，該怎樣深入地描述?」柯特妮講著，聲音中帶著一絲不悅，畢竟她出身高貴，無法忍受像安琪拉這樣的龐克嬉皮告訴她該怎麼做。

安琪拉講著：「『滿是垃圾』與『骯髒』還不足以形容這條街，」一邊捲起柯特妮的作品揮舞著，彷彿拿著畫筆刻畫出莉迪雅住家附近的景色。「怎樣才能讓她家看起來很獨特?門口階梯很獨特?……可以在附近加上洗衣店的招牌，或是描述旁邊有家賣酒的商店。」

克萊麗斯建議：「可以在階梯的夾縫中加上車前草。」

卡羅斯反對：「車前草不好。可以在旁邊加上一間小吃攤，架子上擺著油膩膩的炸豬耳朵。」

丹尼講著：「讓那個幫派小帥哥身上有刺青。」

「可以刺著：『天生輸家』。」喬奈兒故意抬槓。

卡羅斯回應：「拉丁美洲人才不會刺『天生輸家』，他們會刺像『瘋狂一生』、『吾愛』這類的話。」

「所以，大家的意思是什麼？」柯特妮問道，「我應該要做一些……研究嗎？」

安琪拉說著：「不是。只要閉上眼睛，集中注意力，直到妳在心中看到那一條街，看到那個女孩和她的男友。直到妳好像……在夢中看到他們，然後寫下妳所看到的一切。」

沒錯，那篇文章是安琪拉所寫的。史威生為什麼之前還有所懷疑？

「好吧，」柯特妮說著，「我想我應該做得到吧。」

不，妳做不到，史威生心裡想。柯特妮的莉迪雅將會像「西城故事」裡系出名門的女主角。但那又如何？柯特妮現在自信滿滿，以為靠觀察力的幫忙，就能讓作品中的世界栩栩如生，躍然於紙上，以為光靠語言的魔力，就可以創造出活生生的人物。這就是史威生希望能教授給學生的一切嗎？在此同時，史威生也免於碰觸最危險的難題——是否藉由細膩的描述與華麗的辭藻，就能掩飾整個故事的粗糙無趣：整個情節就是一個少女猶豫著要不要加入一個槍殺小孩的幫派。在同心協力下，本週全班又創造了另一次奇蹟，拯救了一個原本病入膏肓的作品。

「等一下，」喬奈兒突然發言。史威生等著喬奈兒跟往常一樣，認為這故事原來的樣子就很好了，不需要再加以更改。幾乎每班都有像她這種自認是作者脆弱心靈的守護神，其實她這麼積極地維護原作，並不是出自仁慈的心腸，而是故意要推翻大家花了時間與心血而達成的共識。

喬奈兒說道：「大家都沒有讓柯特妮有最後發言的機會。可以讓她講講有沒有問題要問我們，或者提出其它的問題。」

一般而言，原作者通常沒什麼好說的，只會感謝全班的建議。不過，大家還是需要這樣的儀式做為討論的結尾。

「抱歉，柯特妮，」史威生講著，「妳最後有沒有任何的意見或想法？」

「謝謝大家的意見，」柯特妮說著，「我想我現在知道該怎麼做了。」

下課前就像感恩祈禱儀式，也像是教友派聚會結束後，一群人起身然後彼此握手寒暄，臉龐因為待在爐火旁而顯得紅通通的。在史威生想到該做什麼之前，目光便往安琪拉的方向望去，暗示要她在下課後能留下來討論她的第一章。

「等一下！」史威生叫著，「在大家離開前，下個星期要討論誰的作品？」

卡羅斯呈上一份文章，說著：「寫的『粉』爛！可以丟到馬桶去。」

「沒這麼糟吧，」史威生講道，「謝謝你，小伙子！」

史威生藉著眼角的餘光，看到安琪拉站起身來。她準備要離開了嗎？剛才的暗示難道她不懂嗎？「安琪拉？」他破著嗓子喊道，換來卡羅斯一臉促狹的笑容。

「因為今天提早下課，如果妳願意留下來，我們可以討論妳的小說……。」

安琪拉回答：「我剛剛才在想而已。如果你方便的話，沒問題呀！我剛才只是站起來動動。只要你有空就可以，我可不希望佔用你的時間……。」

「當然有空，」史威生說著，「這就是我提這個建議的原因。我們是要在這裡討論，還是到我辦公室去?」誰才是老師?為什麼他要問她的意見?

「如果你不反對的話，我想到你辦公室去好了，在那裡比較舒服一點，我是說，至少不會像教室這樣。」安琪拉幾乎講不出話來。

「我們走吧。各位同學下個星期見!」

跟學生走在一起，史威生一直覺得相當痛苦難熬。光是站在同一個地方聊天就已經令人覺得不自在，兩人並肩向前行走時，不時會有肢體上的碰撞，然後尷尬地停下腳步，決定到底誰先行誰後跟，誰往右誰靠左，這些小地方都會凸顯出師生間地位權力的差別。進門前，該是要學生畢恭畢敬地讓到一旁，恭請史威生先進門，還是要史威生與學生平起平坐，自己開門讓學生順道進來?學生的性別不同，是不是又有差別?

當然有所差別——與女學生相處更是如此。跟安琪拉走在校園時，史威生相當注意自己不要跟她靠得太近，以免有人密報他們倆手牽手走在校園裡。不過，現在校園裡空盪盪地，沒什麼人走動。這就是提早下課的另一個好處，可以避開下課時的人潮，如果碰到認識的人，還得停下腳步打招呼。史威生抬頭看兩旁教室的窗戶，想著不曉得有沒有人正往下看著他們。

安琪拉開口說:「你會不會覺得隨時都有別人在看著你，這樣實在很恐怖?就好像你走在路上，其實已經有瘋狂殺人犯正用槍對著你，或者有些被你當掉的學生，腦筋秀逗，然後……。」

「放心。我的課不會當人，每個學生都會及格。」史威生回答。

「那很好！」安琪拉微笑著。他們的速度實在太慢了。史威生身為老師，本來就有權決定步伐快慢，但現在他的雙腳卻奇怪地像木頭一樣僵硬。上星期在醫務室等雪莉下班時，史威生讀到一篇文章，描述一位婦人在中風發作前，雙腳也曾有這種行走在水中的感覺——文章中的婦人還比史威生年輕！

安琪拉說道：「剛才那堂課真的很棒！」

「謝謝妳！」史威生回答。

她繼續講著：「真的，那堂課就像是奇蹟一樣，想想柯特妮原來的故事有多爛。」學生不應該向老師批評其他同學的作品有多爛。學生應該嚴守分際——老師是老闆，每個學生都是勞工；老師也有著職業上的責任，不能容許學生欺負其他同學，就像是父母不能容許子女之間打鬧爭吵。

「很嚴重的批評。」史威生說著。

「它真的很爛！」

「柯特妮一定會進步的。」安琪拉是不是自以為是史威生的同事，跟他談論起其他學生的寫作能力？史威生該不該提醒她自己的身份？

史威生並沒有這麼做，所以報應就馬上臨頭，在路的盡頭碰上了同事。他覺得自己就像保齡球瓶一樣，看著保齡球衝過來要把他撞倒。不過，碰上他唯一真正欣賞的同事瑪格達，這能算是報應嗎？然而不知道是什麼原因，史威生現在並不想遇上她。

但史威生還是繼續走向前，與她打招呼，彼此親吻對方的臉頰，顯得熱絡有禮。其實，一切都跟平常約見面吃中餐一樣，只是此刻有安琪在旁看著，兩人動作顯得不自然，彷彿是在作秀表演。史威生的雙唇上黏著幾根瑪格達黑色的捲髮，在兩位女士的注視下，史威生花了點功夫才把頭髮弄掉。

瑪格達說著：「我把學生的詩留在辦公室裡忘了帶，現在趁下課時間回來拿。」她常常會丟三落四，然後急得手忙腳亂。瑪格達寫了兩本暢銷的詩集，前夫是位比她更著名的詩人西恩・摩因漢——他最近再婚，娶了一位剛開始在詩壇中嶄頭露角的美女，長相與瑪格達極為神似，但比她年輕二十歲。史威生與瑪格達每幾個星期就會共進午餐，一起講些學校的八卦。

「我今天提早下課，」史威生解釋著，「我跟安琪拉要到辦公室討論她的小說。」

「安琪拉，」瑪格達打著招呼，「最近好嗎？」

「喔，好久不見！我最近還不錯啦！」安琪拉客氣地回答。

瑪格達繼續說：「泰德，哪天一起吃中飯？」

「下星期好嗎？」

「再打電話給我！」

「沒問題。」史威生最後回答，然後大家帶著微笑，轉身各自繼續往前走。

「妳有沒有修過……，」史威生開口問安琪拉，但不確定瑪格達的課目名稱，「她的英詩寫作初級班？」

「在我大一的時候，」安琪拉回答，「寫詩毀了我整個學期。」

「不會吧？」

「真的，我沒騙你。我都寫些關於性的怪東西。」

史威生記在心裡頭，哪天向瑪格達問問安琪拉詩寫得如何。

「那門課不怎麼樣，」安琪拉繼續說著，「瑪格達有點……嚴肅。我覺得我的詩讓她很緊張，好像……因為她個人因素。」

安琪拉可以大肆批評同學的作品，可以不屑羅蘭・西爾利的課，這是一回事，但是她膽敢批評他在優世頓最好也是唯一的朋友，這又是另一回事。至於安琪拉寫了哪些「關於性的怪東西」，讓瑪格達覺得緊張不自在，史威生不會去碰觸這問題。此外，他必須承認聽到安琪拉這番話，他孩子氣地感到虛榮，畢竟聽到學生最喜歡自己……。

兩人走到在馬瑟堂的大門，史威生講道：「妳先上去吧！我先看看有沒有信，等一下就上去。」他可不願意跟在她身後，看著她從牛仔褲露出的臀部走四層樓梯。還好信箱裡真有些信可以裝模作樣。史威生走了上去，安琪拉從樓梯頂端往下看，他拿著幾張色彩鮮豔的宣傳單向她揮手。史威生打開辦公室，讓安琪拉先進去——她這次並沒有跌倒，而且很快地找到椅子，並盤坐其上，彷彿非得這種瑜珈的坐姿才會覺得舒服。史威生翻了翻公事包，在費了一番功夫後，才找到那橘黃色的信封，然後放在桌上遞給安琪拉。

然後史威生說：「我想妳應該聽到了我的留言。」

「我把那留言的錄音帶當寶一樣存起來，」安琪拉回答，「一直不斷地放來聽。喔，天啊！我居然跟你講這些話。你可不可以忘了我剛才講的事情？我當時就一直考慮要不要打電話給你。我真的不知道該怎麼辦。如果我打給你，你可能會認為我是為了要多聽些你的稱讚。」

「我沒有期望妳會回電，」史威生安慰著，「對了，妳答錄機上開頭錄的是不是羅伯特・強生的歌？」

「沒想到你聽得出來。他是全世界最棒的歌手了，你說是不是？你知道他很早就死掉了，好像是十六歲吧？原因是他女朋友吃醋，在他酒裡下毒？」

「我知道，」史威生回答，「其實，我今天該講的在留言裡都幾乎講完了。」

「你有找到我的錯字吧？」

「我想都找出來了，我做了記號，另外還寫了點評論。不過……妳繼續寫就是了。不要隨便給別人看妳的作品。還有，千萬不要帶到班上，不要讓任何人告訴妳該怎麼寫，我是說真的，連我也不行。」

「喔，我的老天！」安琪拉模糊地講著，眼中還泛著淚光，讓史威生看的有些膽顫心驚。「我今天實在是太開心了。」她用手背擦著眼睛，「這不只是因為你是老師，更是因為我真的很崇拜你，你的《浴火重生》是我最喜歡的書。」

「我以為妳最喜歡的書是《簡愛》。」史威生說道。

「不能這樣比較，你的書拯救了我的人生。」

「謝謝妳。」史威生可不想追問原因，因為他早就知道原因為何。當初為《浴火重生》

做朗讀會時，常有些讀者於會後向他表示這本書簡直是他們一生的寫照——他們也有瘋狂的父親。剛開始，史威生覺得身為作者責無旁貸，還會鼓勵這些讀者講出悲慘的過去，描述他們父親是如何酗酒，沒有盡到父親的責任，或者是沈迷於工作而與兒女疏離等等。彷彿他們的父親跟史威生父親的如出一轍。難道這些讀者沒看到書中主角在晚間新聞看到父親引火自焚的那一幕嗎？他們也有這樣的經驗嗎？史威生後來懶得跟這種讀者抬槓，但學會用簡單的一句「謝謝你」來打發他們。

不過，似乎對安琪拉而言這還不夠。「在高中的時候，我爸爸一直想要自殺。我家在紐澤西州一個小鎮裡，不管是鄰居或學校，我沒有認識的人有這種家庭問題。最後我老爸真的自殺了，我也變得有點……奇怪。然後我的心理醫生就給我看你的書。我讀了一遍又一遍。你的書讓我知道有其他人也從這樣的經歷中熬了過來，對我真的有很大的幫助。它拯救了我。而且你的書寫的很棒，我覺得可以媲美《簡愛》和《紅與黑》。」

「謝謝妳的誇獎，」史威生講著，「我很開心。」

這是真心話。史威生真的覺得高興，聽到自己的小說能幫助安琪拉，讓他相當有成就感。當初記者要他描述心中理想的讀者，他回答自己寫書是給有搭機恐懼症的人在飛機上閱讀，好舒緩緊張情緒的，現在他的答案可以改成——給住在紐澤西州小鎮，認為自己是全世界最不幸的人的女中學生。

安琪拉問道：「我可不可以問你一件事？」

「請說。」史威生回答。

「你小說裡的情節，是不是都是真人真事？」

「我記得在上課時講過，讀小說不應該問這種問題……。」

「現在又不是在上課！」

「嗯，的確不是，好吧，」史威生同意地說著，「我父親真的是引火自焚……。我跟我母親也真的在電視上看到整個過程。那真的是轟轟烈烈的死法，整整在電視上播了十五分鐘。另外，在教友派聚會的那一幕，那老人走向主角，對他說他的生命將從他父親的灰燼中重生，像浴火鳳凰一般，這一切也都是事實。」史威生這番話已經講得滾瓜爛熟，彷佛在做告解一般。事實上，當初《浴火重生》出版時，他在接受訪問時亦常遇到相似的問題，那時他也是搬出這套固定的說法。「妳知不知道越戰，還有反戰運動？」

安琪拉彷佛受了刺激，翻了翻白眼，講道：「拜託，我又不是智障。」

史威生後悔問了這問題，傷了安琪拉的自尊心，所以向她透露些獨家秘辛做為補償，「告訴妳一件很有趣的事，那就是我寫《浴火重生》時，有時候會搞不清哪些是我親身經歷的事情，哪些是我捏造出來的情節。」

「要是我就會記得。」安琪拉說著。

「妳還年輕。那妳小說中的情節呢？有哪些部分是真實的？」

安琪拉避而不答，「喔，拜託！」

她的迴避讓史威生亦覺得不自在，為什麼她就可以問他這問題，而他以同樣問題反問就不行？

「當然沒有呀，」安琪拉回答，「都是我編出來的。嗯……我有個朋友，她的自然課研究計畫就是要研究雞蛋孵化，這是我的靈感來源，其他的都是我編造出來的。」

「喔，那很好呀！」史威生說著。

「好吧……我在想你有沒有一些要跟我講的，哪些部分需要修改？」

他不是才剛跟她說不要詢問任何人的建議嗎？「好吧，讓我們來看一下。」史威生最後講著。安琪拉將作品遞了過來，他很快地翻閱一遍。這篇作品真的很棒，史威生確定自己沒看走眼，要是作者不這麼麻煩，那就更加完美。

「最後一句話，」史威生講著，「可以去掉，這樣全文會更強烈一點，因為前面已經很清楚了。」

「哪一句？」安琪拉從椅子上跑過來，彎腰往下看，兩人的額頭幾乎靠在一起。

「這一句，」史威生唸著，「『我一直都好喜歡這位音樂老師，每次下課後，我總是分分秒秒地想著他。』，我們從前一行就可以知道這件事，所以第一章的結尾可以從『另一半則是幻想著如果明天樂團練習完，我把今天早上的一切告訴雷諾老師，不知道他會說些什麼？』就好了。」

史威生恍然大悟。他怎麼會讀了兩次才發現，原來這篇故事在描述一位女同學暗戀著她的老師，他當初怎麼沒發現這件事？因為他潛意識刻意逃避這件事情，與安琪拉討論已經夠累人了，他可不願意還要處理這樣的麻煩。

「妳什麼時候開始寫這本……小說的？」史威生問道。

「去年夏天剛開始的時候，我回去跟我媽媽住在一起，然後精神崩潰，就開始了。」安琪拉從背包拿出筆來，將最後一句話劃掉，線的底端還畫成像豬尾巴的形狀。「還有嗎？」

「沒有，這樣就夠了。」

「我可不可以再給你幾頁？」她已經拿出另一份橘黃色信封，交給史威生。

「謝謝妳。我們下星期下課後討論，好不好？就像這次一樣？」

「沒問題，到時候見啦！」

安琪拉出門，不小心將門大力關上，在門外便大聲地道歉：「喔，真是不好意思！謝謝你啦，拜拜！」史威生聽著她下樓的腳步聲，然後從信封裡拿出第二章，讀著開頭的段落：

雷諾德老師曾說：「關於雞蛋，有個很少人知道的秘密，那就是在春分、秋分和冬至的時候，可以讓雞蛋站起來。」這件事真是讓我大吃一驚，比學習如何孵蛋還要有意義。老師說的每件事都是教室裡的奧妙真理，就跟宇宙、春分、秋分和冬至這種事情一樣偉大。

史威生數一數，這篇總共才四頁，這是他一個星期要讀的份量。他閱讀的速度要放慢些，就像平常讀喜歡的書時，越接近結尾，就越細細咀嚼每個字句。自己到底在想什麼，這只不過是學生的作品而已？他拿起電話並撥了號碼。

一個帶著英國腔的年輕女子聲音從聽筒傳來：「這裡是連．柯利的辦公室，請問有什麼事嗎？」

「連在嗎？」

「抱歉，他正在開會，您要不要留話？」

「我待會再打好了。」史威生掛上電話。他本來打算跟連說什麼？他得感謝這位女秘書沒有找連來聽電話。

好吧，今天工作到此結束，也該回家休息。雪莉還在醫務室等他，該是接她回家的時候了。

第六章

為了慶祝雪莉的車子終於修復，晚餐相當豐富。當雪莉解釋車子的毛病為何時，史威生並沒有專心聽。雪莉講到車廠只收了多少費用（這點史威生可聽的一清二楚），比他們倆原本預期的價格還少一半。這就是這頓豐盛晚餐的原因——負擔輕鬆的修車費。同一個晚上，在美國境內，不知道有多少的暢銷作家也正舉杯慶祝，慶祝自己寫出曠世鉅作，賺進六位數的收入，慶祝自己愛情與事業兼顧，與達官貴人稱兄道弟，坐擁名車豪宅；而史威生則只是在這個荒蕪的小島上，與太太開心地舉杯，慶祝家裡那台喜美換個發電機只要二百美元。

可是這樣又有什麼好抱怨的？他們喝著品質不錯的葡萄酒，酒瓶還纏著葡萄藤裝飾，遠從義大利運來佛蒙特州供他們享用。餐桌上還有美味的大蒜雞、白酒以及從雪莉園圃中採下來的新鮮茴香；沙拉則是用了雪莉種在窗台上的蕃茄——史威生真是有福氣，能娶到像她這樣的女人，在醫務所忙了一天後，還有時間精力在窗台上種蕃茄，只為了日後幫史威生作沙拉。剛才雪莉在作菜時，史威生還偷偷地跑到她身後抱住她，將兩人身體的下半部緊緊貼在一起，雪莉還將背部往他的身上緊靠著……。已經是四十七歲的年紀，結婚二十一年，有這樣的生活已經不錯了。好酒、美食，以及甜甜蜜蜜的晚餐。史威生並不是瘋子，他知道自己比上不足，比下有餘，已經沒有什麼好抱怨的。事實上，他的確沒有任何抱怨。

天色已經漆黑，雪莉往外注視著她的園圃，心中計畫著該為花草作哪些防冬的措施。但在她心中對史威生又有著什麼計畫呢？我人在妳面前，史威生心裡想著，在食物鏈中，我可是比那些植物還要來的高等，且不管妳作什麼，有些植物一定撐不過這個冬天。

過了一會兒，雪莉開口說：「你知道嗎，泰德？我在這邊吃著茴香，外面園子裡的茴香彷彿從窗外窺視著，讓我感覺好奇怪。」

這番話讓史威生失神了幾秒，然後他心想：「她是想確定我記得這該死的茴香是她種的嗎？」

史威生說：「放心。沒有任何東西在窺視我們。妳講得好像蔬菜真的長眼睛一樣。」

「開玩笑的。」

「不過這茴香還真不錯。」

雪莉專心地用麵包沾著盤中剩下的湯汁。史威生最愛看她吃東西的模樣。不過今晚他犯了個錯誤——他目光越過雪莉停在後面貼著印花壁紙的牆上，看到掛在牆頭上一整排的聖人圖畫，這些畫是雪莉從親戚那裡繼承過來的，當初搬進來時，特意掛在這裡以遮掩牆上漸漸擴大的裂縫與褐黃色的斑點。雪莉當初掛這些畫原本是出於諷刺的用意，但畫一掛就沒再拿下來。畫中人物個個虔誠信教，有些雙手合十，有些是興奮歡愉，有些則是身受苦刑，有個人還被倒釘在十字架上。

看到這些畫，史威生便想到院長頭上方的那幅愛德華畫像。為什麼宗教會讓人想要掛上恐怖的圖畫呢？或許是因為這樣眾人就可知道在教堂裡該做些什麼，對該避免的結果能及時避免。在史威生所熟悉的教友派聚會堂內，四周的牆壁就空空如也，沒有這些恐怖的圖畫，但是像史威生父親這樣的人，在內心仍有著跟這些畫像一樣的恐怖念頭，而在宗教的影響下，他每個星期天都讓這些念頭在心中一一醞釀著。在某個參加聚會的早晨，史威生的父親帶他到梅爾登餐廳吃早餐，然後語調平靜地說著這世界會如此混亂全是自己的過錯，一邊說著，一邊接連吃了三份早餐。不久，史威生的父親便在參議院的階梯前引火自焚。

雪莉轉過身去，然後再轉身說：「天呀，泰德，你剛才看著牆壁的樣子，我還以為你看到畫像裡的聖人在流淚。」

「我並沒有盯著牆看。」

「我以為是這樣。」雪莉回答。

「我才沒有東看西看的。」

雪莉又添了一些沙拉到碗裡，她可不願意因為老公有些古怪而錯過這美味的蕃茄。她開口聊著：「今天可忙瘋了。一定是因為水星逆行運轉，不然就是天生異象，有個女學生今天到醫務所來，說她可以感覺到優世頓女兒的鬼魂。」

「那妳怎麼處理？」

「開些鎮定劑給她。」

聽到優世頓學生為了拿鎮定劑不惜騙人，史威生覺得相當有趣，接口說：「也許是我的學生。」

雪莉回答：「她是大一新生，修戲劇的。還發生一件討厭的事情，註冊組有個新來的討厭傢伙，他拿給我某個高中生的入學申請，好消息是他的性向測驗分數高的嚇人，壞消息是他罹患睪丸癌。註冊組要我打電話給柏林敦的醫院，問問看這孩子的狀況。如果他撐不了多久，註冊組就考慮不讓他入學。」

「註冊組的那個人真的這麼說？」

「沒有，如果這麼說是違反規定的，可是他的意思就是這樣。我才不想打電話到柏林敦，然後讓學校拒絕這可憐的小子。所以過了一小時後，我打電話給註冊組，謊稱柏林敦那裡說這孩子沒什麼大問題。一開始我覺得自己像個英雄，然後才突然想到，如果這小孩入學的話，我接下來的四年又多了一個不定時炸彈。」

史威生當然希望這件事不會發生，畢竟他不想接下來的四年都得聽雪莉討論睪丸癌。聽雪莉在醫務所的事情，漸漸地像是在聽躁鬱症病患講話一般。這並不是雪莉的錯，但對史威生而言，聽她描述辦公室發生大大小小的事情，就好像是無法擺脫的宿命。

事實上，（雖然他從來不講明，也從來不承認），他對醫務所的事情一點都不感興趣。當初他假裝對雪莉選擇的工作深深著迷，兩人才會踏上紅毯。事實上，當時他對護士工作的確有些興趣，但不是出於愛情的因素。在從急診室地板醒來，並察覺雪莉冰冷的手握著自己手腕的幾天後，史威生便開始寫一個短篇故事，內容描述一位醫生瘋狂地愛上一位女爵士歌手，這位歌手渴望真愛，唯有用鴉片與減肥藥來填滿自己的空虛；為了滿足她對毒品藥物永無止盡的需求，醫生賠上了自己的前程。最後這故事篇幅越寫越長，變成他的第一本小說《藍天使》，也因為情節上的需要，史威生必須獲得相關的醫藥知識，所以他回到聖文生醫院，發現雪莉正期待與他再度相遇。他倆很快地墜入愛河，最後就像他寫的故事，男主角為了女主角，毫無其它選擇，只有犧牲自己的一生，但不同的是，雪莉拯救了他的人生，自從遇上她之後，他的人生完全改觀。

那一年的夏天，他們到電影院看了「藍天使」這部電影。史威生看著劇中的教授宛如流著口水的小丑，只為了逗夜總會的女歌手蘿拉開心，蘿拉一角由女星瑪琳・戴德莉擔任，她嗓音飄忽虛幻，舉手投足都吸引著眾人的目光。史威生看著電影，心中漸漸清楚自己小說的架構。他沿用這部電影的片名做為小說標題，小說女主角所駐唱的夜總會也取名為「藍天使」。有生以來第一次，他覺得自己將寫出了不起的作品，可以一吐當初醫生對他不理睬的怨氣——醫生因為剛幫女歌手莎拉・維格看病而興奮不已，根本不理會史威生的中耳炎。在此時，史威生是為了愛而愛，為了寫作而寫作，一切彷如魔術般神奇，彷彿是上天的垂憐，彷彿下一刻將消失不見。經過時間證明，這一切並沒有轉眼成空，而是慢慢地，一點一滴地消失殆盡。

雪莉的聲音將史威生拉回現實：「今天上班時，阿爾妮跟我講了一件最扯的事，她說她某個親戚全家帶著女兒到喬治湖附近的遊樂場玩，他們跑去買棉花糖，手才放開孩子一下，孩子就不見了。他們趕緊跑到遊樂場的警衛室，警衛還講：『這種事常發生。』警衛就關閉了所有的出口，只留一個，然後告訴他們：『站在這裡，找找看有沒有你們的小孩。找的時候要看鞋子，仔細認孩子的鞋子，因為歹徒會改變孩子的衣服裝扮。』所以他們站在那裡，注意小孩子的鞋子，然後叫：『就是那個！那是我女兒！』歹徒把小孩子染髮，換了衣服，不過鞋子卻換不了，因為沒有辦法事先安排大小適當的鞋子。」

「這實在是太荒謬了，」史威生說著，「妳剛才說什麼，這種事常發生？他們沒有抓到拐小孩的歹徒嗎？還有很多壞蛋在做這種事？為什麼歹徒還要費事地換掉小孩的衣服，還染頭髮？在廁所裡做這些事情？為什麼不趁大家沒在注意的時後，就帶著小孩子走出遊樂場，趁早消失無蹤？」

「你幹嘛對我大喊大叫的？我早就跟你說這是很扯的事情。就當我沒說，可以嗎？」

「對不起，只是這種阿爾妮常說的八卦消息，讓我覺得受不了。」

雪莉笑了起來：「可憐的阿爾妮，她還說得口沫橫飛的，這種故事最讓她興奮了。」

「這是她親戚親口告訴她的？他們有沒有說這是自己的親身經歷？還是他們腦筋有問題，講話習慣誇大說謊？」

雪莉講著：「老天才曉得什麼時候人會突發奇想？」

「還是他們希望這種事真的會發生！」

「不要這麼說。」接著，兩人之間陷入一陣沈默。雪莉開始玩弄盤子裡的一塊茴香，仔細地用刀子將邊緣削平。

最後史威生開口：「講到失蹤的孩童……今天早上我還在想要不要早點開車到學校，順道去女兒的宿舍看看，按她的門鈴看她在不在，找她一起喝個咖啡……。」

「然後呢？」

「我並沒有這麼做。」

「你也許該試看看，」雪莉說著，「也許這會有用。」

「只有靠時間淡忘一切才有用。」

他們都知道這道理，但完全不相信這會有用。露比非常會記恨。打從嬰兒時期，她就是全世界最固執的人。只要是她要的玩具，在得到之前一定哭鬧不停。他們怎會期待這一切將會改變？因為除了頑固的脾氣，女兒完全女大十八變。從身材瘦長的可愛小女孩變成矮胖的少女，有著一頭髒亂的頭髮，還有一臉像老舊農家照片中人物的空洞神情。露比與他們的關係越來越冷淡。雪莉說這一切都將會過去，女孩到某個年齡總有段叛逆時期。雪莉還拿一本相關的書給史威生，不過他連看都不看。想到自己的太太居然相信這種狗屁暢銷書能對他們與女兒的相處有益，史威生便相當難過。

最後他們只能自我安慰，認為其實自己還算幸運，露比還算是個不錯的孩子，學校成績還算可以；相較之下，她同學大半不是未婚懷孕就是吸毒成癮。在露比高三時，她同學有天跑進醫務所，告訴雪莉她看見露比跟一個開著紅色馬自達的小子在一起鬼混。

全優世頓只有一個人開馬自達跑車，那就是全校最麻煩的問題學生馬修•麥克伊溫，他袖扣上永遠別著馬自達玫瑰形的車徽。他是一位南方議員的小兒子，家世顯赫，但喜好飲酒作樂，先後因為開空頭支票與強暴約會的女伴，被兩家大學踢出校門，在大二的時候轉進優世頓。他剛轉進來的時候，全校出現反對的聲浪，但數個星期後，校方宣布馬修父親捐款增建圖書館，這股反對的聲音便無疾而終。馬修外型像男模一樣，散發著自戀的俊美。他跟露比在一起做什麼？史威生不敢想像。雪莉說轉學生通常比較孤單。

事實上，看到女兒有自己的秘密，交了男朋友，作父母的應該樂見其成。事實上，史威生之前還常擔心女兒的死黨都是些小女孩。但不管她選誰當男朋友，就是不該選馬修這傢伙。史威生想拯救女兒，脫離這壞蛋兼強暴犯的魔掌，這難道有錯嗎？

史威生先找馬修的導師溝通，然後直接跟本人談，之後馬修便立刻與露比分手。史威生當時認為馬修像是一隻貓，而女兒像隻老鼠。貓原本逗著老鼠玩，在致老鼠於死地之前，貓受到了阻礙，老鼠最後保住小命。史威生還認為這隻老鼠會感謝自己。

史威生與雪莉知道絕對不可以責怪對方。這種兩人共同分擔苦痛，兩人之間有著其他人無法瞭解的關聯，有時候讓他們覺得異常感性。但是對他們的傷害也越來越深。雪莉完全是無辜的受害者，她事先警告史威生這麼做不行，女兒絕對會記恨在心。雖然雪莉不曾指責史威生作法完全錯誤，但他知道她心中一定暗暗這麼想著。史威生對雪莉心中的怪罪感到生氣，因為他變成了唯一做錯事的人。

雪莉喝掉杯子裡的葡萄酒，說著：「露比會想通的，畢竟她愛我們。」

「怎麼可能？」史威生反駁，「我是說，她怎麼可能會愛我？」

晚餐後，史威生到書房裡，拿起他的小說，有種焦躁想吐的感覺。他手拿著小說，伸長手臂讀著——不得不承認自己有老花眼了。他一句一句地讀著：

志利爾斯走進畫廊。他認識在場的每個人，也知道其中有多少人希望他當場跌個狗吃屎。一位女性走到他面前，寒暄地在他雙頰上空吻。從這女人的頭後方望去，志利爾斯看到自己的作品——就像是地下鐵壁磚上的塗鴉，垂死地掛在畫廊的牆上。

誰寫出這種無可救藥的狗屁文章？絕對不是史威生應該寫出來的作品。「垂死地掛在畫廊的牆上」，垂死地寫在紙上還差不多！這是對史威生的警訊！他還依稀記得過去寫作順暢的感覺，每天坐在書桌前就像是泡一次舒服的溫水澡，像是在平靜且溫暖的河流裡戲水，字句文思宛如潮水般源源不絕，帶著他漂流……。他打開公事包，拿出安琪拉的手稿。他告訴自己只能偷偷看一下。結果他欲罷不能，一句接著一句讀下去，忘記自己在想些什麼，漸漸地忘記自己的小說、安琪拉的小說，他的年齡、她的年齡、他的才華與她的才華。

雷諾德老師曾說：「關於雞蛋，有個很少人知道的秘密，那就是在春分、秋分和冬至的時候，就可以讓雞蛋站起來。」這件事真是讓我大吃一驚，比學習如何孵蛋還要有意義。老師說的每件事都是教室裡的奧妙真理，就跟宇宙、春分、秋分和冬至這種事情一樣偉大。

我從來沒在春分、秋分或冬至的時候，試過讓雞蛋站起來。我從來就不相信天文學。不過，我知道我的人生就像雞蛋一樣，唯一能平衡站起來的時刻便是樂團練習後的幾分鐘。

每次練習的最後十分鐘都像是地獄一樣難熬——只要小鼓手沒有按照雷諾德老師的指揮，他就會停下來破口大罵，然後我們就得從頭來過，不知道又得持續多少時間、練習多少遍。我就是因為必須算時間才終於完全搞懂數學，只要練習早點結束，剩下的時間就是我跟老師獨處的時光，不然就得像橫越沙漠般漫長，等上一整晚、一整天甚至是整個週末。

我是樂團裡的第一單簧管手，負責督促其他團員要準時來練習。我在演奏時，會用腳來打拍子。老師會不會覺得我用腳打拍子很愚蠢幼稚？我常幻想他看著我的腳。我演奏時都專心地數著節拍，把單簧管放到大腿上。當老師用目光掃視整個樂隊時，不時會停在我的單簧管上。

他告訴我們演奏時要提前三拍就拿好樂器，等他手一揮下才開始。我們都遵照著他的指示，最多也只遲了一秒，然後整個木管樂器組的聲音將我腦中的所有念頭一掃而空，流暢的清脆樂聲精確地演奏著巴哈的勃蘭登堡第五號協奏曲，雖然說這曲子為配合中學生程度而經過簡化，但對我們來說還是相當困難。

離樂曲的結尾只剩三拍，然後就得回到現實世界。剛才雷諾德老師有沒有在看我的腳？他在指揮台上揮舞著雙手，難道真的會去注意我那愚蠢的膝蓋嗎？

這一切都是在去年春天開始的，當時是從全縣樂團代表選拔賽回家的路上。選拔賽的結果是由卡伯鎮中學樂團中選，他們演奏的曲目是「最後的印地安」，充滿著噁心粗劣的咚咚鼓聲，用呻吟般的小提琴聲來模仿印地安戰士在木屋裡的歌聲，然後是尖銳的小喇叭，應該是代表著某人被剝下頭皮的聲音。整個賽場的觀眾都為之瘋狂，評審則是一直點頭。相較之下，我們叮叮作響的莫札特作品則是遜色得可憐。

選拔賽後，老師開著箱型車，載著樂器和團裡各部的首席樂手。平常我們在車上會一直聊天，不把雷諾德老師當一回事，盡情談些誰喜歡誰，誰又喜歡誰的八卦；事實上，我們這樣嘰嘰喳喳的講個不停，都是為了向老師突顯我們高中生活精彩的一面。但是在選拔賽之後，大家已經失望難過得不想聊天。我們輸了比賽，這都是我們的錯。

老師突然踩煞車，然後將車子轉到另一個車道，車上的樂器隨著晃動，高帽式鐃鈸鏗鏘作響。旁邊的車子鳴著喇叭，呼嘯而過。我從老師的肩膀望去，看到儀表版的指針不斷往上爬。他平常開車總是保持速限以下，但現在他卻在馬路上飆車，不斷超越其它的車子。我心想我們一車子的人就要葬生於此。

老師將車子越過三條車道，然後緊急煞車，說著：「好，大家下車，然後一起齊步走。」

大家看著他。他是認真的！我們知道他以前待過海軍陸戰隊。

他幾乎讓我們一車子的人送命，不過我們還是乖乖聽話，跟著他齊步走進路旁的樹林裡。他之所以這麼受學生的歡迎，就是因為他常做些像這樣的瘋狂舉動。像有一次他叫樂團不同部的人彼此交換樂器，要大家用不會的樂器練習最困難的樂曲。

我們跟著他走在林間的小徑，經過路旁用玻璃框著的地圖以及大型垃圾桶，往樹林的深處走去。我們一路上不時會看不到他的身影。他永遠抬頭挺胸地走著，我們仔細地盯著他那一頭黑色的亂髮繼續往前走。

「好，各位立定。」他說著，「往四周看看，這裡曾是印地安人的居住地，這裡會讓你聯想到剛才好萊塢式的狗屎老套音樂嗎？真正印地安人的音樂才不會像那樣！」

他並沒有怪我們輸了比賽。因為他罵了「狗屎」。他只會在團裡的首席樂手面前罵髒話，所以我們知道他還是喜歡我們。

「好吧！」雷諾德老師說著，「大家回去車上。」

其他人已經往箱型車方向走去，而我卻一動也不動。突然之間，我變得非常想睡。老師抓住我的手臂。

我嚇了一跳，然後對他傻笑了一下。他的臉非常靠近，我緊盯著他的雙眼，但視線卻無法對焦。我在他的眼鏡上，看到自己扭曲的臉孔。他張開嘴巴，然後又閤上。

「妳先走，」最後他這樣說道，但仍繼續握著我的手。

「對不起，我不是要……，」他喃喃地說著，終於放開手。

這只是他們第三次的討論，但安琪拉已經較為自在輕鬆，她坐在有裂痕的皮椅上，只動了幾下便調好坐姿。她會如此改變並不是沒有原因，畢竟這次是史威生親自打電話跟她約時間的。也許她以為他對每個學生都如此。她雙腿盤坐著，開口問到：「嗯，你覺得這次寫的怎樣？」

史威生沒回答，反而問：「妳手上寫了些什麼？」

安琪拉皺著眉頭看手上模糊的原子筆筆跡：「喔，這個星期有月蝕，我記在手上免得忘記。不講這些，你覺得這次寫的怎樣嘛？」

「妳有在玩樂器嗎？」

「沒有，事實上我大二時還因為不會吹高音豎笛而被當掉音樂課。」

「那妳怎麼對樂器這麼瞭解？」

「我會問朋友呀！不然就胡扯一下。你不喜歡我寫的東西，你要講的就是這樣，對不對？」

「不是，我覺得妳的作品棒透了。我在幾個地方做了記號，妳可能要看一下並做些修改。」

「完了！」安琪拉拿出筆來。

「都是些小地方，像這裡『不把雷諾德老師當一回事』，文法上嚴格講起來，這裡應該用與事實相反的語態，不過妳這樣寫也可以。」

「嗯！還有這裡……，這牽扯到可不可能的問題，女主角真的可以在雷諾德的眼鏡上看到自己嗎？還是妳就是要這樣安排，或者再修改一下？」

安琪拉往座椅上一倒。「喔！這樣的批評真是令人傷心。我們先拿你的眼鏡來實驗好了。開玩笑的，別介意！不好意思，難道不能說她認為可以在老師的眼鏡上看到自己的倒影？她當時應該已經相當緊張，所以分不清楚了。」

「那就不要修改吧！」史威生才不想與她爭辯，「也許過一陣子妳再來看……。」

「還有嗎？」安琪拉問著。

「嗯……這裡，同一個句子——她看見自己扭曲的臉孔，妳也可以保留，但『扭曲』這形容詞並不夠明確。」

「所以會顯得太籠統。」安琪拉接口講著。

「沒錯！」

「你確定這裡也做了記號？」

「我確定！」

「我真不敢相信我能寫出這樣的東西，」安琪拉興奮地說著，「謝謝你，實在非常謝謝你！」

受到安琪拉感謝的鼓勵，史威生再次檢查她的手稿。「還有，妳看這裡，箱型車這一段進行的有點過快。她真的以為會發生車禍，然後大家會受傷吧！所以等雷諾德把車子停下來時，她應該是真的鬆了一口氣，但又夾雜著不知道接下來會發生什麼事的恐懼……？」

安琪拉一邊聽，一邊點頭，然後停了下來。史威生看著她思考。

「你說的沒錯！」她最後講著，「我知道了，我寫的時候可能比較急，想讓他們早點到樹林裡，因為這是他兩人獨處的一刻，對她來說非常重要，從此之後一切就再也不同了……。」

接著是一陣沈默。史威生最後問：「妳有沒有其他的讀者？我是說，妳有沒有把小說拿給其他人看？」史威生還依稀記得她說過這篇小說從沒讓人看過。但他仍想確定一下……。

「沒有呀！」安琪拉回答，「嗯，除了我男朋友之外。喔，我的天呀，這麼說好像是指我的男朋友不算是人，你覺得這代表了什麼？」

「我可不想表示任何意見。妳男友覺得妳小說寫的怎樣？」

「他覺得很棒！」安琪拉聳了聳肩，手掌攤開朝上。

「對了，我今天要給你新的部分，」安琪拉從袋子裡拿出一份新的橘黃色信封，然後兩人彼此交換。安琪拉還差點把信封掉在地上，她忍不住發出咯咯的笑聲。

安琪拉看著地板，說道：「事實上，這新的一份只是我想在第二章結尾加上的一個段落。我已經寫了好幾章了，但是我想要慢慢討論，不要一次拿出來讓你嚇一跳。跟你討論真的很棒，讓我有寫作的衝動，腦中靈感多到來不及寫在紙上。不過在拿給你看之前，我得先大肆修改一番，不然我會覺得很丟臉。你可不可以幫我寫張證明什麼的，這樣如果有人發現我蹺掉其他的課，跟院長報告，我就可以證明我是為了寫你的小說所以沒時間上課？」

「我不能這麼做，」史威生回答，「不過我很期待看到妳已經寫好的東西。」

「好吧！星期二見！」

「再見！」史威生聽著她下樓梯的腳步聲，然後打開信封。

第二天，我幾乎無法練習，完全忘了要怎樣把自己融入音樂裡。我一直想著雷諾德老師為什麼在樹林裡抓著我的手？如果要仔細分析其中原因，比研究在後院倉庫裡不可能孵化的雞蛋還要用心費神。

史威生把手稿放下並拿起電話，但是要打給誰？上星期已經打電話給連・柯利，也不想打電話給雪莉，最後他按下瑪格達的分機號碼。

「嗨，泰德，」瑪格達說著，「最近還好吧？」

史威生相當喜歡瑪格達，其中一項因素就是她每次接到他的電話都相當開心，不像是接到討厭的人來電的口氣。

「我這裡有學生在，」她說著，「等會再打給你好嗎？」

「不用了。我們一起吃午餐邊吃邊聊好了，明天妳覺得如何？」

「沒問題，在老地方嗎？」

「好呀！要不要開一部車就好了？」

「不行，我要先去蒙皮立一趟。我中午十二點半會到，那就明天見！」

第七章

史威生原本預計瑪格達應該會遲到幾分鐘，所以刻意也晚個幾分鐘，沒想到瑪格達目前還不見蹤影，讓史威生不禁暗暗生氣。他沒有帶報紙，也沒帶書，身處聖女牛排館陰沈的環境中，只有靠喝飲料來消磨時間。這間牛排館沒有窗戶，內部用黑色的隔板做裝飾，當初是由魁北克來的一戶人家在一九五〇年代末期建造而成。為了紀念他們的守護聖者聖女貞德，他們將屋子裝飾得像性虐待的俱樂部一樣，到處擺設著盔甲與十字斧，樑椽上還倒吊著狼牙鎚和一圈圈的腳踏車車鍊，無疑地是用來模仿中古時代的特色。他們是在哪裡買到這些東西的？現在大概也買不到了吧！

這間店的主人傳了三代，每一代都將盔甲擦得亮晶晶的，保持內部裝潢的原貌。優世頓的教職員工習慣來這裡午餐，學生則不會踏進門，所以不用擔心抱怨某個學生的時候，那個主角就坐在隔壁桌。在比較特別的時候，如某個系要新聘教職員，就會帶著應徵的老師來這裡，然後對著他們細數到蒙皮立教書的好處，例如至少那裡的食物比較可口等等，讓這些應徵者知道最好還是到蒙皮立來。通常，他們還跟應徵者講個流傳在優世頓老師間很久的笑話——聖女牛排館煮牛排的方式就是將牛排綁在木樁上然後放火燒，就像是古代火刑一樣。

整個牛排屋今天三分之二的桌子都坐滿客人，不是什麼系的主任就是教授一類。在走到座位的路上，史威生一直向兩旁的人打招呼。除非跟瑪格達一起來，否則他不會到這種地方來。在這裡與異性同仁一同午餐也不會傳出任何八卦或流言。若是真的有男歡女愛的關係，除非兩人已經打算公開這段戀情，否則是不會選擇出現在這裡的，乾脆在校園裡卿卿我我，也具有同樣的宣傳效果。

史威生與瑪格達兩人之間的友誼，不知道什麼原因，可以一直維持著介於戀人或朋友之間的曖昧；在兩人關係逼近踰矩的邊緣時，就會因為某些因素而嚴守界線，這些因素包含彼此是同事身份、史威生已是有婦之夫、瑪格達則離過婚，以及彼此實在太熟等等。不過兩人之間依然存在著些許情愫，證據是當瑪格達的身影出現在門口時，她的美麗仍然可以讓史威生眼睛為之一亮。

史威生略微起身表示歡迎，瑪格達親吻他的雙頰，他則以擁抱回報，笨拙地輕拍她的背部。她脫掉外套，身體向前傾，手肘靠在桌面上，一對倩目則緊盯著史威生的眼睛，如果他們現在不是在聖女牛排館，旁邊的人會誤以為他們是一對情侶。

史威生相當有女人緣，大部分的原因是他也喜歡女人，喜歡聽她們講些什麼，而不會疑神疑鬼的。這就是他婚姻美滿的原因，也因為如此，他對圖書館員與系秘書總是能予取予求；也因為如此，他才會成為優世頓唯一沒跟女學生亂搞的笨蛋！女性朋友曾告訴他，因為他不會對女人造成壓迫感，所以女人不把他當一般男人看待。也許她們所指的是——

我們才不會跟你上床！

瑪格達則差點跟他有肌膚之親。當時是兩人關係最曖昧不清的時候，史威生有一天滿心期望地送文章到她公寓去，在意亂情迷的氣氛下，他二十分鐘就灌完一瓶葡萄酒，然後沙發上的他便越來越往瑪格達靠過去，兩人距離越來越近、越來越近……，在雙唇幾乎相觸的那一刻，史威生知道自己酒後失態，從沙發上跳起來，衝出門外。兩人能繼續維持現在的關係，主要原因是彼此對那一晚發生的事有默契地閉口不提。

「妳為什麼要去蒙皮立？」史威生問著。

「去書店呀！你看！」

史威生皺眉唸著書名：「關於狗的好詩？」

「裡面有些很棒的詩，」瑪格達講著，「由真正的詩人寫的，我是說真的！」

「妳不會告訴我說妳想養隻狗，然後再為妳的狗寫詩吧？」

「泰德，我已經有養狗了！」

「對喔！」史威生不確定地說。瑪格達養的是什麼樣的狗？是愛爾蘭雪達犬嗎？還是因為瑪格達的膚色和個性都很像雪達犬，才讓他有這樣的印象？他想那天晚上在瑪格達的公寓裡也許看過她的狗，不過他只記得當時看到牆上的書開始晃動，然後房子開始旋轉，越轉越快，越來越快……。

史威生問：「我有沒有看過妳的狗？」

瑪格達嘆了口氣：「買這本書不是為了我的狗，而是因為班上有個一年級新生，他寫了一首像是放在一般卡片上的大爛詩，內容是關於一隻狗死去的故事。我知道他寫的就是自己的狗，不過我該怎麼跟他講呢？難道我要說：聽到你的愛犬死去，我覺得很遺憾，但有件事我一定要說，那就是你的詩實在是爛透了？所以我就想，如果可以讓他看這本書，讀些關於狗或狗去世的好詩，或許可以有個參考的起點。」

「妳真是個好老師，妳知道嗎？」

「謝謝你的誇讚。」

「真的，妳上課認真，而且學生都很喜歡妳。」史威生想起安琪拉說過不喜歡瑪格達的課。

「泰德，你還好吧？」

「沒事，我只是想起一件事，我班上有個學生寫了一篇與死狗獸交的故事。」

「什麼，我沒聽錯吧？」

「對不起，是死雞才對。不知道這學期妳班上的學生有沒有怪胎？這些小孩子是怎麼了？每個人都寫些關於獸交的故事。」

「有戴保險套嗎？」瑪格達疑惑地問著。

「有個名叫丹尼的學生，他寫了一篇曠世傑作，描寫一個少年約會回家後，在冰箱裡看到一隻死雞，就拿起來自慰。」

「真噁心！」

「我真希望妳能對著我的學生講！」

「那你說了什麼？」

「我有技巧地強調細節的正確性，指出在城市的居家冰箱裡，雞通常是先去頭的。」

史威生知道自己在撒謊好搪塞瑪格達。

「強暴一隻死雞，這可能是一宗可以提出告訴的嚴重性騷擾案。」

「妳不要跟我說這個！」史威生講著。兩人沈默起來。

然後瑪格達問道：「安琪拉還好吧？」

史威生本來就打算提起這個話題，現在很慶幸她先開口。但就在此時，女服務生到了他們桌子旁，今天是聲音低沈，有著好脾氣的珍妮特。

「兩位今天如何？」珍妮特問。

「很好！」史威生回答。

「還不錯！」瑪格達講著。

珍妮特說：「好的，好極了！」

史威生點了平常點的菜，點的是大家都常點的炭烤牛排三明治，裡面的牛排真的是「炭」烤：烤的像炭，放在塗了奶油的硬麵包捲內，另外再加上馬鈴薯泥和肉汁。

「我跟他一樣。」瑪格達講著。

「我問了也是白問！」珍妮特轉身離開，一方面是高興他們很快就點好菜，一方面則是對他們沒有點其他菜有些失望。

史威生心裡則很感謝珍妮特，感謝整個點菜過程快速簡潔，讓他和瑪格達能很快地繼續剛才的話題。

「妳為什麼會提起她？」史威生問道。

「提起什麼？」瑪格達回答。

「問說安琪拉現在如何？」史威生唸著安琪拉的名字，口氣就像安琪拉在課堂第一天自我介紹時，一邊唸著自己的名字，一邊翻著白眼，當時史威生還以為怎麼了。

瑪格達仔細觀察他，兩人之間進行著無言的溝通，複雜難懂卻又模糊不清。如果瑪格達真的瞭解他，便能心有靈犀一點通，但是她完全誤解他的意思，因為她接下來居然說：「泰德，如果你跟安琪拉亂搞，我就不再跟你說話。」

瑪格達怎麼會說出這麼荒謬的事情！他們之間的話題怎麼從丹尼的故事，一下子跳到史威生與安琪拉上床？瑪格達昨天看到他與安琪拉走在一起，她不會因此以為……？還是她接收到他身為男人無法感受的訊息？即使像史威生這樣總對女性彬彬有禮的男人，面對安琪拉這種女人也會不寒而慄。安琪拉這種女人是異類，與她相處必須特別小心。

「天呀，瑪格達，妳怎麼會有這種想法？妳瘋了不成？妳也去開會了，如果我真的要拿飯碗冒險，也不會是為了安琪拉這種女人。反正妳知道我不會做這種事。」

瑪格達當然知道。她臉上嚴肅的表情一消而散。

「好吧。安琪拉最近在做些什麼？」

「寫一本小說，」史威生說著，「相當不錯，我覺得真的寫得很棒。」

「我並不驚訝。雖然說她在我班上寫的詩糟透了，但我可以看出她很有天賦。不過她也是個超級問題人物。」

「怎麼會?」

「嗯,」瑪格達停了一下,「她好像……人格有問題。」

「妳是指哪一方面?」

「她會說謊。」

「說什麼謊?」史威生屏住氣息。

「一些小事情。舉例來說,她跟一位男同學借書,像是里爾克、史蒂文斯等人的作品,但是等他想把書要回來的時候,她居然說沒跟他借。這位男同學偷溜進她的房間,發現書就在她桌子上。事情相當複雜,因為我猜這個男同學暗戀著安琪拉。不過她真的拿了別人的書。」

「霸佔別人的書?這又不是滔天大罪。我還希望更多學生愛書成痴,最後成為偷書賊。另外,那個男生偷溜到她房間就不算犯法嗎?嗯……那個男生是不是她的男朋友?」

「我不知道她現在有沒有男朋友,不過我確定她當時沒有……。反正整件事一團亂,最後變成班上共同的秘密,我想沒有人會想要說出去。」

共同的秘密?這種團結絕對不會發生在史威生的班上。

「我不知道耶,」瑪格達繼續說著,「也許是我個人的看法,但安琪拉給我的感覺是那種我一定會當掉的學生。我說過她的詩很糟糕,事實上應該說她的詩非常強烈,也許是我不能接受這樣的風格。她的詩是如此……憤怒與猥褻。」

「憤怒與猥褻？天呀，她到底寫些什麼？」

「我想如果你來看的話，你會認為她的詩都是些戲劇獨白，不然就是人們的對話。而且都是色情電話的內容。」

為什麼去年春天一同午餐時，瑪格達沒有跟他提這件事？

「我沒有跟你提過？」瑪格達回答。

「沒有。」

「是你不記得了，你當時根本心不在焉。重點是，當時課堂上都是大一的新生，我覺得我得謹慎些，必須要過濾上課討論的作品。」

他們的三明治早不來、晚不來，偏偏現在才到！不過在兩人談話意猶未盡之餘，還是有時間填飽肚子的。

瑪格達先吞下一口三明治：「還有……還有一件事。在她的詩裡，那個色情電話女郎的名字就叫熱線安琪拉。」

「我的老天！現在優世頓也收曾經是色情電話女郎的學生？」

「不曉得她是之前做過，或是現在還在做，天曉得？我覺得真的很有可能。另外，就是其他學生對待她的方式也很奇怪，對她又害怕又尊敬。我不知道，我的作法是：不問也不說。如果學生寫的是自己的狗死掉，老師絕對看得出來，但除非學生主動……。」

「我的作法也跟妳一樣，」史威生打斷她的話。話題從安琪拉的色情詩轉到上課的情況，讓史威生覺得如釋重負，因為這讓兩人想到自己身為老師對學生的三不政策：不問、不說、不想知道。

「當然這些都是題外話。不過，她當時才大一，我不知道自己是否該改變她的想法。我曾猶豫是否要告訴雪莉。」

「雪莉？妳最後有跟雪莉講嗎？」

「沒有，因為我不想讓安琪拉的資料裡有任何心理問題的紀錄……。我這麼說不是自命清高，而是我不想惹麻煩。你知道的，只要我撐過那一學期，一切都沒事。而且也不用我多問，安琪拉表示得相當明白，她詩裡一直提到色情電話女郎有個從小對她性侵害的父親；有一天上課時，她還暗示這可能是真人真事。」

「她說了些什麼？」

「我不記得了！」我當時嚇壞了。當然，大半的學生都會說自己有類似的經驗。」

「至少他們不會對我說這些。」

「你真是幸運！」瑪格達繼續說，「只是安琪拉有點……。我相信一切是真的。」

「妳是指什麼是真的？」史威生小心地問著。

「我不知道，這不只是安琪拉，是她們這一代的年輕人。有時候我擔心他們認為性是種罪惡，腦筋若有性愛的念頭，就認為自己是很恐怖的人。」

「除非是想獸交才恐怖，」史威生說著，然後繼續講：「天呀，這些可憐的孩子。」

他停下來，訝異自己怎麼會跟瑪格達談這些。他們倆一直刻意避免談論關於性的話題。也許安琪拉說對了，瑪格達的確有些……個人問題。唯一肯定的是，瑪格達從來沒讀過她的小說。不過關於安琪拉與她這一代的青年，也許瑪格達的看法也沒有錯。史威生想著想著，心中稍微鬆了一口氣。

「她詩裡的父親……是那個自殺的父親嗎？」

「父親自殺？她從來沒提過這件事。你知道嗎，泰德，我對安琪拉有種奇怪的感覺，她所有的一切好像是捏造出來，她分不清現實與謊言之間的差別。」

「至少她的小說是真的，」史威生講著。

「我很高興聽你這麼說。」

「妳不會剛好還留著安琪拉的詩吧？」史威生往下看著盤子，他知道這樣問非常詭異。有哪個老師會把所有學生的作品都保留存檔？

但瑪格達似乎不這麼覺得。「嗯，對了，還有一點也很奇怪。」她咬了一小口三明治，然後用手背擦了擦嘴。史威生直盯著她的手背，想伸出手去輕輕撫摸。「講這個就可以讓你知道安琪拉有多奇怪。在學期結束時，我接到圖書館員貝蒂・赫斯特打來的電話。」

「我認識貝蒂，那個看起來永遠像正在待產的女人。」

「喔，泰德，拜託，這樣講實在太毒了。反正貝蒂說我的學生安琪拉，把自己的詩印成冊，經過精心設計，還用電腦排版打字，把所有的詩釘成一冊，像一本真的書，然後說要捐給優世頓的圖書館，當作是她大一生涯的紀念，她還認為貝蒂應該要將這本詩集放到現代美國詩選的那一區。」

「貝蒂先是謝謝她，覺得這學生真是可愛，但是等她讀了幾行，她才瞭解這是本怎樣的詩集。然後她就打電話給我，問我該不該退回安琪拉的詩集。我問她學校有沒有規定不能將學生的作品放入館藏，貝蒂回答說沒有。從來沒有發生過這種問題。我告訴貝蒂我的想法：安琪拉可能會回圖書館，看自己的詩集有沒有上架，如果沒有，她一定不會跟學校善罷干休。」

「妳講的真的是安琪拉嗎？」史威生努力地將瑪格達口中兇狠的女人，跟他所知道的那個永遠需要人讚美的瘦小怪女孩聯想在一起。

「沒錯！」瑪格達繼續說著，「最後我告訴貝蒂，反正她把那本該死的詩集編號，然後放到書架上，我想除了安琪拉以外，沒有人會拿下來看。等到安琪拉畢業後，她就可以把那本書丟了。當然，事實是……我可不想惹麻煩，畢竟安琪拉是上我的課才寫了這本詩集，而我的聘約又不是永久的，還記得吧？」

「所以這本書還在圖書館裡？」史威生問著。

「據我所知，的確如此。」

「我也許會借來看看。」

「隨你便，」瑪格達說著。突然之間，他們注意到三明治還剩下大半，然後滿懷罪惡感地努力吃完盤中的午餐。

第八章

校園內最後一次出現創校者優世頓的鬼魂是在數年前，就是在圖書館裡發生的，當時有個大一學生在美國歷史書架附近熬夜苦讀，他看到一個穿著黑色僧袍的老人，雙手掩面啜泣著，只露出灰白的假髮。優世頓為何哭泣？是為了女兒悲慘的命運而哭？還是難過自己滿懷理想所創立的學校淪落到今日的田地？

史威生快步地跑上圖書館的階梯，狹窄的階梯讓人以為應用膝蓋來爬樓梯。不論這圖書館是否鬧鬼，史威生唯有在這棟英國教堂式建築裡才覺最接近伊利亞·優世頓。優世頓在生前未能親眼看到圖書館竣工，但是在他的遺言中卻詳細交代如何建造他心目中高等教育的神殿，關於建材石雕、彩繪玻璃等等細節，都安排得清清楚楚。

圖書館拱門經過設計，能造成氣流上升，每次走進圖書館，總是讓史威生覺得靈魂將乘風而去。但是看到架上兩千年來的人類智慧，舉凡詩集、藝術、歷史與科學等書籍，還是會讓史威生覺得耳中嗡嗡作響，彷彿前人的智慧在他耳旁呢喃著。史威生最近越來越能感受當初優世頓的夢想與現實之間的差距，從原本傳授高尚的西方文化，變成現在每天在校園內上演的鬧劇。

每次經過歷代校長畫像，或者是經過創校者紀念廳牆上那幅強納生・愛德華怒目瞠視的畫像時，史威生都會感到一陣暈眩。這些就是今日所謂的傳統——在歷屆前人的滿心期望下，整個學校卻一代不如一代。也許今天的暈眩只是出於緊張，因為史威生這次前來這神聖的殿堂，目的是要看一個學生寫的猥褻詩集。

如同往常一般，整個圖書館只有小貓兩三隻。學生都到哪裡去了？史威生走在入口處的石板地上，腳步聲在四周迴盪著，讓他覺得自己與圖書館相比，有如小巫見大巫般渺小無力，但同時又覺得自己像巨人一般，發出如雷的吵雜聲。不過在這裡，史威生至少不用擔心突然有人冒出來纏著他聊天。

他看到貝蒂・赫斯特站在櫃臺。她身材高大，活像個茶壺保溫罩，今天穿了件自製的茄紫色洋裝，有著相當大的裙子，大得幾乎可以容納她六個孩子——她當時還得一邊照顧孩子，一邊在優世頓唸書，以拿到這份工作所需要的圖書館管理學位。

「泰德！」貝蒂輕聲地打招呼，「好久都沒碰到你了。一直都在忙著寫小說吧？」

「但願如此！」史威生微微地聳聳肩，迴避貝蒂的問題，但並沒有直接否定，留下一些讓她猜測的想像空間。

「喔！你們這種藝術家！雪莉最近如何？」

「不錯。妳的小孩呢？」

「托你的福，也還不錯。有什麼可以為你效勞的？」

「沒事，只是我現在碰到瓶頸……所以來這翻翻書，看看會不會有什麼靈感。」

「你真是位愛書人！」貝蒂講著，「還好有你們這種人，不然圖書館早就倒了。」

史威生接著謹慎地觀察四周，像個窺視狂一樣，發現在貝蒂的櫃臺這裡有索書的卡片目錄——比起永遠無法搞定的電腦，史威生還是喜歡這種老方法。然後他擔心如果貝蒂看到自己在找「A」開頭的作者，她會不會發現自己是來找安琪拉的色情詩集？他突然想到，他還：是可以找「A」開頭的作者名，但找的是瑪格達推薦的《我的愛犬：鬱金香》的作者艾克萊，同樣的字母開頭，然後再注意附近有沒有……。

他找到艾克萊的書，把索書號抄在一張紙上，然後假裝不經意地繼續翻卡片，找到了真正的目標：「《熱線安琪拉》 安琪拉・阿爾革 著 自印」

史威生呼吸開始急促起來，連旁邊的貝蒂都注意到了。現在他只希望等一下走在往文學區的螺旋狀石梯時，優世頓的亡魂能回到平常出沒的地方，不要跟他遇個正著。

在文學區裡，空氣瀰漫著一股濃濃的霉味，讓人覺得呼吸困難。史威生用食指沿著一整架的書找尋目標，最後停在一本用亮紅線縫起來的書，就擺在詩人艾蒙斯的旁邊。史威生像是不小心摸到一塊燒紅的鐵板似的，立刻把食指從書上移開；而他的肺部彷彿缺氧般，整個萎縮了起來。

他讓自己先平靜下來，再把那本薄薄的小冊從架上拿下來。難怪貝蒂當初這麼大驚小怪。在書的封面上，用紅色粗體字寫著標題《熱線安琪拉》，標題下則是張從電腦下載的維納斯雕像照片，本來沒有雙手的維納斯被硬生生地畫上兩隻手，其中一隻在雕像的胯下，另一隻則拿著話筒。

有腳步聲傳來，是史威生自己嚇自己，還是真的有人走來？史威生暫時停住，仔細傾聽。他沿著一整排的書架看過去，拿著書的手微微發抖著。他發現書中的題獻頁寫著：「獻給我的父母」。真是窩心——獻給父母這種關於亂倫與色情電話的詩？史威生闔上書。有人來了嗎？也許是書架因老舊而發出聲音，也許是地板不堪負重而發出的聲音。

這裡光線昏暗，不適合閱讀，但史威生又不想到閱覽桌上，因為會讓人看見，而且離書架太遠，不能馬上把書放回去。他先把書放回原來的位置，拿了艾克萊的書，再回來拿安琪拉的詩集，把它放在《我的愛犬：鬱金香》下面，然後走到最遠且位於角落的閱讀桌，應該沒有人會經過這裡。

他翻到第一首詩，開始讀著：

我是四個女兒的父親。
其中三個正在睡覺，
一個還醒著，正等著我。
這就是我今晚打電話給妳的原因。
妳睡了嗎？別睡，仔細聽。
我一直想著女兒堅挺的小胸部。
我的手指放在她雙腿之間，
她抬起臀部，緊緊貼著我的手。
妳睡了嗎？仔細聽。

我聽見她的叫聲。
像她小時候發出跟鴿子一樣的咕咕聲。
現在她是為我而發出叫聲，這叫聲是我的。
她的骨架就像鴿子般纖細。
我躺在她身上，輕輕地，輕輕地。
我的老二抵著她光滑的大腿內側。
這就是我打電話給妳的原因。
仔細聽，別睡，仔細聽。
我說，我依然清醒，
我在等著妳。
喔，妳讓我渾身發燙，
幻想妳躺在我上面，
幻想我是妳的女兒。

好的，史威生確定安琪拉不是大詩人，另外慶幸她的小說比她的詩出色許多，但是史威生同時也明白，這些負面的批評只是為了讓自己不去注意胯下那充血的陰莖。天呀，自己是什麼怪物？這種關於亂倫、性侵害可憐小女孩的淫穢爛詩，他居然看得血脈賁張！什麼道德倫理，他心中身為丈夫及父親的準則根本是在欺騙自己。如果有人對露比做了這種事，如果有人對安琪拉做了這種事，他又會作出什麼反應？

史威生根本不是人，他是動物，是禽獸。他兩腿交叉然後又張開，閉起眼睛，深吸一口氣。空氣中的灰塵讓他咳嗽不已，想到過去抽煙的時候，想到得肺癌的可能，想著想著，海綿體的充血漸漸消退。他真的需要平靜下來，但不用對自己這麼嚴苛。勃起又不是要殺頭的罪刑，又不是真的犯下強暴或性騷擾案。連天主教徒都認為邪惡的念頭並不等於邪惡的行為。在念中學的時候，要是上無聊的數學課時，他突然勃起，史威生就會想像父母過世會有多難過。現在，他父母真的已離開人世，他只好想著自己哪天也會死去，雪莉和露比哪天也會死去。嗯，真得是「性」趣全消的特效藥。

不論如何，史威生勃起的原因絕對不是因為安琪拉的詩集，不是因為裡面無聊齷齪的內容，也不是因為這些詩的作者是他認識的學生——她有著史威生無法猜透的一面，或者是史威生原本能徹底瞭解她，但是選擇明哲保身。他已經四十七歲了，已經快要不用擔心色字頭上一把刀的事情了；他遇過許許多多暗戀他的美麗學生，彼此的舉止進退間依然嚴守師生分際，他才不會為了那個骨瘦如柴的安琪拉而功虧一簣。他絕對不是因為這首詩而勃起，絕對不是因為安琪拉而勃起，絕對不是。也許真正的原因是在這莊嚴凝重、缺乏氧氣的學術聖殿裡，閱讀關於性愛的作品（不論是多麼粗鄙的東西），有種打破禁忌的刺激。

史威生想繼續讀下去，但絕不是在圖書館。在家裡應該就會不一樣，比較乾淨，無須偷偷摸摸，而且感覺不會那麼奇怪。但是首先有個小小的問題：如何通過貝蒂那一關？

也許他應該把書偷走。這麼做還幫了貝蒂（還有瑪格達）一個大忙。為什麼他沒把公事包帶過來？不然就把書夾在腋下，直接從大門走出去。不過幾年前，圖書館為了杜絕學生偷書的問題，每本書都加了條碼，然後在出口裝了探測器；如果這本書也加了條碼，那麼把書帶出去搞不好會觸動警鈴。瑪格達說安琪拉會偷書，現在史威生似乎也好不到哪去。

他想帶走這本詩集。他想佔有它，但又不想冒險把書借出去，因為電腦裡就會有永久的紀錄。不然就乾脆影印整本書好了，反正只有十五到二十頁。想到這麼簡單的解決方法，史威生開心地衝下樓，然後突然停下腳步，因為他想到圖書館的影印機就在卡片目錄架旁邊，貝蒂從櫃臺那裡可以看的一清二楚。影印這方法不行。他必須保持冷靜。不然就避免與貝蒂的眼神接觸，靠手勢來表達，不，或者根本不要有任何動作，跟她講明這本詩集是自己帶進圖書館的，當然就可以帶回家。

藉由眼角餘光，史威生可以看到貝蒂現在不在櫃臺上。突然，從桌子後方的參考書書架傳來貝蒂的叫喊聲：「喔，泰德，請你等一下，我馬上就過去！」她不是應該要維護圖書館的寧靜嗎？

史威生擠出一絲微笑。他告訴自己千萬不要慌張。對他而言，費了好大的功夫，就為了找出某個學生在別門課寫的作品，這不僅是他身為老師的權利，也顯示出他對教育的奉獻熱情。但身為備受尊敬的小說家與教授，他現在心中其實是七上八下，擔心借這種業餘水準的無聊作品會被人發現，就像一個看黃色書刊害怕被抓到的小孩子。

當貝蒂拿走艾克萊的作品時，史威生悄悄地把安琪拉的詩集拿到另一隻手上。這本是他的書。他才不會交給別人。這本書跟貝蒂一點關係也沒有。

「泰德？」

「什麼事？」史威生脫口而出。完了，當場被活逮。

「你的卡？」貝蒂客氣地說著。

「喔！」史威生趕緊把《熱線安琪拉》放到身子一側，遠離貝蒂的視線，然後用另一隻手摸著口袋，掏出皮夾來。

貝蒂開口說：「嗯，《我的愛犬：鬱金香》，我好像有看過。」

「這是瑪格達教授推薦的，」史威生回答。然後又他畫蛇添足地講著：「我的學生最近常寫些與寵物有不正常關係的故事。」怎麼會講到這些？

「嗯，我想這種事的確有可能，」貝蒂一邊說著，一邊用閃爍的紅外線掃瞄書，確定好電腦的資料無誤，就把書拿還給史威生。一切都沒問題，準備要離開圖書館了。

「謝謝！」史威生聲音低沈地說著，衷心感謝這一切已經結束。

然後貝蒂突然伸手一指，語調斬釘截鐵，就像小學老師要學生交出偷傳的紙條或是吐出口香糖一樣，「還有那本喔！泰德？」

喔，這本是我自己的，史威生應該依照事先計畫這麼說，沒有必要拿給她看。但是他還是把書拿出來，兩人之間交換的不僅是安琪拉的詩集，還有一陣無言的對質，用身體語言還有臉部表情的溝通──你是忘了拿出來，還是刻意要偷書？在懷疑猜想之間……時間一點一滴地過去。貝蒂最後把書拿過來，兩人一起看著封面的維納斯雕像──裸體的維納斯一邊抓著胯下，一邊還在講電話。

「喔，天呀！」貝蒂講著。「我好像看過這本書的作者。她是你的學生嗎？」

「沒錯！」史威生感激地說著。

「她真是幸運有你這種老師。」

史威生的眼睛蒙上一層如釋重負後的淚水。今天真是緊張的一天——與瑪格達共進午餐，然後在圖書館發生這件事。感謝親愛的貝蒂，她清楚地點出借學生詩集並不是變態的行為，也不是該處罰的罪行。

貝蒂辦完手續後，便將書拿給史威生。史威生克制自己不要衝向前一把搶下書，以免她改變心意。

「雪莉最近怎樣？」貝蒂說著。她不是剛剛就問過了？

「很好！」史威生再次回答。

「露比呢？」

「也很好！」

「代我向他們問好！」

「也幫我向妳家人問好！」

第九章

當院長打開他在緬恩街上那棟維多利亞風格住家的大門時，一陣刺鼻的濃煙朝著史威生與雪莉迎面撲來。

「各位親愛的朋友，歡迎來到焚化場！」他揮著手，示意要他們進入。「請冒著生命危險進來吧！這裡正處於一場危機當中，應該說是現代科技與烹調藝術衝突的結果。」

「有東西燒焦了嗎？」雪莉問道。

「是我們的晚餐，」班森回答。「早知道就該先測試一下新的爐子，這是第一次啟用。問題應該出在頂蓋型的烤架，我認為可能是通風設計不良。我一把香腸放上去，香腸就像火山一樣爆炸了。」

史威生與雪莉快速地互相使了個眼色，兩人同時想——這是院長的報應！

在院長的宴客菜單上，大多都是大塊的烤肉菜餚，部分是因為他在這盛行素食主義的野蠻之地，堅持維護這種英國飲食傳統。他私底下常挖苦美國民眾及學術界過度重視飲食健康，搞得神經兮兮，這也不能吃，那也不能吃。

史威生喜歡吃紅肉，但在家裡幾乎吃不到紅肉，今天能趁機一飽口腹之慾，他也相當開心。比起在教職員晚會常出現的綠皮胡瓜焙盤，史威生當然喜歡紅肉。但是史威生認為不該以食物作為職位與權力的象徵。誰在乎你拿到永久聘約？系主任要你吃什麼就是什麼，要嘛就安靜地吃完，不然就餓肚子。史威生另外想到最好早點去看牙醫，不然也許以後還要參加許多這種大魚大肉的餐會。他用舌頭觸碰著有問題的臼齒。嗯，今天就用另一邊的牙齒。

史威生與雪莉以前常參加這樣的教職員晚宴，不過自從露比出生後，就沒有這種習慣，現在他們夫婦倆根本提不起勁參加——除此之外，他們現在也很少受到邀請。在優世頓這樣的地方，若是拒絕別人的邀請，剛開始反而會受到更多的邀約，但很快地這股魅力就會消失，從此乏人問津。

有好長一段時間，史威生夫婦沒參加過這種漫長且無聊的活動。晚宴裡盡是沈悶的對話，無趣到令人無法相信，像是某某教授今天早上真的在家裡餵鳥器那看見紅冠山雀嗎？某某教授夫婦原本訂了雙人睡袋，結果收到單人睡袋，結果真的必須將誤送的睡袋還回去嗎？你一言我一語，從無傷大雅的批評到惡毒殘酷的毀謗，在這裡應有盡有。還有大家帶來難以下嚥的食物——史威生還記得十幾年前，大家帶來的都是賢妻良母的傑作，用橄欖油與大蒜做的佳餚、西班牙什錦飯、蕃茄乾、沾優格吃的蔬菜沙拉、香烤雞胸肉以及沙拉三明治等等，而現在則是強調健康的素食菜，像是黃豆起士以及素香腸。

要不是雪莉接了系主任秘書打來的電話，史威生也不用在這裡受罪。雪莉認為他這麼拒同事於千里之外，簡直是自殺的行為，天曉得哪天需要同事的幫忙，需要別人拉他一把。而且系主任也會認為他就是不願參加教職員聚會的游離份子。

史威生當初早忘了今晚餐會的事情，所以完全不受預期心理恐懼的影響，但現在則是毫無心理準備赴宴，更加覺得恐懼不安。系主任引領著史威生與雪莉，經過屋內維多利亞風格的大型傢俱，也就是院長夫人瑪姬・班森別出心裁，在傢俱上披著他們去參加第三世界會議所買的民俗風織品。整間房屋讓人聯想到英國鄉村間的豪宅，只不過到處都是刮痕，這些是班森三個兒子所留下的成長痕跡，他的兒子個個活潑好動，體型龐大，曾經像小狗般的孩子，如今已經長大，一個現在就讀於普林斯頓、一個在耶魯，還有一個則唸寄宿學校。今晚廚房的濃煙讓人無法細細欣賞班森家中高貴不貴的擺飾。看見身為主人的班森被煙嗆得咳嗽，雖然史威生與雪莉的肺部已經習慣了焦炭的微粒，但為了表示禮貌，也開始陪著乾咳。

「兩位請自便，」班森說著，「請把你們的外套放在那裡，本來我應該幫你們放，可是……。」他伸出油膩膩的兩隻手。原本做菜應該是太太的責任，但是現在家庭裡掌廚的大多是男性，一改「廚房是女人的城堡」這種觀念，男人更是把廚房當作是自己的領域，不准任何人插手。像法蘭西斯・班森就是這種類型的代表，用鍋碗瓢盆讓賓客知道──男人還是喜歡動刀動槍，只是現在動的是菜刀。

史威生為什麼對這些人這麼嚴苛？他們又犯了什麼罪？舉辦無聊的晚宴餐會又不是罪過，他們又不是在拍兒童色情電影。為什麼不採取像柴可夫斯基的觀點──他們只是一群失落的人物，今晚聚集一堂，無視於現實生活的枯燥無趣，假裝自己不會在這窮鄉僻壤裡垂垂老去？柴可夫斯基對他們會寄予同情，而不是像史威生這樣加以評判。而史威生自己又有何資格評判他人？他這種讀學生寫的詩會讀到勃起的傢伙。

一想到今天下午在圖書館發生的事，他覺得全身肌膚彷彿塗了薄薄一層黏膩的乳液。要是廚房飄來的煤煙黏在他身上，讓他變成黑人，這該怎麼辦？他開始幻想自己是霍桑筆下的人物，所犯的罪行已經在這晚宴上昭然若揭。但他又犯下什麼罪？借學生的詩集來看嗎？他一借到書，便急忙把書帶回家，衝回書房裡開始讀。他離開家時，書還擺在書桌上。

才想到霍桑……，就看到教美國文學的蓋瑞・史洛波，在這陣烤香腸的濃煙毒氣中，他那紅光滿面的尊容依然相當明顯。班森不知道還請了誰？史威生暗中祈禱，希望他不只邀請英文系的老師。有時候主任會邀請學校的新面孔參加晚宴。在赴宴的途中，史威生想著最好院長也邀請了愛蜜里亞・羅德里蓋茲，那位性感的冰山美人是拉丁文學系最近聘請的老師。

這位永遠冷淡的愛蜜里亞也許能為史威生帶來一點樂趣，看著她對所有人不理不睬的神情，讓史威生有種受虐待的快感。

但是愛蜜里亞不在客廳的人群中。在沙發與椅子上，盡是一些熟悉的身影，他們一邊喝著酒，一邊啃著像沾到糞便的餅乾。天曉得他們灌了多少伏特加和雙份威士忌。他們或許可以不吃紅肉，但是有些東西還是不能割捨。

「麥片餅！」年老的十八世紀文學老師，伯納德・賴維叫著，「哇！我從牛津畢業以後，就再也沒吃過了！」

「喔，你喜歡嗎？很多美國人都不太能接受。」瑪姬受到伯納德的鼓勵，拿起兩塊餅乾，對著史威生與雪莉揮手，彷彿是特別賞賜兩塊餅乾，他們必須立刻前來領賞。

麥片餅！班森一家子折磨人還不夠嗎？接下來要拿出什麼東西，小牛膝肉凍片？還是牛腎派加牛排？如果瑪姬知道大多數美國人，甚至是一般人都不喜歡麥片餅，為什麼只拿出這一道東西？史威生鼓起勇氣咬了一口，強忍著口中這塊黏著麥粒且又鹹又噁心的麵粉，還得壓抑住臉上作嘔的神情。旁邊的賓客則是像雛鳥一樣專心地看著，等著他把餅乾吞下喉嚨。

這些看著史威生表演特技的人有誰？有班森夫婦、蓋瑞．史洛波、喜歡英國文化的伯納德．賴維，以及他的妻子，長久以來苦命的露斯。還有戴夫．史達利特，這位精通維多利亞時期的老師，還有他的解構主義者男友，傑米。最後一位，也是史威生最不想見到的一位，就是羅蘭．西爾利，她是女性主義評論者，也是優世頓女性師生聯盟的主席。史威生環視整個房間，終於看見瑪格達友善的臉龐，心中倍覺親切與開心。但是這種開心不久之後轉變成些微的不安，過了一會兒史威生才瞭解箇中原因——他們今天才共進午餐，等會她可能會提到安琪拉詩集的事情。

班森說著：「你需要喝點東西把它吞下去。」

「那就麻煩你給我一杯雙份伏特加，不要加水，謝謝！」史威生可以感受到雪莉銳利的目光。她要喝白酒就自己去喝吧！

誠如史威生所擔心的，在場的全是英文系老師。這種聚會真是了無新意，讓人絲毫提不起勁。放輕鬆，這只是場晚宴而已，又不是永不超生的大事。宴會雖然無趣，但是其中暗藏玄機，這可是院長對旗下老師做的定期檢查。他會問些意涵深遠的問題，等著在場者一個接著一個回答，不論是聽起來太緊張、太無知、太誠懇，或者是太多抱怨，他都一邊聽著，一邊輕輕地發出了然於心的咕噥聲。只要班森往椅背靠著，觀察大家一舉一動，連有永久聘約的老師都會擔心自己的飯碗將會不保！

濃煙開始漸漸消散，大家共同避難的快樂時光也告一段落。大家彼此打量著，眼神透露出遺憾。

「各位請坐！」班森說著。

剩下兩張空的椅子，一張是安妮女王式椅，另一張是有墊的大腳凳。史威生與雪莉搶著要坐腳凳。

「您好，泰德！」伯納德用他上流社會的口音說著。

早在二十年前，優世頓第一次聘用史威生時，伯納德便堅決反對聘請小說家當老師，並且反對成立寫作系，反對聘請像史威生與瑪格達這樣的老師。這老人家當初反應不需要這麼激烈吧！喔，對了，如果當初他反對成功，史威生就會留在紐約，今天就不會在此出現了！

「我們的作家老師，」伯納德說著，「最近大作家的生活過的如何？」

「哈囉，雪莉！」露斯陰沈地打招呼。

「還不錯，露斯！」雪莉回答。

「我們過得不錯，謝謝關心！」史威生亦說著。

「你的書寫得如何？」戴夫問著，他是整個房間最和藹可親的人，可能是每天被傑米，這位有虐待狂的男朋友毒打調教出來的。

「有時快，有時慢。」這真的是史威生說出來的話嗎？真的是無聊到無可救藥的地步。

「創作者的生活真是項挑戰，」露斯・賴維說著，「如此辛苦，但成果又讓人覺得欣慰。」

傑米用可以殺死人的目光看著人畜無害，腦筋有點不清楚的露斯，而羅蘭也用憤怒的目光瞪著傑米，試圖保護這老女人免於他自大殘暴的大男人主義。

「談談看你寫些什麼吧？」傑米問著，他是否憑直覺猜到史威生根本寫不出東西來？他為什麼要問呢？他討厭書刊，他常稱之為「文本」；他特別討厭喜歡長篇大論的作家，這種作品他都會丟到糞坑裡。

自從傑米拿到永久聘約後，便從不隱藏對所有人的輕蔑不屑——除了對戴夫之外；他來優世頓的第一年就愛上戴夫。真是奇怪，伯納德當初這麼反對史威生的加入，卻熱烈的歡迎傑米這樣的毒蛇猛獸？傑米一直強調他從沒讀過史威生的作品，他連看都不想看；不過他有時候會提及比史威生更出名的同期作家，然後評論這些人為什麼如此名不符實。

傑米說：「難道討論別人寫些什麼犯法嗎？」。

「我去幫瑪姬的忙，」羅蘭說著，「她還在廚房裡忙著。」班森留瑪姬一個人清理廚房裡的殘局。班森俐落地靠在壁爐旁，手裡還端著酒杯。

「對不起，傑米，你剛才說什麼？」史威生問道，上課時不專心是一回事，但是在教務主任的餐桌上還心不在焉，這可不行！

「我問你是否正在寫小說？」

「是的，我正在寫一本小說。」史威生回答。雪莉與瑪格達兩人擔心地互看著，希望大家快換個話題。

「你的新作內容寫些什麼？」班森問著，「你曾跟大家透露過嗎？如果是我忘了，那真是抱歉！」

要是史威生真的曾跟大家說過，這要怎麼辦？院長一向以記憶力驚人出名，要是史威生真的告訴過他，但他毫不把這件事放在心上，史威生該作何感想？

「沒關係，」史威生打著圓場，「我想我一定還沒跟大家講過。任何人都沒有，甚至連我的最親密的伴侶也沒有。」他對著雪莉點點頭。

「別看我！」雪莉說著。眾人發出咯咯的笑聲。

「我聽說這是作家常有的現象。總是神秘兮兮的！」露斯終於開口說。

「彷彿別人都急著剽竊他們的創意！」傑米說著。

班森試探地問著：「連書名你都不告訴我們嗎？」

「好吧！」史威生開口，「好吧！書名是《蛋》！」

他覺得自己像電影「大法師」裡的小女孩。他是著了什麼魔，才會說出這樣的話？他希望自己能把頭倒轉過來，看看這句話是從哪裡冒出來的。

戴夫表示：「真是個有趣的書名。」

「泰德？」雪莉擔心地低聲講著，「你的書名不是應該叫《黑與黑》嗎？」

戴夫說：「我想作家的太太永遠是最後一個才知情的。」

露斯接口：「《黑與黑》，嗯，這書名也挺耐人尋味的。」

「我們瞭解了！」傑米講著。

「這兩個書名都不錯。」瑪格達也說著。

不曉得瑪格達知不知道安琪拉小說的書名，史威生心理想著。自己會不會在午餐時就跟她講了？

「取書名可是種藝術！」史威生再也受不了了！他站起來，假裝要上洗手間，藉以逃離這一切。有何不可呢？用尿遁的方式，暫時遠離這一群人。

「上路前，再多喝一點吧！」班森說著，又倒了些伏特加到史威生的酒杯裡。史威生一口就灌了半杯，整個喉嚨像有一團火在裡面。在往洗手間的途中，他遇上了羅蘭・西爾利，她從廚房冒出來，手拿著藤條編的盤子，上面擺著一排排麥片餅。羅蘭平常都穿著深色套裝，但她今晚穿著深色的棉布洋裝，高腰的剪裁，胸部還偷偷地墊了東西，看起來端莊之中帶點俏皮的小女孩樣。史威生細細打量著羅蘭，她以同樣的方式回敬著。等他看完之後，羅蘭往他走近。她身高只到史威生的一半，用挑釁的眼光往上看著他。

「泰德，你今天來幹嘛？」羅蘭低聲地講著，聽起來出乎意料地親近，彷彿兩人是同一陣線。

「妳這是什麼意思？」史威生問道。

「你又不是來爭取永久聘約。你才不需要班森的施捨。你是來這裡遊說舉辦安息日？還是來要求多裝一條電話線？是不是？」

羅蘭是指他接受了院長的邀請，就表示他是個膽小的馬屁精嗎？還是說他沒有社交的生活，所以才會參加今晚的宴會？

「是因為雪莉接到電話，不然我才不會來這裡，相信我！」

羅蘭有些嚇到了。完了，太遲了！史威生突然想到，她原本可能只是要跟他聊天而已，而不是要刻意損他。他剛才用雪莉來當擋箭牌，好快點結束兩人的對話——簡單但冷酷地敘述著事實：如果不是我老婆陷害，我才不會在這裡跟妳在一起。

羅蘭身體顫抖地像落水的小狗般，拿著那一盤餅乾，掉頭就走。史威生經過一陣跋涉，終於走進廁所，照著原來的計畫，故意在裡面耗時間；不過，這趟尿遁不如當初想像的輕鬆自在，反而緊張地花了一段時間醞釀情緒，尷尬地站在那裡，手扶著老二卻完全尿不出來；看著瑪姬擺在廁所裡蓬鬆美麗的毛巾，以及彷彿秀色可餐的香皂，史威生更覺得彆扭。最後終於逼出幾滴（該死的前列腺），讓他鬆了一口氣，即使有幾滴滴在褲子上，史威生也不以為意——不過羅蘭一定會認為這象徵了他男性粗野的一面。

他回到客廳裡，卻發現已經空無一人。在一陣莫名的恐慌之後，史威生聽到從餐廳傳出些聲響，原來大家都已經就座，等待這粗魯無禮的酒鬼小說家。

「不好意思！」史威生趕緊坐上空著的椅子。也許是他今天特別走運，不然就是因為瑪姬精心安排，他就坐在班森的旁邊、羅蘭的對面。如果他有膽子的話，應該要請大家移位，然後坐到雪莉的旁邊。雪莉現在坐在桌子遠遠的另一端，用有點奇怪的眼神看著史威生。如果史威生真的有膽子的話，他應該一開始就不要出現在這裡。幾年前若參加這樣子的餐會，他和雪莉會彼此使眼色，找尋機會暫時消失於現場，然後再神清氣爽地出現。不知道這方法現在有沒有用？如果雪莉坐在旁邊，至少還可以在桌子下抓著她的手，感覺還會比較好些。

院長將食物遞給在座的眾人。瑪姬不知道用什麼方法，把香腸烤焦的部分剝掉，然後絞碎剩下的東西，做成肉汁淋在馬鈴薯泥上。雖然這一頓晚餐不像班森所熟知的「貝爾沃夫」裡的饗宴一樣，食物還算可以入口，在場的賓客都鬆了一口氣。大家身子往餐桌前傾，盤子上擺著熱騰騰的菜餚，眾人一邊吃著，一邊不時誇讚瑪姬的廚藝，稱讚她能臨機應變，將烤焦的香腸變成肉汁，彷彿大家都吃不出肉汁裡的焦炭味，一邊還得喝著院長為每個人斟的紅葡萄酒，才能把口中的食物灌入腸胃裡。

「真好吃！」羅蘭開心地講著。

「嗯……。」其他人跟著附和。

「真的很棒，瑪姬。各位朋友，」班森講著，「不知道各位最近上課有什麼新鮮事？」

每個人都繼續低頭吃飯，等著別人先開口。

「大家覺得學校的學生怎樣？比起去年？比起過去任何一年……？」

伯納德率先發表意見：「嗯，我想說的是學生真是一代不如一代，程度比去年最糟的學生都還差，我想大家應該也有同感。」

「沒錯，」傑米嗤之以鼻地說著，「我覺得高中的老師沒有盡責，連德萊敦與波普都沒教。」

「你覺得呢？傑米，」班森繼續問，「你的學生程度也越來越差嗎？」

傑米會不會想說在他的文學理論課上，連適應不良的選修生，程度都高於伯納德任何一位學生。即使史威生對伯納德沒有任何成見，也滿心期待傑米毒辣的意見。

「我的學生都非常優秀，」傑米說著，「所以等到他們來上我的課，我不會怪罪他們的高中老師，我怪的是你們這些人……，」他指著眾人，「都是你們誤人子弟！」他說完便哈哈大笑——單獨地笑著。

換蓋瑞・史洛波發言：「前幾天，在我的課堂上，發生了一件有趣的事情，讓我瞭解到現在的學生比起我們那時，差異有多大。」

「我從來沒跟他們一樣過。」伯納德接口。

「這點大家都相信，」戴夫誠心地說著，彷彿是要收拾傑米尖酸刻薄所闖的禍。

「喔，真是有趣，我的老天！」傑米再度出招。

班森趕緊說：「請繼續，蓋瑞。」

「當時在上美國文學導讀，我們上到愛倫坡，我想給他們上點關於愛倫坡的生平軼事……講些八卦故事之類的，想要讓學生覺得更親近，更有人情味……。」

「人情味！」伯納德插嘴，「我們已經淪落到像脫口秀節目一樣了嗎？」

傑米唱反調：「這樣也不錯呀！不妨就講愛倫坡和十三歲就當他太太的表妹維吉妮亞，一起對莎莉・拉菲爾說起兩人當時立下婚約的經過這件事，各位覺得如何呢？」

「挺有趣的。」露斯回答。

史威生表示反對：「我的天呀，拜託不要。」

「喔，泰德，」羅蘭批評，「你還是老樣子，老是站在男性作家那一邊。」

「接著我告訴學生愛倫坡有酗酒與吸食鴉片的問題，最後不得善終等等，一些比較詳細的介紹，只要講到悲慘命運時，通常較能引起學生的注意。但是等我講到愛倫坡的婚姻時，全班都非常安靜，我一直問他們有什麼問題，但都沒有人回答。最後有個女同學說：『你是說我們現在讀的作者是個染指少女的色狼？我覺得你應該在叫我們讀他的作品前，就先告訴我們這一點。』」

「不會吧？」戴夫說道。

「這是真的！」蓋瑞強調著。

瑪格達講著：「色狼？喔，可憐的愛德格！」

「你是指愛德格・愛倫坡吧？你們聽瑪格達講的！喔，你們詩人都一樣，直接就稱呼起古人的名字，彷彿跟他們很熟似的。」

瑪格達喜歡別人叫她詩人，所以轉頭對戴夫報以微笑。

「真是有趣！」院長優雅地用手托著下巴，緩緩地轉頭看著在座的每個人。「不知道各位是否注意到其中……潛藏的問題。」

原來如此，這場晚餐其實是上次教職員大會的延續，再次叮嚀老師們一些與學生相處的基本注意事項。班森是不是滿腦子都想著性騷擾的事情？還是這是他職務使然？如此戰戰兢兢，只為了避免訴訟案的發生，進而維護學校的名聲與預算？

「我們必須處處留意，」伯納德說著，「以我自己為例，每次與女學生在辦公室獨處時，我絕不會把門關上；另外，我桌子裡放了一台錄音機，以備不時之需。」

每個人都瞪著伯納德，心中開始想著：真的會有女學生喜歡伯納德，期待他那像蜘蛛般的斑駁指甲在身上愛撫著嗎？

「其他人的看法如何？」班森問著，「優世頓有性騷擾問題嗎？還是我們……對當今教育界的情勢太過敏感？」

「這種事情非常危險，」戴夫接口，「非常敏感，就像是……最高機密一樣，就像……炸藥一樣。」

每個人都低下頭，努力吃著盤中菜餚。

在傑米來優世頓之前，戴夫身為學校同志學生聯盟的指導老師，常利用職務之便，跟裡面最好看的學生約會。等到戴夫和傑米戀愛之後，校方終於放下心中一塊大石——但等認清傑米的真面目後，大家又開始擔心起可憐的戴夫。史威生老是想不透，為什麼像戴夫這樣身材高瘦、舉止怪異又滿臉豆花的人，怎麼會如此活力充沛，生活過得如此多采多姿？顯然他有史威生不知道的一面，有著過人的勇氣，或只是虛張聲勢？即使有著聲名狼籍的過去，也敢主動回答院長的問題，讓其他人尷尬地只好專心吃盤裡的馬鈴薯泥。

戴夫繼續講著：「我上個星期上狄更斯的《大期盼》，有個有啤酒肚的學生問我，書中主角皮普與馬革維奇之間是不是有同性戀關係？他是不是在刻意挑釁？大家都知道我是同志。我說這方面有相當多重要文獻，他不妨可以查閱參考。不過，我不認為狄更斯希望讀者以同性戀的角度來解讀這作品。這會曲解了作者真正的意圖。」

傑米大聲訓斥：「作者的意圖？我真不敢相信你會講這種話？難道我什麼都沒教你嗎？」

戴夫對他的責罵已經習以為常，繼續講著：「我還以為這件事就此結束。沒想到隔天，有個女學生跑來找我——她平常在課堂上的發言，讓我覺得她可能是新福音教教徒，反正她跑到我辦公室，告訴我那天在課堂的討論讓她覺得……非常沒安全感。她說『沒安全感』的語調，真讓我不寒而慄。」

「為什麼？」羅蘭發問，「這是很正常的字眼，意思也非常清楚。」

傑米又開口：「拜託，他講的是語意上的層面！」

「你怎麼處理，戴夫？」瑪格達問著。

戴夫回答：「我提醒她當天的討論並不是因我而起，我還說我希望學生在課堂上能暢所欲言，有任何問題就發問。我花了兩分鐘，跟她闡述學術自由的重要。等我回家上床睡覺時，卻擔心個不停。」

「喔，天呀！」院長講著，看著戴夫，然後視線轉向每個人，停在蓋瑞之後再回到戴夫身上，「這兩件事情——愛倫坡與狄更斯的討論，都是在上星期發生的嗎？」

蓋瑞回答：「嗯，最近這幾個禮拜的事。」

班森搖搖頭：「就統計上來看，我必須說這顯示情況越來越不樂觀。妳呢，羅蘭？妳的課堂上有發生什麼事嗎？我想在性別研究的課堂上，特別容易爆發激烈的討論吧？」

史威生試著回想羅蘭在大四開課的科目名稱——「陰陽人哈克：馬克吐溫（或稱克利門斯）作品的性別與身份認同之假面。」還記得課程表公布時，她的科目名稱成為全系的笑柄，但是現在大家都知道學生都搶著修她的課。史威生還記得安琪拉把羅蘭的課批評的一文不值——這樣的記憶在史威生的心中閃著光芒，像顆耀眼的守護幸運星。

「當然，而且都是我主動提的。我希望學生能清楚地瞭解我跟他們站在同一陣線。我要他們在課堂上有安全感。我要他們知道如果有任何問題，不管是性騷擾或是什麼事，都可以找我談；學生跟我無所不談，而且我也都認真地當一回事。身為優世頓少數女性教師，我覺得這是我的責任。」

羅蘭總是不忘提醒大家——她是英文系第一位獲得永久聘約的女老師，也是系上目前唯一有永久聘約的女教授。她滔滔不絕地講著：「我們都知道優世頓的歷史，是從優世頓先生可憐的女兒開始。無論如何，我發現自從我們開始改變以來，教室內整個氣氛已經漸漸改變。唯有消除溝通的障礙，我們才能暢所欲言，免於任何恐懼與不安……。」

史威生就錯在這一點。如果他有點頭腦，或者有求生存的本能，他應該要給學生安全感，讓他們吐露心事，然後在全世界最輕鬆自在的氣氛下，談論青少年用死雞自慰的事情。

院長接著問：「瑪格達，那妳的課呢？」換沒有拿到永久聘約的女老師發言，讓我們聽聽詩人的意見。

在教職員大會時，班森講了一個關於教師聘任評定委員會的故事，委員會為了評斷某位男老師上課的情形，請了一位上過這個老師課的男同學，來詢問老師上課與女學生互動的情形，這位男同學說待會兒會有個女同學會過來找他，可以請她來回答這問題。結果面談的男性委員表示，所有女學生等一會兒由女性的委員來面談。大家雖然對這警惕故事置之一笑，但笑聲中透露出緊張與沈重。彷彿一場風暴即將來臨，大家趕緊避難逃命似的。

瑪格達回答：「我上課上得很辛苦。我一直犯些嚴重的錯誤。」

她沙啞的聲音在顫抖著，史威生想要幫她從椅子上拉起來，帶她離開餐桌。她不該在大家面前講這件事。這些人不能信任，比起神經有問題的學生，這些人會對她傷害更大。

「怎樣的錯誤？」院長問著。

瑪姬插嘴問道：「有沒有人還要再來一片肉餅的？」

「怎樣的錯誤，瑪格達？」班森再次問道。

「好吧，」瑪格達，「一些計畫上的失誤。我舉個例子好了，像我注意到我學生寫的詩，內容都有點狹隘，所以我讓他們讀一首拉金的詩，詩開頭就寫著：『妳爹與妳娘，他們幹妳幹到死。』」

「喔，我非常喜歡菲利普・拉金的東西！」聖人般的戴夫趕緊圓場，想打破現場恐怖的僵局。所有人連動都不動一下。瑪格達難道不想要永久聘約了嗎？

「我知道這麼做……挺危險的。」瑪格達開始卯足了勁，把自己包裝成一個為了替學生著想而徹夜未眠的好老師。「我事先想了很久很久。我知道這是冒險的計畫，且有心理準備。但學生的反應比我預期的更糟，他們讀這首詩時，嚇得臉色發白。」

史威生一邊給自己倒酒，一邊想著不知道瑪格達是不是喝多了，她是不是想自毀前程？每個人都為她感到擔心，甚至連鐵石心腸的傑米也動了惻隱之心。

「也許問題不是出在文字上，」傑米幫忙說著，「也許是菲利普・拉金本身的問題。他根本名不符實，只是個喜歡怨天尤人，憤世嫉俗的自憐狂，明明是個中年圖書館員，卻裝成小孩一樣吵鬧不停。」

「他是個痛恨女人的大男人！」羅蘭也開口，「他的作品都很負面，完全否定生命的意義。」

史威生再也忍受不住。他喜歡拉金的詩，他從詩中體會出許多不為人知的人生真理。雖然在場所有人都對拉金略知一二，已經夠難能可貴，也許全天下再也找不出像這樣高文化水準的晚宴餐會，但是史威生依然無法忍受。

「親愛的瑪格達，」伯納德，「如果妳的重點是要學生能……放輕鬆一點，可以選其他的作者，斯威夫特就是個很好的選擇，他的作品，大家都非常清楚，有時候非常的……具幻想空間，可說是駭人聽聞的色情文學。」

史威生喝乾杯裡的酒。他有著十分奇怪的感覺，那是一股想說話的衝動。想發言的慾望，在他腦中燒出一個洞。鼻子裡是自己腦中灰白質燒焦的臭味，或者這是香腸燒焦的味道？他頭痛欲裂，彷彿裡面有座火山即將爆發，但他必須咬緊牙關，忍耐、忍耐……。可憐的瑪格達只因為說了「幹」這個字，就受到大家的譴責，那他該怎麼辦？他上課可是花了好幾個小時，跟學生鉅細靡遺地討論獸交的話題。也許一個書桌上擺著安琪拉色情詩集的人，不應該出現在這個晚宴中。

一想到安琪拉，史威生精神為之一振，擾攘波動的思緒平靜下來。她彷彿變成了史威生逃避一切的地方；她讓史威生知道在這腐蝕靈魂的餐會之外，存在著另一個世界，一個屬於有寫作熱情與才能的年輕人的世界。

史威生不禁開始懷疑自己是不是有點喜歡上安琪拉，不過現在的時間與地點都不對，不該在這麼不合適的時機想這種問題。他的確不時地想著她，期待看到她。不，他真正期待的是看她的小說。

史威生看著坐在另一端的雪莉。雪莉發現他的視線，也回盯著他。雪莉愛他也瞭解他。他們有一個女兒，共度了二十一年的時光，這可佔了他們人生的大半歲月。但是雪莉居然選擇忍受這頓晚餐，換做是安琪拉就不會，史威生心想著。雪莉與他一樣選擇妥協，但安琪拉則不同，她相信自己永遠可以特立獨行。雪莉只想熬過這一切；安琪拉則會堅守立場，反抗這群自以為是的人，她可能會一直轉著眼珠，並且用戒指在光滑的餐桌桌面上敲出一個個凹洞。

史威生剛剛的念頭，全是因為安琪拉而起的。他覺得自己彷彿也戴上了鼻環，頭上冒出綠色的頭髮。他的額頭越來越燙，臉頰也熱了起來，皮膚似乎也在收縮緊繃。

「我有個主意，」史威生聽到自己說著，「一種全新的方法。」所有的人轉頭看著他發紅的臉，活像隻煮熟的蝦子。

「什麼方法呢，泰德？」班森好奇地問著。

「我覺得大家一直讓步，完全沒反抗。」史威生說著。雪莉與瑪格達擔心地互換眼神。他對著她倆人眨眼，然後繼續講：「我們一直屈服在審查制度與壓迫的惡勢力下。事實上，我們必須要幫忙學生解決他們的問題。我們應該試著強化他們敏感的心靈，像精神治療法那樣……。」

羅蘭插口：「喔，泰德，你相信精神治療法？我都不知道，真看不出來！」

「泰德是信教友派的，」戴夫講著，他是在場唯一讀過史威生小說的人。事實上，他平常碰到史威生就像在應考一樣，不時會談到小說中的細節。

「再也不是了，」雪莉說著，「泰德已經不信教友派了。」雪莉不愧是瞭解史威生宗教信仰的專家。

「我當然不信精神治療法。妳把我當什麼，羅蘭？白痴嗎？我讀過關於精神療法的書，其中講的不無道理。先是讓病人戴上偵測器，然後聽一連串讓病人覺得反感或害怕的字眼，像媽媽、爸爸、小孩、性愛與死亡，反覆持續著，直到偵測器停止顯示任何情緒激動的反應。」

「所以我們為什麼不把這套方法用在……這些愛哭鬼身上，這些學生老抱怨什麼性騷擾，什麼性侵害的。把他們關在一個房間裡，然後對著他們罵髒話，罵到他們長大為止。狗屎狗屎狗屎、幹幹幹，就像這樣，大家應該懂吧。」

全場的注意力全部集中在他身上。大家安靜地聽他像個路旁瘋漢罵著髒話：「X你娘、爛屌，像這類的字眼。不用經過包裝美化，就是平常的英文，這種經過時代考驗的語言，普通平凡但值得尊敬。我們這是在幫學生一個大忙，讓他們不論是在學習上，在道德上、在心靈上，都能更快地成長，而不是縱容每個愛哭或神經質的學生，讓他們嬌生慣養。」

「泰德……，」雪莉趕緊說著，「泰德他有圖利斯症，成年時期才發作的，是非常少見的病例。」

現場依然一片死寂。

史威生說：「雪莉的點子不錯。我們可以雇用身心殘障人士來做這工作，像是雇用有圖利斯症的人來罵髒話。」

所有老師或是低頭看著食物，或是凝視著遠處。

最後瑪姬說著：「大家別動！不可以動。每個人請坐在原位，我來收拾就好了。」

瑪格達說：「菜真是美味極了，瑪姬。」

羅蘭則說：「妳確定不用我們幫忙嗎？」

大家紛紛稱讚瑪姬的手藝，或忙著幫忙收拾餐桌。包括雪莉在內，沒有任何一個人想與史威生的眼神有所接觸。瑪格達在座椅上對史威生微笑，笑容帶著支持以及恐懼，讓他明白自己把一切都徹底搞砸了。

院長驕傲地宣布：「這甜點可是瑪姬花了一整天時間做的！」接著，瑪姬帶著成果出現在門口——一個巨無霸布丁，外層應該是用草莓果凍做成的，不住顫動的布丁上面裝飾著銀色的小糖球以及五顏六色的糖霜，看起來像色彩繽紛但暗藏劇毒的不明物體。

「我做的是果凍鬆糕！」瑪姬為大家揭曉謎底。

眾人發出「喔！」的聲音，不約而同地微笑著，彷彿正在拍團體照一般——這群成年男女原本期待甜點能結束這場苦難，沒想到卻是另一場災難的開始。

第十章

第一個不好的徵兆：在離開院長家之後，雪莉把史威生丟在後頭，一個人快步地走向車子，坐進駕駛座；第二個不好的徵兆：從倒車出班森家車道，到驅車在緬恩街上，一路上兩人都不發一語。街道兩旁矗立著一棟又一棟的豪宅，當他們開車經過時，屋內的電燈彷彿也隨之熄滅。

「天呀，泰德，」雪莉終於說話，「你到底怎麼搞的？我剛才一直擔心你會轉過頭去，然後吐得一塌糊塗。」

「跟妳講一件奇怪的事。我剛才也這麼覺得，感覺自己像『大法師』裡那個小女孩……。」

史威生放鬆地大笑著。他覺得自己真是幸運，能免於一般的俗套——在丈夫違反社會規範並冒犯操控加薪大權的上司之後，老是愁眉苦臉的太太便在一旁數落丈夫的不是。雪莉並沒有變得跟她母親一樣，動不動就責罵不成材的丈夫。史威生和雪莉都還是頑皮的孩子，依然是叛逆的青少年；在這群新英格蘭的老古板中，他們還保留著紐約人的浪蕩不羈。

「天呀，我剛才為什麼會說那些話？」史威生說道，「可能是傑米把拉金批評得一文不值，讓我終於忍不住了。」

雪莉不做任何回應，等車子經過優世頓乳品公司，即將轉彎時，她開口講：「瑪格達非常喜歡你，你知道吧，泰德？」雪莉講這番話的用意為何？是好奇兩人的關係？是嫉妒？是對丈夫感到驕傲？還是只是純聊天？

「瑪格達不是我喜歡的類型，」史威生回答，「她有愛爾蘭天主教徒的歇斯底里，緊張且神經質。如果我喜歡這樣的個性，乾脆娶我媽還比較快。」他覺得背叛了瑪格達，也因為說謊而產生罪惡感。這些他所嫌棄的特質，其實對他而言相當有吸引力，但是唯有這麼說，才能將話題從他身上轉移，讓他能加以反問。

「妳為什麼會這麼問？」

「從她看著你的樣子，就可以感覺得出來。」雪莉回答，「她的目光帶著崇拜和愛慕。不過我真想把她宰了。」

史威生：「妳在胡思亂想。什麼崇拜和愛慕。」

「隨便。」雪莉說著，然後笑了起來。

「聽妳這麼講，我是挺開心的，不過我覺得瑪格達不可能會喜歡我的。我已經老了，沒有吸引力了，沒有人會喜歡我，連學生都不會。妳覺得還會有人認為我有所謂的魅力嗎？」

「我呀！」雪莉將手放在史威生大腿上。史威生抓著她的手移到自己的胯下。喔，他真是個幸運的傢伙，有個這麼美麗又體貼的老婆，就算他在晚宴上胡鬧，她對他的熱情依然不減。

一路上兩人緊握著雙手，直到雪莉將車子開上家裡的車道上。到家後雪莉先下車打開家門。史威生一出車門，才發現自己真的醉了，步履蹣跚地走進家門，看到雪莉在玄關等著他。兩人擁抱在一起。史威生沿著她背部撫摸著，然後緊緊抱著她的身子。

史威生開口：「妳先上床，等我一下。我突然有了靈感，要先記下來，以免忘記了。」

「好吧，」雪莉回答，「不過要快一點喔，我快要睡著了。」

史威生知道自己正在墮落，道德與誠實已經離自己好遠。放著美麗成熟的妻子在床上空等，他卻像老鼠一樣，穿過黑暗，偷溜回老鼠洞裡，讀一位小女孩寫的色情詩。

史威生在一些帳單中，找到《熱線安琪拉》。他將書隨便翻到其中一頁，小心翼翼地讀著。

他說：妳那邊是熱線安琪拉嗎？安琪拉，是妳嗎？

我說：你今天晚上想做些什麼？

他說：噓，別說話，聽我說就好了。

我現在從妳背後撲上去。

我的手蓋著妳的嘴巴。

我說：親愛的，這樣我怎麼跟你講電話？

他說：別叫我親愛的。

我的手蓋著妳的嘴巴。
我把妳壓在垃圾桶上。
我掀起妳的裙子。
打著妳的大腿，輕輕地。
要妳打開雙腿。
妳的屁股緊緊抵著我，
讓我早些觸碰妳那裡。
我說：親愛的，我不能再講下去了。
再見啦，我要掛上電話了。

史威生把詩集放下，關掉檯燈。他不願意回想剛才看的詩，什麼都不願意想。在淡淡的月光下，史威生一路摸索著進入漆黑的臥房。雪莉睡著了嗎？他脫下衣服，鑽進被窩裡雪莉旁邊，伸手摸著她的大腿。

「泰德，」她睡眼惺忪地說，「我有事要跟你說。」

史威生用手蓋著她嘴巴。她把他的手扳開，輕輕地舔著他手掌心，一陣如絲緞般觸感的電流，快速地從掌心傳達至他鼠膝部。

「別說話，」史威生說。

「好吧，我會安靜的。」

當史威生記不得上星期上課發生什麼事，他就觀察那個學生看起來像心靈受創，或是一臉憤恨，便能回想起當初批評的是誰的作品。但今天實在難以看出些端倪，每個人都擺著臉色，尤其柯特妮更是一臉殺氣，坐在那裡，僵硬的肩膀高聳著，雙手用力抓著書。一看到她的表情，史威生的記憶立即被喚起——「初吻——都會悲劇愛戀」。

為什麼大家今天都顯得相當不高興？是學校公布禁止學生開瘋狂派對的新措施，還是禁止學生飲酒作樂？或者是大家都處於學期中的低潮期？（不過這也未免太早了。）還是他們猜到史威生這整個星期都花在安琪拉的詩集上？不是聽說鬥牛士與馴獸師也有這樣的情形嗎？在表演出意外的那天，他們會感應出牛或獅子心情特別糟糕。

在教室這群呲牙咧嘴的野獸中，卡羅斯看起來最為緊張不安。

「卡羅斯，小子！」史威生打招呼。

他鬱悶地回答：「嗨！」

會議桌唯一空著的位子是在安琪拉與克萊麗斯之間，史威生毫無選擇餘地。坐在椅子上，史威生覺得無法呼吸，只希望自己若真的昏厥過去，最好能倒在克萊麗斯的懷中，而不要往安琪拉的方向倒，以免引起眾人猜疑。有沒有人注意到他額頭冰冷的汗珠？有沒有人注意呢？顯然沒有。嗯，沒關係，只是問問而已。內心深處有個不祥的聲音在嗡嗡地唸著：沒有人知道、沒有人知道……。沒有人知道安琪拉的詩集就放在他家書房，鎖在他的檔案櫃裡；沒有人知道那些猥褻浪蕩的字句已經穿越空間距離，來到史威生的腦袋，像一隻病媒瘧蚊，偷偷躲在飛機上，越過海洋到另一個國度散播瘧疾。那些關於亂倫的詩篇，那些關於強暴的字句……。

但現在討論的是卡羅斯的作品，史威生必須收回心神，將注意力集中在這故事上。史威生今天早上才急忙看了一遍。其實卡羅斯寫的還不錯，標題是：「馬桶」，不過內容有點聳動，令人覺得不甚舒服，應該會引起其他人的反彈，討論時大家一定會加以修整一番，去除讓他們感到不舒服的部分。

故事一開始便描述「又白又胖」的男主角，在州立青少年感化院裡，遭到其他人的欺負，頭被壓入馬桶裡（故事標題的由來）。隨著劇情發展，男主角漸漸被迫走上自殺的路途；在倒數第二幕時，故事進入令人怵目驚心的高潮，與男主角睡上下舖的室友告訴男主角一個故事，內容雖然雜亂無章，但相當血腥暴力，詳細地描述如何將狗安樂死，以及為何對狗來說，早死才是早超生，男主角聽完這故事之後，便下定決心要了結自己的生命。

史威生說：「卡羅斯，讀出來讓大家聽聽。」

卡羅斯深呼吸後講：「天呀，這很難。」

喬奈兒說：「每個人都要這麼做，卡羅斯，快點啦，你還待過陸戰隊耶！」

「是海軍！」卡羅斯糾正她，「妳別搞錯了。」

「好啦，各位同學，」史威生說，「這真的很難，不要再逼卡羅斯了。」

安琪拉也接著說：「對呀，這真是個折磨，像我也很害怕我的作品會被大家批評，所以這學期都不敢帶作品來。」

每個班級都會有像安琪拉這樣對自己權力與地位相當敏銳的學生。每個人都知道史威生最近在讀安琪拉的作品，現在她正在暗示大家：我有這種特殊待遇不表示我比大家優秀，而是因為我太膽怯，所以才不敢把作品拿給大家看。她就像一些毛絨絨的小動物，為了在物競天擇的環境中求生存，只好翻身露肚或者裝死示弱。

「對呀！」南西說著，「在瑪格達的寫詩課，安琪拉的作品被批評的一塌糊塗。現在她大概不想再冒險了。」

原來他們是這樣看待安琪拉的，認為她只是個不入流的色情詩人。他們應該在課堂上討論過安琪拉的詩，討論那些史威生偷偷看的作品。不過，他們是被迫來讀這些詩，而自己可是自願的。喔，為什麼他不能放輕鬆，為自己真正關心有才華的學生而感到驕傲？

「沒錯，」史威生說著，「我們都知道，自己的作品在課堂上成為討論的主題，一點都不有趣，所以請大家先閉上嘴，讓卡羅斯先緩和一下情緒。」

「好吧，教練，我準備好了，可以開始了。」卡羅斯清清喉嚨，然後唸著：

艾迪很慶幸馬桶裡沒有裝著鏡子，不然他就會看到自己又肥又平的臉，像個在海底冒著泡泡的水母大怪獸；看到自己藍色眼睛裡的恐懼，以及他不斷想往後抬的脖子；看到自己嚥下噁心的污水，然後向折磨他的人求饒的表情……。

史威生讓卡羅斯繼續念了一會兒，然後說：「謝謝你，這故事相當不錯，真的。好，現在來聽聽大家的想法。請記住，先講欣賞的部分……。」

瑪奇莎先發言：「嗯，第一段就有問題。有那個笨蛋會這樣，頭被壓到馬桶裡，還會一邊想為什麼馬桶裡沒有裝鏡子？」

丹尼同意地說：「瑪奇莎講得沒錯。在馬桶裡裝鏡子，讓人覺得是卡羅斯故意藉此來描寫主角，而不是主角內心真正的想法。」

「真正的想法？」安琪拉說著，「你又沒有被人把頭壓進馬桶裡，又怎麼知道這不是主角的想法呢？」

講得好，安琪拉！史威生心裡想著。但當他從眼角餘光中，看到卡羅斯對安琪拉報以感激的微笑，心中不由得燃起一絲怒火。卡羅斯從來沒看過她一眼，今天反常了嗎？因為這樣，史威生刻意不提醒同學應該先討論作品的優點。

梅格開口：「老實說……」（只要她開場白是「老實說……」，或是「我個人認為……」，大家就知道大事不妙了。）她繼續講著：「整個故事讓我覺得很無聊。我實在很厭倦這種男人互相殺來殺去的狗屁故事。」

「梅格，不好意思，」史威生說：「我們應該先討論優點的部份。」

「我才受夠了妳的狗屁道理，梅格，妳把男人看得這麼膚淺，難怪會搞起同性戀來！」

「各位同學！」史威生趕緊說道，「希望大家保持禮貌與冷靜。我想要提醒大家在課堂上應該避免使用不當的字眼。」

「你這是什麼意思？」瑪奇莎開口，「我們這樣講話……。」

史威生不理會她，轉頭對卡羅斯說：「在其他人講完之前，你不是應該不能表示意見的嗎？」

「對不起，教練！」卡羅斯說罷伸手到嘴巴上做出拉上拉鍊的動作。

史威生急忙轉移目標：「克萊麗斯，妳覺得這故事如何？」

克萊麗斯回答：「有幾個部分……寫得不錯。我喜歡最後一幕，那另外一個角色，叫什麼名字來著，講那個關於狗安樂死的那個……。」

南茜解答：「笨瓜。」

「我喜歡那個名字，」丹尼也表示意見，「笨瓜，這名字取的不錯，特別是那個角色一點也不笨，反而有點，有點……。」

梅格替他回答：「奸詐！」

克萊麗斯繼續說著：「對，沒錯。我喜歡笨瓜講的故事，講到那隻狗被卡車撞到之後，為了牠好，不得不開槍將狗安樂死，然後再進一步地讓艾迪覺得自己就像那隻狗一樣。」

「描寫狗的鮮血、內臟與腦漿四濺的部分，很像在模仿導演昆汀・塔倫迪諾的作品。」喬奈兒這番話可不是讚美之詞。

柯特妮開始批評：「將男主角與狗聯想在一起的安排太刻意了。」

「本來就應該這麼明顯，」克萊麗斯反駁，「但是我不認為是笨瓜的故事導致艾迪自殺的。」

克萊麗斯又再次切入問題的要點。最後這一幕根本不可能會發生，艾迪怎麼可能從收容所房間的窗戶跳下去，然後落在人行道上，摔斷脖子而死？

喬奈兒說：「結局實在太容易預測了，根本是套好的，艾迪最後會自殺，我從第一句就看的出來。」

「哪裡看得出來？」卡羅斯再次爆發，「妳指給我看，喬奈兒，指給我看，從第一句的哪個地方看得出來？」

史威生趕緊制止：「卡羅斯，請保持冷靜。」

「大家知道嗎？」換柯特妮發言，「我一直在想，我好像在哪裡看過這篇故事，最後想起這好像是部電影。卡羅斯的作品跟某部電影很像，只不過在電影裡，主角是士兵，還是陸戰隊什麼的，其中有個士兵又肥又笨，每個人都欺負他，最後他在澡堂裡開槍自殺。」

「妳講的是『金甲部隊』！」丹尼講著，「是庫伯利克導演的，很棒的一部電影！」

柯特妮接著講：「我倒覺得那部電影很無聊，不過比卡羅斯的故事要好多了。」

正當此時，鐘聲叮叮作響，打斷柯特妮的發言。史威生現在已無心保護卡羅斯免於同學殘暴的迫害，他只感覺到隨著安琪拉雙腳往地上一蹬，地板也跟著搖晃起來。在鐘聲持續的那段時間，史威生幻想自己往她身上靠過去，伸手到她雙腿之間。這種幻想真實到令他甚至可以感覺指尖傳來她肌膚的觸感。過了好幾分鐘，他才驚慌地回過神，知道這一切只是幻想。

鐘聲停了下來。「好，」史威生說著，「我們剛才講到哪裡？」

安琪拉回答：「剛才大家對卡羅斯不是很公平。事實上，他的作品很不錯，而且跟電影一點都不像。尤其寫到關於笨瓜講讓狗安樂死的那部份，真的相當精采。」

史威生心想——她這麼說都是為了我，我需要她講這些話。聽到安琪拉的話後，卡羅斯用毫不掩飾的愛慕眼光看著她。

史威生接口說：「好吧，看來大家意見很分歧。不知道這樣的討論對你是否有幫助，卡羅斯。你有沒有什麼想跟大家說的呢？」

「謝謝妳，安琪拉，」卡羅斯說，「至少還有妳瞭解我。」

等到大家鳥獸散之後，卡羅斯還留在教室門外，等著安琪拉。但是安琪拉卻待在教室裡，等著史威生。三人之間的關係就像是雄鹿與雌鹿一樣，在眾多雄鹿競相追求下，雌鹿一定會選擇條件最佳者，卡羅斯或許年輕力壯，但史威生則具有老師的優勢。站在門外的卡羅斯看出兩人之間的差距，轉身離去，但在走之前，他看了史威生一眼——露出明白自己條件不如人的眼神。

史威生說：「安琪拉，我想妳再度拯救了一堂課。我原本以為他們會將可憐的卡羅斯生吞活剝，把他啃得屍骨無存。」

「我只是講實話而已，」安琪拉回應，「他的故事沒那麼糟。」

「不管怎樣，我還是要謝謝妳。」

「不要謝的太早，」安琪拉說著，「天下沒有白吃的午餐，你知道的。」她冷冷地盯著史威生，讓他一時之間腦筋一片空白，只想到她詩句裡的那位色情電話女郎，想到她接電話時職業性的冷淡語調；他覺得自己彷彿打電話給熱線安琪拉，要求瘋狂的性服務。但是這些都不是真的，只是他的幻想……。

「那我要付出什麼代價呢？」他回答著，句中帶著挑逗的意味。

「時間，」安琪拉講著，「花時間看我的東西。我上次給你的那一段還可以吧？」

「喔，很好，加上那一段很不錯。不過，我希望能不只有這麼短的一段……。」

「太棒了，我就期望你會這麼說。我今天帶了另一章過來，不過我有點擔心，因為我覺得這一章寫的很爛。我是從主角母親的角度來寫的。喔，對了，剛才說天下沒有白吃的午餐，那只是開玩笑的。我已經麻煩你很多了，如果你沒空的話，我可以等到下禮拜再跟你討論，或者任何一天都行，只要你方便。」

史威生回答：「別傻了，我很樂意看妳的作品。不過可能要花上幾天的時間才能看完，希望妳不要介意。」

「不會啦！」安琪拉拿出一份橘色信封交給史威生，她接著說：「我會守在電話旁等你聯絡……。喔，對了，能不能請你幫個忙。」

史威生不自覺地緊張起來。

「我的媽媽還有繼父這個星期要來學校看我，他們可能會來拜訪你。到時候，可不可以請你幫我說些好話，讓他們覺得沒有白繳學費？我的成績很爛，繼父不斷撂下狠話，說不要讓我繼續唸這裡，要把我轉到社區大學去……。」

「他們真會這麼做嗎？」史威生憂心忡忡地說著。

「也許只是說說而已，我想我連社區大學都進不了。」

「我會盡力幫忙，」史威生說著，「我很期待與他們見面。」

快步走過校園，然後一口氣爬上四層樓梯，史威生上氣不接下氣地來到辦公室。他把門鎖上，坐在書桌前，開始讀安琪拉的作品。

一整個夏天，雷諾德老師回到他家鄉，參加音樂老師的暑期研討會。整個夏天，我只要在後院的陽台上做日光浴時，心中就會想著他，想像他在音樂廳裡，想像他在那發亮的木板與為了吸音而鋪設地毯的地板上，雙腿緊緊夾著低音提琴，和諧的巴哈樂曲流洩在音樂廳的階梯上。

暑假之後，我變成了高三的學生；等開學的那一天，在練習室裡看到老師本人，我一時之間反而覺得很不能適應——他不繼續留在我的幻想中，跑來這裡做什麼？

「暑假過的如何？」我努力地想找些話來說。

他雙手抓著我的手臂，就像去年春天一樣。彷彿他一整個夏天刻意離我而去，然後僅用這簡單的身體碰觸，就讓我重回他懷抱。我雙手緊握，坐下來，看著他跟每個學生打招呼。我知道他的動作根本不代表什麼，我並不是唯一與他有肌膚碰觸的學生。

大家都還穿著無袖的T恤。小提琴手在拉琴弓的時候，手臂就像不住抖動的白色香腸。窗戶打開著，空氣中帶有樹葉燃燒的焦味；足球隊練習的吵鬧聲從外面傳來，迴盪在悶熱的室內。我渾身是汗，髮絲糾結在一起，像是骯髒的油漆刷刷毛。

我第一次期望練習能早點結束。我一點都不想留下來，不想引起雷諾德老師的注意。另外，我昨晚沒睡好，一直因為不舒服而不斷醒過來。我懷疑是不是在戴維斯太太的雞舍感染到什麼病菌？

我急忙收好單簧管，打算要離開的時候，老師叫住我。

他說：「今天大家怎麼都心不在焉的？」

我說：「我不知道。也許是因為太熱吧。」

「你還好吧？」老師問著。

「我很好，真的。昨天為了自然課的研究計畫，去了一間奇怪的雞舍……。」

「什麼研究計畫？」他又接著問。

「我在孵雞蛋。」

「像母雞一樣孵雞蛋嗎？」

「沒有，我用孵蛋器。」

他接著告訴我關於雞蛋的秘密——在春分、秋分與冬至的時候，可以讓雞蛋立起來。

「哇！」這是我唯一的反應。

「我從小就在雞蛋場裡混，」他繼續講著，「如果妳需要幫忙，或者有不知道的地方，別客氣，儘管問我。我很樂意傳授多年來與母雞為伍所得到的知識。」

就在此時，鐘聲解救了我。

他忘了幫我開個遲到證明，害我得急急忙忙趕著上下一堂課，直到放學才有時間回想剛才發生的事情。他是不是真心想幫我做研究計畫？還有，他說他從小就在雞蛋場裡混，這有點奇怪。我記得他跟大家說過，他是在芝加哥的貧民窟裡長大的。

史威生知道最後一句話是刻意讓讀者覺得懸疑緊張，讀完這整章，他更確定自己是對的，安琪拉這女孩的確才華洋溢，他的工作就是要鼓勵這樣的寫作奇葩；他現在想起安琪拉吸引他的原因，不是那些猥褻噁心的詩句，而是她寫作的才能。

他慶幸還剩下幾頁還沒讀完。他趕緊把作品放下。這些是這星期所剩的份量，不可以一次讀完。當然他可以叫安琪拉一次拿出所有寫好的章節，她應該也會樂於接受命令。但這麼做的話，又得等上好一陣子，她才能寫完新的部分。而且這麼做的話，會破壞史威生在她心中好好先生的脆弱假象——永遠可以請他做些超乎份內工作的幫助。

在下一頁上，貼著一張黃色的便利貼，上面安琪拉潦草地寫著：「接下來是我覺得很難的地方，從主角媽媽的觀點來寫。」

讀到此處，史威生感到一陣毛骨悚然，頭皮也開始發麻。醫生扶著往地板倒下去的病人——這難道是巧合嗎？也許是，也許不是。最有可能的是，這段是安琪拉在不經意的情況下，從他的小說《藍天使》中抄襲出來，而這可是他真實的經歷。他繼續讀下去。

當時是一九五〇年代，我人在波士頓，住在卡普利廣場上。我一心想當爵士樂歌手。我的男朋友是個吉他手，他說他是吉普賽人，名字叫唐強哥，可是曾經有個老女人，大概是他祖母，打電話過來。她聽起來像是個義大利人，要找湯尼聽電話。

不知道為什麼他要打我，我又沒有說錯話，或是做錯事情。以前從來沒發生過。那天他去俱樂部工作，回到家之後，就把我從沙發上拉下來，拳頭就往我臉上揮過來。我還記得他憤怒的味道，像是卡車輪胎燒焦的味道，像一台柴油卡車在路上留下長長的煞車痕，卻煞車不及，往我迎面撞過來。

史威生抬頭，將目光從小說上移開。沒錯，安琪拉一定讀過他的《藍天使》——書中的女主角是個爵士樂歌手，與有暴力傾向的音樂家男友分手後，漸漸走出感情的陰影。史威生該怎麼解決這問題？該不該讓安琪拉明白兩人的作品有太多令人起疑的相似之處？事實上，這種事情難免會發生。人在讀書的時候，常會不自覺記下其中的字詞或片斷，甚至是整個情節，然後運用在自己的作品中，事後根本忘記原來的出處。史威生打算用這套說法告訴安琪拉，講得抽象一點，講得像文學理論一樣，就像院長講話那樣——永遠用第三人稱不特定的代名詞，告訴她：「有時候他人的作品片斷會殘留在讀者的心中，所以……。」但是即使用這麼委婉的說詞，還是會破壞兩人之間的一切，毀了彼此之間的信任。安琪拉相當神經質，一定會認為史威生是在指控她抄襲他的小說。最好還是別提，乾脆告訴她把這母親的部分刪掉，說這部分似乎嫌累贅，會沖淡故事的強度。安琪拉自己不是也說不知道怎麼處理這部分。他決定就叫她這麼做。

另外還有一件事，讓史威生覺得很奇怪……。他在寫《藍天使》時，以雪莉的前男友為參考對象，寫出女主角前男友的角色。當他與雪莉開始交往時，他們才分手沒多久……。等一下，事情有點詭異。雪莉的前男友是個吉他手，然後史威生在小說裡把他改成鼓手；現在安琪拉又改成吉他手，跟現實生活不謀而合。但想想，其中也不無道理，既然安琪拉有意無意地模仿史威生的小說，她一定得為這角色選擇一項樂器，而爵士樂所使用的樂器不就只有那幾樣？

他繼續往下讀著。

我當時還年輕，傷好得很快，瘀青不久就消失了。但是，有天早上，我醒過來，下床往浴室走去的時候，卻跌倒在地上。我試著站起來，但整個房間好像開始旋轉，我又重重摔倒在地板上。這一次，我真的害怕起來，以為那一頓打已經對我腦部造成傷害。我趕緊叫計程車，到醫院去。問診的醫生相當年輕英俊。我不想告訴他我的男友差點把我活活打死，而改口說我也不知道怎麼一回事。他檢查我的喉嚨，告訴我原來是感冒引發的中耳炎。我實在是太高興了，從椅子上跳起來，想好好謝謝他……。

我醒來，發現自己躺在地板上，幾位護士從門口跑進來，那位年輕的醫生則是在我身旁量我的脈搏。沒過多久，我就嫁給他了。

史威生看到此打住，不僅是因為作品就寫到這裡，也因為他覺得太怪異了。他這次想都沒想，就知道讓他覺得奇怪的原因在哪。他小說裡的爵士女歌手，得到的是喉嚨發炎，而安琪拉小說的女主角則跟他一樣是中耳發炎——史威生在《藍天使》並沒有寫入自己的病史。

安琪拉不可能知道這件事。這完全不可能，完全不合乎邏輯，她不可能這麼瞭解他，知道他過去的一切，彷彿她裝了能透視人心的雷達一樣。但世界上無奇不有，什麼事都有可能發生。史威生還記得他的作家朋友曾經在真實生活中，湊巧發生與作品內容相同的事，例如憑空捏造出人物或場景，過幾天後，在現實生活中居然碰上類似的人物，或是經歷同樣的情節。

另外也可能是他曾在課堂上不經意地告訴全班他與雪莉相遇的經過；或者他曾拿這段歷史做為例子，讓學生瞭解如何將個人經歷融入作品？不，這絕對不可能。自從有次學生在評鑑中，批評他常浪費時間，講些私人的事情，他便學到教訓，不再於課堂上談到自己的過去了。

還是他曾經跟認識安琪拉的人講過？他是曾經在教職員餐會上講到這件事，但已經過了好多年了。他也曾跟瑪格達說過，但是他實在難以想像瑪格達與安琪拉像姊妹淘一樣，聊著史威生夫婦相遇的往事。

史威生本能地拿起電話。讀安琪拉的作品總會讓他想打電話找人聊聊。但是要打給誰呢？現在不是打給連・柯利的好時機，史威生不想聽他表面上明明是在抱怨著在曼哈頓當個編輯有多累，實際上是吹噓自己多麼成功，薪水多麼優渥，有多少公司都想重金禮聘他；他也不想打給雪莉，也不能打給瑪格達，然後從她口中套出關於安琪拉的事情。他也不想打給安琪拉，因為他還沒準備好一邊跟她談論這新的部分，一邊費神猜想她為何能探入他內心的世界？

好吧，如果打電話是本能反應，就讓手指隨意地撥號吧。史威生的手指按下一連串號碼。嗯……這是誰的號碼呢？嗯……，他原本是鬧著玩的，但等一下，他發現自己撥的號碼……是安琪拉詩集裡的色情電話號碼！

問題是他怎麼會記得這組號碼？詩集裡的內容，他幾乎已經忘得一乾二淨。難道是他這幾天來一直蠢蠢欲動，很想打這電話試看看？

他有點焦躁不安，擔心這通電話會紀錄在英語系的電話帳單上，擔心傳出他用學校的錢打色情電話，會影響他身為教授的聲譽。不過，他擔心什麼呢？打色情電話又不犯法。越是想到不能打色情電話，史威生就更想這麼做，不僅是撥號而已，還要講到學校派人把他拖出辦公室為止。

更有可能的是，對方會跟他要信用卡號碼，這樣就不會記在學校的帳上。反正他是不可能真的進行交談，他只是好奇接電話的會是誰。事實上，他非常篤定地相信這電話是安琪拉捏造出來的，也許待會接電話的是個獨居老人，也許這是紐澤西州某個修車廠的電話。他只是想知道誰會接來電話，然後說打錯號碼，說聲抱歉再掛上電話。

「午安。」一個像是售票櫃臺小姐的職業性語調，從話筒另一端傳來。「這裡是親密交友專線，帥哥今天想跟誰聊天呢？」

史威生一時之間不知如何回答。對方顯然對這種情形見怪不怪。接著，史威生用手蒙著話筒（對方顯然也習慣這類的客人），試探地說著：「我要找熱線安琪拉？」

那女人回答：「對不起，帥哥，她已經不在這裡做了。你要不要跟我們其他的美女聊聊？」

「不用，謝謝！」史威生掛上電話。腎上腺素在他體內到處流竄著。過度緊張後突然放鬆心情，反而讓他覺得有些不適。但是他怎麼會打這通電話？他到底在想什麼？如果真的是熱線安琪拉接的電話，那他該怎麼辦？

史威生離開辦公室，開車回家，一路上根本無法專心開車，大部分的思緒都用在思考為何安琪拉這麼瞭解他的過去。很有可能這一切只是巧合，這是他唯一能接受的答案；相較之下，剛才用學校電話打色情電話，就無須如此費盡心神地去猜想，但想著想著也讓他嚇出一身冷汗。

參加完班森的晚宴後，史威生發現在自己的心中，安琪拉所佔的角落已經漸漸擴大；他無法忘記不到一個小時前，他人雖然在上課，心卻幻想著把手探入安琪拉的雙腿間。性幻想只是幻想，並不是真正的行動。回到美麗的家裡，暫時先別胡思亂想⋯⋯。

雪莉還沒回家。在家獨處總能讓史威生情緒舒緩，覺得自己是個能力十足的成人。但若是獨處的時間太久，反而會讓他覺得自己像個膽小的孩子。他來到書房，翻了翻電話簿，然後撥了電話給安琪拉。

安琪拉接起電話，聽起來像還在睡夢中。

「我已經看完妳的作品。」史威生說著。

「這麼快？哇，真讓我感到榮幸！」

「別這麼說，」史威生囁嚅地說著。這真是可悲！承認自己上課後沒幾分鐘就看完學生的作品。他繼續講著：「寫得很好，我看得欲罷不能。」

「你是不是討厭新的章節，所以才這麼快打電話給我？」

「完全相反，我覺得新章節的前半部相當精彩。」

「前半部？」她有可能會不知道嗎？她第一次拿作品給史威生時，連哪裡有錯字都記得一清二楚。她的聲音聽起來有些沙啞。她還在睡覺嗎？還是跟她提過的男朋友親熱到一半，被史威生的電話打斷？她不是有答錄機嗎？為什麼還接電話？

「你說前半部很精彩，是不是指後半部寫的很爛？是關於母親的那部分嗎？我就是擔心那裡。」這才是史威生所熟悉的安琪拉，不是剛才接電話的冒牌貨。

「嗯，我不是很確定……，」史威生一邊說著，一邊心想要是哪天這本小說真的出版，雪莉或其他人讀了不知會作何感想，他繼續說著：「我比較想跳過母親的那一段，繼續看女主角跟她音樂老師之間的發展，她母親與父親在醫院裡相遇的部分……，我不確定是否真的需要，放在這裡顯得有點多餘……。」他越說越小聲。事實上，這是個好主意，把母親的部分去掉。安琪拉的小說不需要這一段。

安琪拉發出不耐煩的嘆息聲，講著：「好吧，我也許會考慮刪掉這無關緊要的部分，不過我還是需要從母親的角度來寫，這樣才能安排接下來的情節，如果從女主角的角度，則沒有辦法讓讀者瞭解故事的真相。這是技術上的問題，你知道的……。」

技術上的問題！現在是兩位作家在談論技術上的問題了！史威生緊咬著牙齒，直到臼齒傳來劇痛，將他拉回現實生活——讓他想到牙醫，想到雪莉與家庭。

然後他問道：「你怎麼會想要讓女主角母親中耳發炎，然後在急診室跌倒？」

「什麼？」安琪拉回答，「喔，那一段喔！是我高中同學發生的事，她有天在急診室裡昏倒，然後醫生對她一見鍾情，一直想約她，最後護士給他看我同學的病歷，才知道她原來還未成年。」

「原來如此！」史威生無法相信這說法。

兩人之間一陣沈默。該是掛上電話的時候了。

「嗯……妳最近過得怎樣？課上的怎樣？有沒有打工？一切都還好嗎？」史威生最後擠出幾句話。

就在此時，他抬頭看見雪莉站在書房的門口，她頭髮上的雨滴閃爍著光芒。

「對不起，我得掛電話了，」他趕緊說著，掛上電話。

「你在跟誰講電話？」雪莉問道。

「喔，剛才那個？是……瑪格達。」

「跟我想的一樣。你這是在勾引她，你知道嗎？還是你本來就是這麼打算的。」

「絕對沒有，請相信我！我沒有想要勾引誰。況且，也沒有人會受我吸引……。」

「你還好吧？」雪莉突然問道。

「妳說呢？」史威生說，然後站起來，親吻太太的額頭。

第十一章

探親日的上午，學生家長湧進優世頓來看自己的兒女。史威生走在校園中，遇上了凱莉・史坦賽爾斯與她的父母親。一般學生總是快步走在家人的前頭，但凱莉則不同，也許是因為她經常擔任校園導覽，因此習慣將步伐放慢，好讓父母親能緊跟在後，不過凱莉的雙親還是難掩一臉的驚慌失措。

「凱莉，」史威生打著招呼，「這兩位一定是妳父母吧?」

「史威生教授！」凱莉說著，「這位是我爸爸，這位是我媽媽。」凱莉的雙親對著史威生微笑。凱莉顯得容光煥發，感謝史威生的出現，並且還記得她的名字，她立刻將史威生批評過她作品的不愉快拋諸腦後。比起老師記得自己名字的光榮證明，一篇被批評的小說算得了什麼?史威生點頭微笑後，轉身走開，覺得凱莉終於從自己身上學會什麼是師生間的權力與義務，以及做人要仁慈寬厚的道理。

史威生一路上愉快地對著學生與家長微笑，彷彿他是校方指派的演員般，盡職地扮演一位好教授的角色。此時他覺得自己的靈魂彷彿經過淨化般，能超脫肉體，體會到學生家長們內心的痛苦——這些家長有些是鄉村夫婦，太太穿著簡單樸素的休閒鞋和像布袋的外衣，丈夫則像長不大的孩子，戴著棒球帽或草帽，彷彿他們才是學生；這些家長看著這片美麗的校園而驚慌失措的樣子，好像是來到了侏儸紀公園。

在自己孩子面前，這些家長顯得相當不自在，他們怎麼也沒想到以前需要別人把屎把尿，吃飯還得一匙一匙餵的小孩，轉瞬間居然變得如此陌生。這些身材壯碩的男孩，以及嚼著口香糖的女孩，彷彿是來巡視校園的高官，或者是重要的商界大亨，昂首闊步地走在前頭，父母親則卑躬屈膝地緊跟在後面，不斷問東問西地——這裡的食物還吃的習慣吧？你的室友人好不好？你的教授課上的怎樣？對於父母一連串的問題，兒女則是充耳不聞，加快速度往前走。讓父母親只得加緊腳步才能跟上。在此時父母也不忘觀察四周，比較自己與別人的家庭，看看哪家的小孩脾氣比自己的兒女還壞，哪家小孩虛偽做作，假裝喜歡父母親的陪伴。

去年的八月，當史威生與雪莉將露比送到大學時，親子關係正好跌到谷底。露比臉上的怒氣，及對父母態度上的敵對隔閡，表現得相當明顯。露比對父母殘留的恨意就像餘燼一樣在心中悶燒，一路上引起其他家長的側目，一時之間反而忘了他們自己也有令人頭痛的兒女問題。露比已經幾個星期沒跟史威生夫婦倆說話，當天一整天也是閉口不講話。當雪莉要親吻露比並道別時，她還低下頭來逃避。

史威生與雪莉到底做錯了什麼，才會換來這樣的懲罰？難道阻止她繼續跟騙子與強暴犯交往錯了嗎？還是他們讓露比覺得無法決定自己的生活，只能違反真正的心意完全按照父母的意思行事？

史威生不時會碰上馬修・麥克伊溫，他身旁總是不乏新的女友——他通常以大一新生為獵豔目標。有時候馬修還會對史威生眨眨眼。史威生嘆口氣，心想露比最後會瞭解事實真相的，然後就會回到史威生的懷抱，回到她的守護者身旁，一切就像她小時候那樣。

史威生今天穿著一件T恤搭配運動夾克，想扮演一個平易近人但又不失專業涵養的教授。出門前他試了兩件T恤與一件夾克，一邊想著今天有哪些學生家長會來他辦公室。根據公告，他從早上九點半到十二點都會留在辦公室裡，訪客無須事先約定時間即可登門拜訪，此外校方還對家長們暗示教授的辦公室大門永遠為學生全年開放，這樣才能讓家長覺得昂貴的學費付得有價值。

史威生整理一下桌上的書與文件，好讓人一看就覺得他在專心做研究，而不是平常那樣雜亂邋遢。他還從窗口拉來第二張椅子，以免來訪的家長為了搶椅子而爭吵。

他從窗外往下看著彷彿在校園裡夢遊的人群。他得找些事情做，好讓進辦公室的家長有好印象。看著桌上的書籍，他拿出《我的愛犬：鬱金香》，自從為了掩飾想借安琪拉的詩集而借出這本書之後，他連翻都沒翻過。安琪拉的詩集在他家中的書桌上。他真不應該把那本書留在家裡。現在家長隨時都可能進來，他不該再想著安琪拉的詩集。不然，等會兒自我介紹的時候，他可能會講成：「您好，在下是泰德・史威生，我相當喜愛您女兒的色情詩集。」他定下心來，翻開《我的愛犬：鬱金香》。

就在鬱金香表明意圖之後，她讓他爬到她的身上。她靜靜地將腿張開，尾巴則捲到旁邊，鬱金香則緊抱著她的腰部。但不知道什麼原因，他就是無法達到目的。他的陽具，在我的眼中，彷彿永遠歪一邊，無法碰到她的身體……他們試了一次又一次，結果還是不行，每次當他要進入時，她就掙扎，彷彿還是處子一般，然後趁機逃離鬱金香的擁抱。一切實在慘不忍睹，鬱金香一直無法達成願望，這兩隻想交媾的美麗動物一直無法圓房。我在旁也只能幫鬱金香塗潤滑劑，他們所有能試的方法都試了，但就是無法合而為一。

正當此時，門口傳來敲門聲。喔，你好，請進請進，請容我為你朗誦這段描寫兩隻狗無法交配的精彩片段。史威生把書放在桌上，內頁部分朝下，好讓前來的家長以為自己正在看書！有多少家長知道這本書在講什麼嗎？事實上，這本書除了書名之外，內容一點也不溫馨感人；是否會有家長看過艾克萊的作品？史威生可不願意冒這風險，趕緊把這書放到其它書籍下面，然後小聲地回答：「請進。」

門應聲打開，一位男人探頭進來，他留著一撮鬍鬚，帶著銀框眼鏡，看起來像史威生的同事。他先害羞地微笑，將門再打開些，好讓他自己與太太進來，他太太個子相當高，跟他一樣一頭灰髮，臉上掛著緊張又急於討好人的微笑。

「我先自我介紹，我叫李伯門；這位是內人茱爾。」

「我們是丹尼的父母。」他太太補充說著。

「喔，歡迎，兩位請進！」史威生說著。喔，你們的兒子寫了一篇關於死雞的故事，內容真的是再有趣不過了！

「我們今天過來看看兒子。」丹尼的媽媽說著。

「看看他過得好不好，」父親接口道。

「丹尼非常喜歡上教授您的課，」母親說話了，「上你課時的事他常講個不停。上個禮拜，他在電話裡不停地談論同學的作品，是描述一個小孩跳樓自盡的故事。」

「喔，那是卡羅斯的作品。」史威生為自己還記得這件事感到驕傲。

「身為母親，當兒子喜歡關於自殺的故事時，總是會覺得擔心的。」

「女人都一樣！」丹尼的父親插嘴，「她們什麼都會擔心。如果孩子喜歡『罪與罰』，她們就會擔心孩子會不會用棍棒毒打老太太。」

『罪與罰』書裡描寫的是主角用棍棒攻擊兩位老太太，史威生心想，嘴巴卻說：「不用擔心。丹尼相當成熟，上課也非常認真。他一直都有進步。丹尼的作品曾在課堂上引起相當熱烈的討論。」

「丹尼的作品？」母親問著，「他從來沒提過自己的作品。」

「真是有趣，」換父親發問，「作品的內容是什麼？」

「描寫市郊人家的家庭生活。」史威生輕描淡寫地回答。

丹尼的媽媽咯咯地笑著：「他該不會是描寫我們一家人的生活吧？」

史威生說：「不是的，不用擔心。」

在向史威生誠摯地道過謝後，丹尼的父母便離開了。外面還有其他人等著嗎？顯然一個人也沒有。史威生拿出《我的愛犬：鬱金香》，繼續讀著艾克萊描述他與一位老婦人相遇的情景——這位老婦人用嬰兒車，推著生病包著繃帶的愛狗，漫步在富爾漢宮花園，接著作者講到他與鬱金香這隻亞爾薩斯犬相遇的經過，過程浪漫唯美，不輸男女之間的愛情。隨著字裡行間的起伏，史威生樂於將辦公室當作五〇年代末期的倫敦，融入這透過艾克萊與鬱金香眼中所見的美麗世界。他完全融入書中，忘記時間的流失，最後被敲門聲驚醒，回到現實世界裡。

門口走進來一位女人，劈頭就說：「我是克萊麗斯的媽媽。」

五十歲左右的威廉斯女士臉上不帶一絲微笑，雖然風韻猶存，但她在中學校長身份的光環下，她對待史威生就像對待唯命是從的小孩，對他頤指氣使。她表示自己的女兒應該要唸醫學院，不希望她被想當作家這種無聊願望沖昏頭而耽誤了前程。史威生舉了很多像東妮・莫利森（紫色姊妹花的作者）的例子，來佐證當作家也是很不錯的，但她還是認為一位黑人女作家得獎，並不代表寫作一途就充滿許多機會。

史威生應該作何反應？是老實告訴克萊麗斯的媽媽其實無須擔心，克萊麗斯不是塊作家的料嗎？克萊麗斯可以是位聰明且圓滑的評論家，非常善於找出問題所在，除了態度不佳之外，一切都完美無缺。但是她沒有像安琪拉那樣的寫作才能。

「天知道克萊麗斯為什麼選擇唸這裡，」威廉斯太太感嘆地講著，「我早就警告過她幾百萬遍了。她原本可以進耶魯的，你知道嗎？」

「喔，我不曉得有這件事，」史威生回答，態度和緩地講著：「不論如何，我答應妳，我會盡一切可能，不讓妳女兒浪費生命在寫作上。我想克萊麗斯這麼聰穎，不會真的想當個作家的。」

「但願如此。」威廉斯女士挑起一邊的眉毛，冷冷地說：「謝謝你。」然後便起身離開。

史威生看看時鐘。十一點三十分。嗯，就快結束了。一點也不痛苦。真的，到目前為止一切都還不錯。但又為什麼他居然有些失落感？因為他還沒跟安琪拉父母見面？這麼期待跟學生家長會面？他真的瘋了！

史威生聽到窗戶外面傳來聲響，有人用金屬物敲著玻璃砰砰作響。

敲著玻璃的女性開口講：「請問是史威生教授嗎？我們家的安琪拉有上你的課……。」

在她講這番話之前，史威生一眼就看出他們是安琪拉的父母。這位女士穿著幾乎與安琪拉同樣屬於重金屬風，不同的是，她一身的手鐲、鍊子與耳環則是金光閃閃，一身閃耀的行頭，彷彿是印度新娘，出嫁時盛裝打扮一樣。安琪拉的母親年約四十出頭，一雙黑色的大眼睛，眨眼時活像個受到驚嚇的洋娃娃，頭髮染成金色，眉毛則是黑色。她穿著深藍色的洋裝，搭配上寶藍色的鞋子，彷彿是要參加婚禮。她的丈夫看起來年紀比她稍大，身材矮胖，穿著一件亮褐色的馬球衫，配上格子花紋夾克。他手指上也戴了一枚金戒指。

「不好意思，我們遲到了，」安琪拉的母親說著，「我們今天早上五點半就從紐澤西出發，想要省下旅館過夜的錢。」

她的丈夫則說：「人家教授才不會想聽妳嘮叨這些。」

「喔，對喔，不好意思！」

史威生趕緊說：「喔，沒關係！事實上，你們並沒有遲到。另外，再過一個半小時，學校還會提供午餐，不嫌棄便將就吧。」

「還供應午餐？老公，你要不要在這裡吃？」

「待會在外面買就好了，我們來是要談關於安琪拉的事情的。」

史威生幾乎是用喊的說著：「真高興兩位今天能過來，請坐。」

安琪拉的母親坐下來，翹著二郎腿，一隻亮藍色的女鞋在空中晃呀晃。安琪拉的父親則不斷地將雙腿交叉、張開，笨拙地左右調整坐姿，這點與安琪拉十分相像，史威生不斷提醒自己他並不是安琪拉的生父。但是他與安琪拉有些神似，例如當他脫掉眼鏡，按摩鼻樑時，眼睛的形狀與安琪拉十分相似。

「開了八小時的車才到這裡。學校當初怎麼會蓋在這麼遠的地方？」

他比他太太更像安琪拉。也許他只是長得像安琪拉的生父。安琪拉的母親一定特別喜歡某類型的男性。他們倆跟安琪拉小說裡的父母——那專制的醫生父親與情緒不穩定的母親，一點都不像。不過，從另一個角度來說，也不能保證眼前這個男的，就不是安琪拉詩裡那個那個性侵害女兒，喜歡打色情電話的人渣。史威生已做好討厭他的心理準備，但是史威生知道自己不該有這種偏見，畢竟不可以將作品與作者的現實人生混為一談，是他一直跟學生耳提面命的。

安琪拉的繼父不斷地調整手腳的姿勢，最後終於放棄，開口問：「安琪拉課上的還好吧？她告訴我們一定要過來。她說你是唯一會誇讚她的老師。所以，我本來想應該要去拜訪那些沒有誇讚她的老師，不要浪費時間在這些她已經表現不錯的科目上……。我不是指來拜訪你很浪費時間。天呀，我不是那個意思……。」

「我瞭解。」史威生回答。

「我們本來想早點到，好跟其他老師見面，」安琪拉的母親說著，「不過車程花了太多時間，最後我們還迷路了一個小時……。」

「不知道是誰的錯？」她丈夫插嘴。

「好，是我的錯。我們最後把車停在這大樓的前面，所以先上來拜訪教授。」她手上的校園地圖滿是縐褶，上面還汗跡斑斑，看得出來他們迷路時的焦急。

「謝謝你們。」史威生回應。

「教授客氣了。」安琪拉的繼父說。

「安琪拉開口閉口就是講著你的課，」安琪拉母親說著，「真的！她一直講個不停。」

「希望她講的是好事。」史威生說。

她回答：「當然！你是……你是她的英雄！她覺得你是世界上最偉大的作家。」

「好了！」她丈夫說，「我確定不管像安琪拉這樣小女孩怎麼想，教授才不會在乎。」

「不，我當然會在意。」史威生只能禱告拜託自己臉上喜悅的表情不要太明顯。「作品能受到讀者喜愛，總讓我覺得倍感光榮。特別是像安琪拉這樣才華洋溢的讀者。我覺得安琪拉是天生的作家。」他突然停口。他很少，幾乎沒有這麼誠懇地講過這種話，實在無法想像聽在他人耳中是作何感覺？也許會以為他在說謊吧！

「她從以前就有寫作的天份，」安琪拉的繼父說，「在我買電腦給她以後，她還為家裡發行報紙，寫些家裡的小故事，像早上等我從廁所出來等多久之類的事。我早就看出電腦是未來的趨勢。電腦真的改變了我的事業，對了，忘了說，我是開藥局的。我實在無法想像沒有電腦的生活。」

史威生實在無法憎恨眼前這位男子。他不是詩集裡的變態父親，也不是小說裡的醫師爸爸。等等，事情似乎有點不對勁。安琪拉不是說過在她十幾歲時，父親便自殺身亡？所以她才這麼喜歡《浴火重生》，認為這小說拯救了她的一生？不過，這男子講話的樣子，彷彿打從安琪拉出生就在一旁陪伴她成長。難道是安琪拉說謊？但這目的又是什麼？史威生心裡盤算著要如何才能問出他到底是安琪拉的生父或繼父，但又不會顯得多管閒事。

史威生接著提起：「安琪拉最近在寫一本小說，寫的相當好。」

「怎樣的小說？」安琪拉母親問。

史威生考慮了一會兒，終於回答：「關於高中女生的故事。」

「怎樣的故事呢？」她繼續問。

「嗯……。」史威生該不該冒險？越是接近問題的核心，史威生越無法忍住衝動，想脫口問出想問的問題。「故事主角是一位高中女生與她的音樂老師，這名老師對待學生……嗯，常超越老師應有的專業範圍。這是我大概的推論。我只讀了幾個章節。」

安琪拉的父母親交換眼色。

「怎麼了？」史威生擔心所猜想的一切最後成真。安琪拉的小說果真是她現實生活的寫照，反映出她與男老師之間悲劇般的過去。史威生不願意看到這一切成真，不願意相信安琪拉是個無法克制勾引老師衝動的學生。「怎麼了？」史威生再次問著，「有什麼我該知道的事情嗎？」

「事實上……，」安琪拉的母親說，「類似的事情，真的在安琪拉的高中發生過。當時有位生物課老師……。」

她丈夫立刻補充說明：「這件事跟安琪拉一點關係也沒有。那個老師跟一些女學生亂搞，不時腳踏好幾條船，包括安琪拉的朋友。」

「她最好的朋友，」安琪拉的媽媽繼續講，「也被這老師勾搭上。」

「安琪拉可沒有，」她丈夫再次插話，「她是個聰明的孩子。」

「她其實非常有吸引力，不要被她一身的刺環唬了，她可是水噹噹的黑貓美女！」母親驕傲地說著，最後一句迴盪在空氣中，化成喵喵的聲音，彷彿宣示著「人家我也是個黑貓大美人！」或許這一切只是史威生的幻想？還是有其母必有其女，安琪拉從母親身上學到勾引男人的習性？史威生怎麼會這麼想？安琪拉是他所認識最沒有魅力的女孩。事實上，她絕大部分的魅力來自於她努力減低自己的魅力。

「其實我一直認為安琪拉有點害羞……在跟異性相處上，有點古怪。」

「怎麼個古怪法？」史威生問著。

「她看到喜歡的男孩子，就會展開熱烈的追求……等到對方開始喜歡上她，她就會躲對方的電話。」

安琪拉不是有個男朋友嗎？該怎樣問這個問題？史威生在心中盤算著該如何用平常語調，巧妙地提出問題；就在此時，安琪拉的父親開口：「別講啦！人家是教授，又不是我們女兒的心理醫師。」

在雙方一陣靜默之後，史威生訕訕地說：「嗯，不論如何，安琪拉是位優秀的作家。」

「謝謝教授的稱讚。」安琪拉的母親說著，然後站起身。「不好意思，耽誤教授的時間。」

她丈夫接著也站起身。史威生也從椅子上站起來。

「很高興與你們見面，阿爾革先生與太太。」如果這傢伙不是安琪拉的生父，現在兩人的姓氏不應該是阿爾革，也許他們會開口指正史威生，這樣就知道他是不是安琪拉的繼父。但這也不一定正確，也許是他認養了安琪拉，讓她冠上自己的姓？

「謝謝教授。」安琪拉母親再次說著。

她丈夫點點頭，迫不及待地想離開，走時幾乎快往門上撞去。

「真是的，差點撞到門。」他說著。

他應該就是安琪拉的生父，史威生心想著。

第十二章

今天課堂上對瑪奇莎作品的討論，進行得出奇順利。比起史威生昨夜躺在床上幻想的情況還好上許多——史威生原本擔心她會指責同學的批評帶有強烈的種族偏見。事實上，全班一律對瑪奇莎的作品給予好評，認為她的故事相當自然流暢，描寫一位黑人女大學生與她前任白人男友在電話中的對談，他當初在父母親的壓力下，決定在畢業舞會前夕跟她分手。第一段寫著：「我馬上就認出那爛人的聲音，即使我們倆已經一年半沒有說話，我還是能夠馬上聽出來。」就像瑪奇莎本人一樣，女主角講話不時帶著較粗俗的字詞，許多層面上，女主角幾乎就是作者本人的寫照（如女主角目前是大二生，就讀於新英格蘭一間偏遠的大學），難怪當喬奈兒講：「我相信這些角色是真有其人。」時，全班響起一片「我也相信！」的回應。大家都顯得相當輕鬆與開心，瑪奇莎更是開心無比。

全班興高采烈的反應持續了一陣子，史威生不想提出一些負面的看法來澆冷水，像是討論個人經驗要如何轉化為創作，或者是點出幾個用假對話來敘述故事的蹩腳手法，如在第一段，女主角說：「你這爛人，幹嘛打電話給我？自從畢業舞會之後，你跟我分手已經一年半，我們從此就沒有講過話了。」史威生的血液中是不是有種族歧視的基因？他是不是在故意挑瑪奇莎的毛病？

安琪拉在課堂上唯一發表的意見是：「我喜歡女主角與男友停止閒聊靜下來後，突然說這一年半來，一直想念著女主角的那一幕。」

下課之後，瑪奇莎留下來，想跟史威生說話。克萊麗斯在門口等著她，而安琪拉依然坐在會議桌旁。

「寫的不錯，瑪奇莎！」史威生說著。「大家顯然也都這麼認為。」他說完便對著她微笑。瑪奇莎期待能聽到更多的稱讚，但史威生依然笑而不語。如果安琪拉與克萊麗斯不在一旁，他還可以言不由衷地講些讚許之詞；但事實並非如此，所以實在無法如瑪奇莎所願，她只好選擇快些離開教室，以保有完整的自尊心，免得自己最後開口哀求史威生多講些讚美的話。

「嗯，謝謝！」她說著，轉身急忙與克萊麗斯會合。當她倆離開時，回頭對安琪拉看了一眼，目光中充滿了不屑與競爭的火藥味。安琪拉目送兩人離開後，轉頭對史威生說：「天呀！怎麼會這樣，我做了什麼嗎？」

「是因為我沒對她多講些好話的關係！」跟安琪拉之間這種宛如和朋友在談論著其他同學般的對話，對史威生而言似乎已經習以為常了。

「我要跟你說聲謝謝，」安琪拉說著，「你幫了我一個大忙。」

「什麼忙？」

「幫我跟我爸媽說謊。」

「說謊？」

「跟他們說我有寫作的才能。」

「妳真的有，我只是告訴他們事實而已。」

「你不用安慰我了。這個禮拜，為了我的爛小說，我已經整整哭了一星期了。」

「每個作家都會經歷這樣的階段，」史威生說著。對，每個作家，除了史威生之外，他長期以來連一個字都寫不出來，如果能為了作品爛而哭泣，對他來說還代表會有所突破。「我跟妳父母還聊得挺開心的，妳媽媽還有妳的……繼父。」

「開心？實在很難想像。」

「他是妳的繼父，對不對？」

「沒錯！怎麼了？」

「因為我覺得非常奇怪。他講起話來，好像他看著妳長大似的，好像他是妳親生父親……。」

「沒錯，他的確是看著我長大的。在我出生前，他跟他老婆就住在我家隔壁。在我爸爸自殺一年之後，他跟我媽媽結婚，從鄰居變成繼父，引起軒然大波。他前任老婆和孩子並沒有搬家；什麼都沒改變，只是她們一家從此跟我們斷絕往來。他選擇跟我媽結婚。我知道看他們倆現在這副模樣，很難想像他們當初有這麼轟轟烈烈的戀愛。」

史威生試著回想她父母的長相，但腦中只浮現出片段的記憶——假睫毛、珠寶與抖動不停的女鞋，無法拼湊出完整的形象，跟為了愛不惜與全新澤西州人作對的情侶聯想在一起。還有一點，那就是史威生並不認為安琪拉講的是真話。

「我有件事沒跟你說實話。」安琪拉說著。

「喔?」史威生問著,「是什麼事?」

「我的生父其實不是發瘋,他只是生病了,有肺氣腫的毛病。我還記得有一次他帶著我去幫媽媽買東西時,突然喘不過氣來,趕緊坐在地上,幾乎沒法呼吸,情況危急到需要叫救護車的地步。我那時只能依賴店員的幫忙,我爸爸的性命就在這些人身上……。這些混蛋店員之中,有個男的長得挺帥的,等到發現他一直盯著某個女客人看之後,這才清醒過來。不過,最令我難過的是——我當時居然認為有這樣的老爸真是丟臉。在他自殺之後,我一直回想著當天的情形,覺得非常愧疚。」安琪拉的雙眼泛著淚光,她用手背拭去淚痕,說著:「我當初為什麼會這麼對他?」

她是在說謊嗎?史威生實在無法分辨其中的真偽,覺得兩人之間有著距離。

史威生說:「妳不是對妳爸爸感到生氣,而是氣當時的情形吧!人生有時候是冷酷且不公平的。」要不是有會議桌的阻隔,他應該會走過去,拍拍她的肩膀以示安慰。

安琪拉閉上眼睛,忍著盈眶的淚水,手緊抓著桌緣,開口講:「先不講這個,我不知道該怎樣報答你,感謝你幫我跟我家人說好話。我帶了新的一章給你。等你看完我們再討論,不用急!」

「拿過來吧!」史威生說著。

離開教室之後,史威生獨自一人回到辦公室,先假裝有更緊急的事務需處理,克制想看安琪拉最新一章的衝動。他打開抽屜,一會又立刻關上;把座椅往前推,一會又往後送；拿起話筒，又再放回去。他想到先查查電子信箱裡有沒有郵件，然後又打消這念頭。在這一陣反覆考慮與掙扎之後，他從橘黃的信封裡，抽出安琪拉剛交上來的手稿，開始看第一頁。

每天下午放學後，我都會衝到後院，看看雞蛋孵出來了沒。我每次都仔細檢查蛋殼，想找出是否有裂縫或是小雞用嘴啄出的洞。把蛋拿在手心轉呀轉，看呀看，蛋殼依舊完好如初。我猜小雞已經胎死蛋中，蛋殼上的溫度只是孵蛋燈的餘溫，不是小生命成長所散發的熱度。

人工孵蛋需要二十一天的時間。現在已經過了三星期，進入第四週了。按照戴維斯太太與農業部的小冊子上的說法，我知道可能是因為某些問題，像是生蛋的公雞與母雞本身有問題，例如公雞太老、母雞營養不良，不然就是孵蛋器故障，溫度有偏差。無論如何，我無法接受雞蛋孵不出來的事實。我該怎麼處理這五打臭掉的空包蛋？該不該叫媽媽用掉這些蛋？我曾不停地幻想著，在那六十顆脆弱的橢圓蛋殼下，血紅色的胚胎每天都悄悄地成長著，彷彿可以聽到六十顆剛成形的心臟在跳動著。

有天晚上，我要爸爸跟我到後院裡，我還記得因為我主動找爸爸幫忙，媽媽臉上浮現開心的神情。看了就覺得討厭。

我說：「我認為小雞都死在蛋裡了。」

爸爸說：「死了？你為什麼這麼說？」

我回答：「雞蛋早在十天前就該孵出來了。」

「十天前?」他說著,「怎麼不早點跟我說?」

爸爸拉開椅子,站起身來,盤中還留著未吃完的牛排與馬鈴薯。他往後院衝過去,我趕緊跟在後面。緊急情況!他大力地推開倉庫的門,彷彿後面躲藏著不明物體。當然裡面空無一物,唯有紅色的燈光和毫無動靜的雞蛋,還有孵蛋器嗡嗡作響的運作聲。

爸爸說:「妳有沒有持續做紀錄?」

我回答:「你看,紀錄做得很詳盡。」

「都沒有孵出來嗎?」他說著,「一顆蛋都沒有?」

我攤開雙手。

「這種事是難免的,」我爸爸說著,「重點是要找出原因,重新設計實驗。」他只是想鼓勵我,希望我不要就此討厭做實驗。

他說:「現在要做的第一件事,就是檢查結果。」他從孵蛋器裡拿出一顆蛋,往架上敲過去。

蛋打開一秒之後,臭味撲鼻而來。

「我快吐了!」我說著。

該怎麼處理這粒打開的蛋?爸爸把汁液淋漓的蛋殼放到另一隻手上,從另一台孵蛋器上再拿起一顆蛋,打開亦是臭氣沖天。他叫我回家拿垃圾袋,然後要我拿著袋子,好讓他把蛋丟進去。一開始他動作還挺輕的,但是蛋臭味實在太重,他最後變成大力地把蛋丟進袋子,他說:「實驗得從失敗中找答案,天殺的,怎麼會這麼臭?總之要找出問題在哪裡。」爸爸問我是否確定溫度設定方面沒有出錯,有沒有每天翻動雞蛋等等。我告訴他我該做的都做了。

我知道問題出在哪裡，但是我沒有告訴他。

我當初忘記對著光源檢查雞蛋。孵蛋到了一個星期時，就必須拿起雞蛋，對著亮光，檢查蛋裡是否有帶著血絲的小紅點，如果有才是受精卵，如果沒有就得丟掉。一顆空包蛋會壞了一整窩的蛋。

可是我當初並沒有這麼做。我不想看蛋裡有什麼東西，也不想把空包蛋丟掉。而且，雷諾德老師曾經說要幫我做這件事的。

原本該檢查雞蛋的我，到倉庫裡只會幻想門口傳來敲門聲，打開門就看見雷諾德老師。幻想他臉上帶著自信又焦急的神情，擔心著我不會請他進門。我幻想他脫掉夾克，把倉庫的紅色燈泡換成亮光燈泡，然後溫柔地拿起一顆顆雞蛋，對著燈泡檢查。我幻想著他說：「過來看。」，然後自己聽話地靠過去，站在他身後，我跟他靠得相當近，皮膚甚至可以感受到他夾克粗糙的表面，我緊貼著他的背後，從他肩膀後方看著他要我看的東西——「妳看，當妳把雞蛋對著亮光時，雞蛋就會像妳掌心血色一樣的紅潤，在深處是雞蛋的蛋黃，還有紅色的胚胎。」

我緊緊地往前靠，胸部貼在他的背上。我能感受到，相信他也能感受到，我們相對無言。他把蛋放回架上，要拿另外一顆。但是此時他慢慢地轉過身來，我因為站得太近，差點被他撞倒。他伸手抓住我的手臂，幫我穩住身子，我們面對面，四片嘴唇便緊緊相接。我們狂吻著。他的雙手在我背上愛撫，然後滑下來，放到我腰部。我喉嚨發出一聲低沈的呢噥，連蛋裡未成形的小雞都能聽見。它們在蛋裡聽到這聲音，不知道它們會以為發生了什麼事情？

安琪拉在想著他。史威生彷彿有心電感應，相當確定這一點。她現在已經回到宿舍房間，等著他打電話過去。史威生的確可以這麼做，然後告訴她這章寫得很好，要她繼續寫下去。他拿起電話，又放了回去。算了，先等上一陣子再說吧！

第十三章

史威生提早回到家。雪莉正在廚房，煮著雞肉肉餅——先將雞肉裹層麵包粉，用奶油與橄欖油來炸，然後在盤中放上檸檬片點綴，旁邊加上馬鈴薯與五香火腿，還有放了核桃與羊乳乾酪的沙拉。發生什麼值得慶祝的好事嗎？對史威生而言，的確該慶祝一番——他已經不再對學生有著不正當的興趣，已經恢復神智，不藥而癒了。這一切的證明就是：他現在明明有很正當的理由可以打電話給安琪拉，但是他並沒有急著這麼做，畢竟這已經不是他唯一感興趣的事情了。

他坐在廚房內，欣賞著雪莉俐落的動作，看著她翻動鍋裡的肉餅，檢查爐上滾著的馬鈴薯；看著她用手翻攪沙拉，輕巧地在每片萵苣葉上加點橄欖油，史威生一邊看著，心中一邊激起無法克制的慾望，想用雙手環抱雪莉，把她帶到床上。他看著她雙手抹在牛仔褲上，便幻想用自己的大手蓋住她的手掌，感受她纖纖十指與自己指頭糾纏著。他坐在那裡，不發一語，不想打擾她，因為他覺得這樣的靜默不語，加上火爐散發的熱度，彷彿創造出一間溫室，讓他心中的慾望在其中恣意地醞釀滋長。

雪莉點燃蠟燭，然後遞給史威生一瓶冰白酒，一個瓶塞鑽，還有兩個酒杯。他打開後倒了半杯，品嚐一口之後，便一口飲盡。強烈的滿足感油然而生，讓他覺得過往一切的歷史與文明都是為了這一刻而存在——讓他能與太太面對面坐在桌前，享受這些酒菜香，盤中的起士檸檬雞還冒著裊裊的蒸氣。

他們把菜放到餐桌上。雪莉坐定後，邊傾身向前用餐，邊把髮絲從額頭上往後撥。她眉頭間有道皺紋，這是多年來專心聽學生抱怨病痛的結果，她所聽到的痛苦比史威生在課堂上聽到的無病呻吟更加地強烈與真實。史威生為太太的一切深深感動著，不僅是這道皺紋，還有她的可愛甜美，和那隨著歲月而更加強烈與濃醇的美麗。

他咬了一口雞肉與馬鈴薯，一邊咬斷連在嘴巴與叉子間的起士絲，一邊傻笑地問道：「妳今天過得怎樣？」

「還不錯，沒有發生什麼大事情。阿爾妮今天帶給我一個超級好吃的三明治，她加了奶油乳酪，還有用紅辣椒熬出來的醬，她說是從雜誌上學來的。三明治實在太好吃了，所以我不介意她花了二十分鐘跟我講食譜的事，說她如何改良原來的食譜，並為我講解食譜裡的成份，說她以前是不用橄欖油的，不過現在已經習慣了，然後又告訴我說要把紅辣椒熬成醬必須花多少時間，還說她知道我會喜歡這三明治，因為我喜歡異國風味的食物……。那你今天過得怎樣？」

「也還不錯。我們今天討論了瑪奇莎的作品。原本以為場面會很難看，不過最後安全過關。」

「哇！真是令人鬆了一口氣。」

史威生說：「天啊！我們已經墮落到這種地步了嗎？課堂上安然無事，阿爾妮給個三明治，就能讓我們覺得一天過得『還不錯』？」

雪莉哈哈大笑。「嗯……。還有一件事。克利斯・多蘭的心電圖報告出來了。他心臟的問題只是虛驚一場。」

「心臟問題？克利斯・多蘭？」史威生知道自己應該知道雪莉在講些什麼。

「你是不是都沒在注意聽？他是大二的學生。他的家庭醫生上次在幫他做檢查時，聽到他心跳有些不正常的地方，告訴他回到學校時再處理。根本是不負責任的把問題丟給我們。這學生真的很可愛，討人喜歡。大家都很替他擔心。我記得曾經跟你提過他的事……。」

如果她曾經跟自己提過「人人稱讚的孩子，很可愛，討人喜歡的學生」，史威生應該不會忘記。他一定會豎起耳朵仔細聽。雪莉會不會喜歡上這小子？心臟沒有問題？史威生會讓這小子心臟有問題。但是，史威生有資格責罵別人嗎？上一整個月，他還對龐克打扮的女學生有過非分之想。不過一切都已經結束了。

雪莉說：「他告訴我，他去年在一家比薩店打工，老闆是位瘋狂的敘利亞人，他以為美國人等著他發明更多美味的比薩，像是熱狗加芥末比薩、花生奶油加果醬比薩等，這老闆還叫店員回收客人吃剩的比薩，然後刮下上面的起士重新利用。」

史威生等到雪莉的笑聲停下來，酸溜溜地說著：「我猜妳一定去過那家比薩店吧？」

「喔，拜託，泰德。不要這樣子好嗎？他只是個孩子。原本以為他心臟有問題，結果一切有驚無險。難道我不應該覺得高興嗎？」

史威生再咬了一口雞肉，撕裂外層帶著鹹味的麵衣，肉汁濺到舌頭的味蕾上，香脆的麵衣散發著大蒜的味道。史威生覺得豁然開朗，瞭解自己對安琪拉的愛戀（或是莫名的感情），與雪莉對這學生的好感其實是差異不大的。這一切都是可以理解與諒解的，畢竟兩人已經步入中年，唯一的孩子已經大到可以逃離他們的掌握之外，遠離他們的關愛。

難怪他跟雪莉會被學生吸引。他們並非像「危險關係」裡的兩個變態，或像只想吸食年輕人鮮血的吸血鬼，內心就像探熱的飛彈，總是受到年輕人的光和熱所吸引。他跟雪莉比較像川端康成小說中的老年人，流連在妓院青樓之中，花錢為的並非宣洩性慾，而只求能屈著身子，睡在少女溫熱的胴體旁邊。天呀！真是不公平，史威生難過得想哭。當你瞭解該如何運用一身的活力時，卻只能每天看著自己年輕不再，活力漸漸枯竭。

「怎麼了？」雪莉問著。

「沒事！」史威生悶悶不樂地回答。當然他不會講出實話，把她跟衰老聯想在一起，她一定會火冒三丈，畢竟據史威生所知，雪莉並不覺得自己年華老去。理論上，他跟雪莉相當親密。但現在，史威生覺得這只是個謊言。不知道為什麼，他覺得似乎在不熟識的人面前還較為自在。遲早，不，很快地，他就會打電話給安琪拉，告訴她東西已經看完，可以準備討論。他這通電話想拖多久，就可以拖多久，但是這違反了他身為老師的職責。

他對著雪莉微笑，說著：「如果我必須選擇以後每天晚上都得吃一樣的菜，我一定會選這一道——檸檬雞肉餅，配上馬鈴薯與五香火腿。」

「你怎麼可能會被迫做這種選擇？」

「說的也是。」史威生回答。

午夜時分，史威生躺在床上，雪莉側躺在一旁。他輕輕地，試探性地在她背上親吻著。然後，兩人激烈但安靜地做愛，動作盡量放輕，就像當初露比睡在隔壁房間一樣。

完事後，史威生一覺到天亮，醒來心情極佳，再加上咖啡的提神，他決定到書房裡看一看他的小說。

第一章寫的其實還不糟。史威生已經有好一陣子沒碰自己的作品了，有種陌生的感覺，彷彿在看別人的小說般。充滿諷刺的字裡行間，述說著主角志利爾斯在十九世紀的蘇活區追逐名利的故事。故事進行到把主角的過去與現在做比較時，文筆變得無力且枯燥，字句開始不通順，整篇文章乏善可陳，比柯特妮的小說還糟糕。史威生要自己冷靜下來。先喝些咖啡，沖個澡，然後再決定是不是要整個看完，評斷到底糟糕到什麼程度，判斷能挽救這小說的機率。

在沐浴與刮鬍子之後，史威生穿好衣服，覺得信心已略微恢復，便回到書房，拿起自己的小說，又放了下來，接著在家裡到處找公事包，最後在外套下發現目標，打開後拿著安琪拉的作品回到書房。他需要打電話給她。她正苦等著，不是嗎？如果不打電話，實在是太過殘忍。

一位男人——年輕的男人接起電話，說聲：「哪位？」為什麼對方睡眠不足的聲音聽起來這麼熟悉？

史威生掛上電話，深呼吸幾口空氣。吸氣、吐氣。他數到五，想再打電話時。

電話突然響起。

「不好意思這麼早打電話給你。」安琪拉的聲音從聽筒傳來。

難不成安琪拉的電話有來電顯示？宿舍房間裡有裝這種電話嗎？想到安琪拉和她男友看著自己的電話出現在顯示幕上，史威生就覺得不知所措了起來。

「我知道不該一早就打電話過來，不過我再也忍不住了。我知道你已經看完那一章，而且你很討厭，所以你才不打電話……。」

「別緊張，我很喜歡那一章，我只是最近比較忙，所以沒打電話給妳。」

「我們可不可以趕快討論？」安琪拉繼續說，「我需要跟你談談。我想我快發瘋了。」

「冷靜下來，」史威生安慰著，「二十分鐘後到我辦公室來。」

史威生才剛到辦公室，就看到安琪拉衝了過來。她穿著平常的服裝——黑色的皮夾克，鬆垮垮的黑毛衣，還有黑色靴子。不過，她今天有點不同，用一件條紋男四角內褲，捲起來綁在牛仔褲的腰部，後面則垂到她臀部，彷彿繫上一條子彈帶。她一屁股坐在椅子上，身子往前傾，手肘放在膝蓋上，雙手托著臉頰。

「我非常肯定你討厭這一章，」她說著，「我確定你一定看完之後，覺得很痛恨這一章，所以才不想打電話給我。」

「完全沒有！」史威生回答，「我……非常喜歡這一章。」

「你知道嗎？」她接著講道，「畢竟你也是個男人。不打電話是男人都會做的事。」

等一下！畢竟你也是個男人！史威生從來就不是女人，不是嗎？而且重點是他是老師，而她是學生！

「安琪拉，我知道妳們這一輩的年輕人是怎麼看老師的，以為老師離開教室後，就像吸血鬼一樣躲到棺木裡，直到下次上課前才醒來。不過，我必須告訴妳，老師也是有日子要過的。我讀完妳的作品，然後就像我所說的，我非常喜歡這一章，不過在打電話給妳之前，我得先忙幾件事情。我本來就要打電話給妳……。」

「真對不起。那你對這一章有什麼看法？對於女主角想孵蛋，但全部的雞蛋都孵不出來，你相信會有這樣的事嗎？」

「我相信。我完全相信。」

「那你對其它的部分有什麼看法？」

史威生翻了翻安琪拉的作品，說道：「老實說……，這一章……情色成份相當重。當然，這可能是妳刻意要營造出的氣氛。」這是什麼白痴評論？她原本的目的就是如此。安琪拉並不是小女孩。她還曾經擔任色情電話女郎。

安琪拉噤聲地坐在椅子上，最後開口：「好吧，我老實跟你說一件事。你聽完後裝作我什麼都沒說過。你要答應我不管我說什麼，都不會因此而討厭我。」

「我答應妳。」

安琪拉開始述說：「最近這兩天，我的腦中分分秒秒想到的都是你，想著你是否看了我的東西，想著你是否……我想像你日常生活的一切，想像你吃早餐的樣子，開車上班的樣子，然後繼續猜想你是否已經讀……。」在急促的搶白後，她停了下來，瞪著史威生，眼睛張得大大的，透露著恐懼不安。

史威生接口：「我不吃早餐的。」

「你說什麼？」安琪拉問著。

「妳說妳幻想著我吃早餐的樣子，我回答我沒有吃早餐的習慣。」

這段話能不能收回？史威生心裡知道這是不可能的事情。安琪拉瞪著他看，然後從椅子上跳起來，往門口走去，臨走前還大力把門甩上。史威生不禁搖頭，彷彿想將這整件事從腦海中甩開。他知道自己剛才無禮魯莽的回答已經毀了一切。不過，他毀了什麼？他剛才還能怎樣回答？難道要跟她說：「嘿，真是巧得很，我最近也一直想著妳。」

過了一會後，辦公室的門打開，安琪拉再次出現，臉上帶著微笑。

她說：「我忘記把這東西給你。」

她把橘黃色薄信封放到史威生桌上，然後轉身離開。

史威生從信封中抽出作品，算了算頁數，總共才一頁半。她說她整個禮拜都在想著史威生，這到底是什麼意思？他希望她能再回來一次，他這次已有勇氣問個清楚，而不會講些關於早餐的蠢話。嗯，算了至少今天有新的一頁半可以讀，可以從中找出兩人言語無法表達的訊息。

> 在發現雞蛋都沒希望後不久，雷諾德老師給了我全新的單簧管。原因是最近我們在

練習耶誕音樂會，預定表演的作品是韓德爾著名作品改編成的管弦樂版，且簡化成適合我們的程度；身為第一單簧管手的我，本來要帶領木管樂器部吹奏合奏的部分，結果有天下午當我們在練習時，我拿起單簧管，算準節拍後一吹，單簧管卻發出像放屁一樣的可笑聲音，中斷了整個練習。大家都放下樂器，發出咯咯的竊笑。他們都不喜歡我，因為我是第一單簧管手，是雷諾德老師的最愛。

老師看出問題所在，他看著我的樣子，就像我在倉庫裡幻想他看著我的樣子，大家見狀便停止笑聲。我撫摸著手中的單簧管，此時下課鈴聲剛好響起。

老師要我先留下來，他說：「妳的單簧管還可以修，不過這種便宜的爛樂器配不上妳。我今天就幫妳訂更好的單簧管，在等樂器送來前，我先向小學部借單簧管給妳用。」

當時是星期四。到了星期一的時候，雷諾德老師又叫我下課後留下來，然後遞給我一個細長的盒子。

「打開來吧！」他說著，拿出一隻小刀，割開盒子，說著：「拿出來試試看。」

黑檀木的笛身配上閃閃發亮的金色按鈕，這隻全新的單簧管就像在馬槽出生的耶穌，舒服地躺在柔軟的捲曲刨木片中。

「好美喔！」我說著，「雖然這是屬於學校的單簧管，不過還是要謝謝老師這麼幫忙……。」

「吹看看！」他打斷我的話。

我把單簧管湊近嘴巴，目光沿著管身遊移，停在老師身上。他遞給我一個簧片，看著我放到嘴巴裡潤滑。我把簧片吸到嘴巴裡，然後再吐出來，覺得口乾舌燥。

盒裡的刨木片沾黏在單簧管管身，有些還沾到我的頭髮上。老師伸手，把木片從我頭髮上撥掉，然後問著：「怎麼看起來很難過的樣子？」

我告訴他我的實驗的結果，連一顆雞蛋都沒有孵出來。他剛開始似乎聽不懂我到底在講些什麼，過了一會兒，他開口：「哪天讓我過去看看妳的孵蛋器吧？看我能不能查出到底有什麼問題。我是在農場長大的，對這些東西還挺瞭解的。」

我回答：「喔，不用麻煩了，老師不需要這麼做。」不過，這是

文章寫到這裡便突然斷了，史威生還翻到背面，看看是否還有東西。在那一瞬間，他有種無法言喻的感受，想要狠狠地咬牙哭泣。嗯，哭泣就好，咬牙就免了。史威生用舌頭探索那顆隱隱作痛的臼齒，這種痛苦的樂趣，能暫時轉移注意力。其實，他也無須如此小題大作，大可直接打電話給安琪拉，問她到底怎麼了。

不過她應該還沒回到宿舍。那好，史威生就先回家。

答錄機上按鈕不停閃著，史威生一看便知道——安琪拉剛才打電話過來。他按下聽留言的按鈕。

「爸？你有沒有聽到？我是露比。打電話到學校給我。沒什麼特別的事，我只是想問你些事情。」

這是史威生日夜期待發生的事情。這事關重大，這是他真實人生的一部份。不過，史威生發現自己真是禽獸不如——他內心裡因為這不是安琪拉打來的電話而感到失望。似乎

是世上的天譴報應，已經將他打入地獄中，跟一群迷戀學生而不顧親生女兒的變態父親在一起。他無法否認自己的卑劣低賤，是世上的人渣，是人類的恥辱。

這些念頭掠過史威生的心頭，幾秒鐘之後，答錄機發出「嗶」一聲，開始播放下一通留言。史威生一聽便知道是安琪拉的聲音。

「我是安琪拉。嗯，不知道我的作品有沒有什麼問題？也許你已經發現了。嗯，我想親口跟你說。打電話給我吧。拜拜。」

史威生為自己的開心感到驚恐，忍不住重播安琪拉的留言，再次聽聽她那近乎哀求悲鳴的聲音。他想先把保留這錄音帶一段時間，先不要洗掉。他喜歡能夠隨時聽到安琪拉的聲音，就好像他抓到野外的生物，帶回家裡飼養，或者是像抓天蛾放到瓶子養一樣。他已經墮落到無以復加的田地——露比的留言還在答錄機裡，自己的女兒還在等他打電話，等著他提供建議或幫忙，等著聽到爸爸的聲音，他卻拿起電話，按下安琪拉的號碼。

「喔，嗨！」安琪拉接起電話，「我一直等著你打來。也許你還沒看我的東西。不過我想先跟你解釋一下。其實那一章我已經寫完了，不過電腦卻當機，最後幾頁都不見了。」

「天呀！」史威生說著，「還好吧？」

「一開始我緊張到快要吐了，然後想起我有備份，我每次都會存備份檔案，所以磁片裡還有存檔，不過列印不出來。」

「真是太好了，很少人會有備份檔案的，雖然這是該做的事情，不過……。」

「我就會這麼做。反正，我只想讓你知道，並不是因為我寫不出來。但我實在等不及要讓你看我新的部分。嗯……，我剛才回到宿舍，覺得這一切真是巧的離譜，我寫到女主角單簧管壞了，結果——我的電腦也跟著壞了。」

「這樣的事難免會發生的。妳寫出的東西，變成妳生命的一部份，或者是揑造出的情節，結果是別人真實生活的反映。」

「嗯！」安琪拉應了一聲。

兩人沈默了好長一段時間，害史威生錯以為電話線故障了，問了一聲：「安琪拉？」

她說：「電腦壞了，有一段時間我會沒辦法寫作。」

「不能找人來修嗎？」

「在這種爛地方？我想不可能有人修得好的。這裡的維修人員就像醫生，只會開高價，然後說東西修不好。」

「妳需要買一台新電腦。」

「我也知道！」安琪拉又停了一陣子，然後說：「嗯，我想請你幫忙一下，當然你可以拒絕。事情是這樣的，我需要有人開車載我到柏林敦去買電腦，我的繼父已經答應先幫我出電腦的錢。這是你幫我說好話的功勞。不知道你當初跟他說了什麼，看來挺管用的。我現在有錢買電腦了，重點是怎麼到店裡挑。真的，你可以拒絕，我只是問問而已……。」

史威生回答：「嗯，要我幫忙不是不可能。不過，我還得努力寫小說，最近要做的事情太多了，我實在累壞了。」

「我瞭解。我早說過你會拒絕的，我能瞭解的。」

「我並沒有說不能幫忙，」史威生趕緊說著，「不過……，難道妳沒有朋友可以載妳去嗎？」

「我的朋友們都沒車。有些人是曾經有車子，不過被他們的爸媽給禁足，不准再碰方向盤。我有好多朋友都這樣子。」

史威生按著手掌虎口，雪莉曾告訴他這裡有個穴道，常按好像可以增強體力，還是可以穩定情緒，史威生現在也記不得了。他問：「那妳男朋友呢？他應該有車子吧？」

「他也一樣，爸媽禁止他開車。」

史威生克制問「為什麼？」的衝動，接著說：「妳現在寫的這麼順利，為了電腦的問題停下來，實在太可惜。好吧！我載妳好了。妳要什麼時候出發？」

「明天。」

「早上好嗎？早上十點，好不好？」

「好呀！真是太謝謝你，太謝謝你了！我住在宿舍紐芬樓的三樓。明天我在宿舍門口等你，可以嗎？」

「沒問題，明天見！」

史威生放下話筒，過了一會，撥了露比的電話號碼。電話響了兩聲，便轉到答錄機上。也許剛才先打給露比，還能即時聯絡到她人也不一定，但史威生不願意這麼想。話筒傳來肯尼・吉濫情的薩克斯風音樂，然後是個陌生女人的聲音：「這裡是愛莉森與露比的房間。」當初露比在念大學一年之後，她還找不到室友，最後只好透過學校抽籤的方式決定，史威生與雪莉知道這件事之後，還為女兒擔心不已。現在看來，顯然這位經過抽籤選中的室友相當喜歡肯尼・吉。

史威生留言：「露比，我是爸爸。我聽到你的留言了。等妳回來再打回家吧。」他掛上電話，靜靜地等著難過與挫折的感覺襲來。但事實上，他卻覺得相當開心。一切都會沒問題的。露比終於打電話回家了，終於肯跟他們說話。她已經過了叛逆期。這一切只需要時間與耐心。時間會解決一切問題的，不是嗎？

第十四章

史威生整晚都輾轉難眠，想著該不該叫醒雪莉，跟她討論明天早上的事情？其實早該在上床之前就跟她討論？為什麼剛才講都不講？這又代表了什麼？對太太隱瞞要開車載學生去買電腦，這樣對嗎？為了隔天要跟學生共度，整晚在床上翻來覆去，這樣應該嗎？史威生自覺羞恥地呻吟一聲。會不會把雪莉吵醒，要如何跟她解釋為何發出呻吟聲？他可能會回答是因為想起了系上的事情。他從來沒對雪莉說謊。說謊是背叛的開始。

但是沒有必要讓雪莉知道明天的事。並不是擔心她會疑神疑鬼的。但是史威生無法忘記當初提起安琪拉時，瑪格達的反應，即使雪莉能理解他只是在幫忙一位才華洋溢的學生，這也會成為日後的把柄——你沒有時間到銀行繳帳單，沒時間把碗從洗碗機裡拿出來，卻有時間開六十英哩的車子，載個女學生到柏林敦！可是安琪拉又不是一般的學生。如果這樣跟雪莉辯解一定完蛋。難道他做什麼事都得跟雪莉報告？雪莉到底以為他一整天都在做些什麼？雪莉又是在幹嘛？跟檢查後心臟沒問題的帥哥學生打情罵俏？

史威生一整晚都沒睡，當雪莉下床的時候，他還假裝睡的正沈的樣子，鑽到棉被裡，不理會咖啡誘惑的香味。直到聽見雪莉的車子開出車道的聲音，他才想從床上跳下來，衝到外面跟她說明今天的事情，因為如果不跟雪莉說清楚，這趟柏林敦之行更顯得曖昧不清，尤其是如果有人看到他和安琪拉在一起，最後傳到雪莉耳中，或者是他和安琪拉在路上發生車禍，兩人當場喪命，這誤會將造成雪莉一輩子的打擊。他希望能追上去，像平常一樣大聲對她說：「開車小心！開慢點！」露比過去常批評他這麼說的真正意思是——請不要死掉！但是光著上半身跑到外面，跟太太講有多愛她，然後補充說今天要載一位女學生到柏林敦，這麼做……史威生有預感絕對行不通。而且為什麼要強調是女學生？雪莉一定會針對這點問個清楚。

史威生一反常態克制著告訴雪莉的衝動，過了一會兒，他下床進浴室淋浴，讓熱水像針刺打在身上。當他抹掉鏡子上的蒸氣時，冷不防被鏡中的身影嚇一跳——一個醜陋的老男人，日漸稀疏的花白頭髮整個塌在頭上，下巴垂著鬆垮的肥肉，毛細孔像火山口一樣大，還冒著濃密的鬍子。喔，天呀！他以前是如此英俊瀟灑，現在怎麼變成這副德行？他拿起雪莉的面霜，仔細看著上面的說明，然後聳聳肩又放下。他將微突的肚子擠進藍色牛仔褲，拉上拉鍊，穿上一件黑T恤搭配蘇格蘭呢夾克。就這樣打扮吧！他可不願意再看鏡中的自己一眼。

現在才九點五十五分。史威生慢慢地開車，時間還很早。校園內的老師與學生到底是不是偷窺狂或是私家偵探所喬裝的，不然怎麼對自己這麼注意觀察，明明在跟別人聊天，卻會停下來，仔細看著他開車經過？史威生覺得自己像逛校園的怪胎，引起大家指指點點。要是有人認出他，跟他打招呼的話該怎麼辦？他該停車然後揮手打招呼嗎？拜託，開車載學生一程又不是罪過。

十點零五分，他經過安琪拉的宿舍，她還沒出現。她應該睡過頭或忘記了。他們約好了，如果臨時有狀況，他會打電話給她，或者是她打電話給他。

一看到安琪拉的身影，史威生呼吸開始就變得急促起來。她坐在路旁車子的引擎蓋上，穿著她黑色的皮夾克和黑色短裙，露出白到嚇人的雙腿，腳上穿的是黑色的高筒靴。她把頭髮染成較普通的黃色雜著藍黑色，可能是為了今天刻意染的，這點讓史威生覺得相當窩心。安琪拉一邊抽煙，凝視著四周，一邊用腳跟踢著車子。當她看到車子過來時，顯得相當緊張，動作僵硬地往車裡看，等確定是史威生本人時，她像小孩子一樣露齒一笑，但又立即轉變成像大人一樣，將煙頭往史威生的車頂彈過去。

「早安！」史威生語調平靜地說著。快上車吧，小女孩！

安琪拉從引擎蓋上往下滑，身上的打褶黑裙也隨著往上掀，幾乎到她的腰部，露出上星期她綁在腰間的那條男四角內褲，內褲還從她腰部往下滑了幾吋。史威生趕緊把視線別開。

安琪拉一頭坐進前座，頭還撞到了車門。

「天殺的！」她揉著自己的頭。

「妳還好吧？」

「還好。我還以為你不來了。」

「現在才十點五分而已！」

「我沒有注意時間。我只是沒想到你真的會過來。」

「怎麼說？」

「因為你是個男的！」安琪拉提醒他。

「嗯，不管我是男的還是女的，現在我來了。請問要到哪裡，小姐？去柏林敦的電腦賣場？」

「出發吧！」安琪拉說著，「真是太感謝你了，我是說真的。」

史威生慢慢地開著車。校園裡的道路都埋有減速路突，車速不能太快，過了不久就看見一台黑色轎車迎面而來——喔，麻煩事來了！如果不幸的話，兩輛車剛好在路突上交會，剛好讓對方可以看清楚他載著女學生在校內閒晃。

喔，麻煩可大了！在優世頓這麼多開車的師生中，偏偏就碰上她——羅蘭・西爾利！除了雪莉之外，史威生最不想碰上的人就是她。史威生又不能叫安琪拉趕緊趴下。他向羅蘭親切地揮手打招呼。嗨，好久不見，自從上次我在院長家裡出個大糗之後，就沒有再見到妳了！羅蘭仔細地看著安琪拉，彷彿要確定她不是被史威生綁架，確定她沒有任何求救的動作後，好奇地凝視史威生，半像是揮手，半像是敬禮一樣向他打招呼。史威生揮手回應，然後繼續往前開。

「哇！」安琪拉說著，「真是好驚險！」

「繫好安全帶，」史威生說道，「接下來的路可有點顛喔！」

安琪拉沒發現他在模仿影星貝蒂・戴維斯在電影的台詞。換做是雪莉就會知道。但那又如何？安琪拉繫上了安全帶。

「謝謝妳！」史威生說著。

雖然開了暖氣，車裡的溫度還很冷；即使如此，安琪拉開始努力地要脫下她的皮夾克。史威生伸出手幫她拉著夾克，指關節剛好輕撫過她的脖子。安琪拉一邊扭著身子，一邊將夾克脫掉，史威生的手便從她T恤的短領，一路滑過她整隻手臂。他的碰觸讓安琪拉嚇一跳，彷彿是受到攻擊一般。

「你看！」她讓他看手臂纏著的繃帶，「我跑去刺青喔。本來要讓你看的，不過現在還很腫，有點噁心。」

可憐的孩子。她一輩子都擺脫不了這個刺青了。希望刺青的人用的是乾淨衛生的針頭。她到底跑到哪裡刺青？絕對不是在學校裡。她可以找到人載她去刺青，卻找不到人載她買電腦？

「妳刺什麼圖案？」史威生問道。

「我本來要給你個驚喜的，現在就老實告訴你好了，我刺的是你的名字！」

「妳在開玩笑吧？」史威生說著。她瘋了嗎？她也許神經有問題，而自己卻毫不知情。他對她根本一無所知。幸運的是，整條路上只有他們一台車，所以他可以在驚慌失措的同時，無須擔心迎頭撞上其它車子。看到史威生驚慌失措的樣子，安琪拉大笑了起來。

「開玩笑的！」她說著，「只是開玩笑的！其實我刺的是一顆雞蛋，一顆有裂痕的蛋，一隻小雞從裡面探出頭來。我向上帝祈願，如果祂幫我順利寫完小說，我就會刺這個圖形來感謝祂。」

安琪拉真的以為上帝之所以會幫助她完成小說，就是希望她在身上刺青還願嗎？「還好我今天載妳出來買電腦，不然妳可能最後全身上下都是刺青。」史威生說著。這是個無聊的笑話，但安琪拉聽完卻笑個不停。他們開車經過飽受風吹雨打的農舍，經過荒蕪稀疏的原野，牛群在上頭低頭覓食，一旁身影孤單的拖曳機則咳著濃密的黑煙。

車上兩人不發一語，彷彿已經持續一世紀。史威生的心臟像發出警報一樣快速地跳著。他是不是喝了太多咖啡？等等，他今天一滴咖啡也沒喝。原來這就是原因。也許等會到哪個餐廳停下來吃個飯；點些炒蛋還有家常薯條，然後安琪拉一定會跑到一旁的點唱機，選擇要聽的歌曲，在櫃臺的農夫則會看著她選曲，準備享受免費的音樂——史威生越想越覺得這是個好主意。

史威生隨口問：「妳這學期過的還好吧？」自從安琪拉向史威生告白，說她分分秒秒都想著他之後，兩人的關係就退化到這樣的地步了。

「所有的課都上得糟透了。當然，你的課除外！所有課當中最糟的是藝術創作課。上個星期，老師派給我們作業，要我們用模型黏土做出最能代表美國的東西。我的同學都做些老掉牙的東西，像是自由女神、老鷹與國旗……。」

安琪拉講起話總是很激動緊張，劈哩啪啦，上氣不接下氣，讓史威生覺得異常地開心，有種找到同類的感覺。

「我做了一份麥當勞七號超值全餐，很酷喔！我的可樂、吸管、薯條還有漢堡都做得像真的一樣。可是那個王八蛋老師，對不起，說了粗話，那個萊德教授卻很生氣，說我的作品文不對題，故意要惹他生氣。」

這是什麼爛老師？史威生心中的優越感油然而生。他跟這種老師不同，他命令學生要打破成規。他才不會害怕學生青出於藍勝於藍。他應該要打電話給那個白痴萊德，問他到底會不會上課，不過反過來說，史威生也應該感謝他，因為在他的襯托下，才顯得史威生教學有方。所以說，安琪拉修了寫作課與藝術創作？她的父親（或繼父）與母親這麼辛苦地賺錢，就是為了讓她上這些課嗎？

「妳決定以後要主修什麼了嗎？」史威生問著。又是一個白痴問題。在史威生唸大學的時候，若是以這個問題當開場白，來跟女孩搭訕，絕對屢戰屢敗。

「我要到年底才做決定。我還不是很確定自己想要修什麼？如果說我想主修文學創作，你覺得怎樣？」

「很好的選擇。不過有個小問題，那就是學校並沒有開放文學創作做為主修。」為了這個問題，系會議中大家已爭吵多年。英文系大多數老師，特別是伯納德，都堅決反對，帶有他們並不苟同史威生所屬專業領域的意味。史威生與瑪格達也沒有積極爭取，畢竟他們並不想日後還得讀學生寫來當畢業論文的創作。

「喔，我還以為可以！我記得當初申請入學時，學校是跟我說可以的。好吧，這不重要。反正如果不行我就挑最輕鬆的科目來當主修，這樣才有時間寫小說。這可是我唯一重視的事情。我如果早上醒過來就能開始動筆寫作，我一整天心情就會很好，就會很開心！」

史威生還記得自己以前也有相同的感覺——那種一日之計在於寫作的樂趣，那種融入到瘋狂想像世界中的快感，想像書中角色的台詞，就像精神病患一樣隱遁到另一個真實世界。

此時車子經過了溫多佛小棧。這棟小棧在失火前是間路旁的旅館，與其說它是旅店，不如說是間酒館，剛好位於優世頓到柏林敦正中間，可說是路途中的地標。當露比還小的時候，一家人開車要進城時，她就知道要認這間旅館。這麼多年過去，縱火案一直沒破案，四周被圍了起來，只留下這搖搖欲墜的殘骸。看著這無屋頂的廢墟，史威生心中充滿恐懼，連自己都不確定是因為想起露比，還是因為這趟旅程只剩一半就要結束了？

安琪拉翹著腳，接著又把腳放下來，說著：「寫作比什麼都還要棒，甚至比性還要棒！」

史威生很快地看了她一眼。

「嗯，也許還沒棒到那個地步！」她說著。車內再度一陣沈默。

「妳已經想好要買怎樣的電腦了嗎？」史威生試圖找話題。

「我不在乎喇叭或顯示卡，我不是要拿來玩最新的電腦遊戲。我需要的是很大的螢幕，還有很大的硬碟，這樣我才不會一直為了寫小說而要刪掉其它檔案。上一台電腦就是這樣出問題的。」

史威生好奇地問：「妳硬碟的空間都用完了？」

「我寫了很多東西！」

史威生為何一點都不嫉妒她？她能寫出東西，而他卻不能。為什麼？因為他感謝安琪拉提醒他這趟旅程的目的，他只是為了幫她買電腦而共處在車內，如此而已！

在抵達柏林敦之前，兩人又是一陣沈默。史威生最後將車停到電腦賣場內的大型停車場。

「他們今天營業嗎？」史威生問著。

「怎麼會沒有？」

廣大的賣場今天顯得冷冷清清，只有一群穿著黃綠色制服的銷售人員聚集在服務台前，一位員工推著滿是箱子的手推車，一旁的經理正對他大吼大叫；在寥寥無幾的客人中，看得出來有幾位是利用午餐時間，從公司溜過來物色家用電腦，還有兩個蹺課的高中生到這裡看看最新的機種。

史威生三步併做兩步地跟在安琪拉後面，她昂首闊步地走過廣闊的賣場。銷售人員停下手邊的工作，欣賞她那雙雪白的大腿，看著她臀部上隨著走動而不住晃動的一串鑰匙，還有她靴子頂端露出的一雙黑襪。在這群人的眼中，史威生不知道自己被想成什麼角色？是個帶著龐克味十足的年輕女友來買電腦的老教授？也許他們會以為他是安琪拉的父親。嗯，隨便，隨他們怎麼想吧！史威生年紀的確足夠當安琪拉的父親。當初露比為了不要開口要求史威生買新電腦，特地將高中的電腦帶到大學去，現在史威生剛好可以享受帶著「女兒」來買電腦的樂趣。

一位銷售人員往安琪拉走來，此時史威生剛好跟上。這年輕的男銷售員身上的名牌寫著：「哥溫德」，他與安琪拉認真地討論起電腦來。他看起來像是有印度人血統，臉上滿是痘疤，身材高瘦，為了跟矮小的安琪拉交談而得彎腰。他想要克盡職責，向安琪拉介紹產品，盡量不去注意她超短的裙子、雪白的雙腿與黑色的靴子，和善的臉龐因此顯得有點尷尬。

除了衣著的問題外，安琪拉是位很清楚明白自己需求的理想顧客。整個交易不到幾分鐘便搞定。哥溫德在瞭解安琪拉的需求之後，轉頭看著史威生，等著他這位「老爹」同意。史威生點點頭。當然，絕對沒問題，由我的「女兒」全權決定。

當安琪拉拿出信用卡時，史威生體貼地退到一旁，哥溫德則是跑去拿印表機的連接線。聰明的女孩，她禮貌性地避開銷售員的把戲，沒有隨著銷售員到店裡去，不小心買了更多的東西。

哥溫德微笑地說：「我已經盡自己的本份了！」

安琪拉回答：「我看得出來！」

他遞給安琪拉信用卡收據，說著：「好好享用妳的新電腦！」

他接著指出該開車到哪裡領電腦，把領貨單放到史威生的手中，然後向安琪拉祝好運並道別。

「你人真好！」安琪拉對他說。

「這是我的工作！」他既自豪又靦腆地說著。

史威生與安琪拉離開賣場時，步調不像剛進來這麼急促，現在彷彿像無主遊魂一樣拖著腳步。

「真簡單。」安琪拉講著，「每件事都應該這麼簡單。」

上車後，史威生把車開到賣場建築的另一邊；停車後，兩人就像馬戲團小丑一起跳出車子。安琪拉拿起較小的箱子往行李箱裡塞。行李箱可能裝不下所有的箱子，但是史威生身為男人，還是得試上一試。他開始告訴自己目前體能絕對可以勝任，可以發揮男性的能力，把所有東西塞進現有限的空間裡。他想起安琪拉的父親——受肺氣腫所苦而身體虛弱。史威生關上行李箱。瞧！這不就完成了？她的確需要他的幫忙。她也許對電腦非常瞭解，但是還是得靠他才能用幾何學的老方法，將這些大箱子塞進狹小的地方裡。

「都弄好了！要不要去吃個午餐？」史威生問著。

「我想不要好了，」安琪拉回答，「把這些東西留在車上，我會很擔心。」

「這裡是佛蒙特州耶，又不是紐約市的布隆克斯區！在這裡妳可以車門不鎖，把東西放在後座，回來的時候東西都還在原地。」

「但這樣做根本就是等賊來上門。」

「好吧，那不如這樣，我們先開車回優世頓，在路邊的餐廳用餐，選坐在窗戶旁的位子，一邊吃飯一邊注意車子……。」

「還是不要好了。我會擔心得吃不下飯。如果你真的餓了，我們可以找家麥當勞，到得來速買些東西就可以了。」

「我還沒有餓到那個地步。」史威生不敢相信自己在為這瘦乾巴的女孩開了六十英里的路，浪費一整天的時間後，還得哀求她陪他一起吃個飯。嗯……他覺得相當失望，他是這麼熱切地幻想著，能夠在這麼冷的天氣晃了一上午之後，進入一家溫暖的餐廳，幻想著咖啡香撲鼻而來，伴隨著肉丸與馬鈴薯的菜香，還有點唱機的音樂。他覺得自己像個約會失敗的年輕小伙子，約會到一半女朋友便說想早點回家。

「能越早回去越好！」安琪拉說著。

「我知道了！」史威生無法掩飾聲音裡的憤怒，把車子開出停車位之後，便洩恨似地猛踩油門，害得安琪拉趕緊抓住把手，免得撞到史威生。史威生把車開上立體交叉路口，開離熱鬧的市區，原本寬敞的馬路接著變成坑坑洞洞的兩線道。

「嗯，我想請你再幫個忙。你可以拒絕我，沒關係。不過我想請你幫忙把這些東西搬到我宿舍房間，然後再幫我安裝。你可以拒絕的，我瞭解。我不想耗掉你一整天的時間。」

史威生想了一會，然後回答：「我想我不太可能幫妳裝電腦。我的電腦都還是我太太裝的。」

白痴！為什麼要提到雪莉？他到底想表達什麼？任何正常的男性應該都會安裝電腦，不論他到底真的會或不會。

「沒關係！」安琪拉說著，「我自己也許可以裝，你只要在一旁幫我加油就好了！」

「這個我做得到！」

「我知道！你就是這點特別！從來沒有人會肯花時間鼓勵我或幫助我。」

史威生用印度人的腔調講著：「這是我的工作。」難道加上印度人腔調是個錯誤？安琪拉會不會以為這樣模仿哥溫德講話是種族歧視的行為？還是這已經顯示出兩人已有共同的歷史，隨著分分秒秒的共處，兩人關係也不斷增長，已經到了可以講只有彼此才可以瞭解的笑話？

但安琪拉似乎在想其它的事情，完全沒注意到史威生的幽默，說道：「我在想……，如果我把電腦裝好的話，就可以在你回家之前，將剩下的部分印給你。」

這是他們在快抵達優世頓前的最後一句對話。當車子開進學校大門時，史威生覺得自己像顆洩了氣的皮球。他真希望能將車子掉頭，在路旁找個地方停下來，把頭放在安琪拉的膝蓋上睡個午覺。

安琪拉誇張地嘆了口氣。該嘆氣的人是他才對吧！安琪拉開口：「我覺得自己好像假釋出獄一樣，你現在則是要把我載回監獄裡。」

「沒那麼糟糕吧！」史威生昧著良心安慰著，其實他也有同樣的感覺。

「你說的倒容易，」安琪拉回答，「你有車子，想離開就可以離開。」

「聽我說……。如果妳想出去走走，或者需要到什麼地方去，可以打電話給我，沒關係……。我們可以一起兜兜風。」史威生無法再假裝這只是他份內的工作。

「謝謝你。你人真是太好了！喔，注意路上的路突，開慢一點免得弄壞行李箱裡的電腦。」

史威生將車速放慢，想著行李箱的電腦，心中覺得安定許多——這可是免罪的證據，證明他們是去買電腦，而不是做其它的事情。史威生已經不在乎，是否有人看到他開車載安琪拉。他是無罪的！他們倆已經買完電腦回來，沒有發生任何踰軌的事情。

「妳再講一次妳宿舍是哪一棟？這裡每棟看起來都長得一樣。我跟雪莉曾經在多佛樓當舍監。那是很久以前的事。」

他又來了！又提到雪莉！安琪拉早已經知道他是有婦之夫了！另外，史威生注意到安琪拉沒有提起她的男友。為什麼她男友不幫她搬電腦到房間裡？她男友應該是體型高大有力，可以負荷各種勞動工作的人。

「紐芬樓！當初是誰用個爛地名來命名這棟爛宿舍的？」優世頓的學生都以為宿舍是以佛蒙特州的鄉鎮來命名，但是他們不知道當初佛蒙特州的鄉鎮其實是用優世頓朋友的名字來命名的。在學校努力想表現出自由學府風範的同時，卻對創校者與他的朋友都是佔地一方的地主之事實刻意不提。

安琪拉說：「右轉，那一棟。」

史威生知道是哪一棟，他早上才來過。他把車停在宿舍門口，問安琪拉：「現在是容許男性訪客進宿舍的時段嗎？」

「你在開玩笑嗎？這棟是男女混住的宿舍！什麼男性訪客時間，不知道已經是幾百年前的事了！現在男人隨時都能進來，而且你是教授耶，你要做什麼都可以！」

「我怕我這麼做會惹人閒話。」

「你是指……？」

「沒事。」

安琪拉走下車。「嗯，也許你該留在車上，幫我看東西。我自己搬電腦上去好了。」「坐在車裡看妳忙上忙下的，我覺得很不安。」如果有人經過，看到他坐在車裡，而車子又停在學生宿舍，史威生會覺得更不安。他繼續說：「車停在校園裡，又上鎖，應該不會有人偷車上的東西。」

安琪拉終於讓步：「我想你講的對，不過還是小心點！」

史威生走到車後，打開行李箱。他與安琪拉各拿一個紙箱，安琪拉先往大門走去，史威生拿著裝螢幕的箱子緊跟在後。

他已經很久沒進入學生宿舍。最近的一次是去年八月學期開始時，他跟雪莉到露比住的學校宿舍。州立大學每棟宿舍都像鬼屋一樣，露比住的宿舍更是破舊不堪。

一進到門廳，先看到的是一台飲料販賣機，旁邊牆上掛著布告欄，上面空無一物，只貼了一張防火規定，一股摻雜了運動鞋、運動器材與汗臭的味道撲鼻而來。這些學生每天一回宿舍就得聞這像水果腐爛般的臭味嗎？他們怎麼忍受得了？也許這正是他跟他們之間年齡上的差距吧？也許這對他們而言，就像是生命的味道。史威生喜歡的味道是融合了大蒜、烤雞、葡萄酒和蘋果派的菜香，再加上剛從雪莉花圃中摘下來的鮮花香，但對這些孩子而言，這些是屬於父母的味道，這些味道代表著沈悶無聊，代表著晚上得待在家裡，不能跟朋友鬼混——這才是活死人的臭味。

兩人爬了一段樓梯，經過冷清清的交誼廳，裡面擺了一架電視，一台乒乓球桌，還有一些滿是髒污的手扶椅，造型制式且醜陋，顯然就是因為如此才被放在交誼廳裡。交誼廳裡完全沒有家居的氣氛，牆上空無一物，連張海報也沒有，整個地方毫無學生使用過的跡象。

史威生繼續緊跟著安琪拉，走過走廊，接著經過出入口。史威生忍不住到處張望，察看四周有無認識的學生。要是碰上瑪奇莎、喬奈兒或是克萊麗斯，他該怎麼辦？

最後他們抵達安琪拉房間門口，她拉起掛在腰間的那串鑰匙。房間門上貼了一張黑白照片海報，主角是留著長髮與鬍鬚的男子，戴著納粹的頭盔，長著濃密胸毛的胸膛上交叉繞著嚇人的鐵鍊。

「這位是妳朋友嗎？」史威生問著。

「這是亞夫登，」安琪拉回答，「很棒吧！貼這張海報就像貼『內有惡犬』的告示一樣，很有威嚇作用又不那麼老套。」

史威生跟著安琪拉進入房間。他一踏進房間，就被上百個臉孔嚇得停住腳步——房間的四面牆上除了幾處掛著鏡子之外，幾乎貼滿了名人的照片，從演員、作家、聖人、音樂家到藝術家都有。乍看之下，這些照片似乎隨便地貼在牆上，但仔細觀察一陣子之後，史威生發現其中的規則，有些是依照主題來排列，像是傑尼斯、吉米、吉姆與柯特・寇賓；有些是用年代來排列，像查理・卓別林與莉莉安・姬戌之後貼的是巴斯特・基頓的照片；年老時期的畢卡索則是跟一樣瀟灑、一樣頂上無毛的尚・惹內面對面地互看；還有契訶夫、托爾斯泰、珙麗、吳爾芙，還有……這張是凱薩琳・曼斯費爾德？

在房間的另一端則擺著一張跟僧侶睡的床一樣狹窄的單人床，上面蓋著樸素的褐色床單；在另一面牆壁旁，則擺著一張與牆等長的書桌。安琪拉將紙箱放在書桌上，並示意史威生也這麼做。

「這裡根本不像個房間，」史威生說著，「倒像是……裝置藝術品。」

安琪拉驕傲地回答：「真的嗎？其他人都覺得我的房間亂七八糟，許多女學生看了我房間之後，便更加確定我是個瘋子。她們都會在床頭貼著明星的海報，像布萊德・彼特。你應該去看看瑪奇莎的房間，裡面都是黑人激進團體黑豹黨的東西，像海報啦，還有旗幟一些有的沒的，她還有一個大型的史努比立體海報。大家都知道瑪奇莎的爸爸在達特茅斯教書，應該很有錢，至少比我家還要有錢。」

「好了，別說了！」

史威生也許看起來像個流著口水的好色教授，在少女的房間裡偷偷摸摸的，但事實上，他可是個道德高尚的老師，從來沒忘記自己的身份，跟學生拿其他學生房間的裝潢來開玩笑，如此行為並不妥當。

「妳的舊電腦呢？」

「講起來真是丟臉，」安琪拉從實招來，「當電腦故障，害我寫的東西不見時，我氣瘋了，就把它丟出窗外。所以我說電腦修不好了。不過最奇怪的是，就在我把電腦丟出去的時候，我想到曾經看過一部珍芳達演的恐怖電影，她演的是一位作家，她也是把打字機丟出窗外。我真是不敢相信自己也這麼做了！」

「喔，我也看過那部電影。片名是什麼？我不記得了。」

「我也不知道。好吧！我們快點搬剩下來的東西。」

他們倆又得接受與之前相同的考驗。史威生這次不可能再那樣的幸運。他這次一定會碰上他的學生，他們會聚在一起，看著他們的老師緊跟在安琪拉的屁股後面，在學生宿舍裡跑上跑下。

他兩人急忙跑到宿舍外。安琪拉還是擔心有人會破壞史威生車子門鎖，抱走電腦。看到她如此發自內心地渴望一台電腦，史威生實在深受感動。難怪她的父母願意為她花大把鈔票。如果露比像她一樣這麼渴望某樣東西，他會……。史威生拿起裝著螢幕的箱子，安琪拉則拿了裝著電腦線的袋子。好了，這是最後一趟。一切就快大功告成了。

安琪拉先開門，好讓史威生進來。進了房間之後，她先清出書桌上的空間讓他放下箱子。

「我來幫你拆開吧！有沒有刀子或剪刀？」

「用這個吧！」安琪拉從皮包裡拿出一把小刀。「不要那麼緊張嘛！因為我有時會搭別人便車，所以有時會帶點東西防身！」

「妳不應該隨便搭便車的！不然很可能跟一些可憐的少女一樣，搭到變態兇手的便車，最後被分屍埋在樹林裡，過了幾個月後才被獵人發現。」

史威生無法掩飾語調中的擔心，腦中盡是擔心她發生什麼意外的念頭。但看著安琪拉用小刀切開紙板的俐落樣，史威生不禁覺得自己有這樣想保護她的念頭，實在是有些諷刺。她雖然身材纖細，但力氣卻大得出奇，在史威生使勁把螢幕和主機從箱子裡拉出來的同時，她還能扶得住箱子，沒有受到他拉扯的影響。

「沒問題的！沒問題的！有沒有說明書還是……？」

「你能不能幫我個忙？請你先坐在床上，然後像我說的，只要在我裝電腦裝到發瘋的時候，給我鼓勵就好了！」

史威生聽從安琪拉的建議，坐在床鋪的邊緣上，背靠在牆壁上，雙腳則是伸在床外。安琪拉忙著裝電腦，裝電源線，找出平行埠，搖晃印表機的墨水匣，裝上滑鼠，然後在新的滑鼠墊上試用。

史威生真是喜歡這有作家天份的古怪女孩！他不只是喜歡她的年輕活力，她的才華洋溢，她那一口貝齒；她所擁有的正是史威生所失去的——純真的感情！在這個時候，史威生發現自己正坐在她的床上，他感到一陣昏眩。他渴望地看著安琪拉的枕頭。也許他可以躺著小睡一下。

安琪拉說：「我不敢相信會進行的這麼順利。當初裝舊電腦的時候根本是一塌糊塗。你好像是……我的福星。」

「但願如此！」史威生回應。

「裝好了！」安琪拉興奮地說，「太好了！我想電腦應該沒問題了。我試著列印最後一章給你。」

安琪拉把一張磁片放進電腦裡，點了點滑鼠。印表機先列印出五頁，上面除了一條黑色對角線外，根本是完全空白，接著便停住，印表機上「錯誤」的指示燈閃個不停。

「王八蛋！」她不停地按著印表機開關，印表機先是發出起死回生的運轉聲，接著從機器的深處發出恐怖的嘎嘎聲。卡紙的指示燈閃爍不停。

「我看是卡紙吧！」史威生說著。

「不懂就不要裝懂！」安琪拉轉過頭來罵著。

拜託！史威生既不是她朋友、爸爸或繼父，也不是她男朋友，更不是她可以用這種態度講話的無用男子。他可是她的寫作老師，今天還幫了超出老師本分之外的忙，她居然還敢對他這樣講話。

安琪拉接著道歉：「對不起！請不要生氣。這爛東西搞得我快瘋了。我實在急著想在你回去前把東西給你。這對我意義重大，但現在……。」

「沒關係。再試一次吧！」

安琪拉聳聳肩，用滑鼠點了「列印」。印表機開始運作，依然還是卡紙。安琪拉開始哭了起來。史威生從床上起身，將手放在她肩膀上。安琪拉挺起身，伸手抓著史威生的手掌。史威生彷彿靈魂出竅，看著兩人十指交纏，而沒有辦法將手伸回來。

他並非不知道這一切是牽一髮動全身，且將一發不可收拾，但他就是無法控制的將手放在她肩膀之後，接著遊移到脖子上方，輕撫她的秀髮，然後再往下到她的脖子，再往下伸到T恤裡，撫摸她的背部——安琪拉此時依然端坐在書桌前，身子弓起，讓背部盡量抵著史威生的手掌。他也知道自己要是停止動作，安琪拉便會站起身，轉過來面對他，兩人將會緊緊相擁。他什麼都知道，但同時什麼也不知道——不知道他們之前說了哪些話，做了哪些動作，才會導致這樣的結果。史威生努力裝出吃驚的樣子，彷彿置身於遠處般，看著自己親吻安琪拉。在耳鬢廝磨了一陣子後，安琪拉從他懷抱裡掙脫，問著：「你確定要這麼做嗎？」

他當然確定，但他無須說出來，一切正漸漸成真，他完全明瞭也願意參與其中。他就像一些可憐的女孩一樣，明明身懷六甲，還拼命自我辯解，說自己並不曾有過性行為。等一下！不是應該由他問安琪拉願不願意繼續嗎？為什麼立場完全顛倒了？史威生不願意想這問題，他現在有太多事情要費神，像是他要如何一邊親吻安琪拉，一邊帶著她繞過散亂的電腦紙箱，順利的到床上去。

幸運的是，安琪拉倒退走得相當順暢，彷彿背後有雷達導引一般。她不再是那個不停摔倒和缺乏安全感的小女孩。史威生心想，也許是因為這裡是她熟悉的地方，才能這麼自然，這麼如魚得水。她拉著他越過雜物，來到床前，一把將他推倒在床上，雙眼緊盯著史威生。他無法抗拒或逃避她催眠的目光，她像弄蛇人所養的蛇一樣，微微地搖晃身體，眼睛一眨也不眨地看著史威生。不過，事實上被催眠的不是應該是蛇嗎？怎麼史威生開始覺得神智不清？為什麼？因為安琪拉開始脫衣服了！她雙手交叉，拉住T恤的下端，往上將T恤脫到頭部。她像蓓蕾般的胸部是如此完美，在寒冷的溫度中，她兩顆乳頭挺立了起來。

安琪拉接著把迷你裙拉到靴子部位，然後再往前走，將脫下的裙子留在地上。她穿著一件黑色的丁字褲。這會是平常少女上街買電腦所穿的內褲嗎？還是這一切都是她的計畫？她拿掉臉上一些孔環，就是為了親起嘴來不會造成麻煩？嗯，史威生想想自己還不是一樣，今早也是特別打扮才出門的，不是嗎？

除了腳上的皮靴之外，她已經全身赤裸，看起來異常性感。但是……她實在太瘦了，與雪莉完全不同。史威生告訴自己不要再想起妻子，下體已經如此亢奮，海綿體的輪廓在牛仔褲上清晰可見，安琪拉一定注意到了。

「哇！」她讚美地說著，走過來跨坐在他大腿上，面對著他。在那一瞬間，史威生似乎在她眼中看到一絲恐懼。但安琪拉接著將注意力轉移到他的皮帶上，摸索了好一陣子，便動手解開他的皮帶，動作緩慢又挑逗。她突然從史威生大腿上離開，坐在他旁邊，將皮靴從腳上扯下。史威生一隻手沿著她脊椎撫摸著，另一隻手則是忙著脫掉牛仔褲和內褲。

當安琪拉脫掉鞋子後，史威生原本要起身往她撲去，但她伸手示意要他平躺在床上，接著她在床頭櫃裡拿出一個小錫箔包，史威生乍看之下還以為是茶包，再定眼一看，喔，原來是保險套。自從雪莉裝了避孕器之後，史威生再也沒使用過保險套了。這是九〇年代性行為的必備品嗎？還好安琪拉注意到這點。當然她不用擔心從自己這裡會感染到什麼疾病；但是也許安琪拉性經驗豐富，閱人無數？譬如上次那接電話的男友到底是誰？這樣想來，史威生才應該擔心她是否有隱疾。雖然自己的理智發出警告，但完全不影響身體的「性」致；事實上，因為看到安琪拉將保險套擺在床旁邊，海綿體的反應反而更加亢奮起來。這種感覺就像高中女生一樣，在親熱愛撫了一陣子之後，當男友拿出早就準備好的保險套，一切就盡在不言中。

安琪拉把保險套遞給他，他一邊撕開，一邊擔心這玩意是否會經過改良設計，用法跟以前的不同？他把保險套套上，前端留些空間，然後將剩餘的部分拉下來套住整根陰莖。

他一戴上保險套，安琪拉便上來，跨坐在他鼠蹊部，史威生再次有那種女人的感覺——怎麼沒有前戲就直接來呢？但這樣的想法瞬間就被替代，肉體的快感已經佔據他的理智，下體傳來一陣陣溫暖的悸動。他完全停止思考，急著將安琪拉翻過來壓在自己身下，她也張開雙腿迎接著他。史威生用雙手撐著身子，上半身緊壓著她的胸部，感覺他的胸膛緊抵著她的乳房，她的下半身則往上抬，想與史威生更加密合。現在，他的臉貼著她的臉，他的下巴貼著她的臉頰……。

就在此時，史威生的頭裡有炸彈爆炸的感覺在流竄，彷彿什麼東西碎裂了，粉碎成細末。

「怎麼了？」安琪拉問道，「剛才怎麼了？你嘴巴傳出奇怪的聲音。」

「沒事！」史威生想了一下後回答，「只是我牙齒斷了。」

痛了幾個月的臼齒居然選擇在這時候自我了斷。史威生剛才都沒注意到自己一直緊咬牙關，結果就咬斷那顆臼齒。這一切實在太不公平了！他一直滿心期待能與安琪拉進展到這一步，如今好不容易美夢成真，卻在最緊要的關頭牙齒斷了，夢想也隨之破滅。他現在才中年，卻有老年人的牙齒問題，真是可悲可憐！史威生將舌頭往後探探斷掉的臼齒。

「我補牙的部分斷了！」

「看來你的『損失』還不只如此！」安琪拉說著。

他還在安琪拉體內的下體已經雄風不再，徹底地一蹶不振。史威生翻身往旁邊躺著。他看著安琪拉臉上的激情漸漸消退，漸漸面無表情。安琪拉眨了眨眼，然後不知作何是好地微笑著。

「真掃興！」她說著，「牙齒斷了會不會痛？」

「不痛，痛的是我的自尊心！」他回答，「我的自尊受到嚴重的打擊。」他不能讓她知道自己多麼地難過，一股寂寞感油然而生，無情地折磨著他，讓他禁不住眼眶中泛起淚水。他知道這是失敗之後的心理反應，是賀爾蒙的影響。激情褪去之後，他回復理智，反省自己為何光著身子，跟這完全陌生的小女孩躺在這裡——他應該跟自己所熟悉的雪莉在一起才是。他該怎麼告訴雪莉自己牙齒斷掉的原因？雪莉搞不好還會相信且同情他，這樣更會加深他的罪惡感，更顯得他是罪有應得。他想大聲咆哮自己是多麼愚蠢，這杯色慾與自我欺騙的毒酒，自己不斷地小口地著啜飲，如今已經萬劫不復了，卻還騙自己說自己從未沾口。

此時，他真正想要的只是繼續躺在安琪拉的身上；但是，她現在已經背靠著牆，雙腳交叉地坐在床上。史威生把腳挪一挪，讓些空間出來。在這樣不帶情色、不帶激情的時刻，他們就像同寢室的室友，聚在一起塗塗指甲油，聊聊八卦新聞。事實上，兩人都出乎意外地不急著穿上衣服。史威生目光呆滯地看著整個房間，他的視線受到伯特・拉爾、哈若德・洛伊德與巴斯特・基頓的照片所吸引，他們在照片裡顯得一臉愁容。卓別林為什麼在照片裡顯得悶悶不樂呢？他可是有三妻四妾的男人！

「真得好可惜喔！」安琪拉說著，「算了，反正做愛其實也不是什麼重要的事情。我以前做愛的時候，還發生過很多奇怪的事情。你知道我曾經發生過什麼事嗎？有一次我做愛到一半，突然癲癇症發作，還好只是輕微的，不然要是我不斷地抽慉，口吐白沫，對方一定會覺得很噁心，還好我當時已經神智不清，不曉得發生什麼事了，不然一定會窘到不知道該怎麼辦才好。」

安琪拉真是窩心，坦承自己在做愛時發生過比牙齒斷掉還糟糕的糗事。但換個角度想……要是安琪拉在和他做愛的時候癲癇發作，他該怎麼辦？他可以向誰求救？他又該怎麼解釋？

「我不知道妳有癲癇症。」他說道。

「我有在吃藥治療。」她回答，「問題不大。」

「杜斯妥也夫斯基也有這種症狀，不過他的癲癇症比較嚴重。」史威生聽見門外傳來聲響。他這才想起自己現在一絲不掛地在這女學生的房裡——而他對她並不十分了解。她也許是個瘋子，勾引他過來這裡，設計害他丟掉飯碗。

「妳門有鎖嗎？」他問著。

「有啊！我們一進來的時候，我就鎖了。」

由此可見，這一切都是她精心策劃的。但史威生有何資格指責她呢？就像當初亞當有何資格指責夏娃騙他吃下智慧之果？他一切都心知肚明！這一切他其實也有份。他已經是成年人，而且他是老師！他們是共犯，誰也沒有資格指責誰。在一番努力後，好不容易與他最神經質的學生上床，最後卻以失敗收場，此時剛好可以好好反省一下，喚醒自己的良知。不過，自己真的有錯嗎？史威生不禁心生懷疑。安琪拉不是正在寫一本關於師生戀的小說？與他上床是不是她在為下一幕的情節做研究？

安琪拉像隻猴子一樣，爬到他身旁，然後溫柔地（還是憐憫地）用手指撥弄他的頭髮，她的乳頭輕輕刷著史威生的臉龐。史威生將其中一個蓓蕾含到嘴中，她出自本能地將乳頭輕輕地從他口中抽出，動作讓史威生聯想到雪莉餵女兒母乳之後，待女兒熟睡，她將乳房從露比口中抽回的樣子——喔，上帝請原諒他！

當史威生穿衣服時，安琪拉一絲不掛的走到電腦桌前。她說：「讓我們再試一下吧！」史威生楞了一會兒，才明白她指的是列印的事情，而不是指上床。「也許我們這次可以創造出奇蹟！」奇蹟！嗯，她現在的確指上床這件事！

史威生看著她柔軟靈活的身體，看著她無意間散發出的美麗。她點了兩下滑鼠，印表機發出咕嚕的聲響，快速俐落的將文章列印了出來。

「賓果！」她說著，「問題解決了！奇蹟真的發生了！」她等到史威生穿好衣服後，把列印出來的東西遞給他。

「這是剩下的部分！」

史威生無意識地說著：「太好了！我會儘快看完！」語調聽起來心不甘情不願的——這是上床的代價？等一下！他是真心喜歡安琪拉的小說！他並不是為了將安琪拉騙上床，

才如此虛情假意。事實上，情況剛好相反。他是先喜歡安琪拉的小說，然後才喜歡她的人的，不是嗎？他應該堅定自己的態度，不該模糊文藝欣賞與肉體慾望兩者之分界。這一切並不是什麼無可彌補之災難……。他頓了一下，忍不住說：「妳應該知道這件事不能跟其他人講，不然會引起很大風波！」嗯，想要裝作什麼事都沒發生，繼續若無其事地上寫作課，對兩人無疑是一項大挑戰。

「喔！」安琪拉回答，「你以為我會跟每個人講這件事嗎？你以為我想害我們兩人被踢出優世頓嗎？更何況，我也不想讓男朋友知道這件事。」

對喔，她還有男朋友！她男朋友應該不會做愛做到一半，把牙齒給咬斷了！

「我絕對不會講的！」安琪拉繼續說著，「等過一陣子之後，我們可以……。」

「沒問題！」史威生回答，雖然他並不太確定她到底指的是什麼事情。沒有時間去猜了！必須趕緊離開這裡，以免徹底毀掉自己的前途。

「看完之後，我會打電話給妳！」這是他常講的一句話。也許安琪拉是對的！什麼都沒有改變，他們還是可以像平常一樣。

「我等你電話！」安琪拉回應著——但跟平常不一樣的是，她現在是全身赤裸著，跟史威生握手，並戲謔地翻著白眼。

「下次見啦！」安琪拉說完，連衣服都懶得穿，直接回到電腦前。

史威生腳步蹣跚地走到大廳，沒有學生在裡面，看來幸運女神還未棄他而去，命運還是垂憐著情侶——如果他跟安琪拉算得上是情侶的話。嗯，至少他們已經不再只是單純的師生關係。兩人之間已經發生無法挽回的改變。在這件事之後，他的生命已經改變——更別說是他的寫作課。他轉身往樓梯走去，差點撞上克萊麗斯。

「嗨，克萊麗斯！」史威生打著招呼。

「嗨，史威生教授！」克萊麗斯說著。

史威生大可解釋他來這裡是幫安琪拉裝電腦，但他連提都不想提，他不想提到安琪拉的名字，因為他知道克萊麗斯已經猜想這一切都跟安琪拉有關，甚至她已經知道剛才發生什麼事——她也許可以從他臉上看出端倪。

「我還有事要忙，再見！」史威生說著。

「再見！」克萊麗斯回答，看著他腳步搖晃地跑下樓梯。

第十五章

史威生看看信箱——沒有信件，嗯，也不是真的沒有任何信件，信箱裡有折價券，像這種東西通常會被放在廚房的流理台上，不然就是放在他和雪莉看得到的地方，不時提醒他們倆應該及早將信件處理掉，但他們倆都懶得動手，等到其中有一人受不了，最後才會把信丟到垃圾桶裡。史威生想起連・柯利——他應該不會收到這種垃圾郵件，他應該是一大堆邀請函，煩惱要參加那個豪華的餐宴，還是要參加在塔斯卡尼別墅裡的文藝研討會。

史威生想到連名過於實的聲望，又想到自己受到上天不公平的對待，最後淪落於此，兩人簡直是強烈的對比，想著想著心中便燃起忿忿不平的怒氣，他必須找東西發洩，唯一的人選就是雪莉——她何等無辜，需要受這樣的罪，她坐在廚房翻著食譜，在丈夫花了一整天與學生偷情之後（或該說試著與學生偷情），她只能從食譜裡找出能慰藉她心靈的菜餚。

雪莉今天應該也是忙了一天，因為她看的食譜是「西西里美食」，她通常在遇上不順遂的事情時，便會訴諸於自己的文化根源——在西西里的文化中，先生若是對太太不忠，女方的男性親人便可為她洩恨，將先生綁起來丟到懸崖下。

雪莉一邊低頭看著食譜，一邊問：「想要些什麼？」

「想要有一百萬美元，想要重新生活，想把時光倒轉二十年！」

雪莉不耐煩地講著：「我是指晚餐想吃什麼！」

「燕麥片！」

「你說什麼？」

「我說我想吃燕麥片，因為我牙齒斷了！」史威生用舌頭去觸摸斷掉的牙齒。他一定得去看牙醫。也許他已經神經外露，必須做根管治療；不過，如果真是這樣，他應該已經痛到忍不住才是。

雪莉皺著眉頭問：「喔……你怎麼會弄斷牙齒？」

史威生回答：「因為我咬到一顆橄欖核。」

「你怎麼會有橄欖呢？學校餐廳應該不會有橄欖這種東西吧？」

這就是雪莉對他表現關心的方式——皺著眉頭，略帶抱怨地質問？現在還將重點移到橄欖上。就算是學生裝病，即使裝得非常蹩腳，從雪莉身上所獲得的同情都比他還來的多吧！

先不管這些……史威生對於這顆虛構的橄欖核，事前並沒編好一套故事。現在他只能先暫緩片刻，等說謊的天分即時發揮所長。「嗯，妳知道嗎？我今天不曉得怎麼搞的，就很想很想吃……橄欖。所以我跑到商店裡，買了一罐醃橄欖，然後就把一整罐橄欖都吃完了。然後妳也有過同樣的經驗吧，吃完橄欖之後，會把橄欖核含在嘴巴裡咬，我就是這樣把牙齒咬斷的。」

史威生一邊說著，體內一邊緊張地分泌腎上腺素。不過一切看來平安無事，他編出的故事顯然奏效了。通常最離譜的藉口反而會最能獲得信任。

「你懷孕了嗎？」雪莉問著。

「妳說什麼？」史威生嚇一跳，「妳說什麼？」

「你不是說莫名其妙突然想吃某樣東西？看你剛才緊張的樣子，乍聽之下，好像真的懷孕了似的。」

「這一點都不好笑，雪莉。我可是牙齒斷了！人在二十幾歲的時候，會相信牙齒斷了還會長回來，等到像我這樣四十七歲的時候，就知道事情不是這麼一回事。」

「對不起，」雪莉說著，「你應該先過來我們的醫務室一趟，我可以先幫你處理一下。」她語氣中帶著關懷。

「我當時沒想到。」

「會不會痛？」

「不會，痛的是我的心。今天晚上不要吃牛排好不好？」

「牛排？上次吃牛排是什麼時候？嗯，我知道晚餐該吃什麼了。我可以煮雞湯，加通心粉，打個蛋，再加點菠菜和起士。溫溫的，又順口，不需要動到牙齒，像嬰兒食品一樣。我記得冰箱裡還有些雞肉高湯。」

雞湯！她為偷情的丈夫煮雞湯！不忠的丈夫一邊帶著罪惡感大口喝著雞湯，一邊不住讚美太太的廚藝，這樣的場景多麼諷刺與虛假！雪莉俐落地將雞蛋在碗緣輕敲，打開蛋殼，讓蛋白和蛋黃啪一聲地掉到碗內，她一舉一動都相當純熟。但在此同時，史威生卻無法克制地想起安琪拉小說裡的情節。

他已經犯下無法彌補的大錯。他的行為不只是違反道德倫理，更是愚蠢不堪。他怎麼可以背叛如此嫻淑優雅的女性？她還在此為他煮雞湯，還為牙齒痛的丈夫在湯裡加入菠菜、蛋花與起士，不只是為了增添湯的味道，更是顯示出她的關心。他娶到的女性可是結合了內在美與外在美的極致。

他到底為何要出軌？為了一位內向，容易受傷害的小女孩？為了一位精通電腦的奇怪小女孩，就因為她精心撰寫了一篇關於十幾歲的少女和她混蛋音樂老師之間發生的愛情故事？他如果不會因此毀了自己的婚姻，那可真是萬幸！

現在他才明瞭結果可能會有多糟——安琪拉也許會告訴別人他們之間的事情，她如果會真的守口如瓶，那才奇怪！雪莉最後會知道，學校也會知道，他的人生也就會因此毀於一旦。他現在才明白代價是如此嚴重，下午在安琪拉的房裡時，他怎麼沒想到過。

他坐在餐桌前，打開兩天前的紐約時報（今天才出現在信箱裡），在頭版中刊著一張阿富汗士兵的照片，他手拿來福槍，在近距離內射殺一名十幾歲的青年。史威生大略地看一下報導內容，原來是回教徒為了教義真理所展開的報復行動。回教徒跟西西里人差不了多少，史威生才不想看這樣的新聞，自己的臼齒問題都煩惱不完了。他腦中突然浮現當初報紙上他父親自焚的照片——照片裡，父親渾身著火，冒著陣陣黑煙……。

當時的一切歷歷在目，他多麼希望能回到過去，改變已經發生的一切。或許他不能及時拯救父親，但他至少可以阻止自己跟安琪拉上床。史威生看著廚房的四周，看著雪莉買的費茲達磁壺，看著眼睛會動的貓造型時鐘，看著擺在桌上的民俗藝術品，他越來越覺得無地自容。他覺得整棟房子已被火焰吞食，已被洪水沖走。他覺得自己像是「我們的小鎮」裡的女主角艾蜜莉，像是「卡勞斯爾」裡的比爾，像是吉米・史都華劇本「美妙人生」裡的主角，在離開人世之後，天使下凡迎接他，並讓他看看這世界沒有他一切依然美好。

他什麼都沒有了，失去了一切，幸好雪莉現在還被蒙在鼓裡，還忙著切起士和菠菜。他到底為什麼要犧牲這一切的美好——就為一位剛刺青的部位還腫脹發炎，用繃帶遮住的怪女孩？為什麼他如此想不開？男人都像他這樣，每天都會做蠢事，不會三思而後行？

史威生說著：「什麼時候可以吃晚餐？」

雪莉回答：「再十分鐘，等一下就好了！」

「我今天有些靈感，得先用筆記下來。」

「寫小說的靈感嗎？」雪莉滿心期望地問著。

「對，沒錯！」

「那等你想吃晚餐的時候，再告訴我吧！」

「等我十五分鐘。」史威生幾乎是用跑的離開廚房，因為他再也不能坐在那裡，邊喝著雞湯，邊編橄欖核的謊言。

他需要打電話給安琪拉，要知道她在想些什麼。他應該打電話給她，這是一種關懷的表示，女人要的不就是這些嗎？他記得在艾莎珂・丹妮森的作品有一段關於性愛部分的描寫——在性愛中，女性就扮演著主人的角色，男性則是客人，男人就像客人一樣，想贏得主人的好印象，想從中享受一番，想受到主人款待，而女人要的是什麼？身為主人，女人只想獲得客人的感謝。好吧，但他要感謝安琪拉些什麼？感謝她毀掉自己的婚姻與工作？

無論如何，他不能打電話。就算打電話，又該聊些什麼？喔，妳好，安琪拉，我打電話來只是想問……新的電腦有沒有出問題？他以前能很自在的打電話給她，但現在一切已經改變，已經扭曲成尷尬與不安。連單純的聯絡也不再如同以往——還是一開始，兩人之間就不單純？也許他跟安琪拉兩人從頭到尾，對彼此都有所隱瞞？從一開始，兩人之間便已存有挑逗與愛戀的曖昧？但此時，他似乎就像個後知後覺的男人，只有在事情發生之後，才開始回想當初的始末。

現在唯一能打電話給她的藉口，就是說他已經看完安琪拉的作品。這是他們關係的本質，上床只不過是個插曲。所以等會打電話給安琪拉時，她應該會裝作什麼都事都沒發生過。她應該會避免讓兩人聯想到今天下午發生的事。也許他們以後都會閉口不談這件事，且不會重蹈覆轍。

一如往常，他急著打電話給安琪拉。但這一次，他首次心生懷疑，懷疑自己是不是找藉口打電話給她？當然不是，他是真心喜歡安琪拉的作品，是打從心底想知道女主角最後有沒有跟音樂老師上床。

史威生雙手抱著頭。已經不知該如何是好了。

他在書房裡翻箱倒櫃，找著安琪拉的作品。他一定是把它忘記在車上。他出軌失敗，牙齒又咬斷了，在一連串的挫敗後，也難怪他會變得如此粗心大意，丟三落四。對一般人而言，離開家門到車上拿個東西，是再平常不過的事。但他還是慶幸家裡有側門，不用從廚房的後門出去。走出門外，空氣中飄著冰冷的霧氣，還夾雜著一股刺鼻的腐葉味。史威生回頭看著家裡——家中燈火通明，令人覺得友善親切。

東西的確在車子座位上，就在他當初放的地方。

偷偷摸摸地回到書房裡，史威生開始從第一頁讀起，一鼓作氣讀完。

盒裡的刨木片沾黏在單簧管管身，有些還沾到我的頭髮上。老師伸手，把木片從我頭髮上撥掉，然後問著：「怎麼看起來這麼難過？」

我告訴他我連一顆雞蛋都沒有孵出來。他剛開始似乎聽不懂我到底在講些什麼，過了一會兒，他說：「哪天讓我過去看看妳的孵蛋器吧？看我能不能查出到底有什麼問題。我是在農場長大的，對這些東西還挺瞭解的。」

我回答：「喔，不用麻煩了，不需要這麼做。」我雖然這麼說著，不過，這一切正是我期待的，能跟老師接近是我想研究雞蛋孵化的真正理由。

我有沒有告訴他我家該怎麼走？我想我一定有跟他講，只不過我記不得了。

接下來的每一天，我分分秒秒都想著他，吃早餐的時候也想，往學校的路上也想。有天晚上，有人敲著倉庫的門。打開門一看，原來是雷諾德老師。他站在門外，帶著一臉微笑，但表情相當嚴肅認真。一切就像我想像的一樣，彷彿同樣的情節重新上演，但是我的心臟依然緊張地跳個不停，彷彿我快要差一點死掉。

史威生拿出藍色原子筆，把「差一點」圈起來，然後在留白的地方寫下「可刪掉」。他以為自己在做什麼？

老師自信的神情，帶著幾分的歉意，彷彿是擔心我會不高興。我怎麼會不高興呢？我激動地說不出話，只能站到一旁，讓他進來。孵蛋器發出嗡嗡的聲響。倉庫相當溫暖，除了孵蛋器暗紅色的燈光之外，裡面是一片漆黑。我幫他脫下夾克。他接著拿起一顆雞蛋來。

他說著：「過來看！」我聽他的話往前，站在他身後，腹部則是緊貼著他的背後，他接著轉過身來，手裡還拿著那顆蛋。他用空著的那隻手抓起我的手，放在他拿著雞蛋的那隻手上，我們手指交叉著。他稍微使力便將雞蛋擠破，黏膩的蛋汁流到我倆纏繞的手指上，然後他還用那隻手塗抹著我的手，直到兩隻手已經被蛋汁黏成一體。我的手指在他指間抽動纏繞著，已經分不清哪根手指是誰的手指。

我是曾經幻想他在這不斷閃動的紅色燈光下凝視著我的樣子，但絕對不是像他現在這樣瞪著我，我的視線無法移開；他此時放開我的手，伸手往下解開褲子拉鍊，然後再次拉起我上面還滿是黏滑的蛋液的手，要我伸進去握著他的小弟弟。我想那應該是他的小弟弟，我以前從沒摸過男人的那個東西。他的那根已經筆直地一柱擎天，他拉著我的手上下套弄著，要我握得更緊一點，就像他剛才擠破雞蛋一樣。事實上，我手裡的觸感還相當不錯，相當滑順與溫暖，不過也有點噁心——拜託，在男人的東西上抹著蛋汁！

老師把我推到牆上，接著開始親吻我。舌頭在我嘴裡蠕動著，他的口水有牛肝、洋蔥和煎魚的味道。我嚥下他帶著泡沫的口水，心裡想著，這個人年紀可以當我爸爸了。他的腹部不斷向我壓過來，他的鬍鬚扎著我的臉頰。跟我以前吻過的嘴上無毛的男同學完全不同。他動作越來越粗暴，拉起我的裙子，把我的內褲往下脫到大腿的地方，然後大力地插到我體內，現在他的東西感覺一點也不滑順，反而像沙紙一樣粗糙，因為實在很痛，我開始哭了起來，而且一想到他用帶著蛋汁的陽具插入我體內，我就一點也不覺得浪漫了。

不過在此同時，我又覺得相當開心，因為我知道他渴望擁有我，渴望到這種地步，他可以不顧一切地過來找我。唯有我才有這樣的力量，讓一位成年男子甘心冒著失去一切的危險，跑到倉庫中來跟我做愛，在這溫暖的紅色燈光下，伴隨著孵蛋器的嗡嗡運作聲。

史威生放下稿子，在那一瞬間，他決定完全從文學的角度來探討整個內容。嗯，性愛的場景通常很難處理，而她寫得相當出色……例如，把蛋擠破的細節。另外像「我想那應該就是他的小弟弟，我以前從沒摸過男人的那個東西。」這一句他也很喜歡，史威生在旁邊寫了「很好」的評語。

突然之間，他開始覺得無法呼吸。怎麼會這樣？他平常的幽默感在哪裡？他平常保持的距離在哪裡？他自己的觀點在哪裡？嗯，至少這可憐的音樂老師沒有咬斷牙齒。可憐的老師？這傢伙可是十足的變態——但他至少沒有像史威生這樣半途而廢！

史威生深深吸了一口氣，然後從十開始倒數。安琪拉該不會是拿雷諾德老師來影射他吧？她喜歡他，她愛他，嗯，也許吧。她知道史威生跟小說裡噁心的變態是不同的。她這段是在兩人上床之前完成的，她只是印出已經寫好的部分。

是不是影射他又怎樣？有誰在乎人生如戲，或者是戲如人生？

史威生就在乎，而且是非常在乎。他真的希望這個老師不是指他。

第十六章

在跟學生上床五天後，就得在課堂上面對她，相信大家都會同意這堂課應該會很不好過——史威生在出神的時候有了這樣的領悟，因為這堂課的確不好過，他無法把思緒專注於課堂上，不去回想那天安琪拉除了腳上靴子外全身赤裸的模樣，再看著課堂上的安琪拉，她坐在會議桌的另一端，再次全副武裝，載起戒指、手鐲、有尖刺的項圈等一應俱全的裝備；她似乎已經恢復以往的風格，像隻雪貂一樣，在椅子上晃來晃去，不停地發出嘆息聲，好讓全班不用看著她就知道她的存在。史威生不敢看著她，也不敢看著克萊麗斯，視線範圍受到相當的限制。

即使在平常的情況下，對史威生來說上這一堂課也是項極大的挑戰，它考驗著史威生的教學技巧，說話藝術與心理諮詢的本領。今天討論的是梅格的故事，內容描寫一個女人因為慘遭男友「虐待」（梅格還故意用這個字）之後，選擇離開了他，但是這男的卻抓走她的愛貓做為報復，將這隻名為米登的貓丟出十三樓的窗外。故事裡每件事都詭異到令人發瘋，角色設定顯得相當虛假，令人無法相信真有其人，故事敘述者還帶著白痴般的價值觀，在故事中不斷批評訓道，講些冠冕堂皇、假道學的話。這是史威生最討厭的作品類型。有些老師寫出的作品，就是這樣假道學的垃圾。他痛恨這樣的作品，已經到了不知道該說什麼的地步。

在丹尼的作品裡，至少那隻雞已經死了；至少丹尼的故事還是跟愛情有關，而不是單純的男性暴力、復仇與謀殺動物——嗯，也許丹尼的故事的確是跟男性暴力有關，畢竟男主角不是跟死雞做愛，他是在強暴牠，就像安琪拉小說裡音樂老師強暴女主角一樣，就像安琪拉詩集裡父親強暴女兒一樣。獸交、強姦與亂倫，這些學生不管寫什麼都會扯到性愛。瑪格達已經警告過他，而且她是正確的。為什麼他都沒有聽入耳呢？

幸運的是，大家都忙著思考梅格的作品，並沒有注意到史威生已經陷入沈思的世界裡。即使是喬奈兒與瑪奇莎，這群平常與梅格看法相近的姊妹淘，對故事裡的情節也無法接受，特別是邪惡的男友還希望女友能過來，看看她愛貓在人行道上所形成的一團肉泥這段。丹尼與卡羅斯則看著史威生，彷彿希望他指點迷津，告訴他們該說些什麼，免得自己最後像米登一樣慘死街頭。

史威生陷入混亂的層層思緒中，無法專心聽著瑪奇莎的發言。瑪奇莎說她知道這故事的由來，她甚至認識有可能會這麼做的臭男人，但是她不相信這男主角會做出這種事。卡羅斯則批評這整篇都狗屎不通，他認識不少惡劣的壞男人，但是沒有人會做出這樣的事。結果整個討論重心都轉移到壞男人會不會做出這種事，而且持續了好長一段時間。梅格因為作品本身沒有受到大家的批評，而在一旁沾沾自喜地點頭，讓人看了就有氣。

史威生靈魂已經出竅，飄浮在會議桌的上方，看著克萊麗斯指出重點不在於有沒有人會做出這種事，而是在梅格的故事是否會讓人信以為真。克萊麗斯平常就對梅格敬畏三分，所以沒有直言自己到底相不相信這故事。不過，除了這點之外，克萊麗斯看起來一切都很正常，並沒有因為在學生宿舍看到老師而困擾不已。

突然，一聲巨響驚擾了全班的討論，史威生一開始以為是鐘聲，接著才瞭解原來是安琪拉用嵌著尖刺的手環敲打桌面所發出的空洞聲響。

安琪拉接著說：「梅格，我問妳，在妳作品裡的那個男的，他是做什麼的？」

梅格謹慎地回答：「我不知道耶，喔，等一下，他是包工程的。」

安琪拉繼續問：「小說裡有寫嗎？」

梅格承認：「沒有，嗯，還沒有。也許我之前有寫，最後刪掉了。」

全班啞口無言，看著安琪拉不斷逼問著梅格的奇景。誰又能相信像梅格這等得理不饒人的狠角色，如今卻輕易地被擊垮？

「在小說裡並沒有寫，因為這角色根本不存在於這小說裡，妳的作品根本不真實，只有妳會有把男性當成噁心沙豬的這種愚蠢想法。我們完全不相信這世界上會有像這角色一樣的男人，不相信他說的每個字，做過的每件事，當然我們也不相信他會把貓從樓頂丟下來。妳瞭不瞭解貓的特性？有沒有抱著貓走路過啊？」

史威生一向不容許學生對別人的作品強烈地、毫不留情地抨擊。他應該立即停止這場混戰，阻止安琪拉繼續批評下去，拯救可憐的梅格，但是他什麼都沒做，不忍心地看著慘劇繼續發展下去，聽著安琪拉講出應該點出的事實。當她講到男人並不是噁心的豬時，史威生聽在耳裡，覺得鬆了一口氣（顯然有些個人因素牽扯其中）。面對安琪拉所提的每個問題，梅格只能無意識地輕輕點頭，哀求對方手下留情。

「妳有沒有認真想過這問題，梅格？還是妳忙著為這混蛋想些噁心的情節？也許像他這樣的男人真的會殺掉一隻貓，但是妳知道嗎？他才不會笨到殺掉一隻貓，害自己在當地混不下去，也許他對貓還比對女朋友好。」

整個教室一片沈默，大家瞠目結舌，眼睛眨都不眨一下。為什麼下課鐘還不快響起，拯救大家不知該說些什麼的困境。

史威生最後開口了：「嗯，我猜安琪拉並不太喜歡梅格的故事。」

過了半晌，大家才發出哈哈哈的乾笑。

接著又是一陣沈默，然後克萊麗斯發言：「我大致上都同意安琪拉的意見……，不過，我想講一件事情。先跟你說聲抱歉，史威生教授，我覺得安琪拉這樣批評每個人的作品，但是她的作品卻從來沒讓我們討論過，這樣實在不公平。她憑什麼可以不用擔心自己的作品被批評，憑什麼可以不用跟我們一樣遵守遊戲規則？」

史威生當初還以為克萊麗斯不會追究在宿舍撞見他這件事，看來他這想法太過於天真愚蠢。她現在就是衝著他來的。

卡羅斯也說：「對呀！」其他同學點著頭，表示同意。大家為什麼這麼急著想圍攻安琪拉？他們應該感謝她免於全班繼續討論梅格的作品才是！會不會是因為克萊麗斯告訴大家她在宿舍裡遇見他了？史威生擠出一副故作鎮定的微笑，說著：「我在第一堂課的時候就說的很清楚，如果有人不想把作品帶來討論，那就不用勉強……。」

還不行，看來這理由還不能讓他們心服口服。

「好吧！」安琪拉說著，「隨便啦！如果大家這麼想看我的作品的話，好呀，我就把我寫的東西帶來課堂上討論。我不是怕你們，而是我實在不瞭解這麼做有什麼意義。你們想看是不是？好呀！下個星期就討論我的東西。」

「謝謝妳，安琪拉！」史威生說著，「謝謝妳願意拿出作品讓大家討論，也謝謝妳讓全班從這場大混戰裡解脫。」

「大混戰！說的真妙！」卡羅斯說著。

史威生接著說：「好了，梅格，妳有什麼話想說呢？」

梅格很快地回答：「沒有。我沒什麼要講的。謝謝大家的意見！」

「好的，」史威生最後說，「那就下個星期見。安琪拉，能不能請妳留下來，我們討論一下妳的東西。」

其他學生臉上還餘悸猶存，他們一個接一個魚貫地走出教室。腳步聲往樓下的方向隱去，漸漸遠離聽力所及的範圍，史威生看著安琪拉的臉，想找出蛛絲馬跡來洞悉她內心的感覺，想知道那天在她房裡發生的事情……是兩人關係進一步的開始還是結束？

他原本要假裝什麼都沒發生，但是現在跟她獨處一室，他實在太開心了。他一直想念著她。他無法將視線從她臉上移開。從他們之間已經發生的關係來看（或該說發生但並未成功的關係），他有權力像這樣直視她的雙眼。在他眼中，她的雙頰似乎因為剛剛的情緒波動而泛紅。現在他得小心謹慎，以免為彼此帶來嚴重的麻煩。

史威生一邊看著這位在桌子另一端的少女，一邊回想當時裸身趴在他身上的少女，實在無法將兩者聯想在一起，也許那天下午只是一場春夢。史威生用舌頭觸碰著斷掉的臼齒。不，那是真實的事，不是夢境！

「天呀！」安琪拉開口說，「對不起！我實在不應該在課堂上發飆。我不知道自己是怎麼搞的。一分鐘前，我還坐在那裡好好的，一分鐘後，我就徹底傷了梅格的心。」

「嗯，至少妳批評得沒有錯！」

「不過還是講得太過份了一點。所以才會為自己惹了這個大麻煩。我根本不想拿我的東西來讓大家批評。」

「妳現在拒絕還來得及，我們下星期可以不用討論妳的作品，沒有這個必要。」老實說，他希望她能答應這提議，因為他可不想在課堂上討論關於師生戀的作品，更何況他對她有特殊的情感，再怎麼遲鈍的學生都看得出來。

「我咬緊牙關，撐過去就好了。隨便他們批評好了！就當作是我讓梅格難過的處罰。老實跟你說吧，其實我今天這樣，不是因為梅格的作品，而是因為我心情不好。在來上課之前，我就已經快氣炸了。」

「嗯……為什麼？」史威生小心翼翼地問著，事實上他相當害怕知道答案。

「因為你一整個禮拜都沒打電話給我。」

耶穌基督！史威生渾身僵硬，想著大難終於臨頭了！

「你都沒有打電話給我，你答應過要告訴我你對那幾頁的看法。我知道，那部分有點……極端。我需要知道你的看法。你知道嗎？我剛才在課堂上，這樣跟梅格爭論，這麼為男性講話，結果你卻是個十足混蛋男人的代表，整個禮拜都不打電話。老實告訴你，我倒是寧願有人把我的貓丟出窗外，也不要忍受讓你看我花了好大心血才寫出來的東西，然後還得等你電話的痛苦。」

史威生忍不住笑了出來。她真是奇怪的生物！他們之間發生的事情……她真的提都不提。她的作品是她的一切，自始至終就是如此嗎？難道在她心中，其它的事物就毫無意義了嗎？

「我保證不會把妳的貓丟出窗外……。」

「給我住嘴！」安琪拉大聲地說著，她自己和史威生都嚇了一跳。「難道你都沒想到要打電話嗎？」她語調漸漸提高，就像剛才責罵梅格一般。慢一點，這樣進行太快了。他們怎麼能略過中間交往的過程，就直接邁向分手的結局呢？她又怎麼可以這樣跟老師說話？怪也只能怪史威生自己！

是呀！他不該不打電話。他應該表現出成年人的風範。對她來說，在她房間裡發生的事情並不簡單，事實上是無可救藥地複雜。他不打電話，是因為他不知道該怎麼面對她，他無法想像自己對她說：「嗨，我真的挺喜歡女主角跟老師做愛的那一幕，雖然有些噁心但挺不錯的。」

安琪拉繼續問著：「你有沒有想過要打電話？」

史威生微笑地說著：「我一直都想。」這算是愛的告白？史威生突然覺得勇氣十足。

安琪拉沒有回應他的微笑，冷酷地說：「然後呢？」

「事實上，我實在很想打電話給妳，但最後還是沒有打。」

好的，他已經說完心裡的話。就等著看安琪拉的反應。

在史威生做出如此大的突破，跨越了自己與現實的鴻溝之後，安琪拉卻完全不為所動，說著：「你講的一點道理也沒有，完全狗屁不通。你很想打電話給我，最後卻不打？如果你想打電話，就打電話呀！這根本是男人的狗屁藉口！」

這女孩以為她是誰？她以為兩人之間到底發生什麼事情？之前那個對他言聽計從的學生跑到哪裡了？那個把他當作是最喜歡的作家與英雄的女學生，那個生命因他而改變的女孩，怎麼不見了？史威生腦海中浮出安琪拉母親模糊的聲音：等到對方開始喜歡上她，就會躲對方的電話……。她現在勾引史威生上床之後，就開始不尊敬他了嗎？這就是戀愛的麻煩之處。戀愛讓男人像個女孩一般。看來梅格、瑪奇莎與安琪拉，這些女孩對男人的看法一點也沒錯，她們如此痛恨男人，痛恨男人的權力，的確是有其原因。他大可當掉這無禮的小女孩，當掉她這一科的學期成績。

「你對我的東西有什麼意見嗎？」她問著。

「沒什麼意見，」史威生突然不知該如何回答，「至少那個老師沒有咬斷他的牙齒。」

安琪拉用手蓋著她的嘴，臉上露出誠摯的關懷與後悔的神色。「喔，天呀！你的牙齒還好吧？」

「我想看過醫生以後，應該就沒什麼問題了吧。」

「那就好！那麼，你對我的作品看法如何？」

「我……相當喜歡。這部分寫得相當極端，雖然會惹人爭議但很精彩，讓人看了會起雞皮疙瘩。我想妳是故意的。」

「沒錯，我是故意的。」

「那就恭喜妳做到了！」

安琪拉整個上半身往前伸著，手肘靠在桌面上，專心聽他說話，水汪汪的雙眼透露著真誠，但她接著語氣一轉，一個字一個字說著：「你知道嗎？這一切對我來說都毫無意義。這間爛學校的一切對我來說只是狗屁。我把我的作品帶到班上來，不管同學是將它放火燒，或者是跪下來膜拜，我都不在乎。我只在乎你的意見，而且是非常在乎，相信你也清楚。我想我的作品不應該只侷限在學校裡，應該要給全世界的人看，給那些不認識我的人看，由他們來公斷，看看我該不該繼續從事寫作，還是早點放棄，把這篇小說撕成碎片，丟到垃圾桶裡。」

「妳別這麼做，」史威生說著，「尤其妳現在還在起步的階段！」

「起步的階段？」她繼續說著，「嗯，我有個計畫，你聽聽看這行不行得通。你下次跟紐約的編輯聯絡的時候，能不能跟他稍微提一下我的小說，請他差不多讀個三十頁就好，先讓他看出些東西，然後你再告訴我他的反應。」

史威生早該知道會有這麼一天。不然他以為她為何要跟他上床？安琪拉喜歡斯當達爾的作品，她現在就是模仿書中角色志利安，利用史威生來完成她功成名就的企圖。不過，事情應該沒有這麼簡單。他們之間，除了單純的利用與野心之外，應該還存有更深沈的感情。

連也許會喜歡安琪拉的小說——年輕有活力，性感又帶著觸犯禁忌的刺激。紐約讀者的口味難以捉摸，也許安琪拉剛好能投其所好。真能如此，那對安琪拉，對史威生，以及對優世頓而言，都是再好不過，除了班上同學可能會眼紅嫉妒外，對全校師生而言，這都是振奮人心的好消息。

「讓我考慮考慮。」史威生說著。

「好好考慮吧！」

史威生突然問：「妳今天有帶新的部分給我嗎？」

「很奇怪，我忘了帶過來。」

「這真的很奇怪。」

「天知道為什麼會這樣？也許這有心理學上的意涵。也許是因為我氣你不打電話。搞不好你根本連看都沒看。」

「我真的有看！」

「好吧！嗯，我不能把拿給你的『那幾頁』拿來班上討論。」

她說的對。選擇那充滿露骨性愛的幾頁，拿來這嗜血殘暴且男女壁壘分明的班上來討論，一定會被批評得體無完膚，她如果這麼做就表示她一定是瘋了，更不用提寫這篇師生戀作品的學生後來真的跟授課老師上了床，這更是離經叛道！等等，他跟安琪拉這樣算上床了？不算？還是以後還有機會？史威生從來沒覺得這麼孤單過。如果他不能跟安琪拉討論這件事，他還可以跟誰說？算了，他不會問安琪拉他們到底是什麼關係的。想到「關係」這兩個字，史威生不禁打了個冷顫。

安琪拉繼續講著：「我還是先拿第一章來討論好了，因為比起其它章節，第一章比較中性，還沒那麼進入主題。」

史威生咯咯地笑著：「討論第一章一點意義也沒有。第一章已經不用再修改了。」

「本來就沒意義。這只是個入會儀式，證明我是班上的一份子。」

「那妳就戴耳塞來上課，記住不管他們講什麼都別放在心上。」

「我才不在乎。對了，我下次會把新的部分帶來給你。我不知道自己為什麼會忘記。我整個禮拜都怪怪的。」

「我想也是。」

「另外還有一件事，我剛才請你跟你的編輯提一下我的作品，我想還是不用麻煩了，就當作我沒說吧。」

「喔，不要緊的，我保證我一定會幫妳講講看的。」

「好吧，那就下星期見了！」她說著，接著便走出門口。

史威生看著她的背影，卻赫然發現內心的傷痛是如此深沈。嗯，他不能一直坐在這教室裡，為了一個穿唇環與有刺青的學生傷感。他快步地跑下樓，穿過校園廣場，碰到了瑪格達。

「嗨，泰德，課上的還好吧？」她打招呼地問著。

「快瘋了！」

「是普通瘋，還是特別瘋？」

「普通瘋吧，我想！」

也許他可以找她商量！可以抓住她的手，把她拉到自己車上，帶她到離學校遠遠的地方，然後將一切告訴她，包含自己跟安琪拉私下討論的情形、上課的情況、安琪拉的小說、跟安琪拉上床然後咬斷牙齒的事情，以及她要求自己跟連推薦她的小說等事。真能這樣的話，該有多好！

但最後他心中不禁問自己一些問題——安琪拉是真心喜歡他嗎？還是她只是想利用他的人脈關係？安琪拉是想以兩人之間的關係來威脅他，還是純粹請他幫忙？但是如果她是想毀掉史威生的人生，請他幫忙又有何意義？另外，瑪格達如果知道史威生跟學生上床，不知道會有多難過。

「什麼時候有空一起吃個午餐吧！」她故作輕鬆地隨口邀約，但掩飾不住想跟他見面的渴望。

「最近可能不行，我最近比較忙。不好意思掃妳的興……我最近忙著寫小說。」

「喔，真的嗎？那實在太好了！」

「也許吧！」史威生連自己都快相信自己的謊言了，繼續說著：「事實上，再過不久，我就會讓連先看一部份。」他此時瞭解自己為何說謊了——這是個練習，等到他真的打電話給連，他可以假裝要拿自己的作品請他過目，但其實是要跟他推薦安琪拉的小說。那他怎麼還不打電話給連，跟他談談安琪拉的作品，看看他有沒有興趣？身為作家，打電話給編輯，向他引薦前途無量的學生，本來就無不當之處，這是愛才的高尚行為。他只是想將時代的火炬傳承到下一代，這並不是在濫用他的關係與特權。他從來沒向連推薦過誰，而安琪拉的作品的確值得他的引薦，絕對不會讓人以為這是因為……他與作者上床才做的人情。

瑪格達說著：「泰德，可不可以請你幫個忙……你有權說不。改天你打電話聯絡連的時候，可不可以請你……跟他提一下我新的詩集作品。我知道他們也有出版詩集。」

這實在是夠了！在二十分鐘內，兩個女人跟他親近都是為了搭上他的編輯。

「當然沒問題，」史威生回答。事實上，要讓連肯出版瑪格達的第二本詩集，可能性並不高，不過還是可以試上一試，等連哪天抱怨公司沒出版過真正的文學作品時，再問問看。雖然如此，史威生不能一次向連推薦兩本書，這樣風險太高，所以他接著說：「不過……我非常肯定曾聽連說過不想出版詩集。不過我還是可以幫妳問，只是出版的可能性實在不高。」

冬天午後的日光照在瑪格達逐漸蒼白的臉龐。她一定以為史威生討厭她的詩集。他為什麼不撒個謊帶過就好？他可以等幾個星期之後，再跟她講說自己跟連討論過了，但是連說目前沒有出版詩集的打算……。

「如果我是主編，我一定會挑妳的詩集來出版，」史威生趕緊安慰著，「不過，連是個生意人。除了文學價值之外，他還得考慮其它的因素……。」他說這些幹嘛？這跟瑪格達的詩一點關係都沒有。但是如果他跟瑪格達說實話，她會覺得比較好過？還是會更糟？

「我再打電話給妳，我還有事要處理，得先走一步了。」史威生說完，便拔腿匆忙地走開。

他慌張地趕回辦公室。一進去便鎖上門，拿起電話。意識到自己正在做些什麼之前，他已經撥了露比的宿舍號碼。自從女兒打電話回家留言之後，他就一直想打給她。

響了幾聲之後，聽筒傳來露比的聲音。

「露比，」史威生講著，「我是爸爸！」聽到女兒的聲音，他高興地想掉眼淚，對於還能稱自己是「爸爸」，覺得有些開心但又覺得有點老套。

「嗨，爸爸，」她說著，「最近還好嗎？」多麼平常的對話，好像他們之間什麼事都沒發生過。也許露比已經盡釋前嫌，早就忘記讓親子間冷戰這麼多年的不愉快。

「妳課上的怎麼樣？」

「很好，一切都棒透了，真的很好！我已經決定主修心理學，因為我喜歡研究異常的人格。」女兒不再只以單音節的嗯嗯啊啊來回話，而改用積極正面的辭語，史威生感到有點吃驚。難道她學校的校醫開了抗憂懼症的藥給她？開這藥不是得經過家長的同意嗎？也許不用吧，畢竟女兒已經十八歲了。無所謂了，只要能讓女兒恢復過去的樂觀進取，他才不管校醫開什麼藥給她。

「喔，」史威生說著，「妳有我這樣的老爸，大概已經對異常人格有所瞭解，哈哈哈。」

史威生的自我解嘲，換來兩人之間的一陣沈默。然後露比說：「我最近常常想起，我幾年前的行為表現，好像有點怪怪的……。」

她說這番話時，彷彿事先已擬好稿子般。聽著她機械性的語調，史威生心跳開始加速。露比難道要說她回想起失落的記憶，打電話來指控父親曾在她小時候對她性騷擾？這不是真的！事實上，史威生才是受害者，露比在一夜之間變成亭亭玉立的少女，面對女兒的改變，史威生覺得無法理解，覺得受到傷害，覺得不知如何是好。他覺得自己因此刻意與女兒保持距離，走在走廊上時，會讓她先行，以免彼此太過接近。每天晚上睡覺前，他們互道晚安的親吻與擁抱，變得僵硬不自然。他如何向女兒與自己解釋到底發生了什麼事？她對史威生如此憤怒，難道是因為在她最需要爸爸的時候，他卻棄她而去？

「我一直在看些關於遺傳性精神病的研究報告，你知道的，爺爺精神其實有點問題。」

史威生深深地吸了一口氣……。她叫誰爺爺？爺爺？露比知道爺爺怎麼死的。當她十歲還是十一歲的時候，她一直吵著要知道。史威生與雪莉試著用平靜的語調來告訴她事情的經過，其中當然有些保留。

難不成露比以為她遺傳到她爺爺的瘋狂嗎？史威生從來不覺得三代之間有任何相似之處。聽見女兒稱呼自己爸爸為「爺爺」，史威生發現自己深受感動。該是好好跟女兒談談她爺爺的時候了——要比小說裡所描寫的更深入，更具感情。對露比而言，這是件意義非凡的事。

「我們可以好好談論爺爺的事，」他說著，「妳什麼時候回來？」

「感恩節吧！」

「還要等到感恩節？妳們學校離家裡才四十哩遠。我可以開車過去載妳，然後再一起去吃個午餐。」

「妳別那麼急，現在距離感恩節只有兩個禮拜，不是嗎？」好吧，史威生可以接受。露比需要感覺自己是個獨立自主，只有在假期的時候才會回家的大學生。他希望自己沒有一副逼人的口氣，不要把她嚇得不敢回家。

他繼續說：「我真的希望妳早點回來。」接著又是一陣沈默。露比在上次留言中說要問他一件事。「妳要問我什麼事？」

「你保證不會生氣？」

「保證。」

「好吧，馬修・麥克伊溫打了電話給我。你還記得他吧？」

「我當然還記得他。他為什麼要打電話給你？」史威生的聲音充滿著諷刺。喔，他必須改掉這習慣。他為了當初破壞露比的戀情，不知道已經責怪自己多少次了。他還常後悔地說乾脆讓女兒跟這混蛋交往算了，這樣她就不會把他與雪莉視為仇敵。

「我不知道，我沒接到他電話。不過他在我的答錄機留言，要我打電話給他。不過他已經換電話號碼了，我打電話到優世頓，學校則說他沒有登記。」

學生可以不登記電話號碼？也許吧？也許像馬修這樣的學生，為了避免被毒販還有強暴受害者的家人追殺，就可以不登記電話號碼。夠了！女兒打電話來，這是史威生一直夢寐以求的事情，這也是他可以重頭來過，彌補過錯的機會，不要再胡思亂想了。

「我有在校園裡看過他，」史威生說著，「不過，只是偶爾才會遇到。」

「他都是一個人嗎？」

「對，孤單一個人。」史威生撒了個謊。「我會幫妳查到他電話號碼的，不然就叫他打電話給妳。」

「太好了，謝謝你。幫我跟媽媽問候一下。我會再打電話回家。感恩節我一定會回家的，你不用擔心。」

「我們都很愛妳！」史威生激動地說著，彷彿擔心她下一秒就改變心意。

「我知道，就這樣了！再見！」

「再見！」

當史威生掛上電話時，他覺得自己像是童話故事裡的主角，迷失在被施有魔法的森林中，唯有留意魔法的記號與圖騰，才能安然脫離險境。每件事情都有其代價，如果他無法完成露比的要求，女兒回家的決定很可能在轉眼間變卦。

此時，他往窗外一看，便看到馬修走在校園裡，史威生腦中第一個反應是——自己是不是有什麼超自然力量，只要心裡想著誰，誰就會在眼前出現？看著馬修那張媲美電影明星的俊美臉龐，史威生一邊不得不承認他真是個俊男，一邊則是飛也似地跑下樓。他知道如果不趕緊追上這傢伙，露比最後一定會發現他根本不希望她跟馬修連絡的真相，然後決定感恩節不回家裡團聚。上帝保佑！希望等他下樓時，馬修還沒走遠。

等史威生下樓，馬修早已不在原來的位置。史威生看到他往校園的另一邊走去，他只好尾隨其後。畢竟女兒回家與否就看他能不能跟緊這小子了。隔著一條街，史威生看著他走進便利商店，買了包煙，接著走出商店，然後點燃香菸，繼續往前走。他走到諾斯街的另一邊，史威生則閃身進入對面的藥局，從裡面觀察他。

馬修走進諾斯街公園，裡面是東禿一片西禿一塊的草坪，這裡原本是一處釀酒廠，因為生意蕭條而倒閉，最後才改建成公園。公園裡有兩張長椅，還有一座優世頓所捐贈的雕像，做為提升學校與社區關係的友善表示。這尊二噸重的不鏽鋼蜘蛛雕像是萊德的作品，就是那位批評安琪拉超值全餐作品是亂搞的藝術創作課教授。嗯，讓這個沒幽默感的老師來看看他作品的下場——這隻大蜘蛛每次在萬聖節時都會慘遭當地小孩狠狠地蛋洗一番。

史威生遠遠地盯著馬修。他是在等人嗎？為什麼要約在這裡見面？為什麼不約在校園裡？一定是他跟來赴約的人之間有著不可告人的關係。是跟他一起販毒的毒販？還是幫他付假釋金的女朋友？

史威生豎起衣領，假裝陌生人般往馬修的方向走去。當馬修看到他時，臉上一副緊張的神情，更讓史威生相信他來這裡是為了買賣毒品，不然就是要伺機侵犯未成年的少女。馬修如此緊張也是不無道理。他應該還記得史威生曾威脅他如果不跟露比分手，他就得準備被踢出學校。史威生還記得他聽完後還愣了一陣子，慢慢地才明白他話中的威脅，臉上的微笑也漸漸消失不見。

史威生現在可有得忙了，他得裝作一副好不容易認出馬修的樣子，臉上擠出驚奇與不解的神情，然後擺出友善的態度，表示已經忘記兩人之間過去的恩怨。

「馬修！」史威生打著招呼，「最近過得還好嗎？」

「很好，謝謝你，先生。」這聲「先生」帶著些嘲弄、疏離、威脅的意味，完全是偽裝出來的禮貌，讓史威生聽了怒火中燒，而馬修則一臉挑釁的微笑。

「書念的還好吧？」

「很好，先生，非常好，謝謝您的關心。您近來可好？」

「好的不能再好。」史威生回答著。

就在此時，馬修的目光往史威生身後飄去。史威生立刻轉過身，只看見安琪拉往他們這方向走來。

「嗨，安琪拉，最近過得怎樣？」馬修向她打招呼。

「爛透了！」安琪拉回答，「這學期所有的課都有夠糟糕的，除了這傢伙的課以外。」

「喔，沒錯，我還記得，」馬修講著，「你是個作家。」

史威生無法克制自己地說著：「安琪拉是我最好的學生。」

安琪拉接過話：「下個禮拜就輪到我的作品被修理了。」

「不會那麼慘的，」史威生講道，「我敢說一切都會沒問題的。」

安琪拉回答：「希望如此。嗯，我得先走一步。我要到藥局買耳塞，下次上課戴。」

馬修一頭霧水地看著史威生。「是我叫她這麼做的，這樣就聽不到大家殘酷的批評了。」史威生解釋著。

「我開玩笑的啦！」安琪拉改口說，「我是去買衛生棉。還有，我得還這個。」

她拿起一卷錄影帶，史威生從她手中拿過來看。錄影帶上寫著「藍天使」。史威生將錄影帶遞回給她的時候，手不住地抖著。他與安琪拉仔細端詳著彼此，馬修則一臉迷惑地站在一旁。

「很棒的片子。」史威生說著。

安琪拉說著：「沒錯，這真的是部很棒的電影，不過有點無聊。」

「我沒想到錄影帶店裡會有這部片子。」

「你在開玩笑嗎？這家錄影帶店是這個爛小鎮裡最棒的地方⋯⋯。好啦，我得走了。兩位，下次見啦！」

史威生和馬修目送著她離開。接著史威生轉身對馬修說：「我可不可以問你一件事？」

馬修渾身緊繃了起來，回答：「沒問題，你問吧！」

「你為什麼要坐在這裡？」史威生問著，「為什麼坐在這全世界最醜的地方？」

馬修鬆了一口氣地大笑了起來，散發出純真的孩子氣，史威生一瞬間突然明瞭露比也許就是喜歡他這一點。

「我之所以會坐在這裡，是因為這裡能讓我靜下心來沈思，」馬修回答，「不過，不要問我為什麼，我自己也不知道為什麼。」

「嗯，至少沈思是件好事。」

「另外，在這裡還可以碰上一些很棒的人，像你跟安琪拉就是。」

史威生真希望馬修沒有說這句話。

「好了，我要先走了。」史威生說完便離開了。走後他才想起——忘記跟馬修要電話了。

史威生漫無目的地開著車，想讓體內因為碰上馬修與安琪拉而冒出來腎上腺素先消散下去。等到身心平靜下來後，他才開車回家。一回到家，他就看見雪莉在火爐旁打瞌睡。她的大腿上擺著一本書，頭搖搖晃晃地往後點著。史威生站在門口，他幾乎可以說服自己——這一切正是他想要的，他的人生並沒有脫軌，他並沒有拔開手榴彈的安全拴，也還沒有將自己甜蜜的家庭炸個粉碎。

史威生放輕自己的動作，幾乎不發出任何聲音，但雪莉就是能感覺到他回來了，她打開雙眼看著他，眼中帶著看見丈夫的喜悅，但也同時帶著睡著卻被吵醒的不悅（這點讓史威生有點難過。）

史威生故作輕鬆地講著：「妳猜猜看我今天跟誰講話了？」

「我不想猜，」雪莉喃喃地回答。

「猜猜看嘛！」

「諾貝爾文學獎委員？恭喜啦！」

史威生皺著眉頭，說聲「拜託！」他的婚姻比想像中還來得糟糕。

「事實上，比跟諾貝爾文學獎委員還要好！」史威生賣了一會兒關子，然後宣布答案，「是露比！」現在雪莉一定很後悔自己剛才開了這麼無聊的玩笑。「她說會回來過感恩節。」

雪莉說著：「真的嗎？你在開玩笑吧？」

「我才沒有。妳知道的，我才不會拿這種事開玩笑。這是好消息的部分，壞消息的部份是她要知道馬修・麥克伊溫的電話號碼。」

「那就給她呀！這對我們家來說是一個好的開始。」

「當然，」史威生說著，「一切都會慢慢好轉的，除非她這次回到家時，告訴我們她想起我們曾經虐待她，拿她當祭品，要獻給撒旦大魔王的事。」

雪莉說著：「這一點都不好笑。」

史威生自己也知道不好笑。他只是想將氣氛弄輕鬆點，去除他們每次提到露比就會產生的沈重罪惡感。

「她一定會回頭的，」雪莉說著，「她不會永遠都不原諒我們的。」

史威生坐下來，看著爐子裡的火堆。雪莉低著頭看看大腿上的書說：「一百六十頁，」她把書合起來，「下次記得提醒我。」

「妳在看什麼書？」

「珍・艾爾。」

「怎麼會想到要看這本書？」史威生擠出問題。

「阿爾妮在看這本書，她這種人除了超市賣的言情小說外，什麼書都不會碰。我想應該是最近有改編『簡愛』的電影，不然就是影集吧！所以她才會去看這本書……。我對這書的好奇心就這樣被挑起，所以從你櫃子裡把這本書翻出來。你知道嗎？真的還蠻好看的。我以前只記得她最後嫁給男主角，中間的部份完全沒印象，現在重看注意到主角是這麼的平凡普通，這麼貧窮可憐，又這麼充滿憤怒……。」

「我也應該重看一遍。」史威生喃喃自語，停住了口，整理腦中凌亂瘋狂的思緒。他從來不相信女性陰謀論者會出現在她的生活中，他從來不認為女性會聯合起來對付男人。但是他現在不得不疑心起阿爾妮是不是跟安琪拉同一陣線，現在又來拉攏雪莉。她們這群向男性復仇心切的女巫，不時讀著「簡愛」這本小說，好加深她們對男性的仇恨與憤怒。

第十七章

史威生一進教室，就察覺空氣中瀰漫著一股不對勁的氣氛。彷彿是要發生災難前的徵兆。拜託，是那個變態發明這種酷刑，這樣來折磨有前途的年輕作家？這不是文藝上的研討，而是學生彼此間的私刑。最恐怖的是這樣的討論還披著善意的外衣，受折磨的犧牲者還得對大家的韃伐心存感謝。

但為什麼史威生對今天的受害者特別憐憫？他真的對這位學生有著強烈且複雜的感情。此外，他無法克制自己不去分析教室裡沈重的氣氛，除了學生平常嗜血與殘暴的殺戮慾望外，似乎還帶著不同以往的騷動。看來安琪拉的預測是對的，她今天會被狠狠地修理一頓。

「今天換誰要上斷頭臺？」史威生誇張地說著。

安琪拉對史威生露齒一笑，然後聳聳肩，大有慷慨赴義的樣子。其他的學生已經從他的視線中消失了。他該不該冒險，大聲唸出安琪拉的名字？最好還是不要。

「好吧，可不可以請妳向全班唸出第一段？」

安琪拉揮了揮手中的作品，舞動的紙張發出嘎嘎的聲響。史威生的眼皮不受控制地跳了起來。史威生希望自己能伸手過去，握著她的手。她不需要將如此嘔心瀝血的作品拿出來受大家凌虐，只為了滿足這群被寵壞的大學生所謂的「公平」。這全是他的錯。他對她的憐惜之情已經籠罩著整間教室。

安琪拉開始唸第一句：「每次……之後……我……出去……雞蛋。」

還好大家事先就看過安琪拉的作品，所以即使安琪拉讀得這樣斷斷續續，大家都還知道她唸到哪裡。安琪拉拿起水壺咕嚕咕嚕地喝了一大口水。

「拜託，」卡羅斯說，「好好唸，好不好？」

安琪拉皺著眉：「好啦，我重唸一遍。」

每天晚餐後，我都會跑到外面去看我的蛋。

通常我都會等我和媽媽洗好碗、爸爸看醫學期刊看到開始打瞌睡之後，再從廚房的後門溜出去，穿過冷颼颼的後院，那裡一片漆黑，空氣中瀰漫著一股樹葉腐敗的怪味，一切顯得古怪詭異；樹葉開始在變顏色了，黑夜中，不時傳來樹葉變顏色時發出的颯颯吵雜聲……。

唸較長的句子能讓安琪拉穩定下來，讓她能專心在文字之間，暫時忘記班上同學的存在。但是，她真的唸得不甚理想。她唸的速度過快，聲音單調又有鼻音，另外還夾雜點紐澤西腔。即使如此，史威生依然沈醉在她的聲音中，腦中清晰地浮現出那擺著雞蛋與孵蛋器的倉庫裡，女主角想像跟她的音樂老師戀愛的景象。

一瞬間，他赫然發現她真的愛上安琪拉了。完了，這可是一著毫無解救之道的死棋，只能盡其所能，冒盡一切風險，偷偷地跟她在一起。這頓悟的時機選得真好——居然在他上課的時候！安琪拉的作品都還沒唸完，底下的學生個個在座位上蠢蠢欲動，迫不急待要發動攻擊。

「好，謝謝妳，」史威生說著，「唸得很好。」安琪拉轉過頭看著史威生，臉上的表情就像午睡被吵醒而發脾氣的小孩。

「怎麼了？」她問道。

「沒事，唸得好極了！」他從來不曾如此讚美學生。「好，誰要先發言？」

「我先，」梅格說著，「嗯，首先，我要說我不相信這個作品內容的真實性。」

好吧，這個意見不足以採信。大家都還記得上星期安琪拉批評梅格的事件。她現在是在報復。這就是課堂上這套制度運作的方式，除了有極少數幾位心胸寬大的學生會不帶任何情緒地就事論事，很少人會在自己的作品被人批評地一文不值之後，還以德報怨，稱讚批評者的作品。當然這個班上沒有這種無私的聖人。難怪大家都寫些跟低等動物發生性愛關係的故事，他們這樣就不用正視人際之間應有的關愛與慈悲。嗯，有些班級真的就比較相親相愛，比較有團結的情誼，不過這種班級是可遇不可求的。總而言之，安琪拉今天麻煩可大了！

「梅格，哪部份不足採信？」史威生試著掩飾聲音中的輕視不屑。

「全部都不足採信，」梅格回答，「每句話，每個字，甚至連每個標點符號都是謊言

——套用專欄作家瑪麗．麥卡錫對莉莉安．賀爾曼的評論。」

梅格將莉莉安．賀爾曼與安琪拉比喻在一起，讓史威生覺得啼笑皆非，他不禁擔心自己等一下是否會像精神分裂一般，一會放聲大笑，一會又嗚嗚啜泣。「嗯，好吧，我想在我們討論梅格的意見之前……請同學先講講這篇作品的優點。」

卡羅斯發表意見：「我覺得以雞蛋為主題還不錯。」

「喔，拜託，卡羅斯，」克萊麗斯說著，「你不覺得這是個很無聊的主題，做作又明顯帶著象徵意涵，非常虛假。」

「說的好，克萊麗斯！」瑪奇莎附和著，「不要寫雞蛋這種狗屁東西，安琪拉。」

克萊麗斯雙眼直視著史威生，黃綠色的瞳孔中閃爍著打量較勁的訊號，史威生一切都了然於心。他看了看安琪拉的手稿。他對這幾頁已經瞭如指掌，甚至比對自己小說開頭的部分還熟悉。

梅格繼續說：「我不相信一個十幾歲的少女會有這種想法，並且講出這樣的話來。」

南茜也說：「她沒有用年輕人的語調講話，整篇故事看起來非常不真實。」

丹尼也接口：「我也有同樣的感覺。我一直希望女主角能說些什麼，好讓我相信這角色存在的真實性，結果她卻像個怪老頭一樣，不停講著關於孵蛋的噁心事。」身為獸姦一隻死雞故事的作者，丹尼這番話講得真是冠冕堂皇。

接著換喬奈兒發言：「我們無法看出小說中人物的性格，很難瞭解故事中的敘述者是怎樣的人。」

「嗯，也許因為這是小說的第一章而已。」史威生試圖辯解著。

梅格則反駁：「都一樣啦！總之就是不夠深入。」

卡羅斯再次發言：「嗯，我也這麼認為。我想小說就是要有吸引人繼續往下看的魅力。但是這篇關於高中女生一邊孵蛋，一邊幻想著跟老師發生關係的小說，我不知道我自己看不看得下去。」

史威生翻了翻手中的文件，心中有些許衝動，想叫這些學生指出他們不相信的部分到底在哪裡。在他開口之前，柯特妮搶先說：「我完全同意大家的意見。這篇故事可能是我們這一整年在班上讀過最爛的作品。」

安琪拉的眼睛泛著淚光，雙頰浮起尷尬的紅暈。她已經處在崩潰的邊緣。史威生看在眼裡，心中相當不忍。她無法其他同學一樣，能將這樣的侮辱一笑置之。安琪拉的心已經在淌血，而柯特妮剛才的言論則連她所剩無幾的尊嚴也踐踏了。

史威生感受到鐘響前的震動。鐘聲響起，他閉上雙眼，整個教室暫時消失於眼前。鐘聲響徹他的心中，震動一波波傳至他的腦部。已經沒有多餘的思緒可以分心，沒有多餘的心神來想這些瑣碎無用的事情。史威生進入深度的冥想狀態。他就像吹著大號角的西藏喇嘛，用力吹著號角直到缺氧時才能領悟上天的智慧。

等鐘聲響完後，史威生慢慢睜開雙眼，眼前的世界變得煥然一新。在靈魂昇華之後，他覺得自己像是可以預言未來的先知，或是特耳非太陽神廟裡解讀神喻的祭司般，只需打開嘴巴，真理便會從口中而出。他從來沒感到方向如此明確，如此瞭解自己所肩負的使命過。

「有時候，」史威生停了一下，整間教室靜寂無聲，如此沈靜反而在耳中有股隆隆作響的聲音，或者這是鐘響所殘留的迴聲。史威生繼續說著：「在每一代中，總會出現一些像普魯斯特、喬伊斯或者是吳爾芙這樣具開創性的優秀作家。但是一般人通常都不瞭解這些優秀作家在寫些什麼。一般人會認為他們的作品是垃圾，這些作家也會因此過著地獄般的生活。」

他這番話真是陳腔濫調！連白痴都知道這道理。他到底在幹什麼？幹嘛提起喬伊斯與吳爾芙？他是在暗示安琪拉的東西可以媲美著名小說家的作品嗎？

「安琪拉這一章寫的很好，非常優秀，不過我並不是指安琪拉的作品跟『尤里西斯』一樣好。」幾個學生發出咯咯的笑聲。他們知道「尤里西斯」是什麼嗎？史威生繼續講著：「但是她的作品相當具有原創性。各位，你們需要明白一件事，如果這堂課能讓大家學到些什麼，那就是培養你們對好作品的鑑賞力，並且讓你們擁有開闊的心胸與氣度。」

他話一說完，每個學生的雙眼都噴著不解與憎恨的怒火。他們慢慢地就會明白人生本來就不公平。每個人出生的時候，上天就沒有賦予相同的才能。而且安琪拉不止有寫作的天分，她付出的心血與努力更是別人所比不上的。這些小混蛋怎麼能這樣指正她的小說？史威生知道自己憤怒的原因並不單純，並不只為了安琪拉的作品被同學批評得體無完膚，另外還夾雜了個人的因素——他生氣自己浪費時間在這煉獄般的課堂上，生氣自己得看這些令人毛骨悚然的學生作品，然後還得花時間在課堂上討論，生氣自己犧牲了這麼多年的青春，在所剩無幾的時間裡，還得浪費生命去迎合這些笨小孩的愚蠢想法。

「你們應該要知道，安琪拉的東西比你們任何一個人的作品都還要好上一千倍，一百萬倍！」

「胡說八道！」卡羅斯說著。

在其他的同學還不知該如何反應時，史威生站起身，收拾好文件，也不管這堂課還剩多少分鐘，在大家還來不及問他下個星期要討論誰的作品前，便轉身離開教室。

史威生快步地走過中庭，覺得自己活力十足，精力充沛，突然很想打電話給連•柯利。他打電話不是為了他自己，不是談他書到底寫不寫得出來，不是要連再多寬限些時間。他不需要打哈哈，也不用滿嘴抱歉，提拔優秀的學生可是慷慨崇高的行為，崇高到足以讓他在文藝界以及在教育界留下芳名。

剛才他在教室裡的那番話剛好可以當作待會跟連討論的預習；待會打電話到曼哈頓的時候，剛剛說的每字每句都可以再拿出來用。史威生打開辦公室的門鎖，把外套往旁邊一丟，拿起電話撥號。

上帝一定知道他現在肩負著神聖的任務，所以特別關照他。連的助理接起電話，一聽是他打來的，立刻轉接到連的辦公室；連不僅是馬上接起來，而且聽起來還很高興接到他的電話。

「嗨，老兄，最近過得還好吧?你好久沒打來了!什麼時候到紐約來碰個面吧!」

不是有人曾經這麼說過嗎?如果你是作家，最好等午餐時間過後再打電話給你的編輯，因為在幾杯馬丁尼下肚之後，他們會變得比較熱情友善。不過這應該是過去的講法。現在沒有人在午餐時喝酒，大家都改喝礦泉水和無咖啡因的咖啡了。連史威生都知道這件事。嗯，真的是這樣嗎？他又知道些什麼？他已經離開紐約二十年了。搞不好現在又流行午餐時喝點小酒也不一定，因為連的聲音聽起來好像是喝了點酒，不然就是吃了藥物什麼的，心情才會這麼愉快。也許他是利用午餐時間，跟自己的助理偷情。那麼就表示他跟史威生之間有著相同之處……。史威生知道機會總是稍縱即逝，如果他想約連見面，就得快點開口。

「嗯，這剛好是我打電話的原因。我最近要到紐約去……在下下禮拜的時候。」

「我先看看我的行事曆，」連說著，「二十三號的那個禮拜？是感恩節的那個禮拜吧，對不對？」

史威生這時才注意到那個禮拜正好是感恩節。露比要回家過感恩節假期，他不能在那個禮拜離開家到紐約去。為了到紐約，他可以調課、不去教職員大會或者把任何事延期。但是在露比回家團聚的感恩節去紐約，怎樣都說不過去。他約時間的時候，根本沒想到這件事。

連繼續說著：「你知道嗎？那個禮拜五中午我剛好有空！事實上，這是我唯一有空的時間，我整個行事曆都已經排到明年了！開玩笑的啦，不過事實上也差不多。那個禮拜五不錯！我那天不會到辦公室去。等到快中午的時候，我就把老婆和孩子都丟在家裡，翻牆溜出來。」他頓了一下，「不要跟別人說喔！」

也許吧，也許史威生可以星期五早上搭飛機到紐約，露比也許會諒解他的離去，也許她自己也有別的計畫，比方說要跟馬修一起過節之類的。或是露比想跟雪莉多些時間相處，為家裡男主人的忙碌與成功感到於有榮焉，因為身為作家的他，生活圈子並不僅止於優世頓。

當然，露比也有可能會發怒，恨他在女兒難得回家的第一個星期就離開家裡，雪莉也不會原諒他。嗯，隨便她們！他到最後再面對吧！他已做好最壞的打算。如果他要犯像背叛妻子，棄女兒而不顧那樣的錯，那就讓他錯到底吧。讓全世界知道他有多壞——他是個壞老公，是個失職的爸爸。為什麼他這個變態會這麼渴望受處罰，這麼渴望贖罪？也許是遺傳了父親的精神病，而且是到晚期才會發作的遺傳病，等到他步入中年才發作。

「泰德，」連說著，「你有在聽嗎？」

「不好意思，」史威生說著，「我剛才閃神了一下。」

「天呀，你們這些作家都有同樣的毛病。好吧，那就禮拜五見。我們約一點好了，在諾門餐廳，你知道在哪嗎？在東二十一街和公園南方大道交叉口上。」

「我應該找得到。」史威生回答。

第十八章

迎接露比回家這件大事，雪莉和他經過精心策劃，有如準備迎接喜怒無常的君王般地慎重小心。雪莉叮嚀史威生不要質問雪莉為何要等到感恩節當天早上才回家。不需要雪莉這樣百般提醒，史威生也知道自己沒權利過問女兒何時要回來何時離開，何況他自己在這段假期期間，還要拋棄家人，偷溜到紐約去跟連會面，畢竟連這一整年也只有這個時候有空。雪莉和露比都同意他出發去紐約，不過她們看同意得如此乾脆，史威生反而覺得有些難過，有點受到羞辱。

夫妻倆已經事先分工完畢，決定由雪莉開車去公車站接露比，雪莉明顯地不信任他，不讓他擔任這麼重要的工作，史威生一想到這就心煩。他只能坐在家裡空等，假裝看些東西、看看電視。

他終於聽到雪莉停車的聲音。他是要繼續坐在椅子上看報紙，還是等露比進家門之後，再起身給她一個吻，像一般家庭的慈父歡迎女兒回家一樣？還是衝到外面，然後給女兒一個充滿父愛的擁抱？他怎麼也想不起來自己以前是怎麼做的？他最後選了折衷的辦法——跑到門外，帶著微笑站在門口的階梯上，看露比接下來作何反應。

露比變胖了。她的臉變得像朦朧慘白的滿月，也有了雙下巴。她穿著寬鬆的牛仔褲和毛衣，看起來像樸實的本地女孩，像州立大學的學生——她的確是州立大學的學生。當露比看見他時，眼中閃過一絲複雜的神色，史威生寧可把它解釋成是因為父女久別重逢，近鄉情怯的緣故，但是換個角度來看，也很像是同情與憐憫。難道他身材明顯縮水，還是外表蒼老許多？他看起來像是站在門階上的糟老頭？露比擁抱史威生一下，然後大剌剌地從史威生身旁走進家門。

露比站在客廳裡，一邊不知道在看著什麼似的瞧著四周，一邊嗅著空氣中的味道，然後開口說：「嗯，火雞，太好了。我先去把行李放好。」

露比走上樓去，進了房間，「碰！」一聲將門關上，雪莉說：「這聲音真熟悉，跟以前完全一樣。」

史威生嘆息著：「又回到原點了。」

「不見得，」雪莉繼續說：「也許她真的是先把東西放在房間裡，等會就出來了。」雪莉從以前就都站在露比那一邊。但那一邊又是哪一邊？

兩個小時過後，露比還在房間裡沒出來。史威生敲敲她的門，問著：「我可以進去嗎？」

露比回答：「可以。」

一打開門，就看見露比跪在搖搖欲墜的書桌上，史威生不禁開始擔心她會整個人往後倒，從露比小時候起，他便不時憂心忡忡的，擔心這擔心那，擔心她會從樓梯滾下來，擔心她的校車會發生車禍。「妳在重新佈置房間嗎？」史威生問著。

「牆上的海報看起來太孩子氣了，」露比一邊說著，一邊拔起海報上的圖釘，讓牆上這些明星的海報掉到書桌上。史威生不禁想起安琪拉的房間，裡面貼著各式各樣名人的照片，有柴可夫斯基、阿可曼托夫亞、吳爾芙等著名作家，照片裡每個人都輪廓鮮明，相當上相。露比和安琪拉同年嗎？沒時間想這些了。他從過去的經驗研判，當露比改變房間的布置時，就代表她進入了人生的新階段，並想藉此動作來昭告天下。但現在她只有將舊的東西拿下來，沒有將新的裝飾品掛上。史威生心想——露比不是在重新佈置，她是在為搬出去住做準備。

「嗯……妳在學校裡過得還好吧？」他找問題問著。

「很好呀！」露比回答。歌星蘇珊・薇格的海報掉下來了，接著是魔術強生。

「魔術強生到底有什麼健康問題？他看起來還挺好的。」

「對呀，我也覺得他好好的呀！」露比說著，「我也不知道他怎麼了。」接著掉下來的這張海報上，印著一位年輕男子，他眼神空洞，一頭長髮編成好幾根小辮子。「他是誰？」史威生問著。

「貝克。」

「喔，對喔。我忘記了。」算了，別再耗下去了，反正也不可能因此就改善彼此的關係。正當他要離開時，露比開口：「爸，你的小說寫的怎樣？」

他沒聽錯吧？露比在關心自己？「很好，」他回答，「一切都很順利。」在那一瞬間，他真的認為一切就如自己所言，只要他一坐下來就能順利流暢的寫出小說。「事實上，我現在就要到書房裡去寫點東西。吃晚餐時記得叫我。」

搖滾巨星吉米・漢德利克斯的海報又飄落到書桌上。露比回過頭來看著史威生，問道：「媽需不需要人幫忙弄晚餐？」

「應該要吧，我去看看。」

「我去就好了。」露比爭著說。

「妳去幫忙，她會很開心的。」

「隨便啦！」

史威生溜到書房裡。那本《我的愛犬：鬱金香》還在客廳裡，他猶豫著該不該把書拿過來。他拿起自己的小說，眼睛盯著第一頁，卻不敢細細閱讀。剛才跟露比談話所產生的勇氣與信心到哪裡去了？他開始找安琪拉的手稿。放到哪裡去了？喔，在這裡，在公事包裡——為了到紐約跟連推薦安琪拉的小說，他早將東西放在公事包裡做好準備。他把安琪拉的作品從信封裡抽出來，看了幾頁，這的確是份好作品，自己的眼光沒錯。他拿起手上的文件，往自己臉上靠，彷彿這是安琪拉穿過且還殘留她體香的衣服。真不敢審視自己現在的行為，他心愛的女兒好不容易才回到家裡，他卻獨自坐在書房裡，想念著跟女兒一樣歲數的學生。

他像行屍走肉般晃到臥室，躺在床上，很快地進入夢鄉——他夢見一罐罐的橄欖油，上面貼著滿是油漬的標籤。不知道為什麼史威生覺得自己該好好讀標籤上的說明；就在此刻，耳邊響起一個女性的聲音，唸出標籤上文字給史威生聽，就像是精靈從氤氳的祥雲頂端為他朗讀一般……。原來是雪莉的聲音在叫他下來享用感恩節大餐，叫他下來切火雞，當初從宿舍搬出來時，他們是多麼的開心。因為感恩節不用再忍受學校的晚餐，不用再跟留在學校的學生一起過節，終於可以只有他們一家人自己歡度。

跟以前比起來，現在已經過得不錯了。他有個溫暖的房子，妻女又在一旁，大家彼此相親相愛，團聚一堂。一切已經夫復何求！他還有什麼不滿足？

餐桌上，露比貪心地不斷夾菜，旁邊的盤子已經堆的像一座小山，狼吞虎嚥的模樣彷彿從她離開家之後就沒有好好吃一餐似的。她難道不知道還要上第二輪的菜嗎？嗯，史威生應該要覺得慶幸才對，學校有許多老師的子女罹患厭食症，自己的女兒顯然沒有這個問題。不過，女兒的餐桌禮儀明顯地大不如前，這也許跟她體重增加有關連。一塊香滑的肉片瞬間消失在她泛著油光的雙唇之間。

「妳學校什麼時候停課的？」雪莉問著，然後一臉驚慌地看著史威生，擔心女兒會以為自己在質問她為何這麼晚才回家。

「事實上，上個禮拜就停課了。」

「為什麼？」

「因為學校要舉辦一個師生討論會。」

「師生討論會？」史威生又複述了一次。也許這就是為什麼露比會突然問些關於爺爺的問題。也許這討論會的主題是越戰？抑或是討論為何佛教僧侶，或者是像史威生父親那樣的人為何要自焚。「討論些什麼？」史威生問著。

「討論那個有名的教授性騷擾案。」

「天呀，不會吧！」史威生大叫。

「泰德，」雪莉趕緊制止他，「讓女兒講下去，好嗎？」

「我真不敢相信你們學校停課兩天，就為了討論這可憐的笨蛋有沒有對一尊希臘雕像說出猥褻的評論？」

「泰德，你最好快點住嘴，我講真的。」雪莉威脅著。

「事情不只是那樣而已，」露比說著，「他每次上課都講些有的沒有的，女同學都覺得很不舒服，她們後來還一起到他的辦公室陳情，請他要注意自己的言行，但是他還是我行我素……。」

「我聽到的不是這樣，」史威生說著，「我聽到的是他只不過講了一個字，況且『讚』根本不算一個字，只能算一個音節。我不知道……。」

「你應該去參加我們學校的討論會的。」

「妳有參加？妳去這……。」

「老師規定要去的，事後還得要交心得報告。我還修了『施虐者與受虐者』這門課，老師要我們參加討論會，然後研究這教授是否有虐待狂的人格特質……。」

史威生不敢相信她是自己的女兒。「施虐者？受虐者？」這是梅格曾用過的字眼。史威生很瞧不起用這種字眼的學生。要是安琪拉聽到他女兒用這個字，不知她會作何感想。

想到安琪拉，史威生突然嚇了一跳，他驚訝自己已經整整十分鐘沒想到過她。其實，這也難怪。家庭會讓人變得不像自己，讓人暫時脫離工作上的煩憂。在專心和女兒進行討論的幾分鐘內，他完全忘記自己的煩惱，及自己還沒解決的大問題。自己的親身骨肉在他面前侃侃而談，認為那個可憐的教授應該為了講錯一個音節而處死，卻不知道她親愛的老爸已經跟情緒不穩定的學生上過床，明天他就要帶著這學生的作品到紐約，拿給他的編輯過目。想到明天就要跟連在紐約見面，他的罪惡感與恐懼立即煙消雲散——他真是個不負責任的爛人。

第十九章

在一陣濕冷寒風的引導下，史威生找到了這家餐廳，他比約定的時間還早到了半小時。整個街道空蕩蕩地，透露著詭異的氣氛，冰冷的狂風無情地刮著，讓史威生腳步有點站不穩，冷風像童心未泯一樣，頑皮地將街上的垃圾與散落的報紙刮上刮下，像在做沙拉時撒萵苣葉一樣。

實在太早到了。也許他該四處逛逛，先在書店消磨個十五分鐘，然後再到餐廳來，才不用等這麼久。等一下，為什麼他得消磨時間？為什麼他得像賣火柴的小女孩一樣，在這麼冷清寒冷的街頭遊蕩，史威生抬頭環視了一下，餐廳裡滿是穿著西裝的年輕人——這些人個個都比史威生年輕。難道外星人已經綁架了地球上所有的中年與老年男子？這種情節好像科幻小說，外星人入侵地球，到所有健身房、俱樂部與餐廳綁架跟他同歲數的男人時，他剛好不在，幸運地躲過一劫，成為唯一的倖存者。但那又怎樣？這又有什麼意義？

史威生一進入餐廳，就盯著眼前這穿著灰色套裝的女侍看，她也用愛理不理的目光回盯著他。這女侍手裡拿著一本書，再加上旁邊點著的燈籠，令人聯想到某種宗教的儀式，彷彿她就要開始對史威生傳教訓道。這女侍也真是厲害，她翻翻手上的書（應該是客人名冊），問都沒問就找到連的名字，然後說：「你的朋友還沒有到。要不要我先帶你到預訂的座位上。」說得多得體呀！避免點出史威生是個跟人約見面然後早到的家。

嗯，史威生心想，至少對其他客人而言，時間已經不早了，他們早已坐定，點好了大魚大肉，不然就是已經開始狼吞虎嚥，把盤子裡的肉汁濺到雪白的桌布上。史威生覺得自己彷彿回到五〇年代，當時大家都還認為多攝取動物蛋白質有益健康，能延年益壽，增進活力。在餐廳的另一端有著像溫室的裝潢，玻璃上霧濛濛的一片，原來是餐廳裡這群開心的顧客所造成的，每個人都抽著雪茄吞雲吐霧，每個人都是污染空氣的兇手，都是一座排放廢氣的工廠，慢慢且樂在其中地要將自己悶死在這煙霧瀰漫的地方。他們這種自殺的行為，看在餐廳外不抽煙的路人眼中，就好像看著鬥技場上的你死我活。

難道外星人也把女人綁走了？不然怎麼整個餐廳裡都看不到女性。難不成這裡是只有男人能來的回教市場？還是這裡是同性戀酒吧？連不可能是同性戀，而且在灰衣女侍為史威生帶位的途中，兩旁的客人眼睛都直盯著她的臀部瞧，這裡應該不是同性戀的地盤。

史威生坐下之後，旁邊出現一位服務生，問他要不要點些酒。嗯，好呀，他還真需要小酌一點。就來杯墨樂紅酒！過了幾分鐘後，服務生帶著酒出現。史威生人往椅背一靠，啜飲一小口墨樂紅酒，享受從口中蔓延至全身的溫暖，還有從喉嚨直竄腦部的莫名愉悅感。

原來幸福的代價是如此便宜——只要一張從柏林敦到紐約的機票即可得到？當飛機飛翔在雲端時，史威生覺得他所有的煩惱都被拋到地面。一切問題都是虛無的幻影。現在，在酒精的效用下，餐廳裡的吵雜聲響漸漸模糊，變成一種能安穩情緒的低喃。史威生的問題似乎就這樣輕易解決了。如果連問起露比或者是感恩節過的如何，他可以回答露比已經回到家，避談她曾經離家很久這件事，然後再說他與雪莉是多麼開心看到女兒回家來過節。

史威生口中的溫馨感恩節景象是：一家三口與親友齊聚一堂，圍坐在餐桌前，享受火雞、火腿、球芽甘藍與栗子等豐盛菜餚——當然這一切並非真實的寫照。全家三人並沒有如此和樂融融過，他們夫妻倆實在搞不清楚女兒心裡在想什麼，史威生還曾在深夜時偷偷跟雪莉說，他覺得女兒的一切言行舉止彷如加入秘密宗教團體而被洗腦的無知少女般，令人無法理解。雪莉叫他別再抱怨了，況且露比已經打算要改頭換面，要恢復正常的生活。這是女兒在晚餐桌上親口說的話，她說要重新開始，恢復正常的生活。她還說她也許會加入社會志工團體，幫助受虐的婦女與兒童。

「這是個蓬勃發展的新行業！」史威生當場開起玩笑，但是雪莉與露比卻都笑不出來。史威生想如果跟連講這笑話，他一定會笑得合不攏嘴。

今天早上，當史威生把車開出家用車道時，雪莉和露比在一旁看著他，表情顯得相當開心又欣慰，好像石器時代的女人目送家中男人出外狩獵，等著他們帶食物回來。接著從後視鏡中，史威生看到她們兩個女人交頭接耳，帶著計畫陰謀的眼神看著他，史威生不禁擔心也許她們談論的話題就是自己，擔心她們會為了給他驚喜而計畫要過來看他。

一想到安琪拉的小說就在公事包裡，史威生就覺得渾身不自在。要是他在往機場途中發生車禍過世，她們母女從他血跡斑斑的遺物中找出安琪拉的小說，這該怎麼辦？想一想，小說在公事包裡，即使發生車禍也沾不到血跡。或是車子在車禍中燒了起來，然後雪莉和露比會在焦黑的殘骸中東翻西找，最後發現這篇關於師生戀的小說。史威生這趟紐約行是要談他自己的小說，怎麼會帶了安琪拉的小說，而他自己的小說（如果她們母女倆肯找一下的話），卻原封不動地在書桌上。

早知道也把自己的小說帶來。如果雪莉上樓幫他整理書桌時，看到他的小說，也許會認為他帶了備份去，畢竟正常人都會做備份，而且不會帶唯一的一份稿子去面談吧！而且她從來不會翻他的書桌，她不是那種人。但是……，要是這家餐廳以前洗碗的員工，在離職後心生怨恨，拿著機關槍到裡面瘋狂掃射，最後有人在滿是血肉模糊的屋子中發現了安琪拉的小說，這該怎麼辦？不過，這是不可能發生的。史威生的四周現在是一片祥和寧靜。每個客人都井然有序的坐在事先預約的位子裡。穿著灰衣的女侍不斷地帶入新的年輕男客人，加入這一屋子的年輕男客人中。

這一切都進行得太順利、太神奇了——當然，連也如期地出現，從門口走進來。他目光掃過整個餐廳，尋找史威生的身影。想起來還真不可思議，兩個人可以隔著這麼遠的距離聯絡，然後彼此在行事曆上記下時間地點，等時間到了，兩個人就如期地在約定地點見面，如果說兩人是碰巧在同一時間上同一家餐廳，情況其實也相差不遠。

連習慣用腳跟跳著走路，這讓他看起來比實際身材矮胖，也比較孩子氣。事實上，他的頭髮已經有些灰白，招牌的馬尾頭還隨著腳步一左一右的移動。上次跟連見面是多久以前的事？史威生記不得了。他起身向連打招呼，一站起來，身體不禁有些搖晃。天呀，這酒還真強。史威生得提醒自己別喝太多。

「老兄！」連說著，「你的氣色真好！」史威生第一眼就注意到連炯炯有神的雙眼，在圓形銀框眼鏡下閃著光芒。他先是跟史威生握了一下手，接著彷彿覺得太過拘謹，改伸手抓著史威生的手臂，大力地在他二頭肌捏了一下。整套過程像是既定的儀式，使兩人看起來彷彿是患難之交。連說：「你還挺適合在鄉下生活的嘛！」

去你的，史威生心想。你在這裡享受有美麗的灰衣女侍服務的牛排大餐，我卻困在那鳥不生蛋的鬼地方，活在只有麋鹿、一群滿臉青春痘的學生和老處女副教授的世界裡。不過，他幹嘛反應這麼激烈？連剛才不是讚美他氣色很好？

「你一點都沒變。」史威生撒謊。事實上，連蒼老了許多，雖然身體健康，但已經明顯地衰老，皮膚彷彿蒙上一層細灰。

「才怪！」連露出僵硬的微笑，「我們都老了。」

在這輕鬆的氣氛下，兩人坐了下來。連將手臂放在桌上，身子往前傾，一臉開朗地看著史威生。

「要再來一杯？」他問著史威生。

「當然！」史威生回答。

連伸出兩個手指，指著史威生的酒杯，對服務生示意，然後說著：「能不能快點送上來？立刻？」

女服務生回答：「好的！」

「這地方不錯吧！」女服生離開時，連說著，「好像回到過去一樣。」

幾分鐘之後，酒送上來了。

「敬文學與商業，」連說著。

史威生舉起酒杯，想著：「敬安琪拉的小說。」想到安琪拉，他心中平靜許多。她就像是他能把緊張焦慮消弭殆的護身符。

史威生喝了一小口酒。

連難道都習慣這麼直盯著別人的雙眼？還是他總是努力地想表現出家庭幸福，事業有成的中年人形象。

「你太太和孩子過得好不好？」在他還沒結婚前，大家都傳說他與人同居時，連老是問史威生這問題——不過當初問這問題時，他總是帶著同情憐憫的口吻，現在史威生可以感覺兩人已是同類。連現在已經有兩個小孩，太太之前是位代理商。當初兩人的婚姻並不受大家看好。

「還不錯，我們過了個寧靜祥和的感恩節。」史威生說著。

「恭喜你了！」連回答。

「那你呢？」

「跟我的感恩節相比，這裡算安靜了。」安靜？連指的是這吵雜的餐廳。連慢慢地環視四周，享受整個氣氛。過了好一陣子，連才回過神。

「抱歉，」連說著，「我突然閃了神。即使是我兩個小孩都睡著了，這裡還是比我家裡安靜。」

「小孩嘛！」史威生安慰著，「你還沒經驗……。」史威生突然打住，怕連不會覺得他在嘲笑他。

連把身體再往前傾了一下。「不是小孩的問題。丹尼——你知道嗎？我八歲的兒子，他有點問題。」

問題？聽起來不妙。「我很遺憾。」史威生說著。

就在此時，女服務生出現了，問著：「決定點菜了嗎？」

連說著：「這就是我喜歡這裡的原因，不會有女服務生不斷唸著：『我們有二十盎斯的沙朗牛排、十二盎斯的沙朗牛排，九盎斯，還有羊小排。』即使跟她講要十二盎斯的牛排，她還是會唸個不停。」

史威生說：「來兩份十二盎斯牛排。」史威生討厭沒熟的肉。

連繼續講著：「趁我們還有牙齒時，能這樣大吃大喝，快快樂樂，真好。」

史威生問道：「丹尼有什麼問題？」

「ADD，」連回答，「注意力缺乏症候群。」

「不用特別解釋，我知道那是什麼病，」史威生接口，「又不是說我們在鄉下地方，就不會有這種病。」

「別那麼激動，老兄！」連說著，「聽著……我不是在開玩笑……。」

「對不起！」史威生道歉。

「這女服務生死到哪去了？」連罵著，「她不是應該在這裡等嗎？我那個兒子實在很累人。我老婆愛倫和小女兒安德莉雅都上床睡了，他還在客廳裡，把那裡弄得跟戰場一樣……。」

「他怎麼了？」

「老樣子。無法專心，無法控制衝動，連一分鐘都靜不下來。把一切都弄得四分五裂。他每樣東西都想碰，而且說要就要，遲一秒都不行。」

難道連沒注意到他自己也會這樣？五分鐘前它也表現出這樣的症狀？史威生不會把這點講明，也不會建議連去看醫生。也許史威生自己更應該看醫生才是。

「光是為診斷他這個病，就花了好長的時間。我們帶著這可憐的孩子，看了幾乎所有該死的專家、心理醫生、小兒科精神神經醫師。有一次，這可憐的小麻煩還得插上電極，觀察好幾個禮拜。在看過的醫生中，至少有四分之三都被他搞瘋了。還有每一年，我跟太太都得應付兒子的老師。」

「聽起來真恐怖！」史威生感到相當驚慌。連現在搖身一變，成為愛家的男人，為了他心肝寶貝的問題費盡心神——要是他整個午餐都談著育兒經，那根本就沒有辦法談生意，談些男人的正經事，談些兩人來此的目的，這下該如何是好？

「我們花了兩年的時間，到處為他找醫生。在這段期間裡，這小子不是從牆上跳下來，就是摔碎家裡所有的盤子。如果把他打破的鏡子加起來，我們家都可以開鏡子工廠了。有一次，他拿起妹妹的芭比娃娃，拼命地往鏡子砸，直到娃娃的頭爆掉才停止。幸運的是，沒有人因此受傷。現在換了個新醫生，他開的藥效果似乎還不錯，不過我懷疑這醫生是不是開過量的藥，才能讓我家那頭小犀牛安靜下來……。」

史威生講道：「天呀，連！這是虐待兒童！」

連花了一秒鐘才瞭解他在說什麼，然後發亮的雙眼泛起一層淚光。史威生知道自己說錯話了，他低頭看著自己的酒杯，覺得相當內疚——等一下，誰偷喝了他的酒？還是他早就喝光那杯紅酒？可是怎麼會這樣？才喝了兩杯小酒，就可以讓他這一百八十磅的大男人醉得這樣胡言亂語？還是說醉得講出真心話來？

「你說什麼？我想你得跟我兒子相處一陣子，瞭解他的痛苦……。」連冷冷地說著。史威生瞭解自己不應該這樣指控他虐待兒童，難怪連會反應這麼激烈。

「我是開玩笑的！」史威生說著——這理由真是蹩腳！「最近虐待兒童的問題變得的很熱門，這實在有點嚇人。大家好像小時都曾受過虐待一樣。現在，只要小孩沒有指控你曾虐待他們，你就應該覺得親子關係其實還不錯……。」

連雙眼的淚光已經消失，取而代之的是興奮好奇，彷彿在看史威生當眾表演切腹一樣。

難怪連喜歡這間餐廳——女服務生真是善解人意，即時知道史威生需要她來打斷話題，需要她立刻將兩塊大牛肉送到他和連的面前。

「等一下！」連說著，「想不想來半瓶好酒？」

「悉聽尊便！」史威生回答。他不能再喝下去了！他犯的過錯已經夠多了，別再加上酗酒這一條！但換個角度想，他又有什麼好怕的？他已經把連惹毛了，反正他來這裡又不是為了自己的書，是為了安琪拉的書而來，不論連喜不喜歡他，這已經不重要了。

「這裡真是個好地方！」連說著，「食物美味，服務又快。客人來來去去，像是進入了一個巨大的旋轉門，很快進來又很快出去。」

史威生看著四周正在用午餐的客人。每個人看起來並不像在巨大的旋轉門裡用餐那般匆忙——事實上，大家都好整以暇地享受盤中的牛排，大口大口咬著多汁的紅肉。大概只有連才會有這種想法。連要他這樣置妻女於不顧、放棄佳節，遠從佛蒙特飛過來，就只是要他到這裡聞聞牛排的味道？連急忙地要解決盤子裡的食物，不怕噎到地狼吞虎嚥，預計待個四十五分鐘後就立刻走人，這樣究竟是對他抱著什麼態度？

兩人沈默地嚼著牛排。

過了一陣子，連忽然問起：「你小說寫的怎樣了？」

也許是因為吃了點東西，連心情變的比較好一點——史威生心中這麼盼望著。但這也有可能是連精心安排的策略，先假裝吃東西後心情變好，其實是為了儲存能量，進而逆轉眼前的局勢。

「幾乎毫無進展，」史威生說著，「事實上……老實說……跟你說實話……我來這裡不是要談我的小說。」

「好，那就別談吧！」連回答，「我們就一邊吃午餐一邊閒聊。」

「不！」史威生突然大聲地說著，連嚇了一跳。「我是真的有事要跟你談。我帶了一本小說要給你看。這是我一位學生寫的。」

「學生的作品?」連說著，「我的老天!」

「這可不是普通的學生作品。她真的寫得很棒!」

「我相信!」連說著，再咬了一口牛排，一番咀嚼後吞下喉嚨，此時服務生帶著他們點的半瓶酒出現。連先啜飲一小口，含在嘴裡品嚐，然後睜大眼睛看著服務生，裝出恍惚的神情。史威生用手蓋著酒杯的杯口。

「我最好別再喝了!」史威生講著。

「這酒很好，不試試看很可惜!」

「好吧，那再一杯就好!」史威生最後讓步。

連沈思般地品味著美酒，然後說：「我們今天見面，真是開心。我如果一整天待在家裡，最後一定會發瘋。工作是唯一的藉口，唯一能遠離家裡的方式。也許老天會懲罰我，但我待會還想散散步，或者更過份一點，再看場電影……。」

如果史威生現在不提安琪拉的小說，就永遠也沒機會了，所以他繼續講道：「這小說是我學生的作品……很難形容這小說寫得有多好，內容是關於一個高中女生，她跟老師有曖昧不清的關係，然後……。」

「嗯，難怪你剛才滿腦子想著『虐待』兒童的事情!」連調侃著。

「不!」史威生說著，「相信我，不是這樣的!這是她自願的!她勾引老師的!你從來沒看過這樣的小說。以往同樣的題材，大部分小說都會把過錯推到男人身上，認為一定是有點變態的老師才會勾引未成年少女。但在這小說裡，這女孩……整本小說就像是名著《蘿莉塔》一樣，只不過這次是從蘿莉塔的觀點寫成的。」

「你這可是很高的讚美喔！」連說著。

「嗯，也許我這麼說有點誇張，不過，聽我說……」

「她是個怎樣的人？」

「女主角嗎？」

「拜託，我問的是作者本人。」

「她看起來有點少根筋，龐克風味很重，臉上有刺環。大概就這樣。」

「要小心少根筋的女人，特別是女性作家。她們可是殺手級的人物。你看我們才一不注意，就會有一些女性作家冒出來，成為家喻戶曉的人物。光看她們的模樣，還會讓人以為她們腦袋裡都裝蜜糖，等她們坐在電腦前，那可就要小心啦！我剛才說電腦嗎？我應該改成打字機才對。這些女人大概有很多都還不會用電動打字機這些東西，對她們來說太高科技了，她們只會用羽毛筆沾著毒液般的墨水寫作。」

史威生並不是不願意跟連一同嘲笑著名的女作家，享受男性之間同仇敵慨的情誼，但是他今天的目的是安琪拉的小說，他是為了她這樣才華洋溢的未來作家，才拋下自己的妻女。

「她還不只有點少根筋，」史威生繼續安琪拉的話題，「還有點詭異。她還可能因為精神疾病而習慣說謊。她會說些離譜的謊言，例如說她親生爸爸是繼父，或是明明沒有癲癇症，卻說自己有這毛病。我不能確定到底是真是假。不過，為什麼她要撒這種謊？」

「她是加州來的嗎？」連問道。

「不是，怎麼突然這麼問？她是從紐澤西州來的。」

「你太太也是紐澤西州人嗎？」

「不是，是布魯克林。」

「你跟她上床了嗎？」

「你是指我跟我太太？」史威生嚇一大跳。

「哈、哈、哈，你這笑話真有趣，我是指那個女孩，那個寫作的學生！」

「沒有，當然沒有！」

「真是可惜喔！」連說著，他對於史威生是否為了避免被控性騷擾，而有所隱瞞，其實一點也不在乎。而且史威生如果說他跟全校女學生都有一腿，搞不好還更能贏得連的尊敬與崇拜。

「但你很想，對不對？」連接著問。

史威生將剩下的酒一飲而盡，然後疲累地說：「連，我推薦她的作品，跟上不上床一點關係也沒有。她真的有寫作才能，相信我！」

「我真的相信！」連回答，「我相信她相當有才華。但是，我就是不想花時間看小女孩的作品，讀那些高中女生跟老師打得火熱的小說。」

「拜託你！」史威生說著，「只要讀前面幾頁就好了。」

史威生發現自己正處於哀求的狀態，但大局已定，他要的東西是絕對得不到了！史威生從旁邊的椅子上拿起橘色的信封，伸手要遞給連，結果他卻將史威生的手輕輕推到一旁，彷彿史威生拿出信用卡爭著要付帳，他則是堅持不接受似的。史威生只好把信封放下。

「泰德，」連說著，「幫個忙，把這東西拿回去吧！你可以跟那個女學生說除非她跟你上床，不然你不會拿她的作品給我看。等得逞之後……，你可以告訴她我不打算出版小說。要再來點酒嗎？」

「好！」

連倒了兩杯。史威生將今天的第三杯酒一口喝乾。

「那你的小說寫得怎樣呢？」連問道，「現在談點正經事。因為……如果說你寫作上真的有瓶頸……。你知道的，我一直都掛念著你的小說。事實上，我最近也想了很多。」

「真的嗎？」

「你考不考慮改寫回憶錄？」連提出建議，「不用我多說，你也知道現在市場上的回憶錄其實都加油添醋，將事實誇大捏造。幾乎有一半都是這樣寫成的。這些作者在小時候，也許真的有經歷過媽媽喝醉酒後，賞了他幾個耳光的事，但光這樣就可以寫成悲慘的童年。可是你，我的老朋友，你是真的在小時候，從全國的新聞節目中，看到自己爸爸自焚的那一幕。任何人只要有你一半的悲慘過去，都能寫成一部精彩的回憶錄，保證一定大賣特賣。」

「我已經把那一段寫成小說，不是嗎？而且還是你出版的，你忘了嗎？」史威生回答，心中還加上一句：「這本可是安琪拉最喜歡的小說！」他要怎麼跟安琪拉開口？她會不會認為自己背叛她，以換來寫這本濫情回憶錄的機會？

「這並不衝突，這次寫的內容跟以前又不一樣！面對現實吧，泰德！小說就是不能給讀者一樣的刺激。你知道現在有多少人看小說？一萬人就已經很好了！賣個八九千本，我們就得開香檳慶祝了！好吧，就先假設有一萬人好了，不，五千人看過你的小說好了，其中兩千人可能早就不在世上，剩下的三千人早不記得你的作品內容。你可以重新開始的！你很幸運！能重新開始是最好的情況！當個出名的回憶錄作家，絕對比當個沒沒無名的中年小說家強。」

史威生把刀叉放到盤子旁，停止咀嚼口中的牛排，因為吞也吞不下去，若硬要把大塊的肉嚥下去，這根本就是自殺的行為。

連直視著史威生的雙眼，講道：「我這麼說並不是光為了出版社著想，也是身為朋友的一番建議。」

「謝謝！」

「不用現在給我答案。好好想一想。其實，我跟你並不算熟，我們並不常聯絡。不過，寫回憶錄的話，真的對你會非常有幫助……最好能在內容裡加點東西，像是在你父親自焚以後，你便開始有點問題，一直影響你……。」

「怎樣的問題？」史威生問著。

「一些不良的行為，像是酗酒、吸毒、賭博、家庭暴力、縱慾、或者是無法控制自己跟學生亂搞。像這些都不錯。也許你可以捏造出一個，因為即使是寫回憶錄，也不能太……。反正，就是寫些跟你悲慘童年有關的問題，然後在最後補上你已經沒這些問題就可以了。」

如果史威生是海明威的話，他會怎麼做？把酒潑到連的臉上？可是史威生的酒杯已經空了，連想潑酒都沒辦法，而且史威生還不夠資格這麼反應。

史威生先是沈默了一陣子，然後身體往椅背一靠，說著：「嗯，連，那丹尼的治療有效嗎？他有沒有比較好？」

坐在機場的待機區裡，史威生打開公事包，要拿出《我的愛犬：鬱金香》，一打開就立刻發現，好像少了什麼東西！他心跳加速，急忙翻著公事包裡的文件，翻到一半還停了一下，怒目瞪視著旁邊一對老夫婦，他們顯然覺得看史威生找東西比看無聊的雜誌要有趣。史威生瞪了他們一眼，又繼續埋頭苦找。天呀！他把安琪拉的手稿弄丟了！公事包裡到處都找不到。他一定是忘記在餐廳的椅子上！

離飛機起飛還有二十分鐘，足夠打通電話問查號台餐廳的電話，然後再打到餐廳，請他們把東西寄到佛蒙特，接著他只要小心地注意郵件何時送達，以免東西最後落到雪莉的手上。

撥了餐廳的電話後，聽筒裡嘟嘟聲持續響著，但都沒人接聽，史威生心中浮現出一個景象——暮光從餐廳窗戶裡透進來，裡面空蕩蕩地毫無一人。最後電話終於接通，聽筒傳來一個男性的聲音。史威生先是講了聲：「喂？」，然後急忙地解釋原因，接著才發現這是語音服務系統，不徐不緩的語音正述說著餐廳的地址、營業時間與吸煙的規定。這些史威生都知道，不需要再重複一次。他絕對不掛斷電話，絕對要等到真人接聽電話為止。

最後，終於有一位女性來接電話，她語調充滿同情心，先是問信封裡是裝什麼東西。關她什麼鳥事？史威生在心中罵著。也許還有其他十幾位客人也把橘色的信封忘記在餐廳裡，她得先看信封裡裝什麼，才能確定那個是史威生的。史威生應該說裡面是份合約，是非常重要的正式文件。但她要是真的檢查那就糟了。

「是我的小說！」史威生回答。

「哇，好棒喔！小說原稿！等一下，我來找找看！」電話裡傳來高跟鞋的蹬蹬聲，接著是一片寂靜，彷彿她再也不會回來！也許她現在正忙著跟酒保打情罵俏，結果害史威生趕不上飛機，得在機場過夜。還好，對方過了一會就拿起電話：「對不起，沒有找到你說的東西。你要不要留個電話號碼。如果找到，我們會立刻聯絡你。」不用麻煩，史威生可不想每次雪莉接起電話時，他就在一旁緊張地冷汗直流。

他掛上電話，帶著滿肚子的憂慮登上飛機。在飛機的椅子上，他一如往常又開始幻想等一下會不會出甚麼意外，要是他在意外中身亡，家人又會如何傷心難過。不過在這次的幻想場景中，連也是其中一個角色——在史威生的葬禮中，他站在墳地旁邊，告訴雪莉她的亡夫是何等高貴與無私，生前最後一趟紐約的行程，原來是為了向他推薦一位學生的小說。嗯，連應該不會講這種話。要是他真的講了？這也不關史威生的事了！他那時人應該已經在地獄裡，兩者相比較，也許下地獄還輕鬆許多！

在飛往柏林敦的半途中，外面的天色變暗得很快，史威生嚇了一大跳，猛然才想起——喔，對，現在是冬天，晝短夜長。當一個人對人生已經自暴自棄的時候，時間總是過得比較快。他害怕回家，害怕露比對他感恩節還跑到紐約感到不高興。史威生逼自己進入恍惚的狀態，不去思考任何事，唯有如此他才能下飛機，找到車子，然後再開車回家。

史威生站在家門外，發現家裡一片漆黑。她們母女倆到哪去了？還是發生什麼意外？等一下，露比房間的燈亮著。真好！也許母女倆現在正坐在露比床上促膝長談！史威生的耳中彷彿聽見她們的笑語聲。

他真是感謝有這樣的家，如此的真實且溫暖，讓他不再孤單無助，不再需要在曼哈頓寒冷的街道上漫無目標地遊走。能擁有這樣的家，他心存感激，也知道他自己並不值得擁有這一切。但他為何隱隱感到不安，彷彿什麼壞事即將發生？

壞事已經發生了——他把安琪拉的小說忘在餐廳裡。真是自找麻煩！就像是把給情婦的情書放在餐桌上。但史威生現在想想，反倒覺得安心。就算找到那份失落的手稿，也不表示他曾與作者上床，又何苦庸人自擾？

史威生摸黑走在客廳裡，覺得自己像闖空門的小偷。他按下電燈開關，燈光一亮，赫然發現雪莉人就坐在椅子上，讓史威生嚇得跳起來。

「妳在這裡做什麼？」他問道。

「沒什麼，只是坐在這裡，想些事情。」

「有什麼問題？是跟露比有關的事嗎？」真是諷刺，在他離家為學生情婦的小說奔走時，家裡正好發生重大的難題。

「沒事！」雪莉說著，「一切都很好。我還以為你會先在機場打個電話回家。」

「我剛好趕上飛機，沒時間打回家。」史威生說著謊。他的謊言一個接著一個，如果不會受到天譴，那可真是奇蹟！史威生用舌頭舔著斷掉的臼齒。他真的得看牙醫了！

「女兒真的沒事嗎？」史威生問著，「我不在家的時候，她有沒有怎樣？」

「我說過了，她沒事。我們都希望你的小說早點完成。泰德，相信我。喔，對了……，露比要請你幫個忙。她想換台新電腦。她想請你開車載她去柏林敦，幫她挑新電腦。」

史威生楞了一會兒，才瞭解雪莉剛剛說了些什麼，然後回答：「沒問題！很好呀！我先來喝個一杯。」他想藉這個理由離開客廳，到廚房裡拿瓶塞鑽、酒瓶與酒杯，找個可以喘息的空間。

「我也來一點吧！」雪莉講著。

史威生從儲藏間的櫃子上拿出一瓶酒，打開抽屜，東翻西找地要找瓶塞鑽，倒酒時還故做鎮定，假裝跟平常一樣，而不是隨時可能崩潰的瘋狂男子。天資聰穎的女兒要他陪伴去買電腦，幫忙挑選還有付帳，他應該要感到高興才是！女兒給他展現父愛的機會，花個二千美元買台價格合理的家電用品，就可以贏回女兒對他的敬愛，他何樂而不為？

要是他帶女兒到上次帶安琪拉買電腦的地方去買，會不會被人發現，然後向有關當局舉發，檢舉他前後帶了兩個少女來買電腦？等一下，他並沒有幫安琪拉付帳，他只是開車載她一程。事實上，先載安琪拉走一趟，可算是模擬練習，可以發現買賣過程中的問題，而且這次不用假裝彼此是父女關係，因為露比真的是他的女兒！

史威生倒了兩杯酒，先把自己的那杯一口喝乾。一會兒功夫，雙手便停止發抖，此時雪莉出現在廚房門口。

「她不是已經有電腦了嗎？」史威生問著。

「拜託，泰德，她那台是從高中就用到現在，女兒說光是存個檔案都需要十五分鐘。」想到她們能像一般母女，聊些像電腦存檔的話題，史威生不禁心中一喜，說著：「好吧，我去。他們明天有開吧？」

「星期六也有開。」雪莉回答，臉上掛著不耐煩的表情，彷彿像是對著學生重複解釋用藥說明。

「喔，還有一件事，你有個學生打電話過來。」

「喔？要再來點酒嗎？」史威生假裝忙著將瓶塞鑽上的瓶塞拿下來，這樣便可避免與她眼神有所接觸。所謂「你有個學生」，不一定就是指安琪拉。

「她聽起來很心急，」雪莉補充著。答案似乎呼之欲出。不過，也有可能是……喬奈兒打來的，上次放假後，她還沒繳交作品，結果是克萊麗斯自願先拿她的作品來討論，才讓過程得以順利進行。史威生希望是喬奈兒打來的。至少喬奈兒打電話來的目的比較容易預測。

「她有沒有留名字？」史威生問道。

「沒有，她只說是你的學生，想要跟你討論她的小說。」

「喔！」史威生淡淡地回答，「她的小說。」一股幸福的感覺油然而生，讓他覺得飄飄然。他根本不希望打電話來的是喬奈兒。他接著想起把安琪拉的小說弄丟了這件事。

「她留了電話號碼，應該是家裡的電話，她要你打電話給她，她說今天晚上什麼時間都可以。她是不是那個你說很有才華的學生？」

「學生都這樣！就是要把你搾乾，不管是白天還是晚上，週末還是感恩節，想要打電話就打，老師還得隨時待命回電……。」

如果他急著衝回書房回學生電話，會顯得相當怪異。他雖然高興安琪拉打電話過來，但並不急著想面對她，因為這樣就必須坦白一切，說連並不想看她的小說，喔，另外還有一件事他也不想提，那就是他不小心把小說丟在曼哈頓某家餐廳裡！

「我等星期一再打給她。」史威生說著。

「那你明天可以載露比去嗎？」

「要載到哪？」史威生知道要做些什麼，但就是想不起來。

雪莉皺著眉頭，「到柏林敦的電腦賣場！」

「沒問題！」史威生回答。

在睡夢中，史威生夢見自己站在一張桌子前，不知身在何處，虛無飄渺的空間，令人聯想到奇里科的超現實主義畫作。桌子上放了個高腳杯、一把梳子、一根羽毛、一本書還有一顆蛋。史威生自知要從其中選擇一樣物品。他拿起那顆蛋，接著雞蛋便爆炸成為一團火球，灼傷的痛苦讓他從夢中驚醒，發現自己仍然躺在床上，雪莉站在一旁看著，開口便說：「她在外面等你。」

「誰？」史威生摸不著頭緒地問著。

「拜託，泰德。是露比，她已經坐在車上等你很久了。現在已經九點，你睡過頭了！」

史威生從臥室的窗戶看著底下的車子。「今天是星期六，而且現在還是早上，有必要這麼趕嗎？」

「露比想要快點把這件事辦好，所以拜託你快一點！」雪莉回答著。

史威生看見女兒坐在駕駛座旁邊的位子，臉從車窗往家裡張望。看來最好還是不要叫她先進來喝個咖啡，等史威生先沖個澡。其實如果他開口要求，露比絕對會答應，但一定會心不甘情不願的，退讓之中帶著譴責。史威生不會再當個讓女兒失望的父親。

但他為什麼要覺得有罪惡感？他可是犧牲星期六的時光，還得為她花筆不算小的錢買電腦。這些犧牲都還不夠嗎？他現在澡也不沖、鬍子也不刮，急著穿上到紐約時穿的同一條褲子，隨便拿起在椅子上的黑毛衣套上，手忙腳亂的，還好穿褲子的時候，沒有緊張到跌個四腳朝天，真是一項奇蹟。

史威生昨天打開冰箱時，發現雪莉買了培果與煙燻鮭魚，全都是他愛吃的食物，看來今天早餐一定相當豐盛。不過現在沒時間吃早餐了。反正他也不配享用這頓豐盛的早點。上次載安琪拉的時候，他根本沒想到要吃早餐。

史威生披上夾克，急忙跑出門外，然後跳進駕駛座裡。露比轉過頭，看著他。女兒今天用橡皮筋，將頭髮綁成兩撮，這個髮型跟她粉紅的胖臉蛋實在不搭。她的臉型跟史威生比較像，跟媽媽比較不像，不過她那像兔子般的門牙簡直是雪莉的翻版。露比如果肯精心打扮，應該可以成為一位美麗的女孩，不過她老是穿著大好幾號的牛仔褲與鬆垮垮的運動衫，所以讓人不容易發現她的美麗。

露比對他說：「不用這麼趕啦。」

「沒關係，一點都不趕。」史威生說著謊。

「謝謝爸爸！」

「不用客氣。」史威生回答，為了掩飾自己空洞的語調，他轉身靠過去親吻露比的臉頰，面對父親突如其來的一吻，露比身體僵直，往後退卻了一下。

好吧，一切都照露比的意思！他一整天的時間都給她了。史威生想到這裡，內心充滿安詳的感覺，這應該是一切聽天由命的解脫感吧！

「今天真冷！」史威生發抖著。

「對呀，真糟糕！」

史威生選擇走經過森林的公路，兩旁盡是黑色的枯樹，上方的樹枝掛著點點垂冰。

「除了那件訴訟案，學校裡還有什麼特別的事發生？」史威生問著。雖然說他這問題不知道已經問了幾遍，但身為露比的父親，他有權力再問一次相同的問題，這是家人之間才有的特權，不用在乎禮節，也不用在乎別人是否會覺得厭煩。

「沒什麼特別的，一切都很好。」

「年級愈高，課會愈來愈少，到時你就輕鬆了。嗯，你有沒有什麼開心的事？」

「開心的事？」

「像跟朋友一起出去什麼的。」

「爸，我在強暴處理中心做義工，我並不認為這是什麼開心的事。」

「我想也是。」

之後兩人繼續沈默著。車子已經走了十二哩，車內的氣氛緊張中帶著些無聊。上次載安琪拉時，車裡的氣氛可不是這樣——雖然也有點緊張，但卻非常有趣。史威生深深地吸了口氣。

「爸，你還好吧？」

「牙齒痛而已。」

「要不要掉頭回家？」

「不用，我沒問題的。」在沈默一陣子之後，史威生再次問：「你們學校有這麼多強暴案嗎？」「沒有啦，我們另外也幫助受家庭暴力傷害的社區婦女，提供她們一個覺得安全、不孤單的地方。」

覺得安全？不孤單？講這番話的女孩是誰？她聽起來像羅蘭・西爾利。

「不過，我們學校發生一件挺噁心的事。你真的想聽嗎？」

嗯，其實他也不知道要不要聽。「當然好！」史威生聽見自己這樣回答。

「我們學校有個兄弟會，整個曲棍球校隊都是會員，而我們學校有個愚蠢的傳統，叫做啤酒日，大家在當天從早到晚都灌啤酒，從睜開眼睛醒來就開始喝，喝到睡著或不省人事為止。曲棍球校隊裡有個人的女朋友，應該是從高中就開始交往的女友，她當天過來要提出分手。然後這男的……就跟他兄弟會的死黨聯合起來，在那女的飲料裡下藥，等她昏過去之後，便拖她到兄弟會的交誼廳裡，大家輪流在她身上小便。」

「天呀！那女的真可憐！」

「還不只這些！」露比要告訴他更令人髮指的事情，「真正慘的是，這女的還打算把這件事隱瞞起來——碰到這種事，女人總會責怪自己，不肯站出來。她有兩個朋友，目睹了整件事的經過，最後說服她講出來，說如果將這些男的繩之以法，她療傷的過程便可以快一些。」

「我覺得她們講的對！」史威生喃喃自語，但他知道自己心中真正難過的並不是這女學生的遭遇，而是為自己與露比。他真不敢相信自己的女兒，他生命中的太陽，居然在這樣的學校求學，裡面的學生居然小便在女學生的身上！這種事才不會發生在哈佛等名校，甚至連優世頓也不會。他怎麼會讓女兒跟一群動物關在一起，在幾哩遠之外，跟露比一樣平凡的學生，或者跟安琪拉一樣的天才，都能在學校裡享受學習的自由。像卡羅斯與瑪奇莎經過學校的洗禮，已經將個性上的稜角磨得圓滑許多，日後必定能過著輕鬆的生活，擔任薪水優渥的工作，參加杯觥交錯的宴會；而他的女兒卻跟一群不斷墮落腐敗的人在同一個學校當同學，在那往下沈淪的滑道中，不斷墮落敗壞，最後只能謀個求溫飽的工作。

他和雪莉是哪裡做錯，要這麼處罰他們的女兒？她當初連優世頓都不想去唸——如果她真選擇了優世頓，那又會是另一種災難。是露比自己決定要唸州立大學的，他跟雪莉根本勸阻不了。他告訴自己——也許日後社會的主人翁都是像州立大學兄弟會會員的禽獸，而不會是優世頓文藝創作班的學生。但為什麼他要想這些？比起女兒上哪間大學，露比講的這個故事更加嚴肅與令人擔心。

路上突然閃過一條灰色的身影。史威生趕緊轉方向盤，車身隨之急轉彎，將露比往車門撞去。她穩住身子後，趕緊看看手臂，檢查有沒有撞傷。史威生看著她的動作，想起她在幼稚園的時候，參加學校的話劇，她演一個男性角色，是演麥達斯國王？還是演「傑克與魔豆」裡的巨人？天曉得是那個角色。史威生只記得女兒在上台表演時，有些動作讓他覺得說不出的眼熟，事後雪莉才指出女兒是在模仿他的動作。

「爸，你確定你沒問題吧？還是要我來開車？」

「我沒事！好的很！別擔心」車子現在開到溫多佛小棧，當初跟安琪拉同行，車子開到此處時，他的感覺是失望與難過，因為車程只剩一半，如今他卻感覺到輕鬆與解脫，這兩者之間的差異讓史威生震驚不已。他真是罪有應得，開在這牛群專用的鄉間道路上，時速高達六十英哩，旁邊載了一位鬱鬱寡歡的少女，難以想像她之前還是個快樂的小女孩，整天蹦蹦跳跳，哼著只有她自己才懂的歌曲。這一切都是他的錯。自己這一年來第一次有機會跟女兒共度一天的時光，心中卻渴望和他的學生情人在一起，他真是邪惡、真是不可原諒！算了！一切聽天由命，不管是好是壞，該發生的就發生吧！

「學校原本不想把事鬧大，」露比講到後續發展，「然後女性研究系便威脅學校若不處理，就要採取法律行動，最後學校才肯調查。」

女兒與他學生所受的待遇有重大差異。在州立大學，女學生遭人尿在身上，校方卻可以什麼事也不管；換做在優世頓，校方還會主動開會，警告老師講話要小心，不可帶任何威脅或曖昧的字眼。

史威生說：「這才對！總該有人負起責任。」

「這不是負不負責任的問題，」露比反駁，「這是該不該將秘密藏在心裡的問題。大家都知道秘密會讓人……。」

露比說的對極了！就像她所說的，史威生心中的秘密真的快將他逼入絕境。要是他把這秘密跟女兒分享，進而減輕心中壓力，不知道會怎樣？嗯，女兒，我跟妳說一件事，我上次也曾開車去買電腦，不過載的是我的學生，買完電腦之後，我就到她房間裡，兩人接著就上床做愛，不過做到一半就停了……。

「爸！」露比膽怯地喊著，「你不覺得開車時眼睛最好要張開嗎？」

史威生根本不需要擔心再次來這裡買電腦會怎樣。整個電腦賣場已經變得讓人認不出來了。他花了五分鐘才找到停車位。上次像廢墟一樣冷清的場內，今天則是人生人海，大家推著手推車或者是嬰兒車，忙著殺價或者是討論，不然就是忙著照顧尖叫吵鬧的小孩。有位剛學會走路的幼童不停敲打著一堆疊起來的盒裝軟碟片，史威生在旁偷偷地看著。這小孩發現史威生的視線，先是停了下來，然後又繼續敲打著。

這樣的差異跟帶誰過來沒有關係。他上次帶安琪拉來是非假日，今天帶露比來是感恩節假期的星期六，這是整年購物人潮最熱絡的時候。大賣場裡掛滿了特價促銷的旗幟招牌。

露比在接近入口處停下腳步，一臉呆滯地看著人群。史威生大步地往電腦部門走去，她則緊跟在他身後幾步的距離，理所當然地以為父親知道該往哪裡走——事實上，他真的知道，但真正的理由並不是她所想的那樣。一路上，露比看著兩旁的鍵盤與螢幕，但卻意態闌珊，一點也不想停下來挑選。她看來像有自閉症，史威生心裡想著。

令人痛苦的幾分鐘過去了，所有的銷售員都忙著招呼客人，或者是故意避開跟他們父女倆，怕有任何眼神上的接觸。最後有一位神情緊張的少年朝他們走近。他好像對露比顯得又喜歡又害怕，而露比顯然對他也有同樣的感覺。露比完全不知道自己要什麼，對一大堆的電腦規格也是一竅不通。史威生不禁想起上次的情形，安琪拉可以滔滔不絕講著硬碟容量，記憶體大小。為什麼露比會什麼都不知道？

露比看著那位男孩。她緊張到幾乎快要掉下眼淚。即使是最缺乏自信的銷售員也會於心不忍，自動擔任起英雄救美的工作。他和藹可親地說有一台電腦絕對符合露比的需要，（說得好像露比很清楚自己要些什麼，並且清楚地告訴他），史威生覺得他這麼做並不是為了要敲竹槓，只是要拯救露比免於崩潰的危機。他還說這是全店價格第三便宜的電腦。史威生真想擁抱這孩子，不過他知道要是這麼做，只會增加彼此的難堪而已。

最後，他們快速地完成交易，盡可能地不引起更多的尷尬場面，接著史威生父女倆往收銀機方向走去，加入已經一長排的等待隊伍，每個人都不發一語地等著往前走，就像遭驅逐等著出境一般。上次跟安琪拉來的時候，結帳根本不需要排隊。安琪拉還可以一邊看著其它電腦，一邊悠哉地等店員結完帳，把信用卡送回來。

這次可沒那麼簡單。等輪到史威生結帳的時候，刷卡機居然不收他的信用卡。史威生在一旁越看越著急。原來在他不知不覺之中，天譴已經降臨，處罰他跟安琪拉的事，處罰他感恩節還離家到紐約，他的人生將徹底毀滅，燒成灰燼。

負責收銀機的少女說著：「我從來沒碰過這種事。」

史威生說：「再試一次！」

第二次還是不行！史威生說：「到底出了什麼問題？」

刷第三次，還是不行，史威生罵道：「到底怎麼搞的？」少女不敢看他，直盯著收銀機的螢幕，最後刷卡成功才終於露出笑容！史威生簽了名字，便跟露比離開櫃臺。

他們開車要到領貨的窗口，卻卡在等著領貨的車陣中，往前的速度有如蝸步。在等待的時間裡，史威生打開收音機，找尋想聽的電台，露比突然說：「爸，可不可以請你關掉？」雖然不高興，史威生還是照做。

「對不起。」露比講著。

「沒關係。」

等車子好不容易開到窗口時，提貨窗口的人居然說找不到露比買的電腦。五分鐘、十分鐘過去了。史威生努力地想保持平靜，但是心中不耐煩的情緒卻越來越高。他用手掌敲打著方向盤，孩子氣地想要讓露比瞭解這一切是多麼的煩人。也該讓她覺得有點罪惡感。

露比雙眼直盯著前方，而史威生不住地轉頭，憤怒地看著倉庫的窗口。他想要伸手把女兒抱在懷中，告訴她一切都會沒問題的，他和雪莉會永遠愛她。最後對方終於找到東西，為了表示歉意，還叫了一個強壯的小子幫忙將電腦放在他們行李箱。

一直到車子開上外面的道路，史威生才覺得該打破這沈默的僵局：「我想你這電腦挑的不錯，對你一定很有幫助，能幫助你寫報告……。」

「不是報告，是個案紀錄。」露比糾正他。

我得打電話給安琪拉，史威生心想。

「喔，個案報告。」史威生重複一次說著。

他辦公室門口的玻璃上傳來三聲清脆的敲門聲。史威生立刻就知道門外站著的一定是安琪拉。

那天載露比從電腦賣場回家之後，他立刻打電話到安琪拉的宿舍，在她答錄機裡留言，叫她星期一早上來辦公室。如果打到她紐澤西的家中，史威生得在電話裡說明紐約之行的結果。最好還是當面對她說吧！在此之前，這似乎是個好方法；但是等安琪拉一敲門，史威生只想拔腿就跑，趕搭往大溪地的第一班飛機，不然就到別的地方，像西雅圖也不錯。

安琪拉搖搖晃晃地走進辦公室。她對自己做了什麼？難道她過感恩節的方式就是在臉上多裝些刺環——在她下唇的中央，多了一個鋼球，鼻孔上多了一個鼻環，下巴則掛了一個三角形的銀色倒勾。她應該早就打好洞，等到感恩節的時候，才把這些孔環裝上去，當作是給父母的驚喜。除了這些孔環之外，她臉上還化了吸血鬼妝，將臉蛋塗得像日本藝妓一樣白，抹上黑色的唇膏，眼瞼則是塗成炭黑。她的眼中帶著驚恐，彷彿有人在身後追逐。難道她在家中受到心靈的創傷？難道她父母的和藹可親都是裝出來的？

安琪拉一屁股地坐在椅子上。然後用不同以往的聲音，大聲且刺耳地說：「我討厭你這樣看著我。」

她是在感恩節時發瘋了嗎？跟父母共度週末讓她徹底崩潰了？臉上掛的刺環只是外在的徵兆。史威生曾經讀過報告，人格分裂症可能在青少年期突然發作，而且跟青少年第一次離家生活有密切的關係。史威生想要把手放在她肩膀上，給她一點安慰，但是猛然想起上次這麼做所導致的結果。有過這段歷史，兩人已經無法分清何種身體接觸是關心的表現，何種是上床的邀約。

「我怎樣看著你？」

「像在看著晚餐。」

「對不起！不過請相信我，我絕對沒有把妳當晚餐看。」

也許她只是擔心連看過她小說之後的反應。也許她自己也心知肚明，如果是好消息，史威生早該打電話到她家裡報喜。她的人生就像在十字路口上，而史威生的工作就是告訴她——日後的路是往下走而不是往上。他應該對她說謊。他最近對說謊越來越在行了……

「我把妳的小說留在連那裡。他說最近很忙，等忙完就會看看。當然，他可能真的很忙，然後假裝已經看過，再把小說寄回來。」這麼說並不完全是謊言。他的確把小說留在連那裡，至少是留在紐約某處。

「我什麼時候可以打電話給他？」安琪拉問著。

「妳感恩節過的如何？」

「糟透了。等你的編輯看完，我什麼時候可以打電話給他？」

「我想這樣不好，」史威生說著，「我覺得他不會喜歡妳直接聯絡，搞不好他這樣會故意不看妳的小說。」

安琪拉莫名地將頭往後仰，史威生隱約看見她一個鼻孔裡閃著金屬光芒。突然間所有的精力從他身體宣洩而出，自己彷彿像顆洩氣的皮球。他應該一開始就說實話。直到現在他才明白這道理。

「聽好，我剛才說的都不是真話。我沒有把小說留在連那裡。連並沒有讀妳的小說。所以這不是妳的問題。也不是說他看過之後不喜歡……。」

「我早就猜到了，」安琪拉說著，「如果有好消息，你應該早就打電話給我了。我就知道一定不會有好事。」

「沒有發生什麼不好的事。拜託，妳還年輕，小說也還沒寫完。除此之外，妳跟我都知道這些都不是重點，不管是出書或是成名，都沒有這本小說重要……。」

「操你的！」

「等一下，」史威生說著。她怎麼這麼大膽？他背棄家人搭機飛到紐約（飛機票並不便宜），都是為了她，而這賤人居然說操你的，「應該是我操妳才對。我東奔西走都是為了妳。我跑到曼哈頓跟編輯午餐，為的是什麼？讓他把我羞辱一番？讓他叫我寫回憶錄？寫些我早在《浴火重生》寫過的東西，只不過這次要加點所謂的事實真相……。」

「那你怎麼回答他？」安琪拉反問。

「我當然不肯。我是個小說家，是個真正的作家。我還是有些……原則！」這番話可真是自吹自擂，令人作嘔。

安琪拉講著：「換做是我，只要有人幫我出版，只要有人付錢，什麼回憶錄我都會寫。你當然有原則。你有一份薪水優渥的教職，永遠不用擔心丟飯碗。即使不靠寫作也可以生活。我可就不同了，以後搞不好只能靠我父母的關係，混個在雜貨店的工作，而且這還是最好的情況。我以後可沒有時間創作了。你現在卻坐在這裡，跟我講些狗屁原則的大道理，有人要幫你出書你還不肯。」

安琪拉往書桌走過來，傾身看著史威生。兩人距離如此接近，史威生可以看到在她塗滿白粉的臉上有著一塊塊的紅斑。

「我真不敢相信會發生這種事，」她繼續說著，「我不敢相信你居然沒幫我爭取。我跟你上床，就是為了要你幫我推薦這本小說給……。」

史威生覺得他的靈魂已經脫離肉體。他終於明白自己害怕些什麼，但現在這比他所害怕的情況還糟糕。現在的感覺就像是不小心傷了自己，像割到手指或撞到腳趾——發生的剎那，其實並不痛，等到體內的腎上腺素消退之後，真正的痛苦才會降臨。

「我認為事情不是這樣，」史威生說著，「我不認為是妳讓我上床。我認為這是妳情我願；我們倆從一開始就知道事情會這樣發展。」

「等你搞清楚再通知我吧！」安琪拉說著，轉身衝出他的辦公室。史威生聽著她下樓的靴子聲。不消一陣子，聲音便停下來。她是走到一半停下來？還是想要跑回來，解釋她到底怎麼搞的？靴子聲再次響起，越來越小聲，直到史威生再也聽不見為止。

到了星期二，安琪拉並沒有出現在課堂上。史威生事前便猜測她可能會缺席。但等踏進教室，發現她真的沒出現時，心中失望落寞的程度，連自己都嚇了一跳。

「有誰缺席？」他語調顫抖地問著。

「安琪拉！」瑪奇莎回答。史威生其實已經知道答案，這點大家從他的臉色就可以看出來。全班都還沒忘記感恩節前的那堂課——史威生慷慨激昂地誇讚安琪拉寫作的才能。現在安琪拉缺席，全班似乎瀰漫著一股帶著嫉妒的勝利感。既然安琪拉得到她想要的稱讚，聽到她想聽的讚美，幹嘛浪費寶貴的時間，跟這群比她差的同學上課？

史威生深吸一口氣，問著：「有同學知道她去哪裡嗎？」

「在午餐的時候，我在餐廳裡碰到她。」卡羅斯回答，「不過她沒有說要蹺課。」

克萊麗斯也開口：「我今天早上看見她離開宿舍。」她那冷酷的神情若有所指，難道是在暗示曾看見史威生離開宿舍嗎？

「嗯，真是太可惜了。」史威生強顏歡笑地說著，「今天要討論克萊麗斯的佳作，要是安琪拉在，能跟大家分享她的意見，這該有多好。」

他不應該講「佳作」這個詞帶有稱讚的字眼，這可能會影響大家待會兒的意見。但是這又無傷大雅，反正先讓大家知道克萊麗斯的作品真的不錯——以她的才能而言，已經算很好了。在全班同學的作品中，史威生又不是只喜歡看安琪拉的小說。

克萊麗斯的故事是描寫一個住校的女大學新生，她是從布隆費德來的白人富家女，校方分配給她的室友是位黑人學生，她家住布萊沃德，父親是個整形醫生。兩個女孩相處得甚為融洽。但等白人女孩回家度假時，她的父母一直逼問關於她室友的問題，假惺惺地表示對女兒的關心，其實是要確定在自己每年花二萬八千美元的學費後，女兒的室友會不會是個跟男人亂搞的小太妹。面對父母的逼問，白人女孩給了他們想要的答案，說她的室友以前混過幫派，直到在幫派闖了大禍之後才退出。當然這一切都是那白人女孩編出來的，但等她講出口後，這才明白日後不可能請室友來家裡作客。爸媽絕對不相信她會說謊，也絕不會相信她室友不是混過幫派的小太妹。

「唸一段給大家聽聽吧，克萊麗斯。」史威生開始相信自己今天可以全身而退。也許等他注意到的時候，時間已經過了快一個小時。他等一下就自由了，就可以離開這安琪拉曾經出現的房間，離開這現在沒有安琪拉的房間。

克萊麗斯翻了翻作品，找到白人女孩對父母說謊的那一段，開始唸著：

所以我告訴他們，有天晚上我的室友突然哭起來，跟我說起她以前的戀人，那個男的是她初吻的對象，他本身有加入幫派，然後也要她加入。所以她忍受一些危險與噁心的入會儀式，但直到有天晚上，他們做了一件壞事，壞到她不願意跟我說是什麼事。

「是她不願意說，還是妳不願意告訴我？」媽媽說著。

我告訴她我真的不知道。我原本可以掰些東西，就像掰整個故事一樣，但是我不想這麼做。

克萊麗斯說：「我想唸到這裡就好了。」

在全班一陣沈默之後，瑪奇莎首先發言：「嗯，我想我先講好了。我覺得這篇真的很酷！真的很真實。你們知道我在講什麼嗎？白人都想聽些我們黑人姊妹的壞話。」瑪奇莎認為自己這番話是讚美，但其實她點出克萊麗斯小說中的敗筆——整篇故事政治意味過於明顯了！

「其他人的意見？」史威生問著。

「這篇寫的有點賤，」卡羅斯說著，「我挺喜歡這一點的。」

「我最喜歡結尾的部分。」丹尼講著，「她跟父母說謊之後，還得回去面對室友的那一段。」

南茜應和著：「我也喜歡那一段。」只要丹尼喜歡什麼，她就喜歡什麼。

柯特妮舉起手，手指頭不住地擺動著。紫色的指甲油上好像覆蓋一層銀霜，就像是感染白粉病的葡萄。

史威生對她說：「柯特妮，直接講妳的意見，不用舉手。」

「我倒是有點小意見，關於幫派的部分。我覺得如果能再多寫一些細節會更好，指出到底是那個幫派，而不是隨便一個。」

柯特妮難道不知道她這番話其實是重複上次大家對她作品的看法？學生盜用別人對自己作品的看法，這其實是常見的現象，因為在大家批評下劫後餘生後，通常會將別人的意見深深印入腦中。但這次比較耐人尋味的是，柯特妮似乎不曉得這個故事，這富家女向父母編的謊言，其中所透露對黑人的偏見，其實是故意諷刺她上次的作品。而且更奇怪的是，史威生直到剛剛才明白這一點。他嚇了一大跳，但同時也覺得有些有趣。全班同學擔心地偷看著史威生與柯特妮。讓他們去擔心吧！讓他們看吧！誰還在乎這堂課會變成怎樣？為什麼不現在就結束這場猜謎遊戲？即使克萊麗斯花了一番功夫，寫了這篇平庸的小說，大家繼續假裝這種小說還有救，這又有什麼意義呢？他拿起克萊麗斯的手稿，然後又放下來。

「我想就這樣了，」史威生說著，「還有人有意見嗎？」這句話其實不是要大家繼續發表意見。而是討論已經結束了！「那就下週見吧！」他甚至沒問下星期要討論誰的作品。同學都很不開心，他們的確應該如此反應，特別是克萊麗斯，她花了一番苦心，寫出不錯的作品，結果史威生卻不討論完，打算草草結束。

卡羅斯首先發難：「你是說要下課了嗎，教練？我們才上了二十分鐘而已。」

「沒錯！」史威生回答，「拜託，你們怎麼搞的？如果我還是學生，有老師跟我說可以早點下課，我才不會嘴巴張開，坐在椅子上瞪著他看。」

學生一個接著一個，慢慢且猶豫地拉上背包拉鍊，站起身穿上外套。

卡羅斯說：「好好睡一覺吧，教練。」

克萊麗斯冷冷地說：「謝謝！」

「那就拜拜啦！」柯特妮說著。

摸不清楚頭緒的學生慢慢地走出教室。史威生想起他在優世頓聽過的一個故事，這是個警示老師的故事，話說有個女老師總是滿身酒味，跟學生約討論時間總是約在午夜的墨西哥餐廳裡。她的學生最後終於受不了，有天她在課堂上睡著，學生走到她身邊，把一個紙袋套在她頭上。以前想起這故事，史威生總是覺得欣慰。他一直告訴自己：「只要我走出教室時，頭上沒套著紙袋，這就表示一切都在我的掌控之下。」但現在，看著學生一個一個經過身旁，他知道如果他們隨身帶著一個夠大的袋子，一定會毫不猶豫地往他頭上套。

回到辦公室後，史威生發現電話的燈亮著。一定是安琪拉留言解釋她缺席的原因。他按下按鈕，一時之間他不能明白安琪拉為什麼要裝男人的聲音講話，而且還帶著濃濃的英國腔。

原來這是班森院長的留話，說「需要跟他談一談」，請史威生跟他的秘書聯絡，安排兩人見面的時間，「越快越好」。院長為什麼要找他？他又沒做錯什麼事。也許史威生已經獲選為年度最佳教師，所以院長等不及要跟他講這好消息；也許史威生獲選參加什麼委員會，理應是件極為榮耀的事情，所以他得親自向班森說聲謝（雖然史威生覺得並沒有什麼好感謝的）。不過，他還是不太喜歡那句「需要跟他談一談」。如果有老師獲選為年度最佳教師，院長不會說：「我需要跟你談一談」；他也不喜歡那句「越快越好」。反正班森打電話到他辦公室絕對不是件好事。難不成克萊麗斯向他告密，說曾經在安琪拉的宿舍看見史威生？

史威生撥電話過去。當他向秘書報上名字時，她的那聲「喔！」讓史威生更加不安。然後她說：「明天九點可以嗎？方便過來嗎？」

史威生也不喜歡這句話的語調。

「還是要九點半呢？」

「九點就可以了。」史威生最後回答。

院長辦公室總是讓史威生聯想到倫敦的高級娼妓館，國會議員可以在此盡情尋歡，還可以要求看各種旖旎春色的戲劇表演。今天要上演的激情場景則是「校長的刑房」，不論是頑皮的男童接受女校長的處罰，還是角色顛倒過來，由女學生處罰卑躬屈膝的男校長，所用的道具與場景都一樣，這些東西經過精心設計，可以增加性愛的情趣，像是皮椅、陰森的燈光、書架，還有巨大的書桌，趴在上面打屁股再適合也不過，牆上還掛了一張西班牙獵犬的畫像，畫中的獵犬忠心耿耿地守護著房裡的一切。文學院院長的辦公室掛了一幅獵犬的畫作，難道都沒有人感到奇怪嗎？

班森站起身，走過來跟史威生握手，在關上門前，告訴秘書電話都暫時不接。他接著回到書桌的座位上，說著：「泰德，請坐。在這麼短的時間內通知你，你還能馬上趕過來，真是太感謝了。」

史威生回答：「別客氣。我今天早上也沒什麼事情。」

「喔，這真是太好了，嗯，這……。也許我們就不用客套，直接進入主題好了。讓我先拿個東西給你聽看看，然後再開始吧。」班森打開第一層抽屜，拿出個錄音機，放在桌子上，剛好就在兩人之間。史威生剛開始還以為他要錄下這段談話，接著班森按下按鈕，然後把錄音機往史威生推過去。先是一段雜音，然後隱約可以聽到人的對話聲，最後從雜音中冒出一個女人的聲音：

「我討厭你這樣看著我。」

「我怎樣看著你？」換一個男人的聲音說著。

「像在看著晚餐。」

「對不起！不過請相信我，我絕對沒有把妳當晚餐看。」

接下來又是一陣雜音，在此同時班森雙眼緊盯著史威生，平常自娛娛人的冷嘲熱諷神情已不再，變成一臉的輕蔑與不恥。好吧，如果必要的話，他會坦承一切。這是他的聲音與安琪拉的聲音。但是他們怎麼會有這捲錄音帶？史威生像個竊聽狂好奇地聽著，彷彿不知道接下來會發生什麼事。

「我把妳的小說留在連那裡。他說最近很忙，等忙完就會看看。當然，他可能真的很忙，然後假裝已經看過，再把小說寄回來。」

「我什麼時候可以打電話給他？」安琪拉問著。

接著是一陣低沈的雜音。這捲帶子應該經過剪輯，故意留些重要的字眼，扭曲整個對話的意義。

「操你的！」

「等一下，」史威生說著，「這句話應該由我來說才對。我東奔西走的都是為了妳。我跑到曼哈頓跟編輯午餐，為的是什麼？讓他把我羞辱一番？讓他叫我寫回憶錄？寫些我早在《浴火重生》寫過的東西？」

先是一段空白，然後換安琪拉說著：「我真是不敢相信會發生這種事。我不敢相信你居然沒幫我爭取。我讓你上床，就是為了要你幫我推薦這本小說給……。」

「我認為事情不是這樣，」換史威生的聲音，「我不認為是妳讓我上床。」

接著是一陣雜音，再傳來摔門的聲音，還有走下樓的腳步聲。這錄音機還真是靈敏，居然還能錄到下樓梯的聲音。史威生直到現在才明白，原來錄音機是裝在安琪拉的身上！腳步聲停了下來。當初史威生還以為她停下來，是因為猶豫要不要轉身回到他辦公室裡，原來她停下來是為了要按掉錄音的按鈕。

班森關掉錄音機的電源。

「我的老天！」史威生說著，「難怪那個小賤人那天來討論的時候怪怪的。」

這一點道理也沒有。安琪拉為什麼要陷害他？難不成她這是在報復他任務失敗嗎？但是在見面之前，她不可能知道史威生遊說連沒有成功，那她帶著錄音機來辦公室也未免有點……太說不過去？不對，史威生記得她說她事先便已經知道，因為他沒有打電話便是個預兆。不過不可能有人如此冷血，事先準備好錄音，留做日後的證據以備不時之需。這是為什麼？做什麼證據？安琪拉為什麼這麼做？向校方告密，好督促他繼續努力，不要放棄為她推薦作品？不過為什麼她不當面威脅他？為什麼要把錄音帶交給班森？

「這個小賤人。」史威生再次罵著，彷彿他只知道這幾個字眼。班森小心地往後退了一點，雙眼往上翻，一邊盯著天花板，一邊說：「泰德，這麼說或許太早了，但我想先警告一點，你現在說的一切可能會成為呈堂証供。不過……。」

「我知道，」史威生回話，「你是說現在要逮捕我？你這是在宣讀我的《米蘭達》（Miranda）？」

「米蘭達是誰？」難不成班森以為這是女人的名字嗎？以為她是史威生染指的另一個女學生？

「米蘭達是指我的法律權力，這是我們美國憲法保障人權的條款。」

「哈！哈」班森笑著，「原來如此。泰德，嗯，這證據……。」他手指著錄音機，臉上同時露出遺憾與責難的神情，「看起來殺傷力相當大。」

「所以你的意思是……？」

「嗯，決定權還是在你。這真的很難啟齒，不過就讓我直說吧。這位學生要告你性騷擾，還威脅說要連學校也一起告。從她拿出來的證據來看，我真的建議你可以考慮——為了大家好，可以考慮辭職。我不是為了學校才要求你這麼做，老朋友。如果你想打官司，我絕對不反對。但是你得考慮你的家庭，還有工作上的名譽。」

老朋友！史威生從來不知道自己原來這麼討厭英國文人，討厭他們滿嘴的麥片餅味，討厭他們虛偽的優雅有禮。班森希望他怎麼回答？好的，院長，我等會兒就捲鋪蓋走路，不過先給我時間收拾辦公室的東西。這世上正義公理何在？史威生何罪之有！是安琪拉拜託他載她買電腦，是安琪拉誘惑他進房間，是安琪拉掀起她自己的裙子。他當時原本可以拒絕，對她說不！他知道老師與學生之間權力上的差別。但這跟權力無關！這是關於慾望的問題。史威生與安琪拉是你情我願的。他們兩人之間是……愛情！史威生不願意想到這字眼，因為這讓他感到尷尬！別再想了，史威生告訴自己，至少等班森不在的時候再想。

「如果我執意要打官司呢？」他雙手交叉在胸前，不自覺地模仿著班森。

「嗯，」班森回答，「我想我們會先組成一個調查委員會，與學生約談，收集證詞，然後召開教職會，寫個報告，提出解決建議，如果必要的話，還得召開公聽會，我想這是避免不了的。」班森先對錄音機點個頭，繼續說：「大概就這些。」

「如果調查委員會認定我有罪，那會怎樣？」

「那學校就得請你離開，泰德。這已經構成開除的條件。」

「整個過程呢？我要不要請律師？」什麼律師？史威生根本就沒有律師。

「這並不是法庭訴訟，」班森疲倦地說著，「這純粹是校內的事情。在教職員手冊對性騷擾案有明確的規定。」

「你他媽的給我等一下！」史威生罵著，「這不是性騷擾案。我才沒有以推薦她小說為條件，要求她跟我上床！」

「事實上，這聽起來像是典型的性騷擾案。」班森又對著錄音機點頭，「還有一件事……，阿爾革小姐要我轉告你，在整件事結束前，請不要騷擾她。」

阿爾革小姐？就在這一刻，史威生決定拖學校下水。他才不要讓步。要鬧就鬧大一點，鬧到每個人都無法倖免！來看看優世頓的財產還可以撐多久！但在此同時，史威生心中開始想著訴訟將會帶來的代價。他的人生將毀於一旦，婚姻也會宣告結束，雪莉將離他而去，他將孤單一人，成為街頭的無業遊民，為了聘請律師還得變賣房子。

「泰德，你的決定是？」班森問著。

「就告吧！舉辦公聽會吧！要等多久，這該死的公聽會才會舉辦？」

院長看了看行事曆，不過這只是做做樣子，他早就計畫好日期。「嗯，……耶誕假期就快到了，接下來是溫書假。我想最好快一點，這件事不要拖。也許可以在下學期的第二個禮拜。」

「很好！」

班森繼續講著：「你也知道，這種事就像……毒瘤一般，容易散播開來，污染整個社區。越早發現治療，就能越早根除治癒。所以為了大家好，能不能請你先休息一下，先不要教書。當然你的薪水不會有影響，學校還是會照付。我會請瑪格達幫你代課。反正離學期結束前也只剩三堂課。好好休息，就當作是安息日假期，好好的寫作吧！」

在開心地講完最後一段話之後，班森站起身，向史威生伸出手；但史威生拒絕握手，他就站在那裡，怒視著班森。班森的嘴角不住地顫抖，因為這場面實在讓他心驚，完全超乎他紳士風度所能忍受之範圍。比起跟學生上床，拒絕跟院長握手對他而言更不可原諒。

拒絕跟班森握手只會顯得幼稚，這點史威生也知道。但另一方面，即使身處麻煩之中，史威生依然感到莫名的興奮——可以不用上課了！三個禮拜的課都不用上！學期已經結束！或者說……他教書生涯也永遠結束！史威生從原本像小孩為不用上課開心興奮，恢復成人應有的思考，為工作前途感到焦慮。

「很快就會再見面的，泰德。」

「恐怕是如此！」

史威生一走出行政大樓門口，站在門口第一層階梯上，一股迷失與癱瘓的感覺向他襲來，讓他不得不停下腳步。這真是奇怪的感覺。他不知該何去何從。接下來的一段日子裡不用教書，那他在學校要做什麼？他不能回辦公室，因為看到裡面的電話，他就會想起——要打電話給誰講剛才發生的一切？

不然就先離開學校。他如果離開，大家都皆大歡喜。但這是他第一次到學校之後卻不急著想離開。他想回家，但不能這麼做，因為家裡的每個房間、每件東西都會讓他想起一切都毀在自己手裡，他如何魯莽愚蠢地破壞了一切，卻把雪莉蒙在鼓裡——他又怎麼能讓她知道呢？

考慮到最後，史威生先是回車上，開車繞著校園。處於大家所謂的「逃避階段」，也許明天醒來，會發現車已經開到了委內瑞拉的卡拉卡斯。史威生終於開車回家，衣服也沒脫就睡在床上。他醒來上了兩次廁所，把鞋子脫掉後，繼續熟睡，到中午又醒來，然後繼續睡，三點醒來，沖個澡，開車到雪莉的醫務室。

在櫃臺值班的是阿爾妮。

「喔，嗨，泰德！」她打著招呼，聲音彷彿快要哭出來了，在那一瞬間，史威生還以為她什麼都知道了。這絕對不可能！阿爾妮並不是全校消息最靈通的八卦王。不過她現在已經說不話來，只能揮手表示雪莉在治療室裡。史威生走進治療室，看見太太忙著填寫表格，他真想跪在她腳跟前，跟她坦白一切，發誓將永遠愛她並乞求原諒。

史威生對著她說：「想要出去吃晚餐嗎？」

雪莉眼中閃過一絲疑慮。到底怎麼一回事？難道他邀太太吃個晚餐，還得遭她懷疑背後有什麼陰謀？

「要慶祝什麼嗎？」雪莉問著。

「慶祝今天又平安度過。」

「這的確值得慶祝。」

「去柏林敦餐廳好嗎？」

「哇！要去柏林敦的餐廳？先不要吧，等到整個月平安無事的話，我們再去慶祝。」

「不可能整個月都沒事的，今天晚上就去吧。要不要現在出發？」

「泰德，現在才下午四點。」

「喔，我可能是老人痴呆了，沒注意到，抱歉！。」

雪莉班就快值完班了，等會阿爾妮會來換班。他們夫婦倆計畫稍後在家裡碰頭，讓雪莉先沖個澡，換個衣服。史威生則先衝回家，比雪莉早回家裡，處理一些不利的證據。他覺得自己像偷偷在家裡舉辦派對的青年，在父母回家前，趕緊清理狂歡後的杯盤狼藉，只不過在真實生活上，他已經邁入中年，而且並沒有狂歡，而是睡了一整天，而且床上並無人相伴——雪莉不需要知道這一點，天曉得她會有什麼聯想？

史威生回家後，將床鋪整理一番，再弄亂，再整理一番，看看又覺得不對勁。他覺得自己像有強迫性人格問題的精神病患，一件事得重複做上好幾次。最後，史威生躺到床上，衣服沒脫，鞋子倒記得先脫下來，假裝正在小睡一下，眼睛緊緊閉著，耳朵卻仔細聽著，聽到雪莉開車回到家的聲音，聽見她叫著自己名字時，全身突然僵硬凍結，原來雪莉到臥室來找她了！史威生眼睛繼續緊閉著。

雪莉走進浴室。史威生聽著水龍頭的水聲，等了幾分鐘之後，起身到浴室前。他先敲敲門，讓雪莉知道是他——雪莉不喜歡遭到驚嚇。

隔著淋浴簾與層層的霧氣，雪莉的身體依然讓史威生感到興奮，就像巴夫洛夫的魔法一般。在白濛濛的蒸氣中，兩人彼此凝視相望。雪莉從浴缸走出來。在史威生停止思考的那一刻，他不禁想此時若有人從浴室外偷看，不知道從這第三者的角度，這一切是怎樣的光景——一個中年男子原本可以在晚上跟太太溫存，卻選擇在此之前，告訴太太他可能會因為跟女學生亂搞而丟掉飯碗。但是史威生對雪莉的愛是如此深沈、如此熱切，這些是從表面所無法看到的。

在非星期假日的晚上七點，柏林敦餐廳幾乎空無一人。不過幸運的是，史威生與雪莉座位的隔壁剛好是對熱戀的年輕情侶，兩人不發一語，深情款款地對望著，對盤中的美食碰也不碰，杯中的佳釀也是一口都不喝。

如果史威生等不及服務生送酒過來，就把他們的酒偷拿過來，一口氣把整瓶喝完，不曉得這對情侶會不會察覺？比起他們倆，史威生更需要喝他們的酒。柏林敦餐廳裡平常播放著混合了古典與現代的混音音樂，這種突兀的搭配就跟餐廳裡的食物一樣，材料是佛蒙特當地的農產，經由主廚烹調之後，便成了昂貴的菜餚。不過今天喇叭卻毫無動靜，也許是音響故障了——史威生原本想在吵雜的音樂聲中向太太坦承一切，看來這個計策今天行不通。

當初在焦躁不安與不知該如何跟雪莉啟齒時，史威生決定採用傳統的方式——如果要向所愛的人宣布讓她心碎的消息，最好選擇在公開的場合，可以避免一些歇斯底里的場面，像是痛哭流涕、責罵爭執，或者是打個你死我活等等。史威生現在立即看出計畫中的許多漏洞，但他已下定決心，要貫徹整個計畫。如果現在不做，最後還是得面對，拖得越久……。他早該在幾個月之前就付諸行動。

一位比安琪拉大不了幾歲的女服務生走了過來，伸出皮包骨的手拿菜單給夫婦倆。史威生瞥見在女服務生的拇指與食指間有花朵的刺青——也許她是安琪拉的姊姊！史威生今天不知道走什麼楣運！

他仔細研讀菜單，發現每道菜都貴得嚇人！即使以後雪莉原諒他的出軌，也不會原諒他選擇上這麼貴的餐廳來坦白過錯。柏林敦的春夏招牌菜都採用珍貴的食材，像是羊肚菌、蕨類植物嫩葉等，雇用當地嬉皮搜尋森林每一吋土地，找出當季的山珍食材；不過現在正值寒冬，當季招牌菜則是獵獲的鳥禽與林間的動物。

「今天有什麼招牌菜？」雪莉問著。

「沒有！我想沒有吧！」女服務生回答。

「是妳覺得沒有，還是真的沒有？」換史威生問著。

「沒有，」服務生回答，「確定沒有！」

史威生說著：「好吧。我們先來罐夏多娜葡萄酒，先拿過來！」

「要有機葡萄釀的？」服務生問著。

「不然呢？要摻了毒藥的？」

服務生不甚開心地微笑，訕訕地走開。雪莉滿臉同情地看著服務生離去，然後轉過身來，生氣地對史威生說：「天呀，泰德，你答應過的。」

「答應什麼？」

「要對別人客氣一點。那個服務生有可能是你的學生。」

史威生看著她，心中七上八下。雪莉並不是在講安琪拉，她只是點出顯然易見的事實。

「也許這就是問題所在。」他並不記得自己曾答應要對人客氣一點。

「你知道她說的就是今天沒有招牌菜，她只是不想直接說出來而已。」

「她說她『認為』今天沒有招牌菜。大家都腦袋都變成果凍了嗎？妳替學生看病時，不會說妳『認為』學生得了喉頭炎吧！這樣是不行的！必須要有人出來糾正！」

「我的天啊！」雪莉說著，「你聽起來像個八十歲的老頭。」

「真的太好了！」史威生抱怨，「我們花了好幾百美元來這裡，就是為了討論女服務生認為今天有沒有招牌菜。」

就在此刻，女服務生適時帶著酒瓶過來，先是倒酒在兩人的酒杯裡，然後將酒瓶碰一聲地放入冰桶裡，濺出一些冰水。

「兩位準備好點菜了嗎？」服務生問著。

雪莉回答：「我來份鹿肉排。」

史威生暗自祈禱著，希望今天鹿肉很老、很難咬，讓雪莉能因此分神，等他待會坦承出軌的時候，希望她看都不看他一眼。史威生則點了鮭魚，一說出口才想到——這條鮭魚要游到佛蒙特，這趟旅程還真是漫長！不過他已經沒有力氣更改菜餚，也不想改變整個計畫。

雪莉舉起杯子說：「來敬個酒吧，敬日子一切順利無事。」

「這聽起來不太可能發生，」史威生說著，「讓我們來敬……敬自己的耐心。」

「沒錯，」雪莉將杯子推過來，與史威生的杯子輕輕碰撞，「敬自己的耐心。」

兩人很快地將酒一飲而盡，接著不發一言，向對方露出感激的微笑。整個氣氛相當融洽，史威生一邊幫兩人倒著酒，一邊說著：「今天我在時代周刊的科學新知專欄裡，看到一篇很奇怪的報導，說最近有種新型疾病，關於腦部機能的問題。」儘管他說的斬釘截鐵，聽起來像在說謊。事實上，他是在昨天的報紙上看到這篇報導的，今天他忙著思考毀滅他人生的問題，根本沒時間翻報紙。他還以為雪莉會戳破他的謊言，點出這其實是昨天報紙的報導，但還好她毫無動靜，所以史威生還可以繼續講下去，雖然他已經不記得為何要提起這段報導。「反正就是腦部有部分受損還是什麼的，使病患一直聞到魚的味道。」

「魚的味道？」雪莉問著。

「沒錯！」

「我才不信。」

「為什麼不信？這可是時代週刊的報導。為什麼妳不信？」

「因為講魚的味道就太明顯是造假的，為什麼不說是……柴油燃料的味道？咖啡味？去光水味？不然就是百合花香也可以？」

如果雪莉認為這樣明顯是造假，那麼他帶她出來晚餐，並向她坦白自己跟學生的外遇，難道不是造假嗎？嗯，其實他與安琪拉之間還稱不上是外遇（他們並沒有真正的性行為），不過等知道學校控告史威生後，相信雪莉將無法分辨出其中差別。

雪莉換個話題講著：「我覺得今年感恩節過的真不錯。我是指，能跟露比一起過節。你覺得耶誕節有沒有可能也這樣過？」

「我對今年的感恩節已經沒什麼印象了。」史威生黯淡地講著。

「我什麼都記不得了。」史威生討厭自己有雪莉不知道的秘密，但講出來又會改變一切，彷彿他跟雪莉都是電影裡的角色，他看她快要走進殺人魔所在的街角，想要大聲地發出警告，雖然他就是那個躲在暗處，等著她上門的兇手。

「我問的又不是過去的事情。我講的是未來會怎樣。好好想一下嘛，你覺得她耶誕節會不會回家裡過？」

「但願如此吧！」史威生能說的就這一句。

兩人沈默了一陣子後，雪莉開口：「還好我們兩個能一起度過這一切。」

史威生現在得跟她坦承一切。但他還是先等到晚餐上桌，希望今晚的菜色能增加雪莉的幸福感受，減緩待會兒得知真相的衝擊。看到服務生將菜餚送上來，史威生心中一喜，並不是他已經餓昏頭，而是確定接下有好長一段時間，服務生不會再前來打擾。一切開盤子裡的鮭魚肉，油膩的肉汁隨即從中流出，讓史威生看了食慾全消。他接著用叉子送了一小塊魚肉放進口中，結果難以下嚥，吞也不是，不吞也不是。

「你牙齒還在痛嗎？」雪莉問著。

「有時候會痛。」

「你應該早點看醫生。真可惜你牙齒在痛，這些鹿肉味道真的不錯，不然就可以分一點給你。」

「好，我保證明天就打電話給牙醫！說到保證……，」史威生深吸了一口氣，「我要告訴妳一件事，妳要保證無論如何都不會恨我。」

「一聽你這麼講，我就覺得大事不妙。」雪莉說著。

「我不是在開玩笑。」史威生的語調讓雪莉放下口中正在吸吮的骨頭。

她用冰冷的眼光直視史威生，說著，「你是不是跟學生上床了？」

這質問真是直接了當，解決了史威生不知如何開口的難題，而且出自於雪莉的口中，整件事聽起來似乎沒有那麼嚴重——原來她早已心知肚明！

「我並不算真的跟她上床，」他趕緊解釋，但一說出口便發現已經太遲了，雪莉其實還不知道整件事，結果自己不打自招！

「那你為什麼……沒有真的跟她上床？」

「因為我的牙齒斷了！」這是最糟糕的回答，因為這把他的外遇跟雪莉所知道的事情連結在一起，而且雪莉還曾為他的牙齒如此地關心。

「讓我把事情搞清楚一點，」雪莉繼續質問著，「你是說要不是你牙齒斷了，你跟她兩人就會繼續完成整件事？」

「應該是那樣，沒錯。」

「那她做了什麼？往你臉上揍了一拳？」

「沒有，她沒有！不過她當時應該這麼做。」也許這樣安琪拉就不會找班森院長，要透過他來好好修理史威生一頓。直到現在，史威生才明白選在餐廳裡跟雪莉認罪，這真是大錯特錯！他把雪莉當作是情緒不穩定的新女友，不敢私下向她坦承外遇，所以選擇在公開場合，預期她至少會為了顧及顏面，不會大吵大鬧。但在此時，雪莉臉上原本快樂輕鬆的表情已消失無蹤，速度之快彷彿是大聲尖叫一般的引人注目，連一旁動也不動的情侶也轉過頭來看他們。

「妳怎麼發現的？」史威生反問著。

「你以為我很笨，」雪莉說著，「你一直以為我很笨，不會發現，對不對？」

「不，不是的。妳是我見過最聰明的人。」

「你去死！」雪莉大聲罵著。隔桌那對情侶現在則是眼睛睜得大大地，看著夫妻感情變質後的連續劇。

「看著我！王八蛋！你幹嘛看別人？」雪莉繼續破口大罵。那對情侶目光搜索著餐廳，尋找服務生的身影。雪莉接著問：「告訴我，只要告訴我一件事就好。她是不是你人在紐約的那天打電話來的那個學生？」

「我想是吧！」史威生回答，「我人真的在紐約。」

「你是不是騙我跟露比說要到紐約，其實就是為了跟她見面？」

「我人真的在紐約，跟連一起午餐！」史威生真高興自己能有說實話的時候。「這種事情我不會說謊的，因為我很迷信，說謊會有報應，像是飛機會失事……。」

「可惜你人還好好的！」十分鐘前，如果史威生講同一句話，雪莉應該會覺得有趣，絕對不是這樣的反應。「她漂亮嗎？」雪莉接著問著。

「一點也不漂亮。」

「那是為了什麼？她年輕？身材火辣？到底為了什麼？」

「不是這些原因。因為她……有寫作的才華。」

「有寫作的才華？原來是跟寫作有關？難道你從來沒想過，這是因為你想跟她上床，蒙蔽了你對她作品……應有的客觀評價？」

「不是這樣的，」史威生辯解著，「要不是因為她寫了這小說，我想我可能還會再三考慮。」他不應該用「再三考慮」這字眼，考慮一次就已經超出雪莉可以忍受的極限。

「我懂了！」雪莉說著，「你不是跟學生上床，是跟她的小說上床！你就像是大明星的影迷，像上完課圍著你的女學生一樣，因為她們『以為』你是大作家，對你崇拜不已。」這次換雪莉用錯字眼，她不該說『以為』這個詞。「你比這些影迷還不如。你像吸血鬼一樣，吸這女學生的血。你只是個女兒不想跟你講話的中年男子，因為你根本無視於她的存在；你只關心自己，只在意自己的問題，只對自己的想法有興趣，其它的就是無意義的狗屎，所以女兒才找個連她老爸都知道的壞蛋交往，就是想引起你的注意，但是你卻完全搞不清楚狀況。」

史威生才不認為女兒的問題是出在他身上。但當雪莉說出口時，一切豁然開朗，聽起來彷彿是簡單的常識。

「要瞭解露比的問題，不需要用到佛洛伊德的心理學理論。」雪莉放下叉子，改抓起牛排刀。「你找女學生當女兒的替代品，所以現在才發生這件事。過去我以為這種事不會發生，因為過去有這種情況時，你最後都能緊急煞車，你過去只要情不自禁地喜歡上某個學生，便開始傻笑地講誰誰誰非常有寫作的才華，然後開始問我你還有沒有吸引力，只要有女學生稍微奉承你一下，你就會問這個問題……。還好每次都是有驚無險，你最後不是沖個冷水澡，不然就是說服自己趕緊停手，並沒有真的做出些什麼。所以我這次以為過去不會發生，現在應該也不會發生才對。不過我當初應該放聰明點。聽到別人老公偷腥，不要以為自己的老公就不會。你們男人遲早都會出軌，真是天下烏鴉一般黑！」

「我想妳這樣說也可以……。」對，如果要殘酷無情地評論，這樣說的確可以。但是事情不是這樣的。這一切跟女兒沒有關，跟渴望年輕的肉體，甚至跟性愛，一點關係也沒有！史威生心中想著，這一切都是因為愛情！當然他不能跟雪莉講出這個原因。不論他如何渴望坦白與贖罪，也絕不會對雪莉講出這個理由。他如此犧牲，希望能有所回報，能獲得原諒，獲得如上帝般無所不知的智慧，就像柴可夫小說裡的目睹上帝神蹟的角色，此刻剎那已化為永恆，超越所有人類的問題。

「她叫什麼名字？」

「安琪拉，」史威生小心翼翼地說著，「安琪拉・阿爾革。」

「不會吧？你在開玩笑嗎？」

「妳認識她嗎？」史威生充滿好奇與興趣地問著，他對安琪拉的感情顯然可見。

「我當然認識她！她三不五時就到我們醫務室來。」

「真的嗎？她常去醫務室嗎？」史威生開始覺得呼吸困難，「她怎麼了？」

「她有自殺的傾向！」雪莉繼續說著，「喔，泰德，天啊！你怎麼會選上全校最脆弱、情緒最不穩定的女學生？我怎麼會跟你相處這麼久，但又這麼不瞭解你……。」

史威生接口：「那位可憐無助、有自殺傾向的女孩要告我性騷擾。」

「很好啊！」雪莉回答，「我希望你受到一些折磨，為整件事付出代價。」

兩人接著沈默地吃完晚餐。到最後，史威生問著：「那接下來要怎麼辦？我們還要維持這個婚姻嗎？」

「再看看吧！」雪莉的回答讓史威生心生恐懼，想像個小孩一樣大聲吶喊——妳說再看看是什麼意思？我要現在就知道！不斷地吵鬧，直到大人讓步為止……。不知為何，史威生想起他的父親，想起父親對他說的話，但每個字已支離破碎，變成只是純粹的聲音，不再具有意義，聽在他耳中，只是一連串的雙關語與隱語。史威生如今年紀已經大了，不用再費心瞭解父親到底說了些什麼。

大概是在他和雪莉專注於爭吵時，鄰座的情侶趁機起身離去，逃離這危險喧囂之地，享受上帝對他們的青睞，享受生活在雪莉與史威生所不屬於的世界。

雪莉並沒有馬上跟史威生分居，還繼續待在家裡達二個禮拜，但這十四天顯得相當漫長，甚至比兩人過去共處的二十一年還難熬，因為分分秒秒都充滿了不安與恐懼——令人出乎意料的是，兩人並沒有爆發情緒化的爭吵，有的只是令人窒息的相敬如「冰」。每次相處都如履薄冰，像是碰上路上的障礙物，不是得想辦法閃躲而過，就是得直接面對，然後摔個四腳朝天。每次的交談都陷入僵局，不論他們如何努力的想找些話題，比方像雪莉談到醫務室的事情，還是史威生聊讀過雜誌的文章，兩人都需要耗費極大的努力，裝出一派自然，彷彿一切都沒發生過的樣子。每當史威生伸手要握雪莉的手，總會中途停住，然後縮回來。每個親密的動作似乎都變得很刻意，或者是變成無心的攻擊。

家裡再也聽不到笑聲！壓力充滿四周，從一早睡醒、煮飯到打開信箱看郵件，每件事情都像是戲劇課練習般刻意，即使獨自一人的時候，依然覺得自己正站在舞台上演戲。與史威生演對手戲的雪莉，每次都得努力地隱藏敵意，避免談論史威生的外遇或是即將到來的公聽會。但是如此一來，兩人之間變得毫無話題，因為每件事都跟這些事脫離不了關係。雖然很多人，例如那天在班森家裡的賓客，甚至連與雪莉也包含在內，都認為史威生有酗酒的問題。對於這點，史威生相當不以為然。但在這個時刻，酗酒似乎可以解決許多更嚴重的問題。這就是上帝創造酒的原因。史威生看著酒一箱一箱地喝光，酒精像是把自己包在一層層的泡棉，隔離四周的世界，隔離外界的聲音與物體，彷彿在史威生與其人生之間形成一道海綿質的緩衝地帶，吸收了外界來的衝擊。酒精讓他麻木遲鈍，但同時讓他充滿愉快的憤怒，這種怪異的組合讓他莫名其妙地充滿活力，耳中的雜音掩蓋了痛苦悲傷的呢喃。

所以當雪莉回家，告訴他女性師生聯盟的事情時，他並不十分專心聽——女性師生聯盟在圖書館門口階梯上舉行集會，拿著告示海報，要求讓優世頓成為女性安全生活的地方；為了迎接那天的到來，女性師生聯盟決定要重新裝置校園，她們在女生宿舍裡掛起布條，上面寫著：「我們不要性騷擾！不要讓性騷擾者逍遙法外！」原本是荒蕪冬季景色的校園，經過她們的布置後，現在則是充滿了狂歡會的色彩。

可憐的雪莉無可避免地在校園遇到她們。她站在一旁，聽著演講者以刺耳的顫聲大聲說她可以講出男人令人痛恨的理由。聽到此處，史威生不禁猜想——安琪拉是否也在行列中？雪莉繼續說著，因為示威的師生擋在階梯上，她不得不經過她們，還被羅蘭攔下來，邀請她當眾講些話，一旁的人還鼓掌叫好。

雪莉說：「我無法走入圖書館，所以跟她們理論，彷彿跟你是同一國的。不過因為已經跟你站在同一陣線太久了，所以連自己也分不清自己到底站在哪一邊，到底是站在誰的那一邊。」

不管是有沒有喝酒，當雪莉說出已經受夠了，想要離開這句話時，史威生可是聽的一清二楚，他只覺得天旋地轉，無法喘氣。雪莉說要暫住到阿爾妮那裡——阿爾妮的老公有天開車經過某個彎道時失控，撞上進路牆後過世，從此之後，阿爾妮便獨自住在諾大的農舍裡。

雪莉講的對。有時候人即使在同一個屋簷下過了一輩子，還是不能完全瞭解彼此。就他個人而言，發現自己已共度大半輩子的妻子，現在居然要離他而去，選擇與阿爾妮共同生活，這真是令他驚愕痛心。彷彿就如雪莉說的，天下烏鴉一般黑，女人本來就是同一國的，一起讀著《簡愛》，一起參加女巫專有的集會。

在雪莉搬出去的當晚，露比打電話回來，史威生有些醉意地接起電話，不過他還是清楚地聽見她說：「我覺得你對媽媽所做的事情，真的是爛透了！」

露比接著說她打電話不是要講這件事，而是她耶誕節不回家，打算到阿爾妮那裡跟雪莉團聚。就讓她們搞個受虐婦女的庇護所吧！從媽媽和愛哭的阿爾妮身上，露比可以好好學習如何當個受虐婦女。除此之外，史威生知道女兒的個性，只要她下定決心，無論如何跟她講道理或費盡唇舌，也無法改變她心意。

好幾個晚上，史威生試著像雪莉煮些東西來吃，像弄個簡單的蛋捲，或是培根義大利麵之類的。不過，他弄的醬汁中起士與奶油根本沒有融化，培根也油膩膩的，更糟的是醬汁還黏在鍋子上，根本沒辦法淋到麵條上。整個過程充滿驚慌失措——一會兒是找不到撈麵的器具，一會兒是蛋捲下的奶油燒焦了，最後史威生徹底放棄。為什麼不學學其他人那樣，只要吃冷凍的微波食品就可以過活！其實，這些食物沒那麼糟。他跟雪莉過去應該試試看才對，何苦這麼講究。但是冷凍食品的魅力持續不了多久，幾天之後，史威生乾脆不吃飯了，只是偶爾熱個烤綠豆或者是奶油玉米的罐頭來吃，改吃有益健康的素食。

大多數的時候，史威生會等到五點才喝酒，不過有時四點左右就開瓶了。在白天的時候，他則是看些書，專心在讀書上，不再想著要聽雪莉開車子回來的聲音，不再想聽她回心轉意後回家的聲音。他也不再等瑪格達打電話來，說即使跟學生亂搞是件愚蠢的事情，她依然是他的朋友；他也不再擔心瑪格達會知道錄音帶的事情——更不再擔心她會知道他拿了安琪拉的小說給連看。

一切彷彿是上天的啟示，或是整個人生的劇情急轉，史威生已經可以忘卻對雪莉離去的悲傷，忘卻他人生的一切，幾乎可以讓自己相信現在的絕境其實是上帝的恩賜。他現在可以盡情地閱讀，無須煩心於教書，可以從閱讀中找尋寫作的靈感。但在此同時，他注意到自己讀的都是關於偷情的經典名著，或者一些在別人眼中是悲劇的愛情故事——雖然有違社會道德，但能改變人生的高貴愛情悲劇，像是「安娜・卡列尼娜」、「包法利夫人」與「紅字」等，內容充滿激情與對不倫之戀的處罰，像是服毒自盡，或是最後身陷牢籠，不然就是臥軌自殺。婚外情故事的主角下場都非常悽慘。根據托爾斯泰的作品，史威生應該去找最近的鐵軌，然後撞火車自殺來了結餘生。這也許不失為一個好主意。不過史威生絕對不會用尋短來解決問題——絕對不步上他爸爸的後塵。

大家對說謊與不貞的姦夫淫婦都毫不寬容——除了柴可夫之外，像在他的短篇小說「帶狗散步的貴婦」中，男主角古羅夫與女主角安娜欺騙了各自的配偶，他們倆都不是完美的聖人，但彼此的愛情改變了兩人，將他們從不斷浮沈的膚淺人生中拯救出來，這就是史威生要的結局——雖然古魯夫依然喜歡自欺欺人，裝模作樣，安娜依然是消極悲觀，怨天尤人，但在情慾掙扎中，他們不再是可笑的小人物，而是依循著慾望、夢想與恐懼行事的人而已，也因此讓人覺得更加可愛與可以原諒，但即使如此，最困難的關卡還在前面等著他們度過；同樣地，史威生也覺得最艱難的關卡還在前面等著自己。

也許托爾斯泰與福樓拜是對的，他應該去撞火車自殺，不然就是喝毒藥自殺，死後全身腫脹發紫。他偶爾會幻想自己一切的罪過都能獲得諒解，畢竟他只是個有缺陷的凡人，並非十全十美的聖人，接著他從沙發上起身，象徵性地找些事情來做，想展現一個面對人生危機應有的風範，表示自己並沒有浪費時間在想些如何自殺的念頭。

某天，在這樣的幻想時刻後，史威生決定要將安琪拉的詩集還給圖書館。這麼做對日後的官司到底是好是壞，他根本不在乎。他想要做這件事，就要達到目標。他不想在家裡再看到這本書。他隔天早上八點起床，此時學校圖書館已經開門，不過要等一個小時，勤奮的學生才會到圖書館唸書，這個時候女性師生聯盟的成員應該都還在床上睡覺，做著女性烏托邦的美夢；連貝蒂都應該還沒來上班，還在家裡忙著把六個小孩子從她裙子下趕出來。

幸運的是，史威生到了之後，櫃臺果真空無一人，整個圖書館無人看守，只要有人想偷架上的雜誌，趁這時候絕對可以得手。史威生把書放在櫃臺上後，立刻衝出圖書館，輕鬆完成如此危險的任務後，他覺得充滿精力與勇氣，甚至想到鎮上去逛逛。自從跟雪莉分居後，他就避免到鎮裡來，並不是擔心碰到認識的人，而是他對街上耶誕節的氣氛有種無法解釋的恐懼。如果他待在家裡，不看電視，不聽廣播，埋首於作者已作古的小說裡，就能避免注意到耶誕節的來臨，這並不是說他特別喜歡耶誕節（事實剛好完全相反），而是如果他想到在這耶誕佳節，妻子女兒都離他而去，他原本低落的情緒一定會跌到谷底。

優世頓鎮又安然地熬過一年了！這親愛的鄉間小鎮！看著街上的佈置，史威生腦海裡想到什麼？紐約第五大道上百貨公司燦爛繽紛的櫥窗擺飾？街上便利商店的雨棚上掛著一串燈泡，閃著微弱的亮光；在鎮上教堂蓋著白雪的草皮上，擺著一些假人，頭戴著皇冠、穿著紫色棉浴袍，表現出「東方三賢士之禮拜」的故事，看起來一點也無法令人感動。史威生不為所動地經過，突然決定想租些錄影帶。今天彷彿是他的幸運日，錄影帶店居然在耶誕節還有營業——也許是為了家庭主婦才開門的，她們把小孩丟在托兒所後，面對冷清的家裡無所事事，只好看錄影帶打發時間。

到了錄影帶店後，史威生先是避開吸引人目光的新片區，走過浪漫喜劇片區，直接往經典名片區前去。他的目光不由自主地往「相逢恨晚」、「遊戲規則」等片集中，看來他選錄影帶的標準跟看小說是一樣的，都是跟婚姻出軌有關。他將「藍天使」從架上拿下來，考慮要租這片子，然後發抖地放回去，並非出於恐懼，而是一股莫名的興奮，他告訴自己這部片要等到哪天真的需要時才租，先挑其它的錄影帶，看些自甘墮落的角色，如何經由拍攝的魔法，搖身成為悲劇英雄。

儘管史威生小心翼翼，保護他脆弱的心靈，封閉外界熱鬧的佳節氣氛與家家戶戶團聚過節，即使他逃到外太空去，他還是清楚地知道今晚是耶誕夜。他買了一加侖的蘭姆酒，還有在超級市場買了好幾箱的蛋酒，回到家之後，把這些酒都倒在水晶雞尾酒皿裡——既然要喝酒，就先好好的調酒，不過最後他找不到長柄杓，只好拿馬克杯直接下去舀。喝了幾杯之後，他發現自己開始慢慢想起過去的耶誕節，所有的情景像跑馬燈一樣在腦中轉著，從現在回想到小時候。想起曾經有個耶誕節，父親給了他唯一的禮物——用一些舊酒瓶，裡面裝著海岸撿來的海藻，相當漂亮的禮物；還有一次耶誕節，買給露比的全新洋娃娃壞了，不再像真的嬰兒一樣會尿尿、會說話，一切功能都故障了，露比整天都哭鬧吵著她要換個新的洋娃娃。

看看現在這樣有多好！有個人的隱密空間，平靜又安詳，還有可以任他喝到吐的蛋酒，一堆慰藉心靈的小說和書籍。可是，史威生為什麼要坐在這麼靠近電話的地方？難道他在等雪莉或露比打電話來，跟他說聲耶誕節快樂以及新年好？他開始幻想安琪拉會打電話來，說她正想念著他。不然她跟家人在新紐澤西，還能想些什麼？她當然想著他——想著要如何作證指控他。連喝個蛋酒都能讓史威生想起安琪拉的小說。

日子開始過得越來越慢。史威生覺得自己像個為愛情苦惱的高中女生，等待著男朋友偶爾捎來的消息。他已經變成了安琪拉小說裡的女主角。在蛋酒發揮效力之前，史威生趁自己還有一絲清醒，趕緊開車往錄影帶店直奔。

值得慶幸的是，在蘭姆酒的影響下，史威生視線的周圍已經呈現一團模糊，讓他看不到車外有些孤獨的男子正前往紅燈區過耶誕節。事實上，他並沒有比這些人好到哪裡，來到錄影帶店裡，雖然不是找以兒童為主角的色情片，但走在經典名片區的史威生一樣有罪惡感。「藍天使」已經不在架上，到處都找不到。史威生瘋狂地找著每個架子。片子已經乏人問津，還有誰會來租？不，安琪拉就租過。也許是她租回家看，邊看邊想著他……。喔，他到底做錯了什麼事？為什麼會受到這樣的境遇？他還幫忙她寫小說，不是嗎？

史威生衝到櫃臺，店員是個金髮藍眼的美少女，長得很像畫像中的天使，她正偷吃藏在櫃臺下的馬鈴薯片。如果史威生要跟學生搞不倫之戀，也該找像這樣的美女，而不要找個臉上都是孔環，只想投身主流出版事業的野心家。

史威生問她：「『藍天使』還在店裡嗎？」

「嗯，我不知道耶，」這位美少女回答，「『藍天使』喔……。要不要改看『風雲人物』？你看過沒？這是關於天使電影裡最好看的一部喔。它還進了十大強片排行榜。本來都租出去了，不過剛好有人還了一片回來。你要不要改租這一片。」

他解釋著：「這是部三〇年代的德國片。」對史威生而言，知道自己要看的是「藍天使」，而不是「風雲人物」，這點非常重要。但這又有什麼差別？又有誰管他喜歡看哪部電影？他人生的一切都毀了，就為了一位難纏無趣的女孩，為了一位毫無道德觀念且野心勃勃的少女，為了成名不惜獻上身體……。

美麗的店員繼續講著：「我看過一篇報導，百分之九十的美國人相信自己有守護天使。」

「比率高的驚人。」史威生回應著，「我是說，比率還真高。」

「像我也很相信，」美少女講起她的親身經驗，「幾年前，我有個男朋友，他只要喝酒就會對我拳打腳踢的。有天晚上，他拿了一條木棍來找我，然後我看到一個穿著白袍的天使從天而降，緊抓著我男友的手，直到他手中的木棍掉下來。」

「真是太神奇了！」史威生敷衍著，心中想起安琪拉房間門口所貼的亞夫登海報，這位墮落天使帶著燃燒的利劍守護著安琪拉……。史威生接著問：「片子到底在不在店裡？」

「應該還在吧，電腦上說還沒借出去！」

史威生幾乎是用跑的回到經典名片區，這次很快就找到目標——原來就在他身後的架子上，用不起眼的黑白色盒子裝著，像個清高的隱士，不願意貼性感照片來吸引客人。

「好好享受這部片吧！」美少女店員說著。她與史威生兩人都無法掩飾完成交易後的輕鬆愉快，這樣的氣氛很有可能又會導致不該發生的結局，也許她的守護天使在耶誕夜為她選錯了對象，為她帶來不堪設想的慘劇。

「耶誕快樂！」她說著。

「耶誕快樂……。」史威生囁嚅地回答。

在看錄影帶之前，先再喝幾杯蛋酒。舉杯敬祝雪莉、露比、安琪拉與瑪格達，另外還要敬寬宏大量的班森院長、羅蘭還有他所有學生。他在喝了幾杯之後，居然還能保持清醒地操作錄放影機，這真是上帝存在的最好證明。放進錄影帶後，一開始是用手寫成歪七扭八的導演、演員與工作人員的名字，光等這部分跑完就得花上一段時間，史威生原本可以快轉跳過，不過他需要一點時間來醞釀情緒，等第一幕上場——鏡頭先是一群在籠子裡呱呱叫的雞鴨，然後轉到教室裡，一群學生正鬧哄哄地亂成一團，但當教授海爾・拉斯一進來，全場立即安靜下來（史威生真希望自己也能如此），然後拉斯開始沒收學生帶來的傳單明信片——上面印著蘿拉穿著羽毛裙子的性感照片，她挑逗人的模樣讓拉斯十分好奇，想見見她本人，所以前往那罪惡的深淵，那萬惡的蛇窟——藍天使俱樂部。

史威生在椅子上坐定，又舀了一杯蛋酒起來，等著拉斯與蘿拉在後台相見的一幕——拉斯自我介紹：「我是大學教授。」接著瑪琳・戴德莉所扮演的蘿拉用冷淡的語調稱讚著，彷彿兩人在上流社會的宴會裡，說著：「那這樣的話，教授您應該知道跟淑女說話，應該要先脫帽吧。」就是這句話讓拉斯陷入劫難。在蘿拉講出帶有一點性虐待暗示的：「要聽我的話……你才能留下」後，男女權力關係逆轉，使他無可救藥地深陷其中——史威生最不能忍受的是，拉斯的學生其實就躲在蘿拉的房內，將一切看在眼裡。

另外還有一幕也是史威生所不能忍受的，那就是蘿拉拒絕為了錢向顧客示好，她說：

「我可是藝術家！」。當蘿拉用英文唱著名曲「再度陷入愛河」時，史威生用手蓋著臉，從指縫裡看著電視——這掌握一切的女人，假裝無助地唱著情歌，所有聽眾都拜倒在她的裙下，電影裡外的兩個教授也無法倖免。對這種女人還有她們的……藝術，史威生真的是完全沒輒。劇情進展到現在，等一下，他剛才錯過了什麼？拉斯與蘿拉已經共度一夜良宵。憑什麼連這麼愚蠢、暴躁與長相平凡的教授都能夠連臼齒都沒有咬斷地享受性愛。史威生應該別再這麼自以為是了。

當蘿拉告訴拉斯：「你真可愛」，史威生抓起遙控器，倒帶重播剛才的那一幕，想找出拉斯到底有什麼要訣。這又是何苦？蘿拉是真心愛拉斯嗎？她的溫柔是真實的嗎？這個蘿拉個性粗野，帶著男孩子氣又性感動人，安琪拉彷彿是她的翻版；這部影片似乎能解決他真實人生的問題，但情節的步調實在太快，答案一閃而過，不論史威生如何倒帶，也找不到任何蛛絲馬跡。

他與安琪拉之間的關係像條羊腸小徑，跟蘿拉與拉斯之間的發展大不同（他們至少還有結婚）。拉斯不久便淪為幫蘿拉發傳單的小廝，而史威生幫安琪拉向連推薦小說，這兩者之間有何差別？這當然有差別！他跟拉斯當然不同——他絕不會像拉斯那樣跪在地上，穿起蘿拉的絲襪，做出任何有損自尊的動作，也絕不像他那樣學雞叫或扮小丑，讓魔術師把蛋敲在他頭上。

史威生難過地想起安琪拉小說裡的雞蛋。他難道就比拉斯好嗎？他從來沒出過醜嗎？他現在不是正在扮小丑嗎？為什麼要忍受公聽會的羞辱，而不有尊嚴地辭職？他知道這場控訴絕對沒有勝算，絕對無法證實自己的清白。他就是想公開受到羞辱，想享受那羞愧與後悔的感覺。在那十五分鐘的公聽會上，他將扮演「紅字」裡的璞琳或者是電影裡的拉斯教授，扮演自甘墮落的悲劇英雄。透過電影藝術的力量，史威生終於認清自我，諒解並原諒自己。他從來不知道自己是個被虐待狂，不過顯然有此怪癖。他從沒認真欣賞過安琪拉的打扮風格，不過他內心某個深處一定深受那種龐克勁裝吸引。他從來不認為自己是個小丑。看來這世界真是處處充滿驚喜！

影片繼續播放下去。穿著小丑服裝的拉斯教授回到家鄉表演；在看到蘿拉躺在扮演大力士的馬茲巴懷中時，他怒火中燒，忍不住打了蘿拉，卻因此被一群人憤怒地圍毆。受人羞辱的拉斯，帶著滿身的淤青，蹣跚地走回他曾經任職的教育聖殿，在午夜時偷溜進教室內，最後趴在書桌上斷氣。史威生誠心希望這種事不要發生在他身上。

他的人生跟拉斯的人生不同。在這錄影帶中，這教授為了一位冷血無情的下流賤女人，捨棄了一切，這跟他完全不同！拉斯在結局時死去，並不表示他也會這樣死去。拉斯的故事已經結束，而史威生人生的結局還要等陪審團來決定。至少他還會再一次看到安琪拉，在那公聽會上……。

在最後幾句用來交代劇情的台詞說完後，「劇終」兩字依然留在螢幕上。片子的結束讓史威生不寒而慄，讓他決定要重看一遍，不過這次要記住——安琪拉不久前也看過這片子。她要還錄影帶的時候，還碰上他，那段時光已然失落，也不再屬於他的人生。

在參加公聽會的前一晚，雪莉打電話來說：「我不想再跟你多講些什麼，只是打個電話，祝你明天好運。」這證明了雪莉真是個心胸寬大的好女人，在丈夫要公開受污辱的前夕，還打電話來表示祝福。但這也讓史威生覺得更加愧疚，居然對這樣的好人做出那麼可惡的事，難怪雪莉到現在還不肯原諒他。其實很多人都背著太太偷情多年，比他還要糟糕好幾倍。史威生沒有早點開始，這是他最大的錯誤。

史威生決定上床去，希望睡眠能取代自己憤世嫉俗的抱怨，帶來快樂開朗的想法。他想著自己與安琪拉之間的愛情，雖然誤入歧途，但絕對是真愛；想著這一切都只是誤解，最後終能獲得大家的諒解。但其實他內心真正的想法是——這一切並不是誤解。他相信其中是有意義存在的，像蘿拉其實愛著教授，而安琪拉也愛著他，至少曾經是的。

但睡意就像嫌這個任務過於沈重，一直不肯降臨到他身上。一個小時接著一個小時過去，他躺在黑暗中，演練著明天面對委員會時要說的講稿，細細思考每句台詞，說明他到底做了些什麼，說他對安琪拉的小說滿懷敬意，說教書其實充滿了情慾的隱喻，說當老師把學生當平等對象看待時有何危險——對！就說他把安琪拉當平等對象看待，這絕對會贏得委員會女性成員的認同，還可以讓安琪拉弄清楚自己在做些什麼。就這樣想來想去，到了清晨五點他才終於入眠，卻得七點就起床，醒來他只覺得疲憊不堪，昨天擬的草稿一個字也記不得了。

他穿上深色的西裝——適合被告身分的打扮。雖然說這只是聽證會而已，但其實就是審判，並不是跟同事聚會寒暄，也不是什麼座談會，不是一個野心勃勃的老師召集各科老師共進午餐，藉此拉攏人心。這是決定他未來的一刻。為何不直接面對無法避免的未來，穿好壽衣躺到墳墓裡？西裝的兩個肩膀上各有一道像粉筆灰的痕跡。史威生用手擦了擦，結果痕跡卻更加擴大。算了，除非他得當場雙膝跪地，否則誰又會看到他肩膀上的痕跡？

史威生頭也不回地從車庫裡倒車出來，甚至連後照鏡也不看，彷彿擔心自己會變成聖經裡羅得的太太一樣，只要往後看就會成為鹽柱。他也知道把自己比喻成聖經人物，其實是毫無意義的，他只是個教英文寫作的老師，而且待會即將受到同事們的審判與定罪。想到這裡，他覺得自己像是壯烈的殉道者，準備脫離舊有人生的蛹殼，站上審判台，展現正直無邪的人格——就像是聖女貞德。

史威生在開往學校的途中，突然發現自己忘了刮鬍子。好吧，乾脆就符合委員會所期待的形象好了，就當個滿臉鬍渣、頭髮花白、有戀童癖的老頭強暴少女的罪犯。如果雪莉陪他出席公聽會，可能會要他深呼吸，一步一步慢慢來，就像教導他拉梅茲分娩呼吸法一樣。但現在這種恐懼與驚慌，才是本能的反應。

但這跟本能又有什麼關係？等會要舉行公聽會的卡波特廳，從落成一開始，就是個象徵壓抑人類本能慾望的紀念館，是個陰森的清教徒地獄，具備多種用途，有時是禮拜堂，有時是演講廳，不然就是私刑房，而今天則是當作法庭使用。這樣的情況會越來越常見，最好現在就習慣。在卡波特廳裡，也許曾經舉辦過火燒女巫的集會，而今天要上演的則是火燒教授的戲碼。

他不敢相信學校會在卡波特廳舉辦公聽會，這實在太誇張了！這個半圓形的演講廳比較適合解剖屍體，並不適合舉辦調查史威生在教學上是否有不當之處的公聽會。為什麼不在班森院長的辦公室，那裡如俱樂部一般的溫馨氣氛，也許會使大家和樂融融，和平地在私底下解決問題。為什麼要選這冰冷的公共場所？有多少人會來參加？就史威生所瞭解，應該全校都會出席吧！那為什麼不選擇在體育館舉辦？

就在反覆思考之中，史威生不知不覺地把車停在卡波特廳附近的停車場，下車後才發現自己對這次公聽會根本一無所知，像有誰會出席？調查委員會成員有誰？時間會多久？該不該帶律師出席？換做是別人應該都會問這些問題，但史威生就是沒有，他所做的只有將安琪拉的色情詩集還給圖書館，然後租一部德國經典老片，內容是關於一個古怪老頭的愛情問題。院長秘書上次打電話來的時候，他應該問些相關的細節問題，但是他就是不想問，他閉口不提，秘書也樂得輕鬆。史威生只有問她公聽會的時間與地點。他應該事先做好準備工作，一方面研讀相關書籍，深入調查委員會每個成員的個人資料，一方面計算自己的勝算，想好抗辯的內容。但他該怎麼抗辯？說那捲錄音帶經過剪輯。這聽起來完全沒有說服力。

史威生一抵達卡波特廳的門外，學校鐘聲剛好響起，表示時間是十點整。他小心地走在結著薄冰的路面上，避免一不小心跌了個四腳朝天——史威生幻想自己摔倒，頭撞倒地面，就這樣死在通道上，裡面的委員會還以為他遲到了；然後他們會知道史威生的死訊，一輩子帶著愧疚，後悔今日齊聚一堂，毀了一個已往生者的人生。

史威生努力地將這次公聽會聯想成看牙醫一樣，是很久前就約定好的，只是到今天才赴約。忍一下就過去了，最後一定會結束的。想著想著，他突然記起來——應該趁現在還有保險，趕緊去看牙醫，補好那個斷掉的臼齒。難不成他捨不得這顆臼齒，想把它當作紀念品，證明他跟安琪拉之間的關係？這是他所想證明的東西，另外還有一件事，就是他想瞭解為什麼自己的下場會是如此，想瞭解到底發生了什麼事，以及其背後的原因。如果他像一般的成年人，早點辭職，離開這城鎮，將永遠無法滿足他孩子氣的願望——他想知道安琪拉的感覺。

他的目的顯然跟調查委員會的不同……。

史威生走向這古色古香的磚製建築，預計裡面應該滿是看熱鬧的群眾。等他一走進去，發現裡面其實沒什麼人，他停下腳步來，欣賞著廳內簡樸的佈置；在一排往下的階梯的盡頭，是個小型的前台，像個等待好戲上場的鬥牛場。外面的雪光透進窗戶，將整個廳內照得像撲了粉般的雪白。

在這半圓形大廳的前台上，擺著一張長木桌，後面有七個座位，上面坐著委員會的成員其中有一張是空的（原來委員只有六個人）。有幾個旁聽者，坐在第一排的座位上，也許他們是證人吧。

史威生沿著階梯往下走去，在離前台約三排座位的地方停下來。風度翩翩的班森起身跟他握手，然後扮演著好主人的角色，示意請他坐在往上第三排走道旁的位子。

委員會的其他成員不想跟史威生握手嗎？還有，這五個人，二男三女，到底是誰？史威生認得班森，嗯，那個女的，不就是……羅蘭嗎？這下可好，委員會已經有三分之一的成員對他有不良印象。這算不算不當安排，嚴重違反了史威生應有的權益？委員會居然包含第一個聽到錄音帶的班森，以及女性師生聯盟的教職員會長羅蘭？

史威生猜想這表示班森考慮相當周詳。羅蘭的出現其實相當合理，這樣才能安撫她領導的那群女暴民。除非羅蘭在場，見證整個事情的進行，不然這個公聽會就會宣布無效。但是羅蘭的加入對史威生到底是兇是吉？她那一天親眼目睹他開車載安琪拉——在那決定命運的一天，整個婚外情就是在那天開始，也在那天結束。那天到柏林敦之行原本是趟單純的旅程，回來之後他的人生卻整個崩潰瓦解。他就像亞當一樣，茫茫然地將禁果拿在手上。

另外一個女的成員會是瑪格達嗎？她來這裡是幫他說話的嗎？來對抗班森與羅蘭這幫人？要是她因為要爭取永久聘約而背叛他？要是她知道史威生欺騙了她——他居然沒有幫好朋友推薦詩集，反而將安琪拉的小說帶到連的面前？不知道她會有何反應？

最後一位女性成員是愛蜜里亞・羅德里蓋茲，美麗的拉丁美洲研究系系主任。也許她的出席是個好兆頭。她是波多黎各人，對兩性關係的看法應該比較開放，不會像清教徒那麼的保守。史威生還記得上次在班森家的宴會時，自己還希望她也能在場；想到這裡，他這才發現委員會的成員有一半都參加了那次宴會，都親眼目睹他失態的行徑，看過他毀了當晚的餐會。史威生心理想著，愛蜜里亞，妳上次沒參加宴會實在可惜，不過今天真是歡迎妳出席現場，妳的黑髮一絲不苟地綁到後面，可能是綁的太緊，妳的眼睛有點往上吊；妳纖細的手指交叉著，顯得耐心十足，威嚴但不失優雅，像個明察秋毫的法官（不過法官大人不會穿著時髦的亞曼尼女性套裝才對），又像西班牙詩人羅卡作品裡那個邪惡的老處女姊姊。

其他的男性成員應該是班森院長的心腹，到底是誰呢？怎麼史威生能認出三位女性，卻認不出班森旁邊的兩個男人是誰？這就是史威生問題的癥結所在——缺乏男性盟友。好吧，那個應該是……比爾，人類學系的比爾・格利森，他為人和藹可親，身體不是很好，靠著當年在納瓦侯原住民保護區的研究貢獻，在學術界混到現在。他頭腦冷靜，應該不會受到校園主流意見影響而屈服。另一個男的是，這要花點時間想……卡爾・芬利，化學系的老師。這兩位都是正直且理性的君子，雖然說有點書呆味，但都公正無私，行事循規蹈矩。有這兩位在，史威生的命運似乎有點轉機。

這六個人掌握了他的人生，史威生應該要好好看著他們，至少也要假裝一下，不要把注意力放在別人身上，例如不要一直盯著安琪拉看。

她就坐在第一排。至少他認為是那個人就是她，應該就是安琪拉。不過她今天有點不一樣，首先她頭髮顏色變了，改成了閃亮動人的紅褐色，看起來應是她真正的髮色。她蛋形的頭顱看起是如此脆弱。還有她今天的穿著也很怪異——完全不同於平常的風格；她今天穿著整齊的卡其服，配上紅色的絲絨毛衣，一副乖乖牌女大學生的打扮。根據史威生的了解，她平常都是穿黑皮衣，臉上裝著亂七八糟的孔環，這才是安琪拉真正的裝扮，這是他所瞭解的安琪拉。也許他根本從來就沒瞭解過她。好的，他現在知道了，只是太晚了。

她不再坐沒坐相，而是端正地坐在椅子上，在委員會面前，表現出乖女孩的模樣。她的父母坐在她身旁，一顆微禿的頭還有一顆金頭髮的頭緊緊地靠著安琪拉的頭，她頭上像裝了兩顆燈泡。他們倆顯得小心緊張，急著保護無助的女兒。他們一定是從電視上學來的，學會該裝什麼表情，做什麼動作。

史威生希望他們能回頭看自己一眼——他們臉上的表情一定會透露出還記得跟他會面的情形，提起安琪拉開口閉口都是他，說他是全世界最偉大的作家，她有多麼崇拜他。但是如果他們成功地從腦中移除那一段記憶，那該怎麼辦？全世界就剩史威生知道事實的真相。不行，他不能冒險跟他們有眼神接觸。他的心臟噗通噗通地跳著，胸口覺得疼痛，呼吸開始變得急促。要是他倒下去，一定會造成尷尬的混亂場面，然後被送到醫務室，雪莉現在應該在上班，剛好可以見她最後一面……。

班森微笑並且說著：「嗨，泰德。你今天能過來，真是太好了。」

「嗨，泰德！」其他人紛紛向我打招呼。嗨，泰德；嗨，泰德；嗨，泰德。史威生應該怎麼回應？別這麼客氣？我今天很榮幸參加這個公聽會？彷彿他的出現讓這個聚會蓬篳生輝？他沒什麼好說的。他只點點頭，什麼都不說。他們會不會認為這是具敵意的舉動？

班森看了羅蘭一眼，史威生曾看過他用同樣的方式向他太太使眼色。讓羅蘭暫代女主人來開場吧！

羅蘭隨即開始說：「史威生教授，感謝你今日的出席。相信你也認識在座的調查委員，瑪格達、愛蜜里亞、班森、我本人、比爾還有卡爾。在此也感謝各位委員的出席。另外，也感謝安琪拉與阿爾革夫婦出席此次調查會。好的，我想大家都知道整個程序。首先委員會將請志願的證人出來作證。」證人？有誰會出來作證？史威生真想知道，到底有誰會來這裡輪流說他的壞話？「此次無需交叉質詢證人，畢竟這次公聽會並不是審判。」這下可好，委員會就不用擔心會有程序正義等棘手問題，可以好好的對他痛下殺手。

安琪拉用力地點著頭。這戲也未免演過頭了，史威生心想著。他此時剛好看到安琪拉的爸爸把手放在她手上，史威生不由得嫉妒起這個男人——他想摸安琪拉就可以摸，什麼都不用擔心。他到底是不是安琪拉的親生父親？對這位曾有肌膚之親的女子，史威生怎麼如此不瞭解與不信任？先不管這點，這男的知不知道安琪拉寫了一本詩集，描述著他如何對她伸出魔掌，如何對她留下心靈創傷，讓她日後從事色情電話女郎的工作？

史威生輕輕地點個頭，扮演好一個陰沈色情狂的角色。趕快開始吧！他等不及想看有誰志願來作證，有誰要害他丟掉飯碗。

之前院長秘書打電話的時候，曾經問他有沒有推薦的證人名單，可以在公聽會上幫他說些有利的證詞。要找誰來當證人？要找誰來說服委員會那個錄音帶是經過編輯的，而他是個好老師，不應該以這樣不實的證據，就認定他以推薦小說為條件逼安琪拉獻身？也許他應該把哥溫德找過來，那天在電腦賣場碰到的店員，讓他來出席作證，說那天安琪拉看起來像不像是史威生的性奴隸。其實史威生還比較喜歡委員會眼中的自己，是個辣手摧花的色情狂，而不是現實生活中迷戀學生而自甘墮落的可憐蟲，一切就像是「藍天使」電影的真人真事版。

「好的，」羅蘭說著，「也許我們應該開始了。泰德，我們只需要找出事情的真相，對你並無惡意，相信這也是你想要的。」

公聽會現在聽起來比較不像審判，而像父母管教孩子一樣——父母親拿著成績單或者毒品，質問孩子怎麼成績這麼差，怎麼會吸毒。史威生從來沒這方面的經驗。他的父親精神不太正常，不太去管他成績的事情。史威生到現在才進入反抗的青春期，而班森與羅蘭則是嚴格管教的父母。

「好吧，那麼，」換班森開口，「現在開始吧！我們都知道今天大家在此，是為了調查這次……嗯……性騷擾的指控案。」他很快地講著，彷彿已經在他歐洲高雅的文化教養，以及要把史威生趕出優世頓的決心之間，找到了平衡點。「安琪拉・阿爾革小姐指控希歐多爾・史威生教授對她性騷擾。」

班森這麼多年都叫他泰德，現在就改口叫希歐多爾。

「本委員會在深思熟慮之後，採取了幾個證人的證詞。」幾個證人的證詞？當委員會找證人的時候，史威生都在做什麼？喔，沒錯，他看了一卷錄影帶，把安琪拉的詩集還給圖書館，喝了點蛋酒，就是忘了找可以證明他人格高尚的證人。

「你有什麼問題嗎，泰德？」

「沒有！」史威生回答。事實上，他心中有很多問題，但他很確定，這些問題委員會都不打算提出來討論。

「那妳呢，阿爾革小姐？」

安琪拉將目光掃過整個會場。她那張素淨的臉孔從史威生的眼前一閃而過。「我沒問題。」她回答著。

「很好，」羅蘭說著，「那戴夫是否準備好了嗎？」

「我想應該可以了。」班森回答。

班森接著輕輕地點個頭，門隨即打開，大家目光往上集中，看著戴夫・史達利特從階梯上走下來。他穿著亮眼的斜紋棉布褲還有時髦的布鞋，配上稍嫌緊身的藍色外套，戴夫今天看起來就像六〇年代的同志，像是美國詩人法蘭克・歐哈拉的朋友。戴夫今天會說些什麼？戴夫有資格講史威生的不是嗎？他以前都會勾搭同性戀師生會裡最帥的學生，今天居然敢來作證，指控史威生對安琪拉有不正當的企圖？但是至少戴夫在出錯前便收手了，至少沒有人對他有任何微詞。班森起身跟戴夫握手，然後帶他坐上證人席。

羅蘭先對他打招呼：「感謝你能過來，戴夫。感謝你肯撥空前來。」

「不客氣，」戴夫回答著，「不過來參加這次的公聽會，不是我所希望的事。」

羅蘭咬著嘴唇點頭。瑪格達則翻著手邊的資料。為什麼她不看史威生一眼？不向史威生招個手，眨個眼睛？

「戴夫，」羅蘭繼續講著，「可否先請你向大家描述十月十一日晚上在班森院長家中發生的事情？」

「嗯，當天晚上其實很平常，」戴夫回答，「我們享受了一頓美味愉快的晚餐。整個餐會進行的幾乎完美無缺，除了院長的新爐子有點問題之外⋯⋯。」

「喔，我的好朋友，」班森馬上採取回應，「別跟大家提這件事，拜託⋯⋯。」

戴夫莞爾一笑，繼續講著：「院長夫人發揮神奇的廚藝，將烤焦的香腸，加點馬鈴薯泥之後，就變成道地的英國肉派，曾經受過英國保姆照顧的人，一定知道它的滋味……，接著是一道氣派豪華的甜點，道地英式的甜點。」戴夫忘了提麥片餅！

「史威生教授當晚也在場嗎？」卡爾問到。委員會一半的成員，羅蘭、瑪格達與院長，早就知道這問題的答案。

「是的，泰德跟雪莉一起參加。」

接著是一陣沈默，沒有人想碰觸這個問題。

「那當晚史威生教授的行為舉止如何？」比爾打破僵局。

「很好啊！」戴夫回答，「大部分的時間都好……沒什麼不正常的地方。」

「整個晚上都這樣嗎？」羅蘭繼續逼問，她非常清楚當晚發生了什麼事。羅蘭這麼問不是出於個人因素，而是為了維持調查記錄的完整性。

「幾乎是整個晚上。畢竟當天時間也有些晚，大家都累了，教書工作又這麼辛苦，再加上喝了不少酒，」戴夫再度微笑，「在場的每個人都可能會有不當的言行舉止，只不過是剛好發生在泰德身上。」

戴夫真是個仗義執言的傢伙！他才不想來當證人。他努力地要幫史威生說些好話。不過現在為時已晚，什麼也無法改變。戴夫想要表達什麼已經變得不重要了。天曉得以後班森會怎麼對付戴夫？說他過去好幾年行為不檢點，與同性戀學生亂搞？

「我們都瞭解這些事是如何發生的。」羅蘭說著。才怪！她什麼都不瞭解！

「史威生教授那天有哪些不正常行徑，是你認為委員會應該知道的？」愛蜜里亞問著。史威生捫心自問，自己曾經得罪過她嗎？在教職員晚宴上，他幾乎沒機會跟她交談過，即使有也是寥寥數語，怎麼她現在會對自己如此氣憤，一雙巧目閃著憤怒的目光？愛蜜里亞只是在做好她的工作，扮演好調查委員的角色罷了。

「嗯，有件事挺奇怪的也挺諷刺的，」戴夫回答著，「那就是那天晚餐時，我們談論的主題剛好就是性騷擾！我會記得這個是因為……晚餐後，我記得我跟傑米討論過，說泰德言行表現得如此偏激，讓我覺得他本身是不是有性騷擾的問題。」

史威生心中的憤怒如火山一樣爆發，想到傑米與戴夫背地裡討論他，就覺得怒不可遏。此外，他也想抗議調查委員為何問這些問題。餐會是私人的事情，要把重點放在課堂上，放在那令人崩潰的工作環境上。

戴夫說：「在晚餐的時候，大家討論起平常上課的情形，分享涉及性別議題時的緊張與棘手的經驗，相信大家都知道最近這個情形。」六個委員一致地點頭，顯然他們有相同的體驗。戴夫繼續說著：「突然間，泰德開始用最令人不安的言詞……。」

「怎樣的言詞？」羅蘭輕聲問著，「你還記得嗎？」

「我寧可忘了！」戴夫回答著。戴夫這句話引用了小說《錄事巴托比》的台詞，羅蘭、瑪格達與班森對他報以一笑，而化學系與人類學系的兩位委員則完全摸不著頭緒。

「我們能瞭解！」瑪格達說著。這是她的第一句話，顯然是出於善意，想幫助戴夫早日脫離苦海，結束他作證的部分。但是聽到她講「我們」兩字，彷彿她已經跟這群人同一陣線，史威生感到相當不安。

「謝謝你的出席，戴夫。」羅蘭說著，其他委員也跟著道謝，謝謝你、謝謝你、謝謝你。班森再次與戴夫握手，然後戴夫走過史威生的身旁，對他眨眨眼，並說：「祝你好運！」

大家看著戴夫沿著階梯往上走去。喔，每個人都希望能像他這樣自由地離開。接著大門「碰」的一聲關了起來。如果在這裡舉辦演講，門開關的聲音這麼大，難道不會干擾講者嗎？班森應該去找庶務組的麻煩，而不是在這裡審問史威生。

「接下來是誰？」班森問著羅蘭。羅蘭看了看筆記後回答：「貝蒂・赫斯特。」

當貝蒂從階梯上走下來時，她大大的裙子像降落傘一樣張開。原來她的腳這麼小？史威生心裡想著，自己怎麼從來沒注意到？不過他馬上看出貝蒂的恐懼，像個身軀龐大的女孩還要努力地面對上芭蕾舞課的痛苦。她的每個細胞都只想待在圖書館櫃臺後面，不想出現在這裡，不想讓委員看著她小心翼翼的下樓梯，隨時有摔倒的危險。她停下腳步，跟史威生握個手。在史威生的眼中，她的臉龐變得一片模糊。該死，她眼中的淚水差點讓他也泛起淚光。

她問道：「泰德，你還好嗎？」

史威生想一頭撞在她像枕頭的胸部上。居然問這個問題，史威生真想殺了她。

「我很好！」他回答。好得很，貝蒂。好的不能再好了！」

貝蒂頓了一下，然後衝動地往前傾身，對史威生輕聲說：「我真希望這一切都沒發生！」

「我也是！」史威生說著，「相信我。」

貝蒂微笑，嘆了一口氣，接著轉身往前。在與班森握手之後，她繼續維持著脆弱的微笑，坐到證人席上。拜託！出來作證又不是貝蒂的錯。她得保住飯碗，她有小孩要養！

「謝謝妳的出席，貝蒂！」羅蘭說著。

貝蒂誇張地嘆氣，說著：「我覺得這事真是令人遺憾！」

遺憾！她有什麼好遺憾的？遺憾史威生跟無辜（至少大家認為如此）的女學生上床？還是遺憾史威生的人生就毀在這其實沒那麼無辜的學生手中？調查委員又開始看手邊的資料夾。

「好的，貝蒂，」羅蘭說著，「妳要向委員會報告的是──關於史威生教授於十一月一日向圖書館借書的事情。」

「是的，」貝蒂回答。

羅蘭接著往椅背上一靠，示意由其他委員接手發問。在一陣沈默後，愛蜜里亞開口問著：「史威生教授借了什麼書？」

瑪格達再也忍不住，仔細地盯著史威生，皮膚細緻的美麗臉龐緊繃糾結著，細紋看起來比平常更加明顯。平日像個病美人的瑪格達現在看起來根本就是一團糟。瑪格達愛他，或多或少可以這麼說。在全場所有人當中，只有他們倆知道這本書的由來──就是那天的午餐約會，瑪格達告訴他安琪拉的詩集被收在圖書館裡，放在英詩區的架子上。瑪格達現在不是該起身，承認是她告訴史威生這件事？她當初為何要跟他提起這本書？是要了找話題，還是要引起注意？兩個老師私下談論學生的事，史威生知道這樣是很殘忍的行為。史威生將自己的目光從瑪格達的臉上移開。如果他們對望太久，委員會搞不好會以為他也跟瑪格達上過床。

「能不能請你描述那本書的內容？」羅蘭逼問著貝蒂。

「嗯……，」貝蒂支支吾吾地回答，「那是本詩集，嗯……，應該說是小冊子，是安琪拉自印的。」

「詩都是些什麼內容？」羅蘭繼續問著。

「嗯，我只能說……內容有許多……關於性愛的東西。」

「對不起，打擾一下！」比爾打斷兩人的問答，「也許我真的是社會學科的老古板，不過我實在不明白，學生的作品怎麼會擺到學校圖書館的架子上？」

比爾，問的好！讓瑪格達來向大家解答吧！她曾經鉅細靡遺地跟史威生解釋過——因為她不想要為了安琪拉在課堂寫的作品惹上麻煩，惹上像史威生目前所處的麻煩。

「她說這是要送給學校的，」貝蒂解釋著，「她一直堅持要我收下。出於禮貌，我不好意思拒絕。除此之外，這本又不是圖書館唯一收錄的情色書籍……。」

出於禮貌！史威生知道這是什麼意思。他就是出於禮貌，才會乖乖地坐在這裡，而沒有往前狠狠地給班森一拳。不禮貌的人永遠為所欲為，就像安琪拉一樣，不斷地逼迫貝蒂收下她的色情詩集，這點就可以讓大家看清楚安琪拉的真面目——她是個為了事業不擇手段的色情文學家，野心勃勃的瘋狂作家，靠著威脅勒索的手段，把自己的作品放進神聖的知識殿堂。她這樣的人當然會像條毒蛇鑽進史威生的心中，蠱惑他為她推薦小說。安琪拉真的是這樣嗎？史威生真希望自己知道答案。

「我今天把書帶來了。」貝蒂說罷便從她茄紫色的大袋子裡拿出安琪拉的詩集。貝蒂伸長手臂把詩集拿給羅蘭，羅蘭則是不屑地看了它一眼就往旁邊傳。史威生當初不該把書還回去。但如果說書還在他那裡，委員會搞不好會要求他拿出來當證物，這樣反而會更糟。史威生等著羅蘭要求幾個勇敢的委員當場朗誦出幾句詩，但最後她並沒有這麼做。

「為了更能釐清實情，」羅蘭說著，「在此採用這本詩集做為證物。」

證物？不利於史威生的證物？當然，不然是針對誰？比起四十七歲的教授用學生的詩集來意淫，寫情色詩集的十九歲作者當然無罪！史威生還有什麼好抱怨？他已經很幸運了，畢竟沒有人當場朗誦安琪拉詩集的內容，也沒有讓旁聽者傳閱這本書。如果他以旁觀者角度看著委員個個小心翼翼地翻閱詩集，費心決定書的猥褻程度，然後再傳給下一位，這種情形其實還挺有趣的。瑪格達並不想翻閱，她知道裡面的內容為何。羅蘭把詩集放入檔案夾裡，像在丟用過的保險套一樣。這本小冊子就這樣消失了！就這樣解決了大家的問題，真是方便！貝蒂當初還煩惱怎麼處理安琪拉的贈書，現在這個小問題已經獲得完美的解決。為什麼史威生想偷書時，她不能睜隻眼，閉隻眼就算了？

羅蘭接著說：「貝蒂，能不能請妳跟委員會稍微詳細地描述書裡面詩句的內容？這樣在記錄上會比較清楚。」

羅蘭在想什麼？難道她不清楚整個狀況？貝蒂已經被這冷血的質問逼得眼淚直流？現

在還要她唸出安琪拉詩集裡不堪入耳的內容？

貝蒂急中生智，趕緊說：「嗯，其實我也只有大略地翻過這本書。我記得瑪格達教授曾經教過這學生，也許她會知道……。」貝蒂越講越支支吾吾，最後乾脆沈默不語，逼得羅蘭將注意力轉向瑪格達。

「瑪格達？」羅蘭問著。

當然，瑪格達是不二人選。親愛的瑪格達可以實話實說，不帶任何偏見或廢話，描述詩集的內容，然後讓這場鬧劇繼續下去。

瑪格達開始說著：「裡面是一系列關於情色的詩文，描述一位從事色情電話工作的女孩，另外還有關於性侵害兒童，亂倫等次要主題……。」

性侵害兒童，亂倫！史威生看見每個男性委員臉上像是覆蓋了一層冷霜。莫名其妙地，史威生突然想起身為安琪拉的詩辯護。他對瑪格達的說法相當不滿，因為她刻意不提這些詩具有……張力！對，張力！上帝救救他吧！

在此同時，羅蘭似乎還不肯罷手，她要讓每個委員清楚瞭解這本詩集可不是浪漫少女情懷的作品。

「瑪格達教授，妳會用『描述生動』來形容這本詩集嗎？」

「描述生動？」瑪格達微笑著，但大家依舊板著臉。「我只能說生動得過火！」

顯然這句話是個信號，要大家一起瞪著史威生。為什麼他們不盯著安琪拉與她父母，看看他們知道女兒寫了這種關於亂倫、強暴兒童的色情詩，他們會作何反應？不過，個個德高望重的委員正忙著觀察史威生胯下有沒有勃起，怎麼有空看安琪拉呢？對不起，今天本人的下體完全沒有反應，讓各位大人失望啦！

羅蘭說著：「謝謝妳，瑪格達。貝蒂，妳還有沒有什麼想要跟委員會報告的？」

「嗯……。」聽到貝蒂這聲嗯，史威生不禁覺得心驚膽顫，因為她聲音裡透露出忍不住想跟人嚼舌根的衝動。

「請說，貝蒂！」班森勸誘著。

「嗯，當史威生教授要借書的時候，他的舉動相當奇怪，讓我不得不注意。」

「怎麼奇怪法？」班森問著。

「嗯，我當時有種奇怪的感覺，覺得史威生教授想……嗯，不是說想偷走這本詩集……，而是想透過不正當的方法把書借走。」

「史威生教授的何種舉動讓妳有如此聯想？」愛蜜里亞問到。

「沒有，這一切只是我的感覺。最後也許他改變心意，但也許是我想太多了，他之後就把書拿出來給我，我幫他完成借閱的手續。」

他是哪裡得罪貝蒂了？史威生立即知道了答案。

「還有一件事……史威生教授一直到大約一個禮拜前才還書。」喔，就是這個原因；答案揭曉！他犯了圖書館的滔天大罪——借書逾期不還。貝蒂可不是宅心仁厚的慈母，她其實是有仇必報的壞巫婆，身為圖書館員，只要有人借書逾期，就要將罪犯送上電椅做為處分。等一下！資深的教職員不是可以無限期地借書嗎？每個教授的辦公室不是都堆滿了逾期未還的書籍與論文？所以，原因應該是他借了安琪拉的詩集？這可不是一本尋常的書！這可是安琪拉第一版的色情詩集，算是無價之寶！

「謝謝妳，貝蒂，」羅蘭示意貝蒂任務已經完成。貝蒂站起來，轉身離開會場，但這次並沒有停下來跟史威生來段感性的對談。史威生永遠不會原諒她，永遠不踏進圖書館一步，永遠無法忘懷今天發生的事。貝蒂應該也不會在意，因為史威生日後應該也進不了學校的圖書館。

班森停了一陣子，然後疲倦地說：「講到色情電話……，史威生教授曾用他辦公室電話……打了通色情電話，這點亦需列入記錄中。」

史威生已經瀕臨崩潰的邊緣。他難道沒有隱私？沒有憲法保障的基本人權？什麼時候委員會有權力調查他的電話帳單？嗯，是他辦公室的電話帳單。

「下一位證人。」班森喃喃地講著。

卡羅斯動作俐落地跳下階梯，像個拳擊手般身手矯健。在經過史威生身旁時，他還輕輕地往史威生的手臂打了一拳，動作間透露著男性之間的情誼。卡羅斯跟貝蒂不同，不會因為壓力而怯懦流淚。卡羅斯今天與史威生站在同一陣線，他是為了拯救他的教練而來。令史威生感動的是，卡羅斯今天還穿上西裝，打扮比史威生還正式。等卡羅斯走到階梯底部時，史威生還以為他會舉起雙手，好好歡呼一番。沒想他只是安靜地坐下來，把兩隻手肘放到桌子上。

「謝謝你的出席，卡羅斯，歐茲培克先生。」羅蘭說著，其他委員也跟著囁嚅地講些歡迎之詞。

「我其實不太想出席的。」卡羅斯一邊說著，一直直視著班森。

「我們也跟你一樣，」班森做出回應，「相信我，卡羅斯。」院長第一次直接稱呼他的名字，相信卡羅斯一定注意到了。

這該死的傢伙！史威生心中罵著。他從來沒想到班森原來如此卑鄙。除了他還有誰能領導這麼虛偽的學院？這個公聽會真是能反映出每個人的真面目。

「卡羅斯，」羅蘭接手，「我知道這對你很為難。但是為了學校與同學的利益，我們必須請你回答些問題，因為你的同學推選你當發言人。」

聽了這消息，史威生心情為之一振。大多數學生其實都痛恨他，沒想到他們居然選卡羅斯做代表——選了最有可能幫史威生說好話的學生！史威生帶著後悔與感激地想著每個學生。他們是他班上的學生，每個成員都團結在一起。史威生對他們，還有對自己的要求都太嚴苛了！他們顯然從老師身上學到寬容這東西！每個人終於都有所成長！

「我不知道什麼發言人的事情，」卡羅斯回答著，「我只說我知道的事情。」

「這樣就夠了！」愛蜜里亞說著，她把自己當拉丁美洲的貴婦，對著卡羅斯這鄉村少年施捨恩惠。

「好吧！」羅蘭接口說，「史威生教授在課堂上是否有任何行為，讓你特別覺得不舒服或是反感？」

「沒有，夫人！」卡羅斯回答。這聲「夫人」可真是千金難換！在感化院與部隊生活這麼多年，讓卡羅斯有站在這裡的勇氣，面對羅蘭的嚴刑拷打也不會崩潰。

「完全沒有嗎？」換班森逼問。

「沒有，完全沒有。」一樣的回答。

這是在審判史威生的教學專業嗎？難道是他搞錯了，這次的調查會不是要討論他與安琪拉的性騷擾案嗎？他跟安琪拉可不是在教室裡上床的！不過史威生突然想到——比起真正上床，他跟安琪拉在課堂上的互動其實更令他感到刺激。

他閉上眼睛，耳中聽到有人問卡羅斯：「你是否注意到史威生教授對待安琪拉的行為，有任何不尋常之處，任何違反教學道德與超乎預期之行為？」他花了一會兒才明白這是瑪格達的聲音。跟她平常聲音不一樣。她為什麼問這問題？她是不是在第一次在校園遇上他與安琪拉的時候，就發現不對勁的地方？如果是這樣，她大可當時就問他！史威生會很樂意知道她看到了什麼。因為除了安琪拉所做的一切之外，史威生也渴望聽到瑪格達親口說——當她遇上他與安琪拉時，她便發覺……他們之間是兩情相悅的！

「沒有，至少我覺得沒有！」卡羅斯回答。

「那他對安琪拉的小說態度如何？」問的好，瑪格達！把焦點拉回主題上來，問著關於上課、學習、工作的問題。

「他挺喜歡的，」卡羅斯回答，「其實這也難怪，安琪拉的小說寫得真的不錯。好吧，就算大家嘴上批命批評，不過我覺得每個人心裡都還挺喜歡的。」

「阿爾革小姐寫了怎樣的小說？」比爾問著。

「我們也只看了其中一章，」卡羅斯回答，「所以只能從那一章來講。」

「那小說的內容是什麼？」羅蘭當然早知道答案——小說描述著陽具崇拜的男性霸權對女性的欺壓迫害。

「嗯，」卡羅斯開始講著，「小說的主角是個女孩，一個高中女孩，選擇觀察蛋的孵化做研究計畫。」聽到研究計畫這麼明確具體的字眼，卡爾與比爾顯得精神一振。

「還有呢？」羅蘭又提出問題，「你還記得什麼細節？」羅蘭要得到她想要的答案。她一定聽說了那小說的事情。是誰告訴她的？是瑪格達？還是安琪拉？羅蘭是否已經看過那小說了？史威生倒希望如此，希望每個委員都看過了。這本小說一定會改變他們的看法，連他們也會承認，安琪拉真的很有寫作才華。

卡羅斯接著說：「有一幕描寫了女主角暗戀著她老師的情形。」

「有沒有同學覺得奇怪？」換班森接手，「對於安琪拉寫女學生暗戀老師的故事，有沒有同學覺得不妥？」

「沒有！」卡羅斯回答，「完全沒有。史威生教授從一開始上課，就對我們說不要將作者與作品有所聯想。」

卡羅斯真是個乖孩子！比起在場的眾人，卡羅斯就像捍衛倫理道德的中流砥柱，糾正社會亂象，就像耶穌訓示著廟宇中的老者一樣。

「我知道了！」班森彷彿有所反省地講著，「我同意這是相當有智慧的見解。」

卡羅斯繼續講著：「而且女同學寫的東西起碼有一半都跟暗戀老師有關。她們沒到過很多地方，也沒嘗試過別的事情，除了寫暗戀老師的故事，還能寫什麼？」

好吧！夠了，卡羅斯。再講下去，班上同學一定會跳出來，撤銷他身為發言人的資格。

「卡羅斯……，」羅蘭終於開口了，「你和同學是否曾懷疑史威生與安琪拉之間有不正當的關係？」

「沒有！不過我們現在知道了！其實，我一點都不覺得有什麼。這種事難免會發生的。人跟人之間會彼此吸引。這也沒什麼大不了的。」

卡羅斯的聖人形象就此毀滅。委員絕對不會相信自己花了一輩子精力與時間來維持的道德標準，居然不敵卡羅斯這種惡徒般的想法。

班森咬著這話題不放：「史威生教授涉嫌以利益交換，說服安琪拉與他上床。我想這件事全班現在應該都知道了吧？」

「什麼利益交換？」卡羅斯反問。

「他答應要幫她把小說拿給他紐約的編輯看，幫忙將她的小說出版。」

不，院長，同學們不知道這件事。卡羅斯完全不需要回答，答案完全寫在他臉上。

這就是史威生的報應——誰叫他在課堂上實行這種虐待狂制度，要學生在別人摧殘蹂躪自己的作品與內心時，還得保持沈默，他現在就遭到報應了！委員會應該要設想周到點，事先提供塞住他嘴巴的東西，克制他想大喊「卡羅斯，別相信他們！」的慾望。事實才不是這樣子！但他又能說什麼？該怎麼對卡羅斯說？嗯，卡羅斯，我的確拿了她的小說給我的編輯看，因為她寫的比你好太多了？他是不是真的有位在紐約的編輯已經不重要了；即使有，他也不可能以推薦小說為條件，要求學生跟他上床，不僅是因為他還是有道德感與價值觀，他還有虛榮心與榮譽感，再加上事實證明，這樣的交換條件，他也不一定真能在性愛上得到快樂與滿足。

「不，」卡羅斯說著，「我們都不知道。天啊！我先把事情搞清楚。對不起，我並不是要……。」每個人看著卡羅斯，都感受得到他的忿忿不平——安琪拉居然享受全班都沒有的特殊待遇，知道這樣的事情後，他對老師的忠誠漸漸減弱，不確定該不該背叛他的教練。史威生想要告訴他——真正不公平的地方在於上天給予人不平等的寫作才能，這一切跟他與安琪拉之間發生的事無關。但講這種話並不能拉近他與委員會的距離，或是拉近他與卡羅斯的距離。

「好的，卡羅斯。」班森打斷他的話，「先等一下。請先告訴我們，你本身也是作家嗎？」

「我希望是如此！」卡羅斯回答。

「嗯，就我個人而言，」班森繼續說著，「我認為作家通常有驚人的記憶力，能增進寫作靈感。」

「我想是吧。」

「那麼試著發揮你的記憶力，然後告訴大家，在整個學期的上課中，是否曾經發生一些有點奇怪……不尋常的事情？」

卡羅斯所受的軍事訓練與人生經驗都告訴他，絕不可多說，除了自己姓名、階級與編號之外，一個字都不可透露。但是院長稱呼他為作家，有一半的委員都注意聽著他說的每個字，這樣的誘惑與虛榮他怎麼能拒絕？卡羅斯怎麼能讓他們失望？他努力回想，不論是一點點的蛛絲馬跡，也都要拿出來滿足在場的委員。

「班上有個有趣的現象。我們討論了很多同學的作品，都跟……」卡羅斯搖搖頭，彷彿連他待在海軍時也沒聽過這種怪事，「嗯……獸交有關係……，就是跟一群動物做愛。」對，就是卡羅斯帶頭的，他先寫了一個偷窺狂的故事，有天他偷看到隔壁的少女與德國牧羊犬在……，然後開始大肆宣傳，告訴暗戀著那少女的朋友。委員會請把他寫的這個故事也放到記錄裡！

「跟動物？」班森重複說了一次，語調充分顯示出英國人的鄙視與懷疑。

但在同時間，人類學系的比爾顯得興致勃勃，彷彿看到一群以寫作進行秘密儀式的少數民族，好奇他們到底在寫些什麼關於獸交的故事。

「有哪些動物？」比爾問著。

卡羅斯再度搖搖頭，「嗯，一隻雞。」

班森也開始感到有趣，追問著：「卡羅斯，你這是說在史威生教授的寫作課上，有個學生寫了一個故事，其中有個人跟……一隻雞進行性行為？」

「一隻死雞！」卡羅斯不吐不快。底下有人咯咯地竊笑，有人則是大驚失色。班恩看著史威生，而史威生則是搖頭以對。史威生死定了。先是打色情電話，然後上課都討論些獸交的故事。他這學期過得真是「多采多姿」！

「我瞭解了，」羅蘭突然開口，「這其中似乎可以看出個端倪。」

「什麼端倪？」卡羅斯小心地問著。

「你剛才不是說阿爾革小姐的小說跟雞蛋有關？現在換成死雞……？」羅蘭顯然被訓練得相當好，擅長找相關的隱喻來穿鑿附會。

「可是在安琪拉的小說裡，又沒有人拿雞蛋來做愛！」卡羅斯反駁著。

那是因為在你沒有看到後面的部分，史威生心裡想著。他居然為了比在場的人看過更多安琪拉小說的內容而感到驕傲，這證明他已經無藥可救了！

「你剛才說一群動物，」比爾仔細地分析著，像平常做社會科學一樣注重數字，「所以……還有其它的動物了？」

卡羅斯回答：「還有牛和狗。」

「是在同一個作品還是在不同的作品？」愛蜜里亞問著。

「不同的作品。」

「不同的學生寫的？」卡爾問著。

「沒錯。事實上，那個有狗的故事就是我寫的。」卡羅斯終於說出真相了。

「這些都是在同一個學期的發生的？」班森問著。

「對，都是這學期的事。」

班森做著結論：「你這是在告訴委員會，在同一個學期內，史威生教授寫作課的學生寫了人類跟一群牛、雞與狗獸交的故事？」

卡羅斯更正：「是一隻牛，一隻雞還有一隻狗而已。」

「真有趣！」班森說著。

「我也是這麼想。我跟同學還常說終於知道要怎樣引起史威生教授的注意。」

難道他們真的是這麼想？以為寫些獸交的故事就可以引起他的注意？這可是天大的誤會。史威生耐著性子，一邊心不甘情不願讀著他們的爛作品，一邊擔心討論這樣的作品會不會被學生告性騷擾——沒想到擔心的事現在成真，當初的憂慮果然是正確的。真正引起他注意的是安琪拉的小說。

委員仔細地思量卡羅斯最後一段話，有幾分鐘都沒有後續動作。羅蘭冷酷地看著其他委員，確定大家已經發問完畢，然後說：「謝謝你，卡羅斯。感謝你今天的出席並且如此地坦率。」

卡羅斯回應著：「我想聲明一點。我個人認為，寫關於獸交的故事並沒有什麼不對。我覺得本來就必須讓學生有想寫什麼就寫什麼的空間。」

卡羅斯慷慨激昂地捍衛著寫作自由的人權，不過這番話現在說已經太遲了。

班森對他說：「我們同意你的看法。最後，謝謝你今天的幫助。」

還有哪幾位忠心耿耿的學生會出現？會到委員面面前示威抗議，為史威生做辯護？也許大家都會出現吧？公聽會還沒結束。卡爾斯身手矯健地往上走去，眼神避免與史威生接觸。

過了一會兒，大門突然被打開，克萊麗斯・威廉斯輕踩蓮步地沿著階梯走下來，她的出現將冷冰冰的會場變成服裝秀的舞台，耀眼迷人的她正在伸展台上輕盈曼妙地走著台步，伸直著修長的粉頸，不斷地左顧右盼，彷彿是在面對著台下的鎂光燈。史威生好像聽到委員們不約而同地倒抽一口氣，好像在遺憾沒有教到像她這樣的學生。

「謝謝妳今日的出席，威廉斯小姐。」連班森也折服在克萊麗斯的美貌下。

「不客氣。」克萊麗斯淡淡地說著，讓人無法看出她是被迫出席，還是來對史威生落井下石。

「我知道問這些問題對妳或許有些為難，所以我們會盡可能地快點把事情結束。首先，在妳的經驗中，不論是在課堂上或是下課時，史威生教授對妳是否有任何……不當之行為。」

「沒有。」克萊麗斯搖頭。她這麼說雖然是為史威生辯護，但同時也減低她證詞的可信度，因為在場沒有人會相信在一群女學生中，史威生居然不喜歡像她這樣的大美女，反而對安琪拉情有獨鍾。大家一定會以為克萊麗斯在說謊，不然就是史威生瘋了才會選安琪拉。如果他真的瘋了，不就剛好可以以精神異常為理由，避免這場性騷擾的官司？

只有史威生與克萊麗斯知道她說的是事實。史威生心想著，真是可悲，他到底是哪根筋不對，怎麼對克萊麗斯從沒有過綺想，卻花了好幾個月的時間為安琪拉失魂？真是不幸；真是荒謬！他不是個正常的男人。

班森繼續追問：「史威生教授是否曾有任何行為，讓妳懷疑他與其他學生之間有不正常之關係？」

「你指的是……？」

班森解釋：「妳是否曾經在……出乎意料之外的場合，遇上史威生教授與安琪拉兩人。」

「是的。有一次，我看見史威生教授從安琪拉宿舍房間走出來。」克萊麗斯小聲地說著，所有委員身體都往前靠，想仔細聽內容，唯有史威生往椅背靠。

「走出阿爾革小姐的房間？」班森為了確定而再次問著。

即使是現在，史威生還期望克萊麗斯能實話實說，修正她剛才講的話——她其實沒有真的看見史威生走出安琪拉的房間。她只是在樓梯上碰見他，便猜想他是從安琪拉的房間出來的。這兩者差之毫釐，失之千里！

「是的！」克萊麗斯回答。難道史威生不曾教過她細節有多麼重要嗎？

「妳還記得是什麼時候？」

「事實上，我還記得。是剛好在感恩前前，因為當我看見史威生教授時，我還以為是那個同學的爸爸，到宿舍來幫女兒把行李運上車。所以當我發現居然是史威生教授時，我真的是嚇了一跳。」

順道一提，史威生的確是身為人父，但是他女兒不是安琪拉。

「妳當時跟史威生教授是否有交談？」羅蘭問道。

「只有打聲招呼。」

「他有看到妳嗎？」換比爾提出問題。「是的，他有看見我。」

「妳有對任何人提起這件事嗎？」羅蘭又接手。

「沒有，」克萊麗斯回答，「有這必要嗎？」

她有這必要嗎？喔，當然沒這必要。這個問題有點多餘了。除非聖人才會保持秘密，放過這種閒言閒語的機會。不然班森怎麼會這麼瞭解該問她哪些問題？史威生這時才想到——克萊麗斯一定都跟每個委員說了；當她聽到委員會在找證人的時候，她自願參加，並一五一十地講出所知的一切。史威生現在知道情況有多糟，一切對他越來越不利，從卡羅斯被迫背叛他之後，剩下的學生一定在排隊等著要對他落井下石。

「當史威生教授發現妳看見他離開阿爾革小姐的房間時，他的反應如何，能不能請妳稍加形容？」

「我只能說他反應有點……不自在。」

「妳覺得他……有罪惡感？」班森逼問著。

「我只能說他顯得相當不自在。」克萊麗斯更正他。

「謝謝妳，威廉斯小姐。本委員會感謝妳的協助。」班森冷若冰霜的說著，他從來沒受過學生的當面反駁。

看來等著出來作證的學生相當踴躍，現場已經無法維持證人出場的秩序——下一個證人是柯特妮．阿爾卡特，她幾乎是用擠的把克萊麗斯推下台來。跟安琪拉與卡羅斯一樣，柯特妮今天也改變形象，不再做鄰家女孩的打扮，沒有塗口紅與戴耳環，也不穿寬大的牛仔褲與毛衣。她今天穿著水藍色的套裝，這套衣服應該是她媽媽精心挑選的，為了讓她出席正式場合時候打扮。

柯特妮一屁股坐到椅子上，沒有等委員說些客套話，也不等委員問問題，立刻像香檳開瓶一樣，便開始滔滔不絕地大放厥詞。

她先講著：「我知道大家都不會把這件事說出來，所以我覺得今天我有必要跳出來把一切講出來。我們早就知道事情有點古怪，因為史威生把我們當垃圾一樣對待，有時他會用暗示的方式，有時他藉由別人來表示——特別是安琪拉，他老是透過安琪拉來批評我們。但是等我們討論安琪拉的小說時，他都不准我們提出批評；當我們要表達意見時，他就說我們是白痴，而安琪拉是天才。所以我們就知道他一定是和安琪拉上過床……。」

「對不起，」史威生終於忍不住發言，「相信委員會當然能瞭解，老師會欣賞學生的作品，原因應該不止這點而已。」

柯特妮把史威生的忍耐逼到極限——讓這白痴低能、不知感激的女孩如此指控批判，已經超過嚴刑拷打的上限。聽這個愚蠢的年輕女孩批評他的專業能力，這讓史威生實在無法忍受，相信委員會自然能理解他的苦衷。然而史威生突如其來的反應，讓班森顯得不知所措，在那一瞬間，他彷彿認不出史威生是何許人也。

「我們當然能理解，」班森最後做出回應，「但是泰德……能不能請你先保持沈默，等我們完成……。」

「對不起，」史威生說著，「但這實在超出我所能忍受的範圍。」

「沒關係，」柯特妮一派紆尊降貴地說著，「反正我要講的就這些。我只是想講出來，因為我知道其他人沒有這膽量。」

「感謝妳的作證，感謝妳的勇氣。」羅蘭說著。

在經過史威生身旁時，柯特妮對他展露一個迷人的微笑，充滿著伸張正義後的勝利感。她怎麼能不高興？上台說出所謂的「事實」，讓她覺得獲得解脫，她可以安心地繼續寫她的濫情小說。史威生今天學到一個教訓，以後他再也不要批評學生——當然以後他也沒這個機會了。

下一位證人遲遲未出現，現場一片寂靜。難不成柯特妮這番剖白吶喊就是最後一段證詞，大家已經準備要定史威生的罪了？各委員開始翻閱手上的檔案夾與證人名單，連安琪拉也有一份名單。現場每個人都有一份，除史威生之外。班森看了看他的高級名錶，史威生則是看了看他的卡西歐電子表。已經過了一個小時了。羅蘭用手指頭敲著桌面，每個人都用動作表示不耐煩。史威生希望這時能發生點什麼事，好打斷現場地靜默與無聊，讓他暫時不想擔心等公聽會結束後自己會有什麼下場——太太沒了，工作也沒了，將要無家可歸。史威生拉長脖子，只能看見安琪拉的後腦勺。

班森此時開口：「根據我手上的名單，下一位證人是馬修・麥克伊溫。也許他忘記時間，或是他改變主意……。」

馬修・麥克伊溫？他要來說什麼？說他在錄影帶店外面遇上史威生與安琪拉。史威生心想委員會要的就是這種證詞——有人親眼看見他跟安琪拉在同一時間出現在同一地方。

馬修應該會說他在諾斯街上遇見他們，看見兩人當街熱情擁吻，手牽手逛街。馬修有千萬個理由想看史威生的悽慘下場。

「我去看看他有沒有在外面。」比爾用他像童子軍般清脆的高音講著。在任何人搶著出去看之前，他早就兩步併一步地走在階梯上。他這一去就可以消失一陣子。他真是幸運，能暫時離開這裡。

等他回來的時候，並沒有帶著馬修，反而帶了阿爾妮・薛莉出現。他牽著她的手，一方面是攙扶著她入場，一方面像擔心她會逃走，所以緊抓著不放。阿爾妮今天穿著會反光的制服，一副卑躬屈膝的模樣，身體不住地顫抖。她來這裡幹什麼？一定跟雪莉有關。

比爾幾乎是把阿爾妮架到椅子上。在與班森握手的同時，她完全不敢與任何人有眼神接觸。一反剛才的情形，委員會並沒有對她的出現道謝，她倒像罪犯一樣，皺著眉頭往下看自己的指關節。

班森知道最好不要插手，讓羅蘭來發問即可。

「阿爾妮，」羅蘭先問道，「妳可不可以先告訴我們阿爾革小姐是否曾到醫務室看診？」

「嗯，她來了好幾次。」

「是什麼原因？」

「她……有點健康上的問題。」

「怎樣的問題？」如果必要的話，羅蘭就算在此耗上一天都會覺得無所謂。

阿爾妮只有在此時用疑問的眼光看著班森，詢問這位大家長是否可以回答，這可是違反醫務室與病人間的隱私。

「貝蒂，妳……，」班森輕聲地說著。

「我是阿爾妮。」

羅蘭提出指正：「貝蒂是剛才的圖書館員。」羅蘭顯然不怎麼喜歡班森，但她更討厭史威生。

「嗯，阿爾妮，」班森改口，「學生的醫療記錄也算是學校記錄的一種……。」

這是真的嗎？換做是一般的律師會怎麼說？阿爾妮才不敢這麼問，她才不敢當面對院長挑釁。

「嗯，她有癲癇症的問題，輕微癲癇症，不過……目前有用藥物控制，沒什麼太大的問題。不過藥物的副作用是憂鬱症。有一次她來醫務室，雪莉・史威生跟我正在值班……。」

講到雪莉的名字，讓阿爾妮這段話重要性突然升高，讓她成為全場注意力的焦點。每個委員都知道雪莉是誰。整個會場的張力與緊張氣氛更是隨之升高。史威生突然注意到自己也跟著停止呼吸好一陣子。

阿爾妮用顫抖的聲音說著，讓人不禁聚精會神聽著：「然後她說……她說她有自殺的念頭。我嚇壞了。我馬上叫雪莉過來。雪莉拿可口可樂給我跟安琪拉喝。我還記得安琪拉說她很擔心遇不到真愛，很擔心以後沒有小孩，擔心她的癲癇症會讓一切更加糟糕。」

這聽起來一點不像安琪拉會說的話。史威生印象中的安琪拉一向堅強有主見（還是這一切都是她裝出來的），居然也為了一般少女的問題而煩惱，史威生實在是難以想像。安琪拉難道到醫務室是在做小說題材的研究？就像她拿史威生為研究對象，塑造出音樂老師的那個角色一樣？史威生難道還沒學到教訓，不知道不該把小說與現實生活混為一談？

「雪莉跟你跟安琪拉說些什麼？」羅蘭問著。

「說來也奇怪，」阿爾妮回答，「我清楚地記得為了安慰她，我跟雪莉跟她說出我們怎麼遇見自己老公的往事。」

台上的委員用眼角的餘光看著史威生，或應該說，看著史威生的軀殼。他已經靈魂出竅，思緒已經脫離現場，細細地咀嚼阿爾妮剛才這番話。

原來如此！謎底終於揭曉。難怪安琪拉小說裡影射了他跟雪莉相遇的情節。他並沒有發瘋或者精神有問題。一切都有能解釋的原因——嗯，有些可能沒有，但有些一定有。比起想到和藹可親的雪莉，為了安慰自己老公偷情的對象，對她講著當初如何跟史威生相遇的往事，這樣的頓悟顯然有趣許多，一點也不會痛苦。

「然後呢？」羅蘭問著。真是好問題。可以讓史威生來作答。然後，安琪拉回到家，根據他跟雪莉在急診室相遇的過去，編出小說裡的情節。但史威生是唯一知道這件事的人，也是唯一在意的人。其他人都不知道這件事跟整個控訴案的關聯。安琪拉吸取了他生活中的點滴，轉移到她的作品裡。這難道不就證明她在意他，不時地觀察他？史威生一顆心懸在安琪拉與雪莉之間，不斷快速地擺盪著，速度之快讓他覺得有些許的不適。

「然後，安琪拉看起來比較好了一點。」

「對不起，」班森打斷兩人之間的問答，「妳這是在說，一位有自殺念頭的學生到醫務室裡，妳跟雪莉只是坐著喝可樂，跟學生聊些妳們過去的戀愛史？」

「我們人手不夠，」阿爾妮趕緊講著，「而且……我們有將安琪拉轉介到柏林敦的心理醫師。」

「柏林敦？妳是說學校讓想自殺的學生自己到柏林敦去？」班森語調中充滿威脅——等他處理完史威生的事情，接著就要好好整頓醫務室。學校這樣就可以請雪莉走人。喔，史威生到底做了什麼好事？不僅毀了自己的人生，還害雪莉有如此的下場。雪莉根本沒做錯事，不應該有這樣的處分。

「妳們有沒有追蹤安琪拉是不是真的有跟心理醫生聯絡？」班森繼續問著。

雪莉怎麼沒做這最後確認的動作？史威生不禁納悶。因為雪莉與阿爾妮都看得出來——安琪拉在說謊。女人都看得出來，安琪拉是個騙子。瑪格達甚至還警告過他。

阿爾妮最後不甘示弱地回答：「我們照顧學生照顧得了一時，照顧不了一輩子。」難道除了史威生之外，大家都沒發覺現場已經爆發階級之間的戰爭？阿爾妮代表勞工階級，在照顧嬌生慣養的學生多年之後，還遭到這些虛假的英國上流社會階級頤指氣使，積壓的情緒終於爆發出來。

「當然不是這樣。」羅蘭出來調停。

「可以了吧？」阿爾妮耐著性子地說。是的，她的作證部分就這樣結束了；但整個事情並沒有告一段落。她的證詞讓委員在道德上更加鄙視史威生——他不僅是以幫忙推薦小說利誘學生上床，而是利誘一位有自殺傾向的弱勢學生上床。

「還有委員要問阿爾妮問題嗎？」看來每位委員都對她避之唯恐不及，除了愛蜜里亞之外——她似乎沒察覺剛才阿爾妮與班森針鋒相對的階級大戰。

愛蜜里亞問道：「阿爾革小姐是否曾經提及她與史威生教授的關係？」

阿爾妮回答：「我覺得她才不會跟雪莉……泰德的太太講這種事。妳覺得會嗎？」

愛蜜里亞聳聳肩。不難從中看出拉丁女人的溝通互動方式。

羅蘭接著問：「等一下！阿爾妮，妳是不是還有什麼事要告訴大家的？」

「對，還有一件事。」阿爾妮的聲音像隻細長尖銳的針頭，準備注射致命的毒液。「我想讓大家知道，這件事對雪莉來說有多麼難熬。」阿爾妮直視著史威生。他只能用手把頭蓋起來，想要把手指塞入耳朵裡，大聲唸著無意義的字眼，企圖掩蓋阿爾妮的聲音，她說著：「雪莉非常堅強；她非常堅強。」

史威生覺得自己才是外遇的受害者——老婆選擇阿爾妮，棄他而去。現在只有阿爾妮，而不是史威生，有這權力對一屋子的陌生人代表雪莉發言。史威生想走向前，抓住安琪拉的手，叫她看看她做的好事！但是他也知道——他真的做錯了。這就是今天舉辦公聽會的原因。如果他開始低頭嚎啕大哭，大家能不能就此罷手，趕緊各自回家？

「謝謝妳，阿爾妮。」羅蘭說著。

「別客氣。」阿爾妮看著比爾，好像等著他像剛才一樣攙扶自己出場。不過阿爾妮身體狀況又沒有問題——六十幾歲的她是個身體健康的護士，剛才還充滿活力地在台上作證，在史威生的棺材上釘下另一根釘子。她絕對可以靠自己的力量走出去，從椅子上起身然後離開。當阿爾妮走過安琪拉與她父母身旁時，史威生想看看如果他們知道自己女兒有自殺傾向，會作何反應。顯然一點反應也沒有。他們太專注於自己的任務——今天出席是來對女兒表示支持，並且要看到正義公理獲得伸張。

每個委員這時也看著安琪拉與她的父母。沒有人覺得奇怪突兀。看來這一切早就事先安排好了。

羅蘭開口說著：「安琪拉，妳準備好了嗎？可以上台來談談了嗎？」

安琪拉，妳準備好了嗎？其他的證人就沒有這種待遇。其他的證人何時上台下台，都是任憑委員會左右。一切都是因為安琪拉才開始的，而這是她想要的。她早就準備好了，從一開始就是如此。

安琪拉渾身發抖地站起來，走向委員會的桌子。隨著她的移動，史威生覺得自己彷彿可以在她毛茸茸的毛衣下，看見那老是鬱鬱寡歡的龐克女孩。他等著看她跌倒，不然就是屁股撞倒桌角，但是她卻沒有出糗，順利優雅地坐到椅子上，像個初次參加宴會的少女。即使經過改裝，她的肢體語言不是應該跟往常一樣，應該能顯現出她真正的自我，就像阿爾妮那個荒謬的故事一樣，即使小孩被綁架犯更改服裝打扮，從鞋子還是可以看出孩子的身份？要改變平時的動作習慣，不會這麼快速與徹底吧？不過，這點對演員而言就不會是什麼大問題。看來安琪拉真是多才多藝，不僅會寫小說，還會演戲！

其他的委員選擇迴避，讓羅蘭一個人來詢問安琪拉問題——在處理這脆弱的少女與逼問敏感的證詞上，羅蘭絕對是第一人選。

「安琪拉，」羅蘭說著，「在開始前，大家想對妳說一件事，我們瞭解要妳站出來是件相當為難的事情。妳願意挺身而出，幫助我們杜絕這種問題的再度發生，真是勇氣可嘉。另外，我想講的是，我們都聽過妳與……史威生教授對話的那捲錄音帶。全體委員一致同意毋須在此播放這捲錄音帶。院長秘書已經幫我們把內容謄寫出來。」

所以大家就不用忍受聽這捲錄音帶了！史威生開心到有點頭昏。他不用再聽這捲帶子——這捲剪輯手法拙劣的偽證，故意選擇時間切斷，讓帶子聽起來像史威生以幫安琪拉推薦小說，威脅她上床交換利益。安琪拉扭著放在大腿上的雙手，應該是平常轉戒指的習慣。她今天早上換衣服的時候，應該有顧慮到這點才是。她臉上的表情應該是結合了不知名的憤怒與感覺無聊，就像她平常上課的神情，不過今天則像個殉道者一樣，眼神中充滿向道堅定的虔誠，決心要投入這場聖戰，打擊男性主義與性騷擾的迫害。

「嗯，安琪拉，」羅蘭繼續講著，「能不能請妳先談談妳是如何認識史威生教授？」

安琪拉像是不敢置信地噘起嘴巴，這些人是笨蛋嗎？怎麼問這種問題？「我上他的課……現在沒上了。」她回答。

「那門課有幾個學生？」卡爾突然發問，這位講求公平的老師想知道誰的課比較輕鬆。

「八個，加上我，九個。」

愛蜜里亞與比爾看著史威生，彷彿說著——他的學生還真少。

「然後妳跟史威生教授產生了……這段關係。」

「他一開始就有點怪怪的，」安琪拉詳細地解釋，「他一直要我跟他到辦公室討論。大家也都覺得奇怪，因為他從來不跟學生私下檢討。事實上，大家都知道，他好像從來不去辦公室的。」

羅蘭刻意停了一下，讓大家好好記住這罪證確鑿的證詞——史威生不僅是侵犯少女的色狼，還是個懶惰的老師。

「你們在辦公室都討論些什麼？」

「我的小說。不過他幾乎沒有建議什麼要修改的地方，只是說我寫得很好，要我繼續寫下去。」

他們乾脆現在就結束公聽會，直接給史威生定罪算了。凡是腦筋清楚的知識份子都知道，除非教授想跟學生來點特殊的課外活動，不然是不可能這麼喜歡學生的作品的。

「現在請妳告訴大家，安琪拉，妳跟史威生教授的關係是如何發展的。」

如果羅蘭再說一次「關係」，史威生會親手殺死她。「關——係！」她講這個字時，特別強調第二個音節，讓史威生厭惡至極。

安琪拉彷彿恢復以往的自我，開始在椅子上動來動去。但不管她怎麼扭怎麼動，就是不轉向史威生這邊。他就是跳起來，走向她面前，她也不會多看他一眼。他覺得安琪拉若能再一次正眼看他，一切將有所不同。她一定會打消念頭，撤銷告訴。他這樣的思考真是變態。難道他真的淪落到這田地？他已經成為一個不夠專業的變態狂，偶而還會恢復良知，害怕委員會知道他跟這在椅子上動來動去的怪女孩有關係。

「我開始覺得他，嗯，有點……想要……。」

「想要什麼？想要跟妳發生關係？」羅蘭逼問著。

安琪拉並沒有直接回答：「嗯，有時候，我發現他會在上課時偷看我。」

當然，史威生是在看她，看著她默不吭聲的冷酷模樣，看她身上的刺環與鐵鍊（不知道她今天把這些飾品放哪裡），看著她不在乎同學如何努力地報告，用手敲打桌面表示無聊。史威生希望委員們能將今天的經驗牢記在心——從今天開始，連看個學生都得小心。像安琪拉這樣的人，誰都會忍不住瞧個兩眼？她的言行舉止，衣著打扮，就是想吸引你的眼光，然後等你望向她的同時，她又會覺得你的眼光侵犯了她的自由，害她無法當個不想惹人注目的隱士。

史威生需要把這點記下來。他需要回想每件發生過的事，這樣才能將事實記憶清楚——至少是他所認知的事實。回想現實生活中最近的事情。這個據傳與他有染的女孩，與他記憶中的那個人完全不同。實在無法將這個安琪拉與他的安琪拉聯想在一起。那個才是真正的安琪拉？真是奇怪，即使她的作品讓史威生覺得與她如此接近，但他卻完全不瞭解作者的真面目。但是就像史威生在課堂上對學生耳提面命的——絕對不要把作者與作品之間劃上等號。

羅蘭繼續問著：「史威生在討論的時候有沒有跟妳說什麼？」

「當然有，他叫我拿我的作品給他看。」

「史威生教授對妳的作品有什麼評語？」

「就像我剛才說的，他相當喜歡我的東西。」

「我瞭解了。」然後頓了一下後，羅蘭接著問：「妳怎麼知道他是真的喜歡？」

「嗯，他曾經在我的電話答錄機留言，說他有多麼喜歡我的作品。」

「在妳的答——錄——機裡留言？」羅蘭強調地重複著。

「然後他要我拿後續的部份給他看。」

先給委員會一點時間來搞清楚狀況。居然有教授對學生作品如此喜歡，永遠嫌看得不夠？史威生只希望他們能明瞭安琪拉的小說有多棒。這是他現在唯一想說的話，不是要留下正確的發言記錄，而是讓大家知道他多想看安琪拉的小說，的確有其充分的理由。但是即使他現在站起來，大聲講出想講的話，對整個發展根本毫無助益，只會讓人更確信他精神不正常。他的確是如此，但不是因為安琪拉的小說而變成今天的模樣。

「史威生教授要求看的是什麼作品？」

「是我的小說，我分成一章一章地交給他。」

安琪拉說到「小說」兩個字時，語調帶點些許的自我膨脹感。難道委員們沒注意到？這才是她的真面目，那裝作無辜的女孩其實是個嗜血的殺手。但硬要說大家有聽出來他在自我膨脹，這是在自欺欺人。除了瑪格達之外，大家根本毫無感覺，而瑪格達則選擇悶不吭聲坐著。沒有人可以想像這個不擅言詞，不像有文學素養的女孩，居然能寫出讓成年男子如此著迷的小說。當他第一次聽到「小說」兩個字時，他的心情為之一沈，其他人相信也跟他差不多。史威生看著卡爾與比爾，兩人似乎達成結論——他們絕不會為安琪拉這種貨色冒丟飯碗的風險。

「能不能告訴我們關於妳小說的事情？」

「關於什麼？」

「譬如像情節的部分？」

「情節是描寫一個女孩與她老師，嗯，發展出關係。」

很好，為什麼不跟大家描寫女主角與老師在一堆破蛋旁做愛的場景？讓大家知道這個裝純潔拘謹的女孩，她如何入木三分地描寫用黏滑蛋汁來愛撫的前戲及激情的劇情！

「妳怎麼會寫出這樣的小說？怎麼會有這樣的靈感？」

安琪拉一臉茫然，回答：「是我自己編的呀！」不然羅蘭以為是什麼原因？

「我們瞭解了。」羅蘭微笑地繼續問著：「但妳是否認為妳的小說讓史威教授覺得妳……，嗯，願意跟妳任何一位老師發展這樣的關係。」

「我想是吧！」

這六個頭腦清醒的成年男女會相信這種事嗎？相信就因為讀了安琪拉的小說，史威生便決定要跟她上床？這像把史威生當作是拿槍掃射校園的瘋狂少年，為他辯護的律師宣稱罪魁禍首是電動玩具——他的罪行是從電動玩具上學來的。

羅蘭接著問：「是否發生了任何事情，讓妳覺得史威生教授想有更進一步的關係？」

安琪拉想了想後回答：「嗯，有，我發現他從圖書館借走我的詩集。」

原來安琪拉知道他讀了她的詩集。史威生不禁納悶——她什麼時候知道的？知道多久了？為什麼不告訴他？接著羅蘭幫他問到：「妳如何發現這件事？」

「我不時會去圖書館，到放我詩集的書架那裡晃晃，看看有沒有人借走。從來沒有人借走我的詩集。然後有一天，我發現有人借走了！我趕緊請在圖書館工作的朋友幫忙，用電腦查是誰借走的。結果是史威生教授。這時我覺得事情不太對勁了。老師不可能沒事做到，到圖書館來借學生作品，特別是詩的內容有點讓人難以啟齒。」

當然，老師是不可能會這麼做。不過，先等一下，回到她上一句講的，難道都沒有人注意到？她剛才親口承認——她慫恿在圖書館工作的朋友調閱私人借書記錄，這雖然不是滔天大罪，但也是違反規定的行為。個人借書記錄不應該是機密資料嗎？不過如果連電話帳單與醫療記錄都得在此公開的話，借閱記錄又算什麼？為了調查性騷擾案，沒有什麼是神聖不可侵犯，沒有什麼是個人隱私。

「當妳發現史威生教授借走妳的詩集時，妳有何感想？」

「我嚇壞了，而且……。」

「而且什麼？」

「而且，我還記得我當初還想，史威生教授也只是個普通男人，他借走我的詩集，也許是因為他對我有點意思吧。」

他對我有點意思吧？這個小笨蛋是從哪裡學來的觀念？以為別人借走她的詩集，這就表示對她有非份之想？的確，閱讀別人的作品的確會讓人想與作者有所互動，即使如此，這也不表示像讀……史坦因的書，就會拜倒在她石榴裙下！

「妳何時首次察覺到史威生教授想與妳發展超乎師生之間的關係？」

從第一次對話就發現了，法官大人，從下課鐘響時，他第一次在課堂上看安琪拉的時候——兩人的目光越過擁擠的教室而交會；他當時並沒注意到這些，但現在回想起來，是的，的確是如此。喔，他怎麼變得如此濫情噁心！比起委員眼中的自己——一個齷齪的老頭，為了跟女學生上床無所不用其極，真實的史威生似乎好不到哪去。但是如果安琪拉知道他所求為何，為什麼不告訴他呢？為何不告訴他她對他的感覺，讓他能早點明白，不用浪費這麼多時間與精力，不用為了想瞭解她的心意而到現在還在苦惱？當然，安琪拉是不可能對他明講的。即使想說，也不知道如何表達，因為他可是老師，她只是學生。這就是這場審判的主題。

「還有一次，我跟他講我電腦壞了，他就說要帶我到柏林敦的電腦賣場。他這樣的舉動似乎有點，嗯，有點超過老師該做的事情。不過我一直告訴自己——也許他人真的很好，別想太多。」

對，當然，史威生人真的不錯，願意花一個早上開車載這小女孩到柏林敦。看來真有上帝的存在，而今天的公聽會就是上帝給史威生的處罰，因為他當初開車載安琪拉比載自己的女兒去買電腦還更開心興奮，還期望整趟車程能永遠不結束。

「那一天發生了什麼事情？」

「一開始都還好。史威生教授顯得有點緊張，好像我們要去做什麼壞事，害怕有人會看見。」

羅蘭難道忘記她曾經撞見他們倆——當史威生開車要離開校園，羅蘭的車剛好迎面而來。

「接著呢？」

「我們買完電腦，在回來的路上，他說了一些事情……。我記不得了。反正他開始提到他有個在紐約的編輯。他問我想不想讓這個編輯看看我的小說，就在這時候，他把手放在我的手上……，然後移到我的……大腿。」

安琪拉激動地不能自己，過了好一陣子才鎮定下來。全場鴉雀無聲。

怎麼沒有人闖進來，揭開她的謊言？當然史威生可以自己開口，但這樣就打斷整個程序，再也沒機會聽安琪拉怎麼說。為了瞭解她的想法，至少瞭解她所宣稱的想法，史威生只好先忍氣吞聲。

「然後他又問我要不要把小說給他的編輯看。我發現他是認真的，然後……，」安琪拉聲音越來越小，彷彿在喃喃自語，「然後我說好！」

她低頭看著桌子好一會兒。同桌的每個委員對她無不投以同情與諒解的眼光——事實上，要是有人能幫忙介紹紐約大出版公司的編輯，但代價是要陪恩人上床，換做是委員自己，特別是羅蘭，也許都會同意這場交易。更何況安琪拉還這麼年輕，這麼涉世未深，連他們都拒絕不了的誘惑，安琪拉怎麼可能說不？

「然後發生了什麼事情，安琪拉？」

「然後我們開車回我宿舍，他主動要幫我把電腦搬到我房間。」

他主動？是安琪拉要求的吧！

「妳同意讓他幫忙？」

「是的，我不想讓他難過。我不好意思拒絕。我最後甚至覺得自己……有點像是毫無抵抗能力，所有事情都脫離我的掌控與想像。」

毫無抵抗能力？安琪拉不可能會講這種字眼。過去幾個禮拜，她一定有花時間學些法律專門術語。

「所以妳是說，當史威生教授要求進妳房間的時候，妳覺得自己一點主控權也沒有？」

「是的！」安琪拉回答。

才不是！什麼沒有主控權？是誰把史威生推到床上的？

「然後妳跟史威生教授最後是否做了……進行……那件妳認為是推薦小說的代價的那件事？」

安琪拉幾乎說不出話來：「我不知道該怎麼說。」

「試試看，」羅蘭安慰著，「先深呼吸一下。」

這樣的場面真是腥羶與變態——身為教授的成年女性居然對女學生逼供，要她當著其他老師還有父母面前描述她的性經驗！就算史威生當初跟安琪拉在教堂的祭壇做愛，也比羅蘭如此猥褻行為來的健康高尚。但是在此同時，史威生提醒自己一件事：這一切都是安琪拉起的頭，是她選擇要弄到今天的場面。

「嗯，我們應該算發生了性行為。我會這麼說，是因為在我們開始不久，史威生教授便發生……一點意外。」

「什麼意外？」難道每個委員都沒聽說這件事？不然怎麼大家忙著察看資料與筆記？

「他的牙齒斷了。」

聽到安琪拉所言，每個委員立刻轉過頭來看史威生——他剛好用舌頭去觸碰那顆斷掉的臼齒。大家看著他鼓起的一邊臉頰，看著他不自主地證實了安琪拉的講法。

「然後呢？」羅蘭問著。

「一切就這樣結束了。」

「妳當時感覺如何？」

「我覺得鬆了口氣，」安琪拉說著。全場的人也有如此的感受。不知道安琪拉的父母作何感想？他們對史威生有什麼看法？

「反正，這又不是我的錯。至少我遵守我的承諾。」

「史威生教授是否遵守他的承諾，向他的編輯推薦妳的小說？」

「我想有吧。」

「妳怎麼知道的呢？」

「他告訴我的。不過他說謊！」

「他怎麼說謊？」

「他說已經拿給他的編輯看過了。」

「但事實上有沒有？」

安琪拉沈默以對。也許大家得在這裡等上一輩子，等著看她表演拿手好戲，看她假裝心理異常而有失憶症。安琪拉的父母坐在台下，此時彷彿為了彌補女兒突然不講話，兩人一改拘謹筆直的坐姿，開始坐立不安起來。她父親（還是繼父）的身體開始抖動，有點像在打嗝一般；她母親則在一旁想幫丈夫早點恢復正常，不要在大庭廣眾下如此失態無禮。但安琪拉的父親終於忍不住，用沙啞的聲音喊著：「好吧，乖女兒，告訴他們，告訴大家妳的好消息。」

安琪拉轉過頭，憤怒地瞪著她父親。這才是史威生所認識的安琪拉。她閉起雙眼，搖搖頭，可能在期待她父親能立刻消失現場。等她睜開眼睛，看到爸爸人還在位子上，她顯得有點惱火。

「安琪拉，什麼好消息？」羅蘭也脫稿演出，提出事先沒套好的問題。在審判罪惡與性侵害的議程上，可沒有提到什麼好消息。

「其實，當史威生教授告訴我，說他的編輯對我的書看都不看一眼，他實在無能為力時，我還相信他的話，還覺得有點難過沮喪。在這之後，我們兩人之間……就沒再聯絡了。然後，大概在兩個禮拜前，有個叫連•柯利的人打電話給我，說他是史威生教授的編輯。他說之前跟史威生教授一同午餐，然後在那家餐廳的椅子上看到我的小說。他原本打算把東西寄還給我，結果在搭計程車回家的路上看了幾頁之後，他就改變心意，打電話來說要跟我簽約，要幫我出版我的小說。」

如果這裡真的是法庭，不，應該說是電影裡的法庭的話，現在一定會是全場譁然，不知如何反應。不過現場的反應完全相反，這些知識份子修養太高，太拘謹矜持，只是竊竊私語或是倒吸一口氣。然而，史威生還是可以聽到大家刻意壓抑的心聲。難道大家還不懂嗎？這女孩是個病態的騙子，講這種變態的笑話，幻想連打電話要幫她出版小說……。沒有一位委員覺得這笑話好笑，每張臉都面無血色，表情凝重。他們無法隱藏對安琪拉的嫉妒與憎恨，這需要一點時間來掩飾，裝作為優世頓學生的成就感到快樂的模樣。

瑪格達的嘴張了開來，但她完全不自知。史威生看著她，然後把目光移開。瑪格達曾請他幫忙推薦詩集，卻遭到他的拒絕，原來背後的原因就是如此——他寧可推薦安琪拉的小說。他跟瑪格達的友情無法承受這真相的打擊。瑪格達會永遠無法釋懷。史威生這麼想未免太高估自己。瑪格達會熬過來的，不過兩人之間的友情應該就此劃下終點了。不過這份友情並不是他真正損失的東西，而是另一項感情，一項他從未注意與重視過的感情，就像缺水時才知道有水的可貴——直到現在他才明瞭自己對瑪格達的愛意，從過去到現在自己一直愛著她。為什麼自己不幫瑪格達推薦她的作品，反而幫了安琪拉？

連決定出版安琪拉的小說了。那舉辦這場公聽會意義何在？安琪拉應該跪下來，親吻史威生的腳趾，而不該誤解史威生沒有遵守諾言，打算以毀了他的人生做報復。天曉得她為什麼要這麼做！就像天曉得「藍天使」裡蘿拉為何要又肥又無能的教授……幫她兜售印有她性感照片的明信片？

從現在開始，換成連能一章一章地享受安琪拉的小說，換他跟安琪拉討論，然後比別人都先知道故事的結局。但是連不會愛上安琪拉——沒這個必要，連沒有這麼無聊可悲，紐約有一大堆美女供他獵豔，沒必要選擇跟安琪拉上床；安琪拉簽了合約，也不用費盡心思讓連愛上她。

但史威生想知道的是——為什麼連沒有打電話給他？難道他打算從此不理史威生？難道這裡面有什麼陰謀？史威生還一直沈迷在「藍天使」的電影世界，這真是愚蠢與不切實際，他應該看「慧星美人」這部片才是，看後起之秀如何有計畫地要取代前輩。史威生將永遠無法出版新作，而安琪拉將接掌他的世界。好吧，隨她去，她要就拿走吧！

「真是……好消息，安琪拉。」羅蘭說著。

「恭喜！恭喜！阿爾革小姐，」班森表示祝賀，「一定得讓畢聯會知道這件事，還有招生部也別忘了通知。」

這場審判安琪拉已經勝利在望！想也知道大家會偏袒哪一方，是前途無量的學生？還是已經沒有利用價值的好色教授？用在招生宣傳與校友募款，哪一方對學校比較有利？

「恭喜！」瑪格達說著，其他委員也紛紛對安琪拉道賀——真是好，恭喜……。為了學校利益，大家奇蹟般地隱藏了內心的妒忌與羨慕的情緒。

羅蘭現在像對嬰兒講話一樣，輕聲地說著：「安琪拉，這件事情至今對妳有什麼影響？」

「妳是指什麼？」

「像妳曾提到睡不好等問題……。」

「喔，妳是指那件事。嗯，我最近一直做些恐怖的惡夢。幾乎每天晚上，我夢見自己從房間窗戶往外看，看見校園裡飄著幾道白色的女人身影，她們穿著白色長袍，一頭長髮飄散著。等她們往我這裡飄過來的時候，我隱約知道她們就是優世頓死去的女兒，她們是來找我的。夢到這裡，我就會開始尖叫著醒過來……。」

現在是講靈異故事的時間。安琪拉的故事還真嚇人，以優世頓傳說中的女鬼為主題，加油添醋地捏造出新的故事。但每個委員似乎都信以為真。安琪拉真是多才多藝，不僅能寫小說，戲也演得相當精彩。她之前在史威生面前是否也是在演戲？史威生不願意想這件事，不願意想他對她有何意義，只想專注在她小說這件事上。

瑪格達套上毛衣後，依然嚇得渾身發抖。羅蘭則是臉色泛紅，一臉興高采烈的模樣。這是她打從心底相信的真理——歷經數世紀，無法安息女性的冤魂依然在人間遊蕩，哭泣哀嚎。

「我可以下去了嗎？」安琪拉問著，露出她鬱悶少女的本性，要求早點脫離這地獄般的質詢。

「當然，謝謝妳的合作。」班森說著。

羅蘭才不會就此罷休，不讓一切如此草率地結束。她趕緊講著：「安琪拉，讓我在此重申，大家都知道今天要妳出來，跟大家講明發生的事，這對妳一定相當為難。不過，如果女性要獲得平等教育，我們必須在今天好好地處理這問題，這樣女性同胞才能保護自己的身體與權力。」

「當然，妳說的對。」安琪拉說著。

「恭喜妳要出版小說了！」班森又補了一句。

「謝謝，我想現在我真的得把小說寫完。」

「妳一定沒問題的。」瑪格達說著，語調聽起來很正常，但只有史威生能聽出其中冰冷的嘲諷。

「安琪拉，」羅蘭說著，「妳確定已經沒什麼要跟大家說的？這也許是妳最後發言的機會了。」

「只有一件事。我真的覺得很難過。我還以為雷諾德教授真的喜歡我的小說。結果我發現他只是想跟我上床……。」

雷諾德？各位委員大人有沒有聽到？那是她小說裡音樂老師的名字。現在換史威生覺得不寒而慄。安琪拉叫他雷諾德。委員會應該把這段列入記錄裡！這女孩分不清現實世界與她筆下的虛幻世界。這證明了她的確是重度精神異常。

安琪拉渾身發抖地站起來，步履蹣跚地回到台下的座位。她的父母趕緊抱著女兒，把她壓回座位上。在場眾人適時地保持沈默。班森轉過身，對著史威生說：「泰德，我想你也許想有話跟大家說。」

這就像在史威生的課堂上，學生在下課前還要謝謝大家的批評，要承認自己作品不完美的地方，要感謝同學指點如何改進，感謝史威生的調教與要求，在大家蹂躪糟蹋自己最寶貴的心血結晶後，還必須在座位上忍氣吞聲。

史威生楞了一陣子，才瞭解班森在請他發言，並不是要他提出解釋，不是要他降低身段，感謝大家的寬容，而是要他為自己的行為道歉。這可是大好機會，史威生可以趁機認罪，誠摯地道歉，乞求大家的原諒。事實上，史威生的確感到抱歉，心中的歉意實在無法言表——自己親手毀了自己的婚姻與工作；為了幼稚的浪漫情懷，背叛了美麗的愛妻；愛上一個完全陌生、不能信任的女人；對瑪格達的警告馬耳東風，不顧自己本能的警訊，深陷這段危險的戀情。這一切的一切，史威生都深感抱歉。但是對於自己違反學校規定，他可一點都不感到抱歉。但是委員會就是要他為違反校規道歉，對其它的事情他們才不在意。但是史威生不可能鉅細靡遺地跟委員透露內心世界，委員大人也不會想聽。所以等會他上台，要道歉的反倒是另一件事情——自己二十年的寶貴人生，無法重新開始的二十年歲月，卻荒廢在與這群和自己毫無交集的男女身上，浪費時間在這些無法跟他們說出事實的人身上。

但他真的知道什麼事實嗎？瞭解自己做出這一切的原因？史威生越來越搞不清楚，越來越難以探究真相，彷彿安琪拉編造出來的故事模糊了他原有的記憶。史威生無法想像該如何為自己辯解。他也懶得為自己辯護，懶得上台去。他直接在座位上發言。

他說著：「我承認我對安琪拉的行為已超越教育的專業範疇。但我不同意今天大家所講的一切。這是件複雜的私人事情，絕非像大家所認為的是項單純交易。」

交易？自己怎麼用這個字？還有他講「複雜」，這到底是指什麼？整個事情真是一波未平，一波又起。

「我想我要講的就這些。」這就是他答辯說詞的結尾，真是令人印象深刻！

「謝謝你，泰德，」班森說著，「感謝你的誠實與率直。我們都知道這對你並不好受，這對我們同樣亦是如此。」其他人跟著一起喃喃地道謝，謝謝你，謝謝你，謝謝你……。

「大家別客氣。」史威生語畢便站起來，轉身離開，往安琪拉的方向，投以最後一次熱烈的目光。安琪拉並沒回應他的注視，至少在父母陪伴下不會。安琪拉的爸媽找尋他的身影，找到後鎖定目標，視線就像地對空飛彈一樣，緊盯著史威生，保護寶貝女兒免於受到傷害。史威生往上走了幾個階梯，然後停下來，有些吃驚地往最靠近的椅子上又坐了回去，因為他看見馬修從門外衝了進來。身材瘦長的他臉被凍得紅通通的，他筆直地往史威生的方向衝了過來。紅腫的雙眼滿是血絲，應該是嗑藥的影響，不然就是他剛睡醒。

「我來的太晚了嗎?」他問著，「我車子故障了，所以遲到了。」這種大家都會用的藉口，果然沒讓人起疑。車子故障，不會搭別人便車?委員會難道不該拒絕會說謊的證人上台作證?班森看了看羅蘭，羅蘭轉頭看瑪格達。他們應該看的是史威生才對，只有他才瞭解馬修為何樂於來作證，樂於毀滅他的一生。也許諸位委員已經瞭解其中原因，畢竟他們事先做過深入的研究。不過，他們也知道如果不讓馬修如願，日後麻煩應該會不小。

「我想，遲到總比不來好。」班森說著。既然來了，就繼續聽下去吧。這對史威生有何損失?午餐時間又還沒到。

羅蘭看了馬修一眼，然後決定把他交給班森處理。

「馬修，」班森開始說著，「麻煩你告訴各位委員你在我辦公室講的話。」所以說院長和馬修串通好了？馬修待會在台上不管如何語出驚人，院長大人都不會感到吃驚，畢竟是他同意馬修出來作證的。史威生試著回想馬修剛才遲遲未現身時，班森的反應——是失望還是鬆了一口氣？

「我其實不是史威生教授的學生，」馬修以此做開場白，「這麼講有點奇怪，嗯，我其實是他女兒的朋友……。」

「你說的是露比？」瑪格達問著。史威生無法忍受有人在這房間大聲叫著女兒的名字，特別是在這群人面前，他們對史威生與雪莉心懷憤恨，如果讓他們知道女兒的名字，也許會對她有所不利。

「對，就是她。」馬修回答。史威生在椅子上坐正，等著即將到來的折磨。

「我只想讓委員知道露比過去常跟我講的事情，她說當她還小的時候，她的父親，也就是史威生教授，曾經對她毛手毛腳的……。」

「毛手毛腳？」班森問著。

「對，做些超乎父女間應有的動作。」

「我瞭解了。」

這跟安琪拉控告他性騷擾有什麼關係？這顯然違反了史威生的人權。而且，這個小子在說謊！連瞎子都看的出來！史威生深愛自己的女兒，才不會傷害她。絕對沒有這種事情！

但是委員們並不會瞭解。史威生覺得自己在孤軍奮戰。每個委員突然急著看文件，記筆記，完全沒注意到馬修講的是謊言，如果不是謊言，至少也跟本案無關。也許他們注意到了，卻選擇保持沈默，為什麼？因為他們已經脫下虛偽的面具，露出真面目，個個化身為強納森・愛德華、卡頓・馬瑟與陶開馬沙等明察秋毫的審判官，等著宣判史威生這淫賊死刑。欲加之罪，何患無詞！大家無不卯足全力，與史威生所代表的污穢罪惡決一死戰。

史威生不禁納悶：露比真的這樣跟馬修說嗎？他告訴自己——女兒才不會這麼做。他現在也只能祈禱露比沒這麼做。

「我講完了，」馬修說著，「她就跟我說這些。」

「謝謝你，馬修。也謝謝大家今天的出席。」班森說著，彷彿宣布下課時間到了。班森繼續說著：「泰德，委員會需要一段時間做決議，可能要兩個禮拜左右，才能通知你判決的結果。不知道時間這樣安排各位委員是否能接受？」

其他的委員紛紛點頭。這時間實在安排得太令人滿意。只要不是隔天就得有決議，一切都好說。

「謝謝你。」史威生現在腦筋一片空白，本能地起身並抓起外套。然後映入眼簾的景象讓他停住腳步——背景是準備離去的調查委員以及鬧哄哄的觀眾，但主要的場景是馬修往安琪拉走過去，然後她踮起腳尖，在馬修的臉上留下一吻。

兩人接著轉身跟安琪拉的父母聊天。馬修的手臂搭在安琪拉的肩膀上。她的男朋友就是馬修嗎？上次接電話的男子就是馬修？這一切是不是他們倆設計的圈套？當史威生在錄影帶店外碰到他們的時候，這對狗男女是不是故意裝作完全不認識對方？也許他們當時真的不認識，是因為史威生的介紹，再加上發生這件事，才讓他們成為一對快樂的情侶。史威生覺得自己就像拉斯教授一樣，看見蘿拉依偎在其他男人的懷裡。安琪拉這麼聰明，馬修日後一定毫無招架之餘地，一定會被她生吞活剝，利用到連骨頭都不剩。

安琪拉的父母站在一旁，馬修的手也搭在安琪拉父親的肩膀上。他們怎麼會有這樣的交情？安琪拉的母親緊盯著馬修看。有像馬修這樣的白馬王子，把女兒從變態教授的魔掌中解救出來，這對父母顯得相當開心。像馬修這樣的乘龍快婿，怎麼可以放過？他家財萬貫，財產日後只會更多而不會減少。史威生怎麼沒想到這點，就打斷他跟露比的交往？這一切都是他的錯。也許這就是馬修的報復。不過這似乎不太可能。馬修沒有這麼聰明，不可能想出這樣的計謀。主謀應該是安琪拉。但她為什麼要毀了他的一切？她要的應該只是出版小說而已。

但這一切大局已定，到底誰是幕後主使已經不再重要。唯一知道真相的人只有安琪拉自己。

史威生走下階梯，往台前的方向走去。大家看著他，竊竊私語著，懷疑他是不是走錯方向。看，狙擊手已經拿起槍瞄準他，以免他做出危險的動作。不過，史威生可是個有教養的教授，大家一定認為他只是上前跟同事握手而已。

但出乎大家意料之外，史威生往安琪拉的方向走過去。他知道自己靠得太近，安琪拉的父親與馬修嚴陣以待。馬修伸出手臂，想擋著史威生並保護安琪拉。安琪拉的父親也同樣的動作。他們這樣本能的反應與動作堪稱父權社會中男性的典範，他們應該要像文藝復興畫像中的男人一樣，裸露出上身，戴著頭巾與留著鬍鬚。

然後，在史威生的視野中，這兩個男人與安琪拉的母親都消失不見了，只剩安琪拉一人。史威生的目光集中在她的身上，兩人彼此對望著，彷彿可以看透對方的衣服與身體。史威生的靈魂脫離身軀，往安琪拉的方向飄去，就像一條小魚渴望回到大海，回到過去的那段時光——她拿作品給他看，並且急著知道他的意見的甜美時光。

安琪拉毫不迴避地直視著他，臉上沒有任何表情，彷彿她從來沒見過這個人。整個房間彷彿突然變成真空。史威生覺得自己快窒息。

史威生開口：「只要回答我一個問題，好嗎？妳他媽的到底在搞什麼鬼？」

「嗯，你說什麼？」安琪拉回答。

羅蘭趕緊介入：「泰德，保持理智。拜託你，不要像個小孩。」

她這是在請求，還是在威脅？

也許史威生這番質問太過直接，這才是大家覺得不妥的理由。也許他們只聽到史威生對安琪拉講「他媽的」。

法蘭西斯・班森，這位勇敢的大家長，趕緊介入這場衝突。他輕輕地抓著史威生的手肘。史威生把他的手甩開。史威生開始呼吸急促，視線漸漸模糊，但是不幸的是，他腦筋還很清楚，知道再這樣下去，只會把事情越搞越糟。他僅存的理智告訴自己絕不能再讓這種事發生，他無法忍受自己的地位被馬修與安琪拉的父親所取代。過去頭腦冷靜，懂得自我保護的史威生已經不再，自從進了安琪拉的房間後，一切就變了。

其實史威生是該感謝現場這些人，至少他們對史威生誠實以對，展現他們最真實的一面。他怎麼可以認為自己在此浪費了二十年光陰？另外，他也得感謝安琪拉。如果沒發生這件事，他還得在優世頓待上一輩子，死守著這份教書工作直到退休，直到過世前都不會發覺這種人生簡直跟地獄沒什麼兩樣。他不是被炒魷魚，而是從十八層地獄中解脫。史威生知道自己這種想法是苦中作樂，自欺欺人。

史威生不願意讓班森碰到身體，但卻可以忍受任由他陪著往門口走去。他就像拉斯教授一樣，遭一群人圍毆之後，被趕出藍天使俱樂部。

「我再跟你聯絡，」班森說著，史威生不想吭聲，屈著身子往寒冷的戶外走去，走在覆蓋著白雪的校園裡。

草坪與人行道上空無一人。裊裊的薄霧從雪地上升起，為整個景致添加些許朦朧美感。校園裡的建築物從沒如此令人賞心悅目過——簡樸的白色護牆板、殖民時代的磚屋與歌德式的石製建築，在史威生即將遠離的依依不捨與哀傷下，益發顯得令人流連忘返。史威生覺得自己像個逛古蹟的遊客，覺得能在這裡真是天大的福氣！

就在此時，一隻鹿，應該是母鹿，突然出現，小心翼翼走在人行道上。牠看著史威生，史威生也看著牠。這隻母鹿靜靜地盯著他，眼神透露出……史威生敢發誓這是真的……他從安琪拉身上得不到的關懷與諒解。是那個中古世紀的聖人曾經在一隻公鹿額上看見十字架的神蹟？顯然，這隻母鹿也是上帝的使者，代表著希望與救贖。也許牠是優世頓的女兒投胎轉世所化。這隻母鹿突然抬起頭，站在哪裡，像在聆聽什麼東西。牠聽到什麼史威生聽不到的聲音？

過了一會，史威生知道答案是什麼——原來是鐘聲。他們敲鐘是慶祝些什麼？慶祝史威生要展開新的人生？這似乎是不太可能。這洋溢歡樂的鐘聲是多麼悅耳！在這裡教書這麼多年，他從未仔細欣賞，只會覺得不耐煩，嫌鐘聲刺耳。但這不能怪他。因為他的教室離學校的鐘太近，鐘聲一響，就會打斷他上課，腦中還會嗡嗡作響。他想起每次鐘響時，他總是盯著安琪拉……。他看了看手錶，離整點已經過了二十五分。這時間鐘聲為什麼會響？

史威生過了一會才明白——原來是是女性師生聯盟所敲的鐘，宣布她們再度除掉另一個男教授，這是邁向女性理想的一小步成就。史威生很高興自己跟她們已毫無瓜葛，可以過自己未來的人生。他也不確定未來會如何，目前只能走一步算一步。

為什麼鐘聲沒嚇跑這隻母鹿呢？即使鐘聲漸漸散去，牠依然安詳地走在方庭內，鼻子在雪地上東嗅西聞地。站在遠處的這隻母鹿再度回頭，隔著淡淡的霧氣看著史威生。牠在看什麼？在等待什麼？史威生完全不知道。但奇怪的是，他現在心情相當輕鬆，能夠承認自己一無所知，原來是這麼令人如釋重負，在這短暫的片刻，他似乎明白了什麼，但連他自己也不確定那究竟是什麼。